改变孩子一生的故事全集

◎主　编：滕　刚
◎副主编：刘英俊　杨志生
　　　　　黄　棋　丘永金

花山文艺出版社

图书在版编目(CIP)数据

改变孩子一生的故事全集 / 滕刚主编. -- 石家庄：
花山文艺出版社, 2007.02（2021.8重印）

ISBN 978-7-80673-986-0

Ⅰ.①改… Ⅱ.①滕… Ⅲ.①儿童文学 - 故事 - 作品
集 - 世界 Ⅳ.①I18

中国版本图书馆 CIP 数据核字（2007）第 009928 号

书　　名：**改变孩子一生的故事全集**

主　　编：滕　刚

策　　划：张采鑫

责任编辑：卢水淹

责任校对：于怀新

特约编辑：李文生

装帧设计：红十月工作室

出版发行：花山文艺出版社（邮政编码：050061）

　　　　　　（河北省石家庄市友谊北大街 330 号）

销售热线：0311-88643221

传　　真：0311-88643234

印　　刷：永清县晔盛亚胶印有限公司

经　　销：新华书店

开　　本：720×1020　1/16

字　　数：450 千字

印　　张：23

版　　次：2007 年 3 月第 1 版

　　　　　　2021 年 8 月第 2 次印刷

书　　号：ISBN 978-7-80673-986-0

定　　价：78.00 元

没有什么不可以改变

林夕

整理旧物，偶然翻出几本过去的日记，就翻开看。里面的纸张有些发黄了，字迹透着年少时的稚嫩，我随手拿起一本翻看。

"今天，老师公布了期末成绩，我万万没有想到，我竟然考了第五名。这是我入学以来第一次没有考第一，我难过地哭了，晚饭也没有吃，我要惩罚自己，永远记住这一天，这是我一生最大的失败和痛苦。"

看到这，我自己忍不住笑了。我已经记不得当时的情景了。也难怪，自离开学校后这十几年所经历的失败与痛苦，哪一个不比当年没有考第一更重呢？

翻过这一页，再继续往下看。

"今天，我非常难过。我不知道妈妈为什么那样做，她究竟是不是我的亲妈妈？我真想离开她，离开这个家。过几天就要填报高考志愿了，我要全都报考外省的大学，离家远远的，我走了以后再不回这个家！"

看到这，我不禁有些惊讶，努力回忆当年，妈妈做了什么事让自己那么伤心难过，但是怎么想也想不起来。又翻了几页，都是些现在看来根本不算什么事可是在当时却感到"非常难过"、"非常痛苦"或是"非常快乐"、"非常难忘"的事，看了不觉有些好笑。我放下又拿起另一本，翻开，只见扉页上写道：献给我最爱的人——你的爱，将伴我一生！我的爱，永远不会改变！

看了这一句，我的眼前模模糊糊浮现出那个同桌的他，曾经以为他就是我全部的生命；可是离开校门以后，我们就没有再见面，我不知道他现在在哪，在做什么。我只知道他的爱没有伴我一生，我的爱，也早已经改变。经历了许多的人，许多的事，到现在才明白：这个世界上，没有什么不可以改变。

曾经以为自己不会读低俗的武侠小说；现在才知道，武侠自有武侠的好，我的枕边每天都放着金庸和古龙。

曾经以为只要好好爱一个人，就不会分手；现在才知道，你对他好，他也一样会爱上别人。

曾经以为自己不会再爱上第二个人了；可是现在，我正经历着一生中的第三次爱情，和第一次一样甜美，一样折磨人，一样沉迷，一样刻骨。

曾经以为自己这一生不会去等别人永远是别人等我;可是现在,我每天都在等他的电话,而且心甘情愿,尽管那种滋味很不好受。

所以你看,世界上没有什么不可以改变,美好、快乐的事情会改变,痛苦、烦恼的事情也会改变;曾经以为不可改变的事,许多年后,你就会发现,其实很多事情都改变了。而改变最多的,竟是自己。

不变的,也只是小孩子美好天真的愿望罢了!

目 录

第一辑 当一块石头有了愿望

这个世界并不缺少有理想的人,缺少的只是能将理想实现的人。当一棵草有了愿望,它会开出一朵花儿;当一只蚌有了愿望,它会育出一颗珍珠;当一块石头有了愿望,它会成就一座城堡。当我们经过梦想的磨练与拼搏之后,我们也能让生命之蛹破茧而出,化蛹为蝶,绽放属于我们自己的五彩缤纷!

让生命化蛹为蝶 ………………………………………… 明飞龙/2
大地上的足迹 …………………………………………… 包利民/3
今天不够好 ……………………………………………… 包利民/4
比果实更珍贵 …………………………………………… 李雪峰/5
执着的力量 ……………………………………………… 澜 涛/6
只要你想 ………………………………………………… 陈明聪/8
无知者的成功 …………………………………………… 流 沙/9
重要的是使自己强大起来 ……………………………… 佚 名/10
成功的捷径 ……………………………………………… 佚 名/11
生活从选定方向开始 …………………………………… 刘燕敏/12
生命不打草稿 …………………………………………… 思想者/14
输给自己的心 …………………………………………… 兰精灵/15
"臧穀亡羊"的启示 ……………………………………… 涧 虹/16
把影子留在身后 ………………………………………… 佚 名/17
筑巢的奥秘 ……………………………………………… 张年军/19
美德的价值 ……………………………………………… 阿 唐/20
你准备好了吗 …………………………………………… 一 佳/21
钢琴课 …………………………………………………… 佚 名/23

你能实现梦想 …………………………………… ［美］维吉尼亚·萨迪尔/24

当一块石头有了愿望 ………………………………… 陆勇强/25

在脚下多垫些石头 …………………………………… 佚　名/27

价格和价值 …………………………………………… 佚　名/28

狼和羊的寓言 ………………………………………… 止　敬/29

瞄准一个点 …………………………………………… 小　丑/30

一次未见面的面试 …………………………………… 佚　名/31

第二辑　人是不可能被注定的

　　生活中,有些人总是抱怨遭遇的都是苦难,抱怨面临的都是挑战,抱怨面前的都是黑暗。是的,生活中有坎坷也有苦难,有挫折也有磨练。当我们似乎走投无路的时候,当我们无法把握自己的时候,朋友,为什么不试着改变一下自己呢？这样,无论你身处何种境界都可以笑对人生,静观世间百态,学会用自己的方式活出自己的精彩。

在风中跳舞 …………………………………………… 包利民/34

最后的雪 ……………………………………………… 包利民/35

耐磨的人生 …………………………………………… 张丽钧/36

生命的远方 …………………………………………… 李雪峰/37

低飞一寸 ……………………………………………… 感　动/39

龙涎香的秘密 ………………………………………… 感　动/40

如果我们缺少一只手时 ……………………………… 澜　涛/41

人生的"充气" ………………………………………… 李雪峰/42

一句话和两个人 ……………………………………… 时　钦/43

小改变改变了生活 …………………………………… 尹玉生/45

人生幸福三诀 ………………………………………… 曹　放/46

生命中最重要的事 …………………………………… 何权峰/47

会飞的鸭子 …………………………………………… 佚　名/48

开掘自己的宝藏 ……………………………………… 佚　名/50

人是不可能被注定的 ………………………………… (香港)王　杰/51

闪烁的希望 …………………………………………… 佚　名/53

做一尾没有鳔的鱼 …………………………………… 江　岸/54

没有责备 …………………………………… ［美］凯瑟琳·詹森·盖尔/56

错过 …………………………………………………… 争　平/58

得到与失去 …………………………………………… 佚　名/60

一只鸭子的奋斗历程 ……………………………………… 冯　磊/61

用拥抱回报拥抱 ……………………………… [美]路易斯·尤拉诺/63

不悔 ……………………………………………………………… 谢　冕/65

99 一族 ………………………………………………………… 尹玉生/67

第三辑　撬开你的心门

　　爱可以创造爱,希望也可以点燃希望。一个小小的善可能会打消一个萌芽的恶,一点点的希望也许就能挽救一个绝望的人,甚至因此而改变一个人一生的命运和许多人的生活。把心门撬开一点点,点亮关爱的灯,燃起希望的火把,鼓起生命的风帆。

撬开你的心门 …………………………………………………… 王小艾/70

生命时钟 ………………………………………………………… 周海亮/72

分享生命 ………………………………………………………… 张丽钧/73

给陌生人依偎的肩膀 …………………………………………… 马　德/74

永不受伤的飞翔 ………………………………………………… 马　德/76

点燃美好 ………………………………………………………… 栖　云/78

没认出妈妈 ……………………………………………………… 李清泉/79

有一种爱在你的理解之外 ……………………………………… 张鸣跃/80

我最幸福 ………………………………………………………… 华　夏/82

一份特殊的礼物 ………………………………………………… 李荷卿/83

母爱等于 0.018 秒 ……………………………………………… kasuki /85

虚职实爱 ………………………………………………………… 星　竹/86

上帝的答复 ……………………………………………………… 佚　名/88

一个卖热狗的小贩 ……………………………………………… 涵　西/89

爱你的敌人 …………………………………………… [美]艾迪·克斯拉/91

温暖 ……………………………………………………………… 林少琼/92

爱生爱 …………………………………………………………… 莫　菲/93

爱的谎言 ………………………………………………………… 月　方/95

爱分享 …………………………………………………………… 佚　名/96

被人相信是一种幸福 …………………………………………… 李培东/98

我们不都需要帮助吗 …………………………………………… 明　达/99

生死之交 ………………………………………………………… 佚　名/100

每天多看一遍富士山 …………………………………………… 蒋　平/101

鸟儿的启示 ……………………………………………………… 怀　远/102

第四辑 一个长跑冠军的"秘密武器"

当你企图改造人生时,命运不会如橡皮泥一般让你随心所欲,或许你并不会一帆风顺,因此我们要做的是:在生活的细节中获得智慧的果实,在紧张的生活节奏中体会人生的真谛,在困境的改造中改变自己的命运,享受生命的每一寸春光。

改变孩子一生的故事全集

捷径 …………………………………………………………… 林 夕/106

成功与活着 ………………………………………………… 蒋光宇/107

用什么时间思考 …………………………………………… 蒋光宇/108

我可以向它扔石头吗 ……………………………………… 包利民/110

巨匠的作业和手杖 ………………………………………… 蒋光宇/111

改变自己 …………………………………………………… 李雪峰/112

你并不一定要住在低洼地带 ……………………………… 张国庆/114

大路的尽头没有宝 ………………………………………… 李智红/115

反思的力量 ………………………………………………… 吴志强/117

背后的道理 ………………………………………………… 流 沙/118

幸福与痛苦的领悟 ………………………………………… 俞敏洪/120

优势也会变陷阱 …………………………………………… 佚 名/121

悬念中的哲理 ……………………………………………… 程应峰/122

一个长跑冠军的"秘密武器" ……………………………… 柯北银/123

奶酪里的青蛙 ……………………………………………… 佚 名/125

超级思维 …………………………………………………… 佚 名/126

华莱士和蚁熊 ……………………………………………… 刘宝海/127

奴隶和哲学家 ………………………………………… [波斯]萨 迪/128

土地中的金子 ……………………………………………… 佚 名/129

学会转弯也是人生的智慧 ………………………………… 佚 名/130

掌握主动 …………………………………………………… 佚 名/131

第五辑　让心窗看到美景

怀一颗悠然的心,让心窗看到美景;品一曲高山流水,让心灵走向沉静。人生平安就是你我之福,何必太多地计较?放松自我的心灵,回归自然,世界那么多的美丽,那么的多快乐,何必让忧愁、烦恼独据你我的心房。平凡的日子最好,最美。

保持谦卑的心 …………………………………………………… 蒋光宇/134

黑与蓝 ………………………………………………………… 王国华/135

在夜里,可以看见星星 …………………………………………… 李雪峰/136

树木的生存智慧 ………………………………………………… 感　动/137

快乐是一种能力 ………………………………………………… 澜　涛/139

身边的风景 ……………………………………………………… 澜　涛/140

快乐准则 ………………………………………………………… 栖　云/141

放弃一半 ………………………………………………………… 栖　云/142

寻找天堂 ………………………………………………………… 佚　名/143

收藏你的阳光 …………………………………………………… 佚　名/144

化解心中的怒火 ………………………………………………… 佚　名/146

位置 ……………………………………………………………… 张丽钧/147

为了看看阳光,我来到世上 ……………………………………… 摩　罗/148

用微笑把痛苦埋葬 ……………………………………………… 蒋　文/149

卑微的心 ………………………………………………………… 缠小被/150

光和影的游戏 …………………………………………………… 邓　笛/151

自己一个人的误会 ……………………………………………… 阿　宽/153

扫阳光的孩子 …………………………………………………… 佚　名/154

日行一善 ………………………………………………………… 刘燕敏/155

知错 ……………………………………………………………… 刘茂胜/156

站在你应该站的位置上 ………………………………………… 佩　人/158

卑微的笑 ………………………………………………………… 佚　名/159

别让灰尘落到心上 ……………………………………………… 佚　名/160

不留痕迹的心 …………………………………………………… 佚　名/161

今天就是礼物 …………………………………………………… 佚　名/162

原则 ……………………………………………………………… 佚　名/163

5

目　录

第六辑　在危难中享受安然

世上有许多事情我们难以预料,虽然我们不能控制际遇,却可以掌握自己;虽然我们无法预知未来,却可以把握现在。只要活着,就有希望,只要每天给自己一个希望,我们的人生就一定不会失色。

看轻自己 …………………………………………………… 李雪峰/166

只要开始 …………………………………………………… 李雪峰/167

自己的对手 ………………………………………………… 李雪峰/168

为人生预设一座独木桥 …………………………………… 感　动/170

怎样才能不让羊逃跑 ……………………………………… 澜　涛/171

吃鸡腿的最佳方式 ………………………………………… 澜　涛/172

你给了生活什么 …………………………………………… 佚　名/173

改变生命的三个字 …………………………… [美]卡耐基夫人/174

面对生活 …………………………………………………… 陈吉伟/175

游向高原的鱼 ……………………………………………… 红　狼/176

愿生生世世为矮人 ……………………………… [菲律宾]罗慕洛/177

高调做事,低调做人 ……………………………………… 吾心木/179

毛毛虫和兔子 ……………………………………………… 佚　名/180

花儿在开 …………………………………………………… 佚　名/181

鹊尾上的盐 ………………………………………………… 朱志斌/182

每天都有一百个担心 ……………………………………… 老　圈/184

忘掉你的龅牙 ……………………………………………… 阿　翔/185

领悟 …………………………………………………… [美]刘　墉/186

两种贫穷 …………………………………………………… 佚　名/187

我们是群懦夫 ……………………………………………… 唐　子/188

过桥的启示 ………………………………………………… 佚　名/190

汉斯的金子 ………………………………………………… 佚　名/191

光之香 …………………………………………… (台湾)林清玄/192

在危难中享受安然 ………………………………………… 佚　名/193

马褂子里的鹅卵石 ………………………………………… 佚　名/194

预言鼠 ………………………………………………… [日本]星新一/195

可能你就是一只北极熊 …………………………………… 月　儿/197

第七辑　好运气缘何降临七次

也许每个人心里都有过这么一盏灯,为自己点亮的同时也为别人点亮,为自己守候的同时也守候着别人。唯有这样点一盏心灯,在这个静寞的秋夜里,让心灵有了寄宿,让人在回眸的时候,仍然相信人世间一切的美好。

路途的顶端 …………………………………………………… 朵　朵/200

两头骆驼 …………………………………………………… 佚　名/201

阿难取水 …………………………………………………… 佚　名/202

一个贫穷的小提琴手 ……………………………………… 凡　华/203

凡事要想开点儿 ……………………………… [美]戴尔·卡耐基/204

学会感恩 …………………………………………………… 佚　名/206

贫困不是理由 ……………………………………………… 姜钦峰/207

花开无语 …………………………………………………… 王建兰/208

没被改写的人生 …………………………………………… 姜钦峰/209

一个失败者的最后挽救 …………………………………… 苏　者/211

请你相信,我一定回来 …………………………………… 姜钦峰/212

生命的极致 ………………………………………………… 聂小武/214

不要被欲望遮住了眼 ……………………………………… 聂小武/215

一个人的奔跑 ……………………………………………… 澜　涛/216

理直也气和 ………………………………………………… 佚　名/217

成功需要多长时间 ………………………………………… 李雪峰/218

为别人撑开雨伞 …………………………………………… 澜　涛/219

没谁会忘掉你的诺言 ……………………………………… 刘燕敏/220

第八辑　把心情加工一下

不要幻想生活总是那么圆圆满满，也不要幻想在生活的四季中享受所有的春天，每个人的一生都注定要跋涉沟沟坎坎，品尝苦涩与无奈。只要心中的信念没有萎缩，只要自己的季节没有严冬，即使凄风苦雨又奈我何？把心情加工一下，换一种心情看待人生，或许你会发现，生活中并不缺少阳光。

为自己，也为别人 ……………………………………………… 佚　名/224
把石头垫在脚下 ………………………………………………… 海星星/225
天使之声 ………………………………………………………… 赵　焰/226
情绪过滤器 ……………………………………………………… 佚　名/227
一只巴掌也能拍响 ……………………………………………… 澜　涛/228
盲人按摩师的风景 ……………………………………………… 罗　西/229
让琐事一边去 …………………………………………………… 佚　名/230
箴言 ……………………………………………………………… 佚　名/231
钉钉子和拔钉子 ………………………………………………… 佚　名/233
宁愿做傻瓜 …………………………………………………… [美]刘　墉/234
企业家和哲学家 ………………………………………………… 佚　名/235
拿一个自己的奖牌 ……………………………………………… 佚　名/236
萝卜花 …………………………………………………………… 佚　名/238
失败了也能笑出来 ……………………………………………… 佚　名/239
悬崖上的舞蹈 …………………………………………………… 佚　名/240
幸福的篮子 ……………………………………………………… 佚　名/242
拥有一颗平常心 ………………………………………………… 佚　名/244
失败了也要昂首挺胸 …………………………………………… 刘燕敏/245
谁都可能走弯路 ………………………………………………… 澜　涛/247

第九辑　虽然错过春天,还将收获秋天

只有适合自己的生活,才是正确的生活。要想活得快乐一些,轻松一些,就必须改变凡事一定要坚持到底的说法,尤其是一些你不喜欢、不感兴趣的事情和工作。人生不可能太完美,有个缺口让福气流向别人是很愉快的一件事,你不需要拥有全部的东西。记住:只有适合自己的生活,才是幸福快乐的生活。

快乐总在放弃之后 ………………………………… 佚　名/250
开心一笑 …………………………………………… 星　竹/251
虽然错过春天,还将收获秋天 …………………… 佚　名/252
同样珍贵 …………………………………………… 佚　名/254
悠然下山去 ………………………………………… 王一木/255
学会放弃 …………………………………………… 佚　名/256
第二名有什么不好 ………………………………… 佚　名/257
富翁的西瓜 ………………………………………… 佚　名/258
纯金与镀金 ………………………………………… 佚　名/259
一个人的空篓子 …………………………………… 佚　名/260
得到和失去 ………………………………………… 晓　雪/261
两棵梨树 …………………………………………… 沈岳明/262
生气的骆驼 ………………………………………… 凡　夫/263
放下就是快乐 ……………………………………… 佚　名/264
疲于奔命的"兔子" ………………………………… 佚　名/265
割断贪欲之绳 ……………………………………… 佚　名/266
被放弃的理想 ……………………………………… 小　丑/267
将军变上校 ………………………………………… 佚　名/269
泼向孩子的酒 ……………………………………… 浩　瀚/270
扛船赶路 …………………………………………… 佚　名/272
放弃之勇 …………………………………………… 佚　名/273

目录

第十辑　人生因换车票而改变

人生充满机遇。然而，机遇对每个人来说都是公平的，只是有些人抓住了，有些人抓不住；有些人发现了，有些人却茫然不知；有些人在不断创造机会，而有些人则在苦等机会。不要以为机遇是一个依约前来的客人，他只是途经你家门前的路人。

你就是自己的奇迹 ……………………………………… 姜钦峰/276

佛兰 …………………………………………………… 李雪峰/277

零和万分之一 ………………………………………… 包利民/278

把握时机 ……………………………………………… 李雪峰/280

身后的路上也有花朵 ………………………………… 澜　涛/281

伏上鹰背 ……………………………………………… 澜　涛/282

亮剑 …………………………………………………… 王国华/283

记住自己的优势 ……………………………………… 陆勇强/284

树叶 ………………………………………… [美]大卫·米德/285

昨天的太阳 …………………………………………… 佚　名/287

父亲的告诫 …………………………………………… 佚　名/288

心愿石 ………………………………………………… 佚　名/289

再给自己一个机会 …………………………………… 佚　名/291

机遇是为谁准备的 …………………………………… 张小失/292

昙花一现 ……………………………………………… 佚　名/293

机会的苹果 …………………………………………… 佚　名/294

机会的种子 …………………………………………… 佚　名/295

改变孩子一生的故事全集

第十一辑　脚比路长，只要你还在走

无论前方有多远，只要一脚一脚执着地走下去，所有的坎坷都将被我们踩在脚下。我们不怕目标的高远，只怕没有追寻的勇气、热情和执着。只要心头时时燃烧着坚定的信念，一往无前地行进下去，你就会惊讶地发现——很多所谓遥不可及的地方，其实真的并不遥远。

上帝的孩子 …………………………………………… 崔鹤同/298

永不言败 ……………………………………………… 蒋光宇/299

只要有战场 ……………………………………………… 王国华/301

坚持到底 ……………………………………………… 王国华/302

心灵的灯芯 …………………………………………… 李雪峰/303

让生活沸腾 …………………………………………… 李雪峰/304

最可怕的欺骗 ………………………………………… 感 动/305

只乘一条船 …………………………………………… 澜 涛/306

请把焦点对准我 ……………………………………… 黄俊然/307

别把自己当弱者 ……………………………………… 姜钦峰/309

坚持是一种赢的姿态 ………………………………… 木 子/311

为自己创造一个奇迹 ………………………………… 佚 名/312

在逆境中成长 ………………………………………… 董 慧/313

微笑如花 ……………………………………………… 明飞龙/314

穿越时空的演奏 …………………………… [美]戈瑞·司奇米迪/315

没有什么是不可能的 ………………………………… 佚 名/317

希望的种子 …………………………………………… 佚 名/318

脚比路长 ……………………………………………… 褚振江/319

驯马经 ………………………………………………… 佚 名/320

忍受极限 ……………………………………………… 林 夕/321

第十二辑　一次喝彩,改变了他的一生

　　我们以相同的方式来到这个世界,却以不同的方式活着。没有人要求我们做得多好,但可以活出自己的特色。不必刻意去做什么,只要每天去做自己应做的事,自己能做的事,就已经足够,因为你就是你。世界也许并不会因你有太多的不同,但会因为有你而多了一道美丽的风景。

一次喝彩,改变了他的一生 …………………………… 张 峰/324

金子和沙粒 …………………………………………… 佚 名/325

每个人都是从跌倒中学会走路的 …………………… 澜 涛/326

第三块砖 ……………………………………………… 澜 涛/327

蝴蝶和马嘉鱼 ………………………………………… 蒋光宇/328

最小的敌人 …………………………………………… 马国福/329

只弯一次腰 …………………………………………… 马国福/330

失败中的成功 ………………………………………… 李雪峰/332

购买绝望 ……………………………………………… 林 夕/333

你就是第一 ……………………………………………………… 冯有才/334

个性是你真正有价值的地方 ……………………………………… 刘燕敏/336

砍掉那双"完美的手" …………………………………………… 英　涛/337

走错的也是路 …………………………………………………… 无　歌/338

同样一斤米 ……………………………………………………… 佚　名/339

如何竖立鸡蛋？ ………………………………………………… 佚　名/340

小老鼠的命运 …………………………………………………… 佚　名/341

在嘘声中唱完一首歌 …………………………………………… 佚　名/342

人生有 5 枚金币 ………………………………………………… 林　夕/344

不要等到比原来还少 …………………………………………… 澜　涛/345

第一辑　当一块石头有了愿望

　　这个世界并不缺少有理想的人，缺少的只是能将理想实现的人。当一棵草有了愿望，它会开出一朵花儿；当一只蚌有了愿望，它会育出一颗珍珠；当一块石头有了愿望，它会成就一座城堡。当我们经过梦想的磨练与拼搏之后，我们也能让生命之蛹破茧而出，化蛹为蝶，绽放属于我们自己的五彩缤纷！

> 有些东西则人人都可以选择，比如自尊、自信、毅力、勇气，它们是帮助我们穿破命运之茧、由蛹化蝶的生命之剑。

让生命化蛹为蝶

◆文/明飞龙

一个小孩，相貌丑陋，说话口吃，而且因为疾病导致左脸局部麻痹，嘴角畸形，讲话时嘴巴总是歪向一边，还有一只耳朵失聪。

为了矫正自己的口吃，这孩子模仿古代一位有名的演说家，嘴里含着小石子讲话。看着嘴巴和舌头被石子磨烂的儿子，母亲心疼地抱着他流着眼泪说："不要练了，妈妈一辈子陪着你。"懂事的他替妈妈擦着眼泪说："妈妈，书上说，每一只漂亮的蝴蝶，都是自己冲破束缚它的茧之后才变成的。我要做一只美丽的蝴蝶。"

后来，他能流利地讲话了。因为他的勤奋和善良，他中学毕业时，不仅取得了优异成绩，还获得了良好的人缘。

1993年10月，他参加全国总理大选。他的对手居心叵测地利用电视广告夸张他的脸部缺陷，然后写上这样的广告词："你要这样的人来当你的总理吗?"但是，这种极不道德的、带有人格侮辱的攻击招致大部分选民的愤怒和谴责。他的成长经历被人们知道后，赢得了选民极大的同情和尊敬。他说的"我要带领国家和人民成为一只美丽的蝴蝶"的竞选口号，使他以高票当选为总理，并在1997年再次获胜，连任总理，人们亲切地称他是"蝴蝶总理"。他就是加拿大第一位连任两届的总理让·克雷蒂安。

是的，有些东西我们无法改变，比如低微的门第、丑陋的相貌、痛苦的遭遇，这些都是我们生命中的"茧"。但有些东西则人人都可以选择，比如自尊、自信、毅力、勇气，它们是帮助我们穿破命运之茧、由蛹化蝶的生命之剑。

成长悟语 Cheng Zhang Wu Yu

并不是每一条毛毛虫都能蜕变成美丽的蝴蝶，只有拥有想飞翔的心，美丽才能降落在你的身上。改变不了的是现实，能改变的是战胜困难和困苦的勇气，不在黑暗的命运之茧中战斗，就永远无法看到蓝天的辽阔。

> 沿着千万人走过的路，永远不会留下自己的脚印。只有行走在无人涉足的艰难境地，生命才会留下深深的印痕。

大地上的足迹

◆文/包利民

韦伯是美国圣日公司一名普通的员工。一开始他还勤勤恳恳地做自己的工作，可是后来他发现在公司里像自己这样的人有上千人，想靠勤奋工作脱颖而出是难于上青天。于是他的热情锐减，每天漫不经心地打发着时光。

一天，公司派韦伯去城郊的一个农场送份材料，农场主是一个四十多岁的黑人。办理完公事后，这位黑人大叔问韦伯："小伙子，你在圣日公司干得怎么样啊？"韦伯苦笑着回答说："不是很好啊！我只是一名普通的员工，做着再普通不过的工作，而公司里像我这样的人有上千个，就算我再努力，也不会有什么辉煌的业绩，更不用说什么前途了！"黑人大叔"呵呵"一笑，问："小伙子，你回头看看，能不能找到我们走过的足迹？"

此时二人正漫步在农场里的小路上，韦伯回头看了看，平整的路上根本没有一个脚印，于是他摇了摇头。黑人大叔说："找不到吧！其实我们的脚印已经留在了上面。最初这里是没有路的，只是走的人多了，他们的脚印重叠在一起，才成了路。在成千上万人走过的地方，是很难看到自己的脚印的！"

韦伯若有所思地点了点头，黑人大叔又说："我们去那边的田地里转转！"走在松软的土地上，他们身后留下了两行深深的足迹。黑人大叔意味深长地说："你看，只有在别人没有涉足的地方，甚至是在泥泞之中行走，才会留下深深的脚印啊！"韦伯的心里一震，忽然就涌起了一种前所未有的激情。

回到公司后，韦伯就像变了一个人，他在工作中创新求变，时常提出一些全新的观点和建议，使得公司上下对他刮目相看，并不断得到重用和提升。15年后，他成了圣日公司第四任总经理。

沿着千万人走过的路，永远不会留下自己的脚印。只有行走在无人涉足的艰难境地，生命才会留下深深的印痕。

人之所以是万物之灵，是因为每个人都是不同的，每个人走的命运之路也是各异的。对比起一块不会动的石头，对比起不会思考的动物，人因为思考而繁衍发展，人的生命因为创新而显得缤纷绚丽。

昨天的辉煌照不亮今天的路，成绩只代表过去，而今天则需要去把握去努力。这样回望昨天，才不会有后悔的感觉。

今天不够好

◆文/包利民

这是我一个朋友书房墙上贴的一副字，第一次看时，首先吸引我的，是那五个字，每一笔都颇见功力，特别是"天"字最后一捺，直欲破壁而出。我知道他的书法曾获过大奖，不过现在他却很少写字，只是偶尔自娱一下。

我曾问过他为什么不接着练书法，因为大家都觉得他在这方面有前途。他说："因为我已经无法超越了。原来我也是这样想的，在书法方面有潜力，可是有一天我忽然发现人们见到我时总是提起我以前获奖的事，震惊地明白，我的今天永远超越不了明天。所以我现在改学写文章了。"

说着他拿出一年来他发表过的文章让我看，我惊讶于他的进步。他指着墙上的字，说："我每天都在努力，怕被昨天抛在后面。当人们只看到你昨天的辉煌时，那就是说明你今天不够好！所以当我发现无论自己怎样努力，今天依然无法超越明天，所以这个时候我就该转向了，因为在这个领域内已经没有发展。"

我再次审视那五个字，大家都看到你昨天的辉煌，是因为今天不够好，这也许才是最接近本质的一个解释。可笑我们还沉醉在昨天的成绩中沾沾自喜。见我不语，朋友说："我及时转向，并不是说在原先的领域里我达到怎样的高度了，而是对于我本身来说，的确是无法再进步！虽然有那么一点儿成绩，可是和真正的高手相比，实在是殊不足道。也许有一天我会找到一个让我每天都进步，却永远达不到最高点的事业呢，我说的最高点，也是针对我个人来说的！"

我感激地微笑，那五个字深印在我心里。是的，只有每天都进步一点点，才能不断地超越。昨天的辉煌照不亮今天的路,成绩只代表过去,而今天则需要去把握去努力。这样回望昨天,才不会有后悔的感觉。

　　生命,在于超越。超越成就,超越昨天,超越自己。超越是一种突破,是一种重生,是一种创造。生命的成就不在于你站得有多高,而在于你不停超越原来的高度。人生的路,走得慢不可怕,原地不动才可怕。

　　在成功的路上,进取的脚步往往比果实更珍贵,心灵不敬慕你得到了什么,心灵只敬慕那些不懈奋取的脚步和过程。

比果实更珍贵

◆文/李雪峰

　　一个古希腊国王已经生命垂危了,国王的一群王子们焦急地围在病榻前,谁都渴望国王能把那顶至高无上的王冠和金杖传给自己,使自己成为威赫四海、权倾天下的新国王。

　　奄奄一息的国王又何尝不知道这些王子们的心思呢?他对自己的王子们说:"在这开满了花朵的土地上我生活了一辈子,我终生都沉醉在那些奇花异草之中,现在我要走了,如果你们谁能给我在王宫后花苑采来一朵最美丽、也是我最爱的花朵,我就将国王的桂冠留给谁。"

　　王子们一听,都慌忙争先恐后地涌到了王宫的后花苑里去。正是春天,后花苑里百花怒放、蝶飞蜂舞,玫瑰、勿忘我、白玉兰、郁金香等争奇斗妍相映生辉,哪一种花最美丽?哪一种花朵才是国王最喜爱的呢?一个个王子在甬道和花丛中跑来跑去,他们都想在最短的时间里最快地找到最美丽、也是国王最喜爱的那一种花朵。

　　只有一个王子没有在甬道和甬道两旁的花丛中逗留,来到花苑后,他就马上拔出佩剑,一剑一剑削除荆棘,拼命地往花丛深处走,他思忖后花苑是国王以前常常光顾的地方,国王沿花苑的甬道赏花观花,甬道两旁哪还会有能够打动国王的花朵

第一辑 当一块石头有了愿望

呢?

很快,所有的王子都采撷了一朵自认为是最漂亮的花朵来到了国王的病榻前,他们一个一个纷纷把自己采来的花朵捧给国王看,国王看一朵失望地摇了摇头,又看一朵又失望地摇了摇了头,没有一朵能使国王感到满意的。就在国王就要彻底失望的时候,佩剑的那个王子满身伤痕地匆匆赶回来了,他用染着斑斑血迹的双手给国王捧上了一个核桃大小的蓓蕾,愧疚地对国王说:"我找遍了花苑的深处只找到了这一朵蓓蕾,没有找到一朵更美的花朵。"

国王说:"花苑深处没路啊,你是如何走到那些花丛深处的?"

王子说:"花丛深处是没路,可我有剑,我用剑削掉荆棘,就开出了路。"奄奄一息的国王接到这位王子递上来的那枝蓓蕾,欣慰地笑了说:"深海海底的一粒砂,也比海边的一粒珍珠更珍贵;一枚新径上采来的草叶,也比花盆里的玫瑰高贵,何况你采来的还是一朵含苞蕴放的蓓蕾呢?"

国王当然把王冠和金杖留给了这位捧来蓓蕾的王子。

在成功的路上,进取的脚步往往比果实更珍贵,心灵不敬慕你得到了什么,心灵只敬慕那些不懈奋取的脚步和过程。

成长悟语 Cheng Zhang Wu Yu

　　一个贫穷的孩子,通过自己的努力,改变了自己的处境,虽然他没有值得夸耀的财富,但他比一个不思上进、靠父母的巨额财产吃饭的富家子弟更值得我们尊敬。

　　面对梦想道路上的困苦艰难坎坷,执着是最好的利刃,它会帮助一个人劈开艰难,穿越困境,抵达铺满鲜花的梦想。

执着的力量

◆文/澜　涛

　　这个世界上最大的力量是什么?当你放弃了许多,而不能丢掉的都有什么?从默默无闻到梦想成真、成就生命都需要什么?坚强、刻苦、智慧……也许每个人都会罗列出一些自认为的必不可缺的要素,这其中一定都会有这样一个词——执着。

有这样一个孩子,因为父母双双早逝,自幼就开始了贫病交加、无依无靠的生活,尝尽了人生艰辛。为了养活自己,他不得不到一家印刷厂做童工。虽然环境很苦,但喜爱看书读报的他还是非常珍视这份工作。

一天,他在一家书店的橱窗前看到一本书,他伫立在书橱前,贪婪地盯看着那本书,手不停地摸着口袋里仅有的买晚饭的钱。为了能够买下自己喜爱的书,他不得不挨饿,从饭钱中挤攒钱。

这天,他在路过书店时,发现书店的书橱里有一本打开的新书,便如饥似渴地读了起来,直到把打开的两页读完才恋恋不舍地走开。第二天,他又身不由己地来到了书橱前,惊奇的是,那本书又往后翻开了两页!他又一气读完了。他是多么想把它买下来啊,可是书价太高了,他必须不吃不喝一个月才能够攒够买书的钱。第三天,奇迹又出现了,书页又往后翻开了两页。此后每天书页都会往后翻开两页,他就每天都来读,直到把全书读完。这天,书店里一位慈祥的老人抚摩着他的头发说道:"好孩子,从今天起,你可以随时来这个书店,任意翻阅所有的书籍,不需要付一分钱。"

日月如梭,这个少年后来成为了著名的作家和记者,他就是英国一家晚报的主编,本杰明·法利吉尤。让身处困境的本杰明·法利吉尤成就绚丽人生的有书店老人的温存怜爱、爱护关怀、鼓励鞭策,更因为他自己对命运的不屈,对热爱的执着。

执着的力量帮助他从台阶的最下一阶,登上了令人仰羡、让己无憾的高处。

面对梦想道路上的困苦艰难坎坷,执着是最好的利刃,它会帮助一个人劈开艰难,穿越困境,抵达铺满鲜花的梦想。也许,有时执着也并不一定能将你带进成功,但一定会让你离目标最近,让你的生命俯仰无憾。无憾的生命其实已经就是一种成功的人生了。

成长悟语 Cheng Zhang Wu Yu

　　如果能力是帆布的话,执着就是悬挂帆布的桅杆,没有桅杆,帆布只是一块最平凡的布。执着的桅杆越高,越坚固,你的命运之舟就行驶得越快!生命常常会有风浪,但只要执着的桅杆没断,你的梦想就在彼岸。

正如赖斯的母亲所说,只要你想,并且为之奋斗,你就有可能做成任何大事!

只 要 你 想

◆文/陈明聪

一个黑人母亲带女儿到伯明翰买衣服。一个白人店员挡住女儿,不让她进试衣间试穿,傲慢地说:"此试衣间只有白人才能用,你们只能去储藏室里一间专供黑人用的试衣间。"可母亲根本不理睬,她冷冰冰地对店员说:"我女儿今天如果不能进这间试衣间,我就换一家店购衣!"女店员为留住生意,只好让她们进了这间试衣间,自己则站在门口望风,生怕有人看到。那情那景,让女儿感触良深。

又一次,女儿在一家店里摸了摸帽子而受到白人店员的训斥,这位母亲再次挺身而出:"请不要这样对我的女儿说话。"然后,她对女儿说:"康蒂,你现在把这店里的每一顶帽子都摸一下吧。"女儿快乐地按母亲的吩咐,真把每顶自己喜爱的帽子都摸了一遍,那个女店员只能站一旁干瞪眼。

对这些歧视和不公,母亲对女儿说:"记住,孩子,这一切都会改变的。这种不公正不是你的错,你的肤色和你的家庭是你不可分割的一部分,这无法改变也没有什么不对。要改变自己低下的社会地位,只有做得比别人好、更好,你才会有机会。"

从那一刻起,不卑不屈成了女儿受用一生的财富。她坚信只有教育才能让自己获得知识,做得比别人更好;教育不仅是她自身完善的手段,还是她捍卫自尊和超越平凡的武器!

后来,这位出生在亚拉巴马伯明翰种族隔离区的黑丫头,荣登"福布斯"杂志"2004年全世界最有权势女人"宝座,她就是美国国务卿赖斯。

赖斯回忆说:"母亲对我说,康蒂,你的人生目标不是从'白人专用'的店里买到汉堡包,而是,只要你想,并且为之奋斗,你就有可能做成任何大事。"

现实是无奈的,但这并不意味着,我们就丧失了一切选择的权利。因为,歧视和不公在制造了灰暗的同时,还催生了奋斗。

是的,我们无法选择种族、血缘,无法选择身体、发肤,但我们可以选择奋斗。

在没有得到你的同意前,任何人都无法让你感到自惭形秽。正如赖斯的母亲所说,只要你想,并且为之奋斗,你就有可能做成任何大事!

有人说过,人最大的敌人是自己。输给了胆怯,输给了自卑,输给了自己,人怎样能战胜世界。心里怀有一个梦想,你才能去追逐梦想。世界上最可怜的人,是不敢拥有梦想的人。

这个世界不公平,这个世界又很公平。因为一切都以实力说话,不要在成功者的无知面前窃笑和暗喜,那是一种自我麻醉。

无知者的成功

◆文/流　沙

采访一位企业老总,末了,我说等稿子写完后我传来给你过目,问他的e-mail地址。

他说什么e-mail地址,我说电脑网络上用的电子邮件地址,他还是一脸茫然。显然他不懂e-mail为何物。

我把这件事讲给记者朋友听,以为朋友会笑的,他却一本正经地说:也许因为他不知道什么是e-mail的地址,才会有今天的成就。

一个简单的逻辑就是,他不懂电子邮件为何物,却没有妨碍他的成功。而我们,拥有几个甚至十个以上的电子邮件地址,却仍在满世界寻找更好的机会。

这样的推论有些搞笑。但世间的真理有时隐藏在简单之中,显得极为质朴而平实。

中国的富翁,以民营企业家居多。他们在十年、二十年前还是在田地里耕作,他们懂农作物的时季,却不懂经济理论,也不懂先进科学技术,更读不懂外文资料,但是他们成功了,他们用最原始的手段积聚财富和人才,借着对民事的洞察和政策的理解,走上奇迹般的创富道路。

这个世界也许可以追求许多细节,但是最终还是以实力说话。你说他们什么也没有,你说他们就是农民小富的无限次放大,但我们不得不承认,他们成功了。

把成功者的一切都认为必须是成功的,那是美化和揣测。而把所有的细节都做成功才能大功告成,那是天大的谬误。盖茨大学没有毕业,如果让他到现在的人才

第一辑　当一块石头有了愿望

市场求职，也许只能当一个送货工或是推销员，但是他成了世界首富。

你的学历比盖茨高，你的阅历比盖茨丰富，你的体魄比盖茨强，你的所学对盖茨来说，他肯定是无知，但是你却没有成功。

这个世界不公平，这个世界又很公平。因为一切都以实力说话，不要在成功者的无知面前窃笑和暗喜，那是一种自我麻醉。还是让我们在实力面前无话可说，然后设法去效仿、寻找和追赶。

其实并不是成功者无知，而是无知者不懂成功——拿成功者某一无关轻重的弱项，嘲笑成功者的无知，而不是拿自己的不足，对比成功者的强项，继而努力学习，这样的无知者，比看不到成功者成功钥匙的人更可悲。

真正能改变人生的不是祈祷对手输给你，而是自信自己能赢对手；只有自己发光了，你才能照亮自己的人生。

重要的是使自己强大起来

◆文/佚　名

一位搏击高手参加锦标赛，自以为稳操胜券，一定可以夺得冠军。

出乎意料之外，在最后的决赛中，他遇到一个实力相当的对手，双方竭尽全力出招攻击。当对打到了中途，搏击高手意识到，自己竟然找不到对方招式中的破绽，而对方的攻击却往往能够突破自己防守中的漏洞。

比赛的结果可想而知，搏击高手惨败在对方手下，也失去了冠军的奖杯。

他愤愤不平地找到自己的师父，一招一式地将对方和他搏击的过程，再次演练给师父看，并请求师父帮他找出对方招式中的破绽。他决心根据这些破绽，苦练出足以攻克对方的新招，决心在下次比赛时，打倒对方，夺回冠军的奖杯。

师父笑而不语，在地上画了一道线，要他在不能擦掉这道线的情况下，设法让这条线变短。

搏击高手百思不得其解，怎么会有像师父所说的办法，能使地上的线变短呢？

最后，他无可奈何地放弃了思考，转向师父请教。

师父在原先那道线的旁边，又画一道更长的线。两者相比较，原先的那道线，看起来变得短了许多。

师父开口道："夺得冠军的关键，不仅仅在于如何攻击对方的弱点，正如地上的长短线一样，只有你自己变得更强，对方如原先的那道线一样，也就在相比之下变得较短了。如何使自己更强，才是你需要苦练的根本。"

在夺取成功的道路上，在夺取冠军的道路上，有无数的坎坷与障碍，需要我们去跨越、去征服。人们通常走的有两条路：

一条路是侧重攻击对手的薄弱环节。正如故事中的那位搏击高手，欲找出对方的破绽，给予致命地一击，用最直接、最锐利的技术或技巧，快速解决问题。

另一条路是全面增强自身实力。就是故事中那位师父所提供的方法，更注重在人格上、在知识上、在智慧上、在实力上使自己加倍地成长，变得更加成熟，变得更加强大，使许多问题不治而愈，迎刃而解。

成长悟语 Cheng Zhang Wu Yu

很多人想要寻找对手的弱点，但却很少有人想加强自己的优势。就算没有太阳，暗淡的月亮仍然只是暗淡的月亮。真正能改变人生的不是祈祷对手输给你，而是自信自己能赢对手；只有自己发光了，你才能照亮自己的人生。

妻子告诉他，这些金子都是他这十年里所种的香蕉换来的。面对着满屋实实在在的黄金，奈哈松恍然大悟。

成功的捷径

◆文/佚 名

在很久以前，泰国有个叫奈哈松的人，一心想成为一个大富翁。他觉得成为富翁的最短的捷径便是学会炼金之术。

此后他把全部的时间、金钱和精力，都用在了炼金术的实验中了。不久以后他花光了自己的全部积蓄。家中变得一贫如洗，连饭都没得吃了。妻子无奈，跑到父亲那里诉苦。她父亲决定帮女婿改掉恶习。

他让奈哈松前来相见，并对他说："我已经掌握了炼金之术，只是现在还缺少一样炼金的东西……"

"快告诉我还缺少什么？"奈哈松急切问道。

"那好吧，我可以让你知道这个秘密。我需要3公斤香蕉叶下的白色绒毛。这些绒毛必须是你自己种的香蕉树上的。等到收齐绒毛后，我便告诉你炼金的方法。"

奈哈松回家后立刻将已荒废多年的田地种上了香蕉。为了尽快凑齐绒毛，他除了种以前就有的自家的田地外，还开垦了大量的荒地。当香蕉长熟后，他便小心地从每张香蕉叶下收刮白绒毛。而他的妻子和儿女则抬着一串串香蕉到市场上去卖。就这样，十年过去了，奈哈松终于收集够了3公斤绒毛。这天，他一脸兴奋地拿着绒毛来到岳父的家里，向岳父讨要炼金之术。

岳父指着院中的一间房子说："现在，你把那边的房门打开看看。"

奈哈松打开了那扇门，立即看到满屋金光，竟全是黄金，他的妻子儿女都站在屋中。妻子告诉他，这些金子都是他这十年里所种的香蕉换来的。面对着满屋实实在在的黄金，奈哈松恍然大悟。

成长悟语 *Cheng Zhang Wu Yu*

世界上没有成功的捷径，成功都是需要汗水灌溉和时间积累的。迈向成功的唯一捷径就是脚踏实地，一步一个脚印的前进。再长的路，一步步也能走完，再短的路，不迈开双脚也无法到达。

铜像的底座上刻着一行字：新生活是从选定方向开始的。

生活从选定方向开始

◆文/刘燕敏

比塞尔是西撒哈拉沙漠中的一颗明珠，每年有数以万计的旅游者来到这儿。可是在肯·莱文发现它之前，这里还是一个封闭而落后的地方。这儿的人没有一个走出过大漠,据说不是他们不愿离开这块贫瘠的土地,而是尝试过很多次都走不出去。

肯·莱文当然不相信这种说法。他用手语向这儿的人询问原因,结果每个人的回答都一样:从这儿无论向哪个方向走,最后都还是转回出发的地方。为了证实这种说法,他做了一次试验,从比塞尔村向北走,结果三天半就走了出去。

比塞尔人为什么走不出来呢?

肯·莱文非常纳闷儿。最后他雇了一个比塞尔人,让他带路,看看到底是为什么?

他们带了半个月的水,牵了两峰骆驼,肯·莱文收起指南针等现代设备,只挂一根木棍跟在后面。

10 天过去了,他们走了大约 800 英里的路程,第 11 天的早晨,他们果然又回到了比塞尔。这一次肯·莱文终于明白了,比塞尔人之所以走不出大漠,是因为他们根本就不认识北斗星。

在一望无际的沙漠里,一个人如果凭着感觉往前走,他会走出许多大小不一的圆圈,最后的足迹十有八九是一把卷尺的形状。比塞尔村处在浩瀚的沙漠中间,方圆上千公里没有一点儿参照物,若不认识北斗星又没有指南针,想走出沙漠,确实是不可能的。

肯·莱文在离开比塞尔时,带了一位叫阿古特尔的青年,就是上次和他合作的人。他告诉这位汉子,只要你白天休息,夜晚朝着北面那颗星走,就能走出沙漠。

阿古特尔照着去做,几天之后果然走到了大漠的边缘。从此,他成为比塞尔的开拓者,他的铜像被竖在小城的中央。

铜像的底座上刻着一行字:新生活是从选定方向开始的。

成长悟语 Cheng Zhang Wu Yu

没有目标,再精准的神射手也只能被浪费;没有目标,再快的汽车也只是摆设。人生需要一个目标,需要一个方向。有了目标,潜力才能变成成绩;有了方向,我们才不会在生活的迷雾中迷路。

> 生活其实也不会给我们打草稿的机会,因为我们所认为的草稿,其实就已经是我们人生无法更改的答卷。

生命不打草稿

◆文/思想者

在学书法的时候,我曾经听我的一个老师讲过这样的一个故事:

有一个书法家教学生练字。有一次,一个经常用废旧报纸练字的学生,反映他自己已经跟着书法家学了很长时间,可一直没有大的进步。书法家就对他说:"你改用最好的纸试试,可能会写得更好。"

那个学生按照他说的去做了。果然,没过多久,他的字进步很快。他奇怪地问书法家是什么原因。书法家说:"因为你用旧报纸写字的时候,总会感觉是在打草稿,即使写得不好也无所谓,反正还有的是纸,所以就不能完全专心;而用最好的纸,你会心疼好纸,会感觉机会的珍贵,从而心态投入,也就比平常练习时更加专心致志。用心去写,字当然会进步。"

真的,平常的日子总会被我们不经意地当做不值钱的"废旧报纸",涂抹坏了也不心疼,总以为来日方长,平淡的"旧报纸"还有很多。实际上,这样的心态可能使我们每一天都在与机会擦肩而过。

生命并非演习,而是真刀真枪的实战。生活其实也不会给我们打草稿的机会,因为我们所认为的草稿,其实就已经是我们人生无法更改的答卷。

把生命的每天都当做那最好的一张纸吧!

成功的人有一个鲜明的特征:他们都把自己的事业当做一件艺术品,他们做事的时候认真谨慎,全力以赴。生活不是练习本,而是一份试卷,不能想着写错了就擦掉,生活需要百分百的投入与认真。

输给自己的心

◆文/兰精灵

他和另外两个钳工决战"四强"晋级比赛。他们同是全国优秀钳工排名在前十位中的佼佼者。

比赛的题目是锯一个镂空的钢花，要求完成的时间为一个半小时，锯完的钢花要精确到和模具上的一模一样，要能严丝合缝地放进模具才算是胜利者。锯工是钳工的基本功，也就是说一个优秀钳工一定要有良好的锯工功底，而锯镂空的钢花应该算是基本功中难度最大的了。选手们都开始精心准备，计算从哪个位置开锯所用的时间最短……

比赛前他信心百倍地说，凭他的技术，胜出者必定是自己。

在距比赛结束还有15分钟时，他举起了手。他说，如果有更大的胜算机会，那么他这么做就一定会给另外两名选手造成很大的心理压力。事实证明他的做法的确给另外两名选手很大的压力，甚至有一名选手的锯刀因此折了两次。

他有些自鸣得意。然而随着时间一分一秒的流逝，他有些后悔了，后悔自己没有来得及检查一下"作品"是否足够精确。

1小时30分后，比赛结束。

他迫不及待地第一个把自己的"作品"放在了模具上，很可惜，只差一点点而已，一个很小很小的点使他与金牌失之交臂，同样失败的还有那个锯刀折了两次的选手。

他说："我太想赢了，我太相信自己的技术，唉，如果再晚举手5分钟，再检查一下，或许……"

是的，如果再多给每个人5分钟，每个人都可能成为英雄，然而这就是比赛的残酷性。

而失败有时也不仅仅因为时间，有时也因为我们的心，当我们的心不在自己的身上时，一定会在对手的身上，我们总是幻想踩在别人的头上，但总是不小心踩到自己的脚。

人生不是为了打败对手，而是为了战胜自我。阻止别人前进的时候，你自己也会停止了前进。这就像走路，整天看着别人和风景，却没有留心自己的路，最终常常会把自己的方向迷失掉。

对于成功，有个成语叫"殊途同归"；对于失败，有则寓言叫"臧榖亡羊"，我觉得"臧榖亡羊"对人更有教育意义。

"臧榖亡羊"的启示

◆文/涧　虹

生活中没有不犯错误的人，没有不经历失败的人。只要你在做事，你就有犯错误和失败的可能，除非你什么事情也不做。

有一则"臧榖亡羊"的寓言："臧与榖二人相与牧羊，而俱亡其羊。问臧奚事，则挟策读书；问榖奚事，则博塞以游。二人者，事业不同，其于亡羊均也。"

这则寓言翻译过来意思是：臧和榖两个人在一起放羊，都把自己的羊丢了。问臧做什么来着，他手拿竹简读书；问榖做什么来着，他玩赌博游戏。两个人做的事情虽然不同，丢失羊却是同样的。这则寓言告诉我们：做错了事情，不管原因如何，蒙受的损失是一样的。这里只强调损失是一样的，无论是什么样的原因。那是不是承受一样的损失，就不需要去追查原因呢？答案是否定的，因为必须查明原因。

寓言中的两个人，一个是读书，另一个是赌博，都没有把放羊放在重要的位置，所以羊丢了，这是真正的原因。是责任心问题，做什么事情，都要认真负责，没有责任心的人，就很难做好工作。

一件事情的失败，就要承受失败所带来的后果。但最起码要知道，是什么原因把自己绊倒了，不让同一块石头绊倒，这是我们需要总结的。很多时候，只有经历惨重代价的失败，才能够真正警醒一个人，从而激发一个人的远大志向和决心。

我曾经陪一位姐姐去看妇科病,那位医生是位很有知名度的妇科专家,他开的中医药方治好了这位姐姐的病。他说他立志做一个攻克"痨病"医生的真正原因,是因为他的姐姐就死于"痨病"。这让他在幼小的心灵中就立志,长大一定要当医生,去医治他姐姐这样的"痨病"。现在他成功了,他医治好了无数个像他姐姐一样的病人。

说起错误和失败。每个人都不愿意经历这些,甚至不愿意去面对和承认。可是又有几个人没有经历过呢?许多声名显赫的成功者,谁敢说自己没有犯过错误?没有经历过失败呢?我们往往只看到他们辉煌的一面,没有想到他们经历的坎坷和失败;只看到他们的鲜花和掌声,却没有看到成功背后的痛苦和磨难。

对于成功,有个成语叫"殊途同归";对于失败,有则寓言叫"臧榖亡羊",我觉得"臧榖亡羊"对人更有教育意义。无论是错误还是失败,都要敢于面对。去查明失败的真正原因,总结经验和教训,修正错误,修正自己,从而使自己走一条正确的路。"亡羊补牢",为时不晚。这就是"臧榖亡羊"给我的启示。

成长悟语 Cheng Zhang Wu Yu

人是不可能不犯错误的,我们应该担忧的不是错误,而应该是我们能不能从错误中,找到"亡羊补牢"的方法。还有伟人说过:聪明人从别人的错误中学到东西,蠢人则只是从自己的错误中学。

当巨大的压力、非常的变故和重大责任压在一个人身上时,潜伏在他生命最深处的种种能力,才会突然显现出来,并能无坚不克地做出种种大事来。

把影子留在身后

◆文/佚 名

每人心中都应有两盏灯光,一盏是希望的灯光,一盏是勇气的灯光。有了这两盏灯光,我们就不怕海上的黑暗和风涛的险恶了。

面对困境时,人们往往坐困愁城,百思不得其解,因为我们常会钻入牛角尖,怎么绕也绕不出来。但是当脑筋突然来个急转弯,发现个颇具创意的方法来克服逆境时,这乐趣之大,就远非笔墨所能形容的了。

人生在世免不了要遭受挫折,谁也不会一帆风顺就走向成功。有些人遭受挫折,就放弃了自己的追求;有些人面对挫折,永不屈服,就能获得成功。所以成功还是失败,就在于面对挫折的不同态度。大浪淘沙,优胜劣汰,成功只能归于那些在挫折面前顽强坚持到底的人。拿破仑·希尔说:"不管是暂时的挫折还是逆境,都不会在一个人的意识中成为失败。"

面对挫折,首先,要有一种泰然处之的心态。其次,就是要做客观地分析,找到遭遇挫折的原因。再次,以一种积极的心态改变过去的方式,重新开始朝着目标奋斗。只有这样,才能永不服输、才能不败于挫折,才能走向成功。

无论你做了多少准备,有一点是不容置疑的:当你进行新的尝试时,你可能犯错误,不管作家、运动员或是企业家,只要不断对自己提出更高的要求,都难免失败。但失败并非罪过,重要的是从中吸取教训。

人人都有软弱的时候,只是看他有没有方法使自己平安地渡过这个心绪上的低潮。假如你有力量,够坚强,就会发现总有峰回路转的一天。

如果你有信心,你对前途就不犹豫了;如果你有勇气,你就不怕前途是否有困难或危险了。

人的一生很像是在雾中行走。远远望去,只是迷茫一片,辨不出方向和吉凶。可是,当你鼓起勇气,放下恐惧和怀疑,一步一步向前走去的时候,你就会发现,每走一步,你都能把下一步路看得清楚一点儿。"往前走,别站在远远的地方观望!"你就可以找到你的方向。

不要理会别人的观念! 有些人是中了一点儿魔道,迷信那辉煌的虚名,而不注意每个人独特的专长。

劝你不要紧张! 这些日子,你灰心失望,是必然的现象。你需要时间,让自己恢复神智和体力。

放轻松一些,过些时,再去重新找一个正确的方向,再去努力。最近这些天,你不妨找点儿自己喜欢的事情做做,把烦恼写在日记上。等过一阵之后,你会发现,那失败的痛楚已经逐渐痊愈,那时你会有新的勇气和力量去为自己开拓新的前程。

在当今世界上,不知道有多少人把自己所取得的成就归功于障碍与缺陷。要是没有那障碍与缺陷的刺激,他们可能只会发掘出他们25%的才能,但一遇到针刺般的刺激,他们就会把其他75%的才能也激发出来了。

当巨大的压力、非常的变故和重大责任压在一个人身上时,潜伏在他生命最深处的种种能力,才会突然显现出来,并能无坚不克地做出种种大事来。

成长悟语 Cheng Zhang Wu Yu

失败是什么?没有什么,只是更走近成功一步;成功是什么?就是走过了所有通向失败的路,只剩下一条路,那就是成功的路。向着光明乐观的心灯前进,影子永远只会在我们身后。

你是懂得勤奋与成功之间的关系的,可是你始终不愿承认,或者说是视而不见,因为你害怕付出。

筑巢的奥秘

◆文/张年军

"勤奋是什么?成功是什么?我怎样做到勤奋?怎样才能成功?"

少年这样问老师。

老师把他带到法国梧桐下。他懵懂地问:"老师,您不愿意回答我的问题吗?我提出的这个问题是不是太幼稚了?"

老师没有正面回答他的问题,只是要求他观察这棵梧桐树,具体地说是观察所选定的一个鸟巢,并以 24 小时的时间长度摄下鸟儿筑巢的全过程。

因为是老师交待的任务,他不得不承担下来。

在观察和拍摄鸟儿筑巢的过程中,少年被骄阳炙烤,被雨淋,被风吹,被路人耻笑,他都毫不在意,毫无退却之心,他要搞清楚一个答案,这就是——老师为什么要我这样做呢?他还想搞清楚另一个答案,这就是鸟儿筑的巢,那么坚实,那么牢固,风吹雨淋都丝毫不受影响,难道它们筑巢的过程有什么奥秘吗?

鸟儿筑巢过程拍摄完毕。少年把每一个镜头回放出来时,不禁惊呆了。原来,我们看上去微不足道的鸟儿竟能用它们全部的时间和精力来干这么一件既枯燥又乏味的事情,而且干得兢兢业业、一丝不苟,多少个动作的重复,多少次同一条道上的往返,这一对鸟儿却从未退却,从未迁徙他处,更何况还要遭受骄阳的炙烤、风雨的侵袭……

这时,老师又给少年看另一盘录像带。

少年又一次惊呆了,原来老师站在自家的窗口"偷偷"拍摄了自己艰苦拍摄鸟儿筑巢的全过程。其中人和鸟的动作,岂能只用艰苦、艰辛两个词形容?

少年这才明白了老师的良苦用心。少年同时也知道了勤奋其实就是汗水和毅力的付出,而成功是对勤奋者的最好的回报。

少年说："这么简单的道理，我怎么就非得付出这么大的代价才能弄懂呢？"

"其实你是懂得勤奋与成功之间的关系的，可是你始终不愿承认，或者说是视而不见，因为你害怕付出。只有当你真正付出了巨大的代价之后你才会幡然省悟。"

人生伟业的建立，不在能够知道，而在于能实践。理解勤奋和成功的含义，弄清它们的关系，只要简短轻松的几句话，但真正体验勤奋，体验成功，则需要付出辛勤的汗水和不懈的毅力。

要想成功地做事，首先要成功地做人。做事关系一事成败，做人牵系一生成败。

美德的价值

◆文/阿 唐

当年，还只是一名矿泉水推销员的戴刚，为了推销罐装的矿泉水，每天骑着自行车奔波在城市的大街小巷、公司厂矿。因为当时罐装矿泉水刚刚推出，人们还都不是很认可，他的收获不是很大，最初的一个月，他只推销出去了16罐。他的月薪很低，只有象征性的300元，主要是赚取效益工资，每推销出一罐矿泉水提成5角钱。

第二个月，他新联络到32个用水客户。

第三个月，他依然满怀信心地奔波着。

这天，他骑着自行车驮着一罐矿泉水去给5000米外的一家居民送货。用水居民家只有一位坐在轮椅上的老妇人，在他帮助老妇人将水罐装到饮水机上的时候，老妇人家的电话响了，装好水罐，等待老妇人签收的时候，他通过与老妇人的交谈了解到，老妇人家来了外地客人，客人因为不知道老妇人家的具体位置，让老妇人去车站接，而老妇人的儿子却出差到了外地，保姆又刚刚出去买菜了，老妇人很为难。他试探着询问老妇人，在得到确认后，表示他可以去车站帮助老妇人接客人。他下了 15 楼,到汽车站将老妇人的客人接回来。

一周后,他不断接到老妇人居住的那栋楼住户的订水电话,两周后,老妇人的儿子打来电话,表示他所在的公司决定为每间办公室订水。

此后,不断有新的订水电话打来,说都是那些用水客户介绍来的。第三个月,他的推销成绩猛增到 600 多罐。他想自己的成功应该感谢老妇人,这天,他又一次来到老妇人的家,表示感谢,老妇人却笑着对他说道:"应该感谢的是你自己。因为你帮助了我,我就将你介绍给了我的邻居和我做经理的儿子,建议他们都用你的水。因为像你这样的人,一定拥有许多美德和能力,是一个值得信任的人。我的邻居和儿子又相继将你介绍给了别人……"

半年后,他已经拥有了 4840 多个用水客户,每个月都能够销售出去近 8000 罐水,公司为此配了两辆送水汽车。

他的出色成绩也使他被提升为区域销售经理,底薪达到 3000 元。

仅仅代接了一次客人,就迎来了半年内业绩百倍骤增的机遇。美德总是看似平实,但价值不菲。

要想成功地做事,首先要成功地做人。做事关系一事成败,做人牵系一生成败。

成长悟语 Cheng Zhang Wu Yu

> 金钱不能买到美德,但美德却可以带来金钱。美德能给你带来朋友,带来关怀,带来帮助。在美德上投资,是永远不会亏损的,即使你只是播下一小颗善的种子,你也能收获金色的回赠。

在场的英国首相布莱尔对拉特尔说:"你的两次选择都是无比正确的,你是英国人的骄傲。"

你准备好了吗

◆文/一 佳

1989 年,柏林爱乐乐团首席指挥赫伯特·冯·卡拉扬突然逝世。

柏林爱乐乐团素有"世界第一交响乐团"之称,而它的首席指挥也素有"世界第一指挥"之称。团不可一日无"主"，柏林爱乐乐团很快决定聘请英国著名指挥家西蒙·拉特尔担任首席指挥。

当拉特尔接到柏林爱乐乐团的聘任书时，感到很兴奋，也很惊讶。要知道，柏林爱乐乐团首席指挥的位置几乎是所有指挥家所向往的。但是，在短暂的兴奋之后，拉特尔却拒绝了柏林爱乐乐团的邀请。他对前来送聘书的负责人说："柏林爱乐乐团是以演奏古典音乐而闻名于世的，而我对于古典音乐这门神圣的艺术的理解还不够透彻，如果我接受你们的邀请，恐怕不能带领柏林爱乐乐团迈上一个台阶，反而会起到阻碍作用。"由于拉特尔的执意拒绝，柏林爱乐乐团只好请了另一位著名的指挥家克劳迪奥·拉巴多做了首席指挥。

拉特尔的拒绝令许多人不解，有些英国人认为拉特尔不敢接受挑战，丢了英国人的脸。英国的《太阳报》上发表了一篇文章，标题是"拉特尔没能为英国人民带来荣誉"。

对此拉特尔并不介意。他说："再好的机会，如果你没有能力把握，那么还是放弃为好。"这之后，他默默地去学习去研究古典音乐。经过十年的努力，拉特尔以对古典音乐的不懈追求和透彻理解及自己精湛的指挥和表演一次次取得了成功，令听众倾倒。当然，他也再一次得到了柏林爱乐乐团的青睐。

当卡拉扬的继任者拉巴多光荣退休之后，拉特尔再一次接到了柏林爱乐乐团的邀请。这一次，拉特尔没有丝毫惊讶，也没有丝毫犹豫，毅然接受了邀请。他说："我现在准备好了，我有信心把柏林爱乐乐团带到一个新的高度。"拉特尔登上了"世界第一指挥"的宝座，他以自己出色的指挥带领柏林爱乐乐团创造了音乐史上一个又一个奇迹，带领柏林爱乐乐团迎来了一次又一次辉煌。他成为柏林爱乐乐团的骄傲，也成为全英国人的骄傲。

2002 年 6 月，在一次演出之后，在场的英国首相布莱尔对拉特尔说："你的两次选择都是无比正确的，你是英国人的骄傲。"

成长悟语 Cheng Zhang Wu Yu

在自己不懂、不擅长的领域低下头，谦虚刻苦地学习；在自己能掌握、能操控的领域昂着头，自信地迎接，不放过任何一个表现自己的才能机会。人生的真谛就在这一低头、一抬头之间。

不可思议的结果发生了，连学生自己都惊讶万分，他居然可以将这首曲子弹奏得如此美妙，如此精湛！

钢 琴 课

◆文/佚　名

一位音乐系的学生走进练习室，钢琴上，摆着一份全新的乐谱。

"超高难度……"他翻动着，喃喃自语，感觉自己对弹奏钢琴的信心似乎跌到了谷底，消磨殆尽。已经3个月了！自从跟了这位新的指导教授之后，他不知道，为什么教授要以这种方式整人。勉强打起精神，他开始用十只手指头奋战、奋战、奋战……

指导教授是个极有名的钢琴大师。授课第一天，他给自己的新学生一份乐谱。"试试看吧！"他说。乐谱难度颇高，学生弹得生涩僵滞，错误百出。"还不熟，回去好好练习！"教授在下课时，如此叮嘱学生。

学生练了一个星期，第二周上课时正准备让教授验收，没想到教授又给了他一份难度更高的乐谱。"试试看吧！"上星期的课，教授提也没提。学生再次挣扎于更高难度的技巧挑战。第三周，更难的乐谱又出现了。同样的情形持续着，学生每次在课堂上都被一份新的乐谱所困扰，然后把它带回练习，接着再回到课堂上，重新面临两倍难度的乐谱，却怎么样都追不上进度，一点儿也没有因为上周的练习而有驾轻就熟的感觉。学生感到越来越不安、沮丧和气馁。

教授走进练习室。学生再也忍不住了。他必须向钢琴大师提出这3个月来何以不断折磨自己的质疑。教授没开口，他抽出了最早的第一份乐谱，交给学生。"弹奏吧！"他以坚定的眼神望着学生。

不可思议的结果发生了，连学生自己都惊讶万分，他居然可以将这首曲子弹奏得如此美妙，如此精湛！教授又让学生试了第二堂课的乐谱，学生依然表现出超高的水准……演奏结束，学生怔怔地看着老师，说不出话来。

"如果，我任由你表现最擅长的部分，可能你还在练习最早的那份乐谱，就不会有现在这样的程度……"钢琴大师缓缓地说。

人的区别在于志向的差别。以苍鹰为目标，即使最后不能俯视万物，只能成为麻雀，你最少也拥有了飞翔的能力；以蜗牛为目标，即使成为最好的蜗牛，你也只能在慢慢蠕动中浪费生命。

不要寻找实现不了理想的借口，多想想自己还有什么能力没有动用的。

你能实现梦想

◆文/[美]维吉尼亚·萨迪尔

5年前，我到南方乡村搞福利工作。我要做的就是让每个人相信自己有自给自足的能力，并激励他们去实现自己的想法。

当我来到一个叫密阿多的小镇后，当地政府帮我召集了25个靠政府福利生活的穷人。我和他们一一握手后，问他们的第一个问题是："你们有什么梦想？"每个人都用怪异的眼神看着我，好像我是外星人。

"梦？我们从来不做梦。做梦又不能让我们发财。"其中一个红鼻子寡妇回答我。

我耐心地解释道："有梦想不是做梦。你们肯定希望得到些什么，希望什么事情能突然实现，这就是梦想。"

红鼻子寡妇说："我不知道你说的梦想是什么东西。我现在最想赶走野兽，因为它们总是想闯进我家咬我的孩子。"大家都笑了起来。

我说："哦！你想过什么办法没有？"她说："我想装一扇牢固的、可以防御野兽的新门，这样我就可以出去安心干活了。"我问："有谁会做防兽门吗？"人群中一个有些秃顶的瘸腿男人说："很多年以前我自己做过门，现在恐怕都不会了。不过我可以试试。"

接着我问大家还有什么梦想。一位单亲妈妈说："我想去大学里学文秘，可是没有人照顾我的6个孩子。"我问："有谁能照顾6个孩子？"一位孤寡老太太说："我以前帮助别人带过不少孩子，我想自己能带好那些可爱的小家伙。"我给那个秃顶男人一些钱去买材料和工具，然后让这些人解散了。

一星期后,我重新召集那些穷人。我问那个红鼻子寡妇:"你家的防兽门装好了吗?"

红鼻子寡妇高兴地说:"我再也不用在家守护我的孩子了,我有时间去实现我的梦想了。"

我接着问秃顶男人感想如何。他对我说:"很多年前我给自家做过防兽门,当时做得也不好,后来我就再也没有做过。这次我想一定要做好,结果真的做好了。许多人都说我很了不起,能做那么结实漂亮的门。"

我对需要帮助的穷人们说:"这位先生的经历是个很好的例子。它说明梦想真的是可以实现的。好多时候不是我们自己没有本事,而是我们固步自封,不愿意去尝试,或者不愿意去努力。"

5年后,当我到密阿多回访时,当年那25个穷人中,只有6个智力低下的残疾人继续靠政府福利生活,其余19人都过上了自给自足的幸福生活:红鼻子寡妇种的咖啡收成很好,秃顶男人成了当地有名的木匠,孤寡的老太太开了个托儿所。那个上完大学的单亲妈妈最优秀,她开了一家大家具公司,吸收了许多需要帮助的人到她的公司来就业。

成长悟语 Cheng Zhang Wu Yu

> 一个小孩搬不动一块石头,向父亲请教,父亲说:"你动用你所有的能力没有?"父亲就说:"你还没有动用你所有的能力,你还没有请求我帮忙!"不要寻找实现不了理想的借口,多想想自己还有什么能力没有动用的。

> 在城堡的石块上,薛瓦勒当年的许多刻痕还清晰可见,有一句就刻在入口处一块石头上:"我想知道一块有了愿望的石头能走多远。"

当一块石头有了愿望

◆文/陆勇强

一位名叫薛瓦勒的乡村邮差每天徒步奔走在乡村之间。有一天,他在崎岖的山路上被一块石头绊倒了。

他起身，拍拍身上的尘土，准备再走。可是他突然发现绊倒他的那块石头的样子十分奇异。他拾起那块石头，左看右看，便有些爱不释手了。

于是，他把那块石头放在了自己的邮包里。村子里的人看到他的邮包里除了信之外，还有一块沉重的石头，感到很奇怪，人们好意地劝他："把它扔了，你每天要走那么多路，这可是个不小的负担。"

他却取出那块石头，炫耀着说："你们谁见过这样美丽的石头？"

人们都笑了，说："这样的石头山上到处都是，够你捡一辈子的。"

他回家后疲惫地睡在床上，突然产生了一个念头，如果用这样美丽的石头建造一座城堡那将会多么迷人。于是，他每天在送信的途中寻找石头，每天总是带回一块，不久，他便收集了一大堆奇形怪状的石头，但建造城堡还远远不够。

于是，他开始推着独轮车送信，只要发现他中意的石头都会往独轮车上装。

从此以后，他再也没有过上一天安乐的日子。白天他是一个邮差和一个运送石头的苦力，晚上他又是一个建筑师，他按照自己天马行空的思维来垒造自己的城堡。

对于他的行为，所有人都感到不可思议，认为他的精神出了问题。

二十多年的时间里，他不停地寻找石头，运输石头，堆积石头。在他的偏僻住处，出现了许多错落有致的城堡，当地人都知道有这样一个性格偏执沉默不语的邮差，在干一些如同小孩子筑沙堡的游戏。

1905 年，法国一家报纸的记者偶然发现了这群低矮的城堡，这里的风景和城堡的建筑格局令他叹为观止。他为此写了一篇介绍薛瓦勒的文章，文章刊出后，薛瓦勒迅速成为新闻人物。许多人都慕名前来参观城堡，连当时最有声望的毕加索也专程参观了薛瓦勒的建筑。

现在，这个城堡成为法国最著名的风景旅游点，它的名字就叫做"邮差薛瓦勒之理想宫"。

在城堡的石块上，薛瓦勒当年的许多刻痕还清晰可见，有一句就刻在入口处一块石头上："我想知道一块有了愿望的石头能走多远。"据说，这就是那块当年绊倒过薛瓦勒的石头。

成长悟语 Cheng Zhang Wu Yu

当一块石头有了愿望，它就有了足以绽放一生的美丽。鹰的眼界决定了它翱翔的高度，猎物的距离决定了猎豹奔跑的速度，许下一个愿望，你就有了改变世界的力量。思想走得多远，人就能走得多远。

改变孩子一生的故事全集

在脚下多垫些石头

◆文/佚 名

27

大学刚毕业那会儿,何月被分配到一个偏远的林区小镇当教师,工资低得可怜。其实她有着不少优势呢,教学基本功不错,还擅长写作。于是,何月一边抱怨命运不公,一边羡慕那些拥有一份体面的工作、拿一份优厚的薪水的同窗。这样一来,不仅对工作没了热情,而且连写作也没兴趣。她整天琢磨着"跳槽",幻想能有机会调一个好的工作环境,也拿一份优厚的报酬。

就这样两年时间匆匆过去了,何月的本质工作干得一塌糊涂,写作上也没有什么收获。这期间,她试着联系了几个自己喜欢的单位,但最终没有一个接纳她。

然而,就是这样一件微不足道的小事,改变了何月一直想改变的命运。

那天学校开运动会,这在文化活动极其贫乏的小镇,无疑是件大事,因而前来观看的人特别多。小小的操场四周很快围出一道密不透风的环形人墙。何月来晚了,站在人墙后面,翘起脚也看不到里面热闹的情景。这时,身旁一个很矮的小男孩吸引了她的视线。只见他一趟趟地从不远处搬来砖头,在那厚厚的人墙后面,耐心地垒着一个台子,一层又一层,足有半米高。何月不知道他垒这个台子花了多长时间,不知道他因此少看到多少精彩的比赛,但他登上那个自己垒起的台子时,冲何月粲然一笑。那成功的喜悦和自豪,却是那样的清楚。

刹那间,何月的心被震了一下——多么简单的事情啊:要想越过密密的人墙看到精彩的比赛,只要在脚下多垫些砖头。

从此以后,何月满怀激情地投入到工作中去,踏踏实实,一步一个脚印。很快,她便成了远近闻名的教学能手,编辑的各类教材接连出版,各种令人羡慕的荣誉纷纷落到她的头上。业余时间,何月不辍笔耕,各类文学作品频繁地见诸报刊,成了多家报刊的特约撰稿人。如今,她已被调至自己颇喜欢的中专学校任职。

很多困难看似不可改变,有些缺陷看似不可补救,但只要你立定决心改变,困难和缺陷就会显得不堪一击。如果你不聪明,你就多努力,多借助别人的智慧;如果现实不能改变,你就改变你自己,多给自己垫些上进的石头。

经历了一段时间的挫折与沉淀之后,他选择了重新出发,重新体会到价值与价格的差异。

价格和价值

◆文/佚 名

有一家公司征求业务人员,其中一位应征者资历显赫、能力卓越,对于公司来说,有小庙容不了大佛的顾虑,因此公司对他不抱太大的希望,面谈时,也很诚实地告诉他,依据公司规定,无法给他太高的薪水。原以为会就此打住,不要浪费彼此的时间,没想到他竟然愿意接受不到他原来薪水一半的条件,这让公司有点儿意外。正式上班后,他也没有来自大企业的骄傲,准时上班,报表填写清楚,勤跑客户,过了不久他的业绩远远超乎大家原本的预期,于是在最短的时间内,公司破格让他晋升,而且大幅度加薪。自此,他也更加卖力,为公司创造更好的业绩。

了解之后才知道:原来他在前一家公司已当上主管,工作相当顺利,薪水也十分满意,原以为可以衣食无忧,没想到公司投资失败,老板不知去向,让他哭诉无门。期间,他也曾经因为薪水无法与自己所要求的相符而怨天尤人,总认为自己是怀才不遇。但在经历了一段时间的挫折与沉淀之后,他选择了重新出发,重新体会到价值与价格的差异。

价格是别人赋予的,价值是自我体现的,价值价格常常不等于价值。

如果你是钻石,别人却赋予你玻璃的价格,不要灰心,只要加倍奋斗,努力闪烁光芒,你就能证明自己的价值。

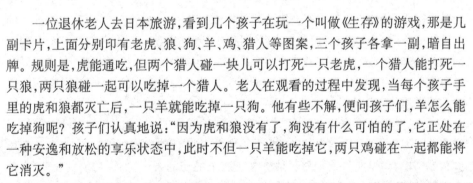

一心贪图安逸与享受,把警惕性抛到九天之外了,就不能不处在一种危险的境地中。

狼和羊的寓言

◆文/止　敬

一位退休老人去日本旅游,看到几个孩子在玩一个叫做《生存》的游戏,那是几副卡片,上面分别印有老虎、狼、狗、羊、鸡、猎人等图案,三个孩子各拿一副,暗自出牌。规则是,虎能通吃,但两个猎人碰一块儿可以打死一只老虎,一个猎人能打死一只狼,两只狼碰一起可以吃掉一个猎人。老人在观看的过程中发现,当每个孩子手里的虎和狼都灭亡后,一只羊就能吃掉一只狗。他有些不解,便问孩子们,羊怎么能吃掉狗呢?孩子们认真地说:"因为虎和狼没有了,狗没有什么可怕的了,它正处在一种安逸和放松的享乐状态中,此时不但一只羊能吃掉它,两只鸡碰在一起都能将它消灭。"

真正的强力不在了,余者的强弱,只是相对而言。弱者合力,能胜强者;强者火并,两者伤亡。优势与劣势,在一定的条件下,是存在的;条件变化了,弱者也可以不为强食。老虎可以吃掉猎人,猎人也可以打死老虎,他们都在强者之列。同他们相比,狗就等而下之了,它的实力,只在羊和鸡之上,在狗身上如果出现了悲剧,那只能是它自身的原因。一心贪图安逸与享受,把警惕性抛到九天之外了,就不能不处在一种危险的境地中。

成长悟语 Cheng Zhang Wu Yu

在自然界里,不但狮子能吃掉羚羊,羚羊也能淘汰狮子。如果狮子贪图安逸,不去锻炼自己,就不能追上羚羊,继而饿死。自然界生存定律是最努力的动物可以继续生存,缺乏竞争力的动物需要被淘汰,其实人类社会何尝不是这样。

> 只要能瞄准一个点，就能敲开成功的大门。哪怕力量微小，只要坚持，就一定能够到达胜利的彼岸。

瞄准一个点

◆文/小　丑

在自然界，不管气候多么恶劣，都有生物在顽强地生存着。在撒哈拉沙漠里，因为一连几个月不下雨，干燥的沙漠在阳光的炙烤下气温越来越高，就是极能耐高温的蛇也很小心翼翼，不然就有被烤熟的危险。白天，蛇只能躲在沙子里，因为沙子的覆盖能使它避免阳光的直接照射，它还可伺机捕捉猎物。它的猎物都是些耐旱的小动物，有蜥蜴、甲虫，还有一些小型飞鸟。如果必须走动时，蛇就将身子弯成"之"字形迅速前进，这样可以避免皮肤长时间与炙热的沙子接触，蛇就是以这种方式顽强地在沙漠里生存下来的。

可是，令生物学家不解的是，有一种类似于麻雀大小的鸟，它的生命力比蛇更顽强。因为鸟儿要到沙地上找食物，所以也不可避免地成了蛇的猎物。鸟儿不但要面对恶劣的自然环境，还要对付躲在沙子底下的蛇的袭击，如果它要生存下去，就必须战胜这一切。

美国生物学家克林莱斯有幸拍到了一组这样的精彩镜头。当鸟儿扑扇着翅膀刚刚停在沙地上准备找食物之时，潜伏在沙子里的蛇猛地张开大口蹿了出来。眼看鸟儿就要成为蛇的果腹之物，可是，顷刻间鸟儿便从劣势转为优势。克林莱斯惊奇地发现，鸟儿在用自己的爪子一下又一下地拍击着蛇的头部，尽管鸟儿的力量有限，它的爪子对蛇的拍击似乎构不成什么威胁，并且蛇依然对鸟儿穷追不舍，但鸟儿并没有停止拍击。鸟儿一边躲闪着蛇的血盆大口，一边用爪子拍击着蛇的头部，其准确程度分毫不差。就在鸟儿拍击了一千多下时，蛇终于无力地瘫软在沙地上，再也爬不起来了。蛇口脱险的鸟儿停在沙地上从容地吃了一些甲虫类的食物后，才扑扇着翅膀慢慢地飞走了。

鸟儿和蛇的力量对比是悬殊的，生物学家唯一能得到的答案就是，鸟儿在经过长期的经验积累后，终于掌握了一套对付蛇的办法，那就是瞄准一个点——蛇的头部，并持之以恒地用爪子拍击。鸟儿以自己坚忍不拔的抵抗方式，在这次力量对比悬殊的较量中赢得了胜利。

在现实生活中，很多人之所以失败就是因为没有瞄准一个点，持之以恒地走下去。而成功者则往往是由于瞄准了这个点，并坚持走到了最后。这个点有时是从脑中一闪而过的灵感，有时是一个稍纵即逝的机遇，有时是恶劣的环境中长期形成的生活积累。是的，只要能瞄准一个点，就能敲开成功的大门。哪怕力量微小，只要坚持，就一定能够到达胜利的彼岸。

钻石是世界上最坚硬的物质，但激光却可以切割最坚硬的钻石。激光的锋利在于它的专注，所有的能量都聚焦在一个极微小点上，所以激光产生了切割钻石的力量。人也一样，只要专心致志，聚焦在一个目标，人也能爆发惊人的力量。

我们虽然规定迟到10分钟取消面试资格，但您为什么立即放弃却不再努力一下呢？……祝您下次成功！

一次未见面的面试

◆文/佚　名

王强说，那是他第一次面试，也是他记忆最深刻的一次面试。

那天，他揣着一家著名贸易公司的面试通知，兴冲冲地提前15分钟到达了那座大厦的一楼大厅里。当时他很自信，他专业成绩好，年年都拿奖学金。贸易公司在这座大厦的21楼。这座大厦管理很严，两位精神抖擞的保安分立在两个门口旁，他们之间的条形桌上有一块醒目的标牌："来客请登记。"

王强向前询问："先生，请问2111房间怎么走？"保安抓起电话，过了一会儿说："对不起，2111房间没人。""不可能吧，"王强忙解释，"今天是他们面试的日子，您瞧，我这儿有面试通知。"那位保安又拨了几次："对不起，先生，2111还是没人；我们不能让您上去，这是规定。"时间一秒一秒地过去。王强心里虽然着急，也只有耐心地等待，同时祈祷该死的电话能够接通。已经超过约定时间10分钟了，保安又一次彬彬有礼地告诉王强电话没通。王强当时压根也没想到第一次面试就吃了这样的"闭门羹"。面试通知明确规定："迟到10分钟，取消面试资格。"王强犹豫了半天，只得自认倒霉地回到了学校。晚上，王强收到一封电子邮件："先生，您好！也许您还不知道，今天下午我们就在大厅里对您进行了面试，很遗憾您没通过。您应当注意到那位保安先生根本就没有拨号。大厅里还有别的公用电话，您完全可以自己询问一下。我们虽然规定迟到10分钟取消面试资格，但您为什么立即放弃却不再努力一下呢？……祝您下次成功！"

成长悟语 Cheng Zhang Wu Yu

一个淘金者，淘尽了方圆几十公里的土地没有发现黄金。在他离开以后，人们在他的矿坑隔壁发现了一个储量巨大的金矿。很多时候，我们和成功只有几毫米的距离，但我们却没有勇气和毅力坚持下去，因此错过了一生的幸福。

第 二 辑

人是不可能被注定的

生活中，有些人总是抱怨遭遇的都是苦难，抱怨面临的都是挑战，抱怨面前的都是黑暗。是的，生活中有坎坷也有苦难，有挫折也有磨练。当我们似乎走投无路的时候，当我们无法把握自己的时候，朋友，为什么不试着改变一下自己呢？这样，无论你身处何种境界都可以笑对人生，静观世间百态，学会用自己的方式活出自己的精彩。

在风中跳舞

◆文/包利民

那一年,独自一人在一个陌生的城市挣扎,为了梦想一次次地被失败击倒。每天的傍晚,我都坐在城市边缘租来的小屋里,隔着窗子看一个中年男人用三轮车驮着他卖剩的手工艺品回来,驮着一路夕阳,也驮着一身的疲惫。这样的时刻我总是感叹这些生活在底层人的命运,我们,有着同样的挣扎。

一路上遇见中年人的人们都会对他一笑,那笑容灿烂而美好。我一直疑惑是什么让他赢得这么多人的笑容,直到有一天房东和我闲聊时才知道原由。房东说:"你是不是觉得那个人很可怜?"我点了点头,房东说:"他也曾辉煌过!"我睁大了眼睛,在房东的讲述中心竟慢慢地濡湿了。这个中年人很有手艺,常做些精巧的手工艺品出去卖,渐渐地,买卖越做越大,成了规模,最后注册了自己的公司。一开始公司的生意很红火,后来合作者把钱卷走,公司倒闭。于是他又开始沿街叫卖自己的手工艺品,后来有外国人看中了他的产品,很是欣赏,便投资给他又成立了公司,产品销往国外。可是没过多久,那个外国人因涉嫌走私被逮捕并遣送出境,他的公司又完了。如今,他又开始在沿街叫卖。人们对他不服输的态度很是敬佩,所以都对他报以一笑,也相信他终会走出低谷。

我的确很受鼓舞,和中年人相比,自己的境遇要比他好得多,所谓的挫折也算不上什么打击。消极的心境登时被希望所代替,然而有些事做起来是如此地艰难,境遇并没有因希望而改变半分。

一天一个朋友来访,我带她去郊外游玩,那儿有一座大山,是个旅游景点。于是我们爬山,那天风很大,到得山顶,风就更猛烈了,吹得我们的衣衫猎猎作响。山顶有一棵树,被风刮得左右摇晃,像随时都会倒下的样子。见我看着那棵树,朋友问:"你在想什么?"我说:"你看那棵树多可怜,每天都在风里摇摆,说不定哪天就会倒下!"朋友笑着说:"我并不觉得它可怜啊!反而更羡慕它,每天都在风中跳舞,风越大舞得越起劲儿,多好!"那一瞬间我的心猛地震了一下,眼前出现了一个全新世界,长风浩荡,舞姿翩翩,那棵树在我眼中变得高大起来。我忽然就想到了那个沿街叫卖的中年人。

磨难是人生的试金石。在挫折中苦苦挣扎,看到的全是阴影,那么你终究会在磨难中倒下;而用一种乐观的心态去看待磨难,那么所有黯淡的际遇都将成为你生命中灿烂的点缀。磨难有时甚至是我们的朋友,因为它可以淘汰掉太多的竞争对手,从而使我们有机会浮出水面。所以从那以后我开始笑对磨难,风越大,就让自己的舞姿越动人!

积极的人在每一次忧患中都看到一个机会,而消极的人则在每个机会都看到忧患。消极的人眼睛只会看到影子里的黑暗,而积极的人能从影子联想到一定有一个光明的太阳在前方。

那以后我再不为挫折打击而失去斗志,也不再羡慕那些正在辉煌的人。因为我明白,身处黯淡的境遇之中,会更长久地保持一颗洁白晶莹之心!

最后的雪

◆文/包利民

也许生活的路总会有些坎坷,也知道经过磨砺的人生才会更真实,只是当黯淡的境遇真的来临时,心中的失落与抱怨还是不可摒弃的。那一年背运一直与我不离不弃,短短的几个月的时间里,各种挫折打击纷至沓来。那些日子,我的心沉重到了极点,几度生出厌世的念头。

艰难地度过了一个生命中最寒冷的冬天,当春天的阳光洒满大地的时候,我的心却丝毫感觉不到温暖。那一天我独自在街上闲逛,心似浮云无着无落,忽然遇见了我初中时的语文老师。当年她极赏识我,我疯狂地爱上写作和她的鼓励是分不开的。在老师慈祥的目光中,我情不自禁地向她讲诉了自己的一切。她轻叹了一声,说:"我陪你去山里走走吧!"

走在向阳的山坡上,树干已露出了些许绿色,地上没有一点儿冰雪的痕迹。我和老师就这样无言地走着，踩着地上软软的土壤。转过山去，周围一下子阴暗了许多，地面也坚硬起来，吹过的风也没有了暖意。忽然，老师用手一指山坡上，说："你看，那里居然还有雪！"我望过去，果然，在背阴的山坡上，一些洁白的雪静静地堆积在那里，仿佛春天还不曾来过。我们跑过去，那些雪依然有着严冬的风骨，一直以为雪早已在这个世间消失得没有影踪了的。老师看着那些雪说："你看，这些雪落在了山的背面，在这样阴暗的一个环境中，它们却保留到了最后！"是啊，在这大山的背面，阳光照不到，春风吹不到，可是这些雪却把它们的洁白保持到了最后。我俯下身，双手捧起一捧雪，心里久久地不能平静。

那以后我再不为挫折打击而失去斗志，也不再羡慕那些正在辉煌的人。因为我明白，身处黯淡的境遇之中，会更长久地保持一颗洁白晶莹之心！

成长悟语 Cheng Zhang Wu Yu

磨难和坎坷未必是一件坏事，因为经历过磨难和坎坷，我们有更多的时间去体会人间的辛酸，有更多的时间去珍惜那些值得我们珍惜的感情，也有了更多的时间和机会关怀那些比我们更不幸的人们。

我终于明白，我其实有一条韧性十足的命，它远比我想象中的那条命皮实得多、耐磨得多……

耐磨的人生

◆文/张丽钧

我的一个朋友在一次意外的事故中失去了右手。炎炎夏日里，我到他的小书屋去选书。我本来打算要穿一件凉爽的短袖衫出门的，可是，临行前我还是毅然换了一件长袖衫——我忘不掉两年前他在酷暑时节穿一件长袖衫对我说"我今生再也无福穿短袖衫了"的悲苦神情，我希望这件长袖衫能从我身上蒸出淋淋汗水，希望这淋淋汗水能多少分担一点儿朋友的哀伤与痛楚。当我出现在那间小书屋时，朋友热情地迎上来与我握手。两只左手紧紧相握的瞬间，我俩都忍不住看着对方的衣衫大笑起来——因为，朋友居然穿了一件短袖 T 恤衫！

朋友说,谢谢,我知道你的良苦用心。倒退两年,我还真的特别需要你这样做,但现在不同了……不瞒你说,刚出事的那阵子,我以为我活不下去了,我说什么也接受不了没有了右手的残酷现实。我笨拙地穿衣,歪歪扭扭地写字,刮胡子的时候把脸刮得鲜血淋漓,上厕所都十分十分不方便……我哭,我闹,我摔东西,我把脑袋剃得溜光来发泄。后来,我就劝自己:别想那只手了,行不? 瞧瞧人家古人多么豁达,满嘴的牙齿都掉光了,却说"口中无碍,咀嚼愈健";一个叫达克顿的外国人,曾以为除了双目失明以外可以忍受生活上的任何打击,可他在60岁的时候,却真的双目失明了,这时候,他说:"噢,原来失明也是可以忍受的呀。人可以忍受一切不幸,即使所有器官都丧失知觉,我也能在心灵中继续活着。"慢慢地,我平静下来。我开始穿着短袖衫出门,坦然地面对人们异样的目光。我终于明白,我其实有一条韧性十足的命,它远比我想象中的那条命皮实得多、耐磨得多……

那一天,我倒空了自己的钱袋。我跟自己说:多选一些书吧,这间书屋的书一定富含灵魂之钙。

一个人的身体可以残缺,但心灵不能残缺。身体的缺陷可以通过适应弥补,但心灵的缺陷却是无药可治的。忍耐身体的痛苦,收获心灵的强韧,原来人生真的没有过不了的坎。

不要太注意脚尖下的困难,把目光锁定在生命的远方,这样,微小的沙砾才不会变成阻挡我们成功的巨石。

生命的远方

◆文/李雪峰

小时候,我家屋后不远的地方是一片蓊蓊郁郁的林子,林子里,绿荫蔽天,鸟语花香,风景十分地迷人。尤其是春末夏初时节,一朵一朵的野玫瑰开了,一丛一丛火红的映山红开了,尤其是那林地边缘的草地里,一颗颗褐红色的野草莓熟了,酸酸的,甜甜的,像一粒粒散落在草地里的星星,好看又好吃。

我十分向往能到那片小森林里去,去采一竹篮野磨菇,或者采撷那些能染得嘴唇也红红的野草莓。

但我总是不能到达那个林子中去,因为,去林子的路上,有一根细细的独木桥,那个独木桥很窄,只是一棵砍倒的桦栎树,静静地横放在幽深的涧溪上。每当小朋友们蹦蹦跳跳跑过去时,我跑到独木桥边,看看细细的独木桥,又看看那黑幽幽的涧溪,两条小腿立刻就软了,根本不敢踩上独木桥去。

有一次,我禁不住那片林子的诱惑,斗胆踩到了桥上去,两眼往桥下看,脸刷地就白了,涧溪是那么地深,溪水轻唱着,像是从大地看不见的深处传来的,而我脚下的独木桥是那么细,顶多只有我的一只小脚丫宽,我吓得踩住了蛇似地立刻跳脚退了回来。

小朋友们对我说:"过独木桥时你千万不要往自己的脚下看,要不,你自己会被自己吓住的,你别在意你自己的脚下,要把目光朝远处看。"小朋友们争着给我做动作,他们个个目视前方,窄窄的独木桥在他们的脚下如履平地,他们再三告诉我说:"别看脚下,朝远方看。"我不再看脚下的涧溪,不再去看脚下那一根细细的独木桥,我把目光投入对岸那片迷人的小树林,投向比小树林更远的丛林和山峦,投向遥远处的蓝天和白云,果然,很轻松地我就走过了独木桥,走到了那片草长莺飞的林地,走到了那草畦中结满了褐红色红草莓的草地上。

可能,在人生的旅程中,我们也会常常遇到许多这样的独木桥。一些人向脚下看,那些深不可测的生命溪涧,那象征困苦和艰辛的生命独木桥,吓得他们战战兢兢再也迈不开了步子,于是他们就成了生命的失败者,永远留在了失败的此岸。而那些目视远方的人,他们从不把目光投在自己的脚尖下,他们盯着岁月和生命的远方,盯着未来和梦想的远方,于是,他们在脚尖的困苦和艰辛面前,轻盈地飞翔了起来,抵达了一个个成功的彼岸,成为岁月和生命的胜利者。

不要太注意脚尖下的困难,把目光锁定在生命的远方,这样,微小的沙砾才不会变成阻挡我们成功的巨石,而巨石般的困难才会萎缩成一枚微不足道的沙粒。

成长悟语 Cheng Zhang Wu Yu

如果眼前是荆棘满路,前方是春光明媚,你会不会披荆斩棘追赶远方;如果低头看是泥泞满地,抬头望是清风白云,你会不会丧失生活的快乐?其实生活是可以从多个角度观察的,选择合适的角度你就看到精彩的人生。

改变孩子一生的故事全集

冲破困境的方法其实非常简单，那就是放低姿态。有些时候，只要低飞一寸，我们就冲出了困境的樊篱。

低 飞 一 寸

◆文/感 动

一个阴雨天，一只方向判断失误的麻雀飞进了办公室。突然遭遇陌生环境，麻雀一下子惊慌失措，在屋子里焦急地飞来飞去。并不时"砰砰"地撞在墙上。

看到麻雀被困，大家都很着急，便打开了所有的窗子，让它快些飞出去。但事情却并非那么简单，因为麻雀只是在窗户以上的高度里来回盘旋，所以它看不到那些打开的窗户。看着麻雀的困境，大家比麻雀还着急，有的人对它呼喊着，有的人对它挥舞着托把，有几次，麻雀飞到了距离窗户很低的位置，大家一阵欢呼，但是，就只差那么一寸的高度，麻雀均失败了。大家眼睁睁地看着麻雀在头上找寻出路，都心痛不已。有人提议捉住它，然后再放出去。但屋子的举架太高，费了半天劲也没有捉到它，而且，这些举动反而使麻雀更加疯狂的横冲直撞，头上撞出了血迹。再用尽所有办法后，只能叹息这只麻雀的固执。其实它只要低飞一寸，就可以飞回到外面的世界，重新获得自由！

最终，这只习惯于高飞的麻雀没有看到那些通向自由的窗口，它在屋子里飞舞了一整天，直至精疲力竭而死。

我们常常会像那只麻雀一样突然遭遇困境，辗转反侧直至伤痕累累也不得解脱。仔细想想，冲破困境的方法其实非常简单，那就是放低姿态。有些时候，只要低飞一寸，我们就冲出了困境的樊篱。

成长悟语 Cheng Zhang Wu Yu

大海之所以是大海，是因为它比所有的河流都低。面对困境，面对失败，只顾高昂着头，往往不容易看清楚前面的路。放下姿态，虚心一点儿，忍耐一点儿，困境最害怕的品质就是谦虚和忍耐。

> 不要拒绝痛苦和磨难，有时，往往正是与痛苦对抗的过程，才让我们的人生修炼到了龙涎香的境界。

龙涎香的秘密

●文/感　动

改变孩子一生的故事全集

　　龙涎香，是留香最持久的香料，世界上任何一种香料都不能与之相媲美，曾有"龙涎之香与日月共存"的说法。

　　由于稀有难觅，龙涎香又被称为"灰色的金子"。龙涎香也是最神秘的香料，人们只是偶尔在海边拾到它，关于它的来源，有过无数的猜测和传说。后来，一位海洋学家经过调查研究后解开了龙涎香的秘密。

　　海洋中有一种形体巨大的生物，叫做抹香鲸，它可以下潜到千米深海之下，吞食体型巨大的乌贼、章鱼等动物。但是，这些动物体被吞食后，他们身体中坚硬、锐利的角质喙和软骨却很难被抹香鲸消化，胃肠饱受割磨，却不能将之排出体外，这令抹香鲸痛苦异常。在痛苦的刺激下，抹香鲸只好通过消化道产生一些特殊的分泌物，来包裹住那些尖锐之物，以缓解伤口的疼痛。

　　每隔一段时期，难耐痛苦的抹香鲸都要把这些分泌物包块排出体外。而这些包块漂浮在海面上，经过风吹日晒、海水浸泡后，就成为名贵的龙涎香。

　　谁也没有想到，贵愈黄金的龙涎香，竟是抹香鲸与痛苦对抗的产物。

　　不要拒绝痛苦和磨难，有时，往往正是与痛苦对抗的过程，才让我们的人生修炼到了龙涎香的境界。

成长悟语 Cheng Zhang Wu Yu

　　发烧是一种痛苦，但发烧是因为我们的身体正在和疾病战斗。每一种痛苦背后都是一种馈赠，考试失败说明你努力的方向错了，或者说明你的才能体现在另外一个方面。不要拒绝痛苦，拒绝痛苦意味着拒绝成功。

> 当我们的条件受到损伤，当我们的能力被命运打折，我们仍没有理由气馁和颓废。

如果我们缺少一只手时

◆文/澜　涛

缺憾常常撕扯向往，也常常黏合美丽。

杰米·杜兰特是20世纪的伟大艺人之一。二次世界大战结束后的一天，他被邀请参加一场慰劳退伍军人的演出。可因为演出安排得太紧张，他遗憾地告诉邀请单位，自己只能够做几分钟的独白。主办单位前来邀请他的负责人还是很高兴他能到场，欣然同意了。

当杰米·杜兰特走到台上，掌声立刻潮水般响了起来。这样的场景，杰米·杜兰特早已经司空见惯了，可奇怪的事情还是发生了，他做完独白后没有按照事先和主办单位说好的，立刻离场，而是表演起来，15分钟、20分钟、30分钟……这一场演出出乎所有人的意料，因为，这几乎是杰米·杜兰特最近一年以来时间最长的一次演出。

当杰米·杜兰特鞠躬下台，主办单位的负责人拦住要匆匆离去的他，感激而有诧异地问他怎么会改变计划。杰米·杜兰特说道："我本打算离开，但我没有办法离开，因为我看到了第一排的两名观众……"原来，在第一排坐着两个男人，两个人都在战争中失去了一只手，一个人失去了左手，一个人失去了右手，但他们互相配合，用各自的一只手有节奏地击打对方的手，那样的开心、响亮……

我的心在这个故事前颤抖着、澎湃着，似乎，那两只相互击打着的手发出的响亮的声音穿透着半个世纪的风尘流变，击穿着我的肌肤和心骨。我知道，能够让这声音悠扬不息的，是那双拍打的手背后的爱戴和尊重，想必，让杰米·杜兰特临时改变计划，超时表演的也是这份爱戴和尊重吧！而真正让我震颤的是——即便我们缺少了一只手，也具备撼动他人的能力的啊！

当我们的条件受到损伤，当我们的能力被命运打折，我们仍没有理由气馁和颓废。因为，我们还可以从身边的人的身上合作出我们的心意、激情和力量。

命运可能会不公平,但至少阳光是公平的。缺陷可能不能改变,但至少脸部的表情是可以改变的。生活没有给你独自鼓掌的权利,但被没有剥夺你快乐的权利。心中有阳光,微笑就有了绽放的地方。

我们总是在为自己营造和寻觅人生的风平浪静,我们总是在为自己追寻生命里的和风细雨,我们是不是静潭里的那一尾尾小鱼呢?

人生的"充气"

◆文/李雪峰

一群年轻人常常结伴在一泓深潭边钓鱼。令他们奇怪的是,有一个渔夫总是在潭上边不远的河段里捕鱼,那是一个水流湍急的河段,雪白的浪花哗哗地翻卷着,一道道的波浪此起彼伏。这是一段鱼根本不能游稳的河段啊,怎么会有鱼?

年轻人们都觉得这渔夫很可笑,在浪大又那么湍急的河段里,怎么会捕到鱼呢?有一天,有个好事的年轻人终于忍不住了,他放下钓竿去问渔夫:"鱼能在这么湍急的地方留住吗?"渔夫说,当然不能了。年轻人又问:"那你怎么能捕到鱼呢?"渔夫笑笑,什么也不说,只是提起他的鱼篓在岸边一倒,顿时倒出一团银光。那一尾尾鱼不仅肥,而且大,一条条在地上翻跳着。年轻人一看就傻了,这么肥这么大的鱼是他们在深潭里从来没有钓上过的。他们在潭里钓上的,多是些很小的鲫鱼和小鲦鱼,而渔夫竟在河水这么湍急的地方捕到这么大的鱼,年轻人愣住了。

渔夫笑笑说:"潭里风平浪静,所以那些经不起大风大浪的小鱼就自由自在地游荡在潭里,潭水里那些微薄的氧气就足够它们呼吸了。而这些大鱼就不行了,它们需要水里有更多的氧气,没办法,它们只有拼命游到有浪花的地方,浪越大,水里的氧气就越多,大鱼也越多。"渔夫又得意地说:"许多人都以为风大浪大的地方是不适合鱼生存的,所以他们捕鱼就选择风平浪静的深潭,但他们恰恰想错了,一条没风没浪的小河里是不会有大鱼的,而大风大浪恰恰是鱼长大长肥的唯一条件。大风大浪看似是鱼儿们的苦难,但这些苦难却是鱼儿们的天然给氧器啊!"

大风大浪这些"苦难"是鱼的"给氧器",而那些人生坎坷和困苦是不是我们人生的"给氧器"呢？我们总是在为自己营造和寻觅人生的风平浪静，我们总是在为自己追寻生命里的和风细雨，我们是不是静潭里的那一尾尾小鱼呢？

水流湍急浪花飞溅之处是大鱼，那么，命运沉浮人生坎坷将砥砺出巨人。

我们收到了一张汇款单。上面的数额是1000块钱，汇款人的名字却是陌生的，附言栏上写着："谢谢您没让我们走错路。"

一句话和两个人

◆文/时　钦

是15年前的事了，那时我们住城乡结合部，到晚上四处很荒凉。那天为省下坐车的钱，我和当老师的妈妈选择走小路。路是碎砖铺成的，坑坑洼洼，没路灯。我的鞋子是姐姐穿过的，即使塞上鞋垫还是松松垮垮的。过小桥时，右脚的鞋子终于掉了下来。我借穿鞋的工夫看了看四周，天已黑，耳边再次响起亲戚的话："年根儿治安乱，今晚别赶回去了。"而母亲谢绝了。

借到钱，我们还是很高兴，母亲甚至说要给我们称半斤巧克力。这样的谈话很轻松，我一度忘了脚下的鞋子。那件事发生时，我们离家还有半小时路程。一声凶巴巴的声音："站住别动！"两个人像山一样堵住我们的路。事情太突然，就像演电影。母亲捏捏我手心，叫我别怕。

那是两个年轻男人，每人手里拿一根粗棍子。夜色中看不清他们的表情，却可以想象那一份杀气。我急得要命，却又一筹莫展。我13岁，母亲35岁，一大一小两个女人怎么也敌不过两个壮年男人。

可怕的沉默之后,右边的男人说话了:"我只想要钱。"他似乎不比我们轻松,我捕捉到他话音里的颤抖。母亲没吭声。他继续说:"我们真不想伤害你们,是没办法。辛辛苦苦打工一年,老板带钱跑了,我们得拿钱回家过年。你们城里人好歹比我们容易。"

他语气倒还老实,可那棍子凶神恶煞般杵在那里。

对峙片刻,母亲忽然叹气,从口袋里拿出蓝色手绢,手绢里包裹的是借来的200块钱。我记得那是4张簇新的票子,每张面额50元。

男人看到钱,自然伸出他空着的手。

"慢!"她把钱往怀里一缩,"这钱不能让你们抢走。"那人的手愣在半空,我也不明白母亲要说什么。

"今天你们抢了我的钱,不管数额多少都是犯罪。我知道你们有难言之隐,但法律不管那么多,不光法律判你们有罪,你们内心也不会原谅自己。"

此时她竟讲起课来,这实在出乎我的意料。不仅如此,随即她做了一件仿若天方夜谭的事。她说:"不如这样吧,我代你们写张借条,你们签个字,不管多久还钱,5年也好10年也好,甚至你们没钱还也好,只要记住,今天你们没抢,你们是借我的钱。我希望,从今以后你们再不要抢了。"

母亲从口袋里摸出纸笔,在黑暗里凭感觉写了张借据。她把钱和借据一起放到那人手里:"上面有我的名字和地址,至于你们的名字,如果害怕,随便签一个假名也行。"

这样匪夷所思的事,歹徒大概也从未遇到过,他们愣了片刻,互相看看,什么也没说拿上钱和借据就走了。"

在余下的路途中我一言未发,失望极了,母亲如此可笑,简直迂腐至极,没有克敌术也罢了,承认胆怯也罢了,居然替手拿棍棒的幼匪写下愚蠢的借据。这事若非亲历,我会当笑话。

那个春节,尽管母亲还是买了巧克力,可我心里很难过。关于那张愚蠢的借据,我始终无法释怀,我想,这绝对不是母亲平日嘴里所说的勇敢。

让我意外的是,两年后的一天,我们收到了一张汇款单。上面的数额是1000块钱,汇款人的名字却是陌生的,附言栏上写着:"谢谢您没让我们走错路。"

是母亲的一句话,改变了两个人的命运。

成长悟语 Cheng Zhang Wu Yu

如果信赖的春风吝啬于吹送,那么,值得信赖的花朵可能夭折在花苞中,永远也没有获得绽放的权利。放下猜疑和顾忌,放下成见和犹豫,拿出我们的真诚,一起享受相互信赖的幸福。

坚持有意识地尝试着做些小改变，因为我知道，小改变确实改变了我的生活。

小改变改变了生活

◆译 / 尹玉生

当我清醒的时候，我的经纪人警告我，我必须主动地改变我生活中的每件事情，每一件！于是，我以前穿蓝牛仔，现在改成了宽松裤；以前穿西式衬衣，现在改成了T恤衫。但是，只有一样，我不能也不愿意放弃，那就是我的牛仔靴子。

我走到经纪人面前说道："我常常饮酒，只是为了减轻我双脚难以忍受的痛苦，你知道，这是我多年的老毛病了，医生说这是因为我患了筋膜炎，所以，这痛苦和牛仔靴子绝没有任何关系。我向你保证，即使我穿着这双无辜的靴子，我以后也绝不会再醉酒了。我确实愿意改变很多事情，如果需要的话，我甚至愿意放弃这双靴子，但它们确实是很无辜的。"

我的经纪人面无表情地说道："我不知道它们怎么无辜，也不知道你继续穿着它们能不能再不醉酒，我能对你说的就是，你依然不情愿改变你的一切。"

"好吧，好吧，"我连忙说道，"我证明给你看，我在一个月内保证不再穿这双牛仔靴子，当然，这只是为了表明我确实有改变的意愿。"

于是，我买来了一双网球鞋，我做到了。在30天的时间内，我一次都没穿过我那双酷爱的牛仔靴子，而一直都穿着新买的网球鞋。最奇怪的事情发生了：我的脚不疼了！

就这样，我不再酗酒，我放弃了所谓上流社会的生活装束。我没认真反思过，是不是那双牛仔靴子使我的脚痛苦不堪，或者，是不是它让我的生活充满了痛苦。但事实是，我彻底放弃了它。从最初的被动，到现在的自觉自愿。30天过去了，60天过去了，90天过去了……我的生活停止了痛苦。

现在，每一天，我都要做一些不同的事情，一些以某种细微的方式表现出来的改变。或许，我只是穿上一双以前从未穿过的袜子，或者驾车驶上一条从未路经的新路。

我坚持有意识地尝试着做些小改变，因为我知道，小改变确实改变了我的生活。

只要每天把当天的衣服洗完,你会发现自己在慢慢改变拖拉的习惯;只要放弃乘车,改为步行,你会发现自己身边有这么多风景;打败狮子的其实是一种虱子,改变生活的可能只是一些细微的改变。

芸芸众生们,谁也不要嘴硬,我们何尝不会这样拿别人的错误惩罚自己呀!

人生幸福三诀

◆文/曹 放

"唉,活得太累了!"现今谁没有这样深深的疲惫?

然而,在京城,有位88岁高龄的老太太却轻松悠闲地微笑着,用那略带合肥口音的普通话告诉我们,做一个好人其实很容易,拥有一个幸福的人生其实也很简单:"第一是不要拿自己的错误惩罚自己,第二是不要拿自己的错误惩罚别人,第三是不要拿别人的错误惩罚自己。"她笑笑,晃了晃扳起的三根手指,满脸都是返老还童的纯真和曾经沧海的从容,"有这么三条,人生就不会太累了……"多么朴素的心语啊!

道出这"人生幸福三诀"的老太太,名叫张允和。她可是位有来历的知识女性哩!她的夫君是著名语言学家周有光,有人说:"周有光的平和宁静与广阔深邃,会让人不由自主地联想到无边无际的大海。"她的妹夫是由她玉成美满婚姻的大文豪沈从文。对于沈从文,史家更有斩钉截铁的定评:"无瑕人品清于玉,不俗文章胜似仙!"而张允和本人,也曾颠沛流离,也曾死里逃生,是人生的苦难与艰辛使她大彻大悟,道出了这"人生幸福三诀"。

"不要拿自己的错误惩罚自己",扪心自问一下,人能有多少烦恼,是自己同自己过不去哟!人非圣贤,孰能无过?如果一有过错,就终日沉陷在无尽的自责、哀怨、痛悔之中。那么,其人生的境况就会像泰戈尔所说的那样:不仅失去了正午的太阳,而且将失去夜晚的群星。

"不要拿自己的错误惩罚别人"，这样浅显的道理谁都明了，但知易行难。人们都会为自己的过错而痛悔，但不少人痛悔归痛悔，受伤的虚荣心却还要疯狂地寻找能够掩饰伤口的更大虚荣，于是，他就情不自禁地要去惩罚别人；而那些无辜地受到惩罚的"替罪羊"，或迟或早势必都要奋起自卫。这样"拿自己的错误惩罚别人"，人生岂能不累？因此，"不要拿自己的错误惩罚别人"，并不是一种很容易达到的境界，它需要"胸藏万汇凭吞吐"的大器量。

"不要拿别人的错误惩罚自己"，许多人也许骄傲地说，这不是对我的写照。然而，我却以为：未必！如果不拿别人的错误惩罚自己，那怎么会不时生发出这样的一些邪念：他都敢见死不救，我又何必见义勇为；他都敢贪污受贿，我又何必清廉自守；他都敢男盗女娼，我又何必故作清高？芸芸众生们，谁也不要嘴硬，我们何尝不会这样拿别人的错误惩罚自己呀！

成长悟语 Cheng Zhang Wu Yu

　　不要自责，沉浸在自责，幸福会从你身边溜过你却没有发现；不要推卸责任，自己犯的错误自己承担，不要把自己的情绪发泄到别人身上；不要为自己内心的灰暗寻找借口，只要你保持自己的纯净和美好就可以享受幸福的阳光。

　　是的，你现在正在做的事，就是你生命中最重要的事……即使是在剥一个橘子。

生命中最重要的事

◆文／何权峰

　　托斯卡尼尼是举世闻名的指挥家。他到过很多地方，指挥过无数的乐团，也见过无数的达官显贵。80岁时，儿子好奇地问他："您觉得您一生做过最重要的事是什么？"

　　托斯卡尼尼回答说："我现在正在做的事，就是我一生中最重大的事。不管是在指挥一个交响乐团，或是在剥一个橘子。"

在我当总医师时，有一个室友。他才刚开始刷牙，又离开浴室去挑上班要穿的衣服，而嘴里还满是泡沫。接着，他又忙着整理桌上的资料，还一边说今天有哪些事要办。不消说，他的日子总是过得匆忙无趣。

在医学院教书，我发现有几个学生上课都不看我，他们一直忙着抄笔记。他们很努力、很认真地写，但我从不认为他们是"好学生"，因为他们对考试的兴趣远超过对学习的兴趣。他们或许能从笔记中得到考试时所需要的知识，但他们无法全然地了解。片片断断地抄下来，知道的也只是片片断断，当他们把我的话写下来，我已经又讲了其他东西，他们将一再错过。你必须全心全意地融入，尽你所能地投入，仿佛此时此地世上唯有此人唯有此事……然后才会有真正了解。这必须变成你的人生态度，变成你的生活方式，无论你是在上课、吃饭、聊天、跳舞、画画……

有人问凡·高：你的画里面哪一张最好？他说：就是我现在正在画的这一张。几天之后，那个人再问。凡·高说：我已经告诉过你，就是我现在正在画的这一张！

是的，你现在正在做的事，就是你生命中最重要的事……即使是在剥一个橘子。

成长悟语 Cheng Zhang Wu Yu

　　生命中最值得珍惜的事就是你正在做的事，即使只是在刷牙。正在做的事都有其意义，都有其存在的必要。珍惜现在，发掘现在所做的事蕴含的快乐，你就可以随时享受生活。

　　我沉默了，我震惊了。
　　鸭子所以会飞，是因为没有腿。

会飞的鸭子

◆文/佚　名

　　那是十多年前的事了。那时我参加工作不久，像许多年轻人一样好高骛远，而一旦这种学生式的狂热被现实的冷酷给消融掉，便马上走向另一个极端：怨天尤人，满腹牢骚。当我正开始寻找各种借口为自己的平庸辩解时，是它改变了我对人生的看法,让我认真地去过属于自己的每一天。

它,就是那只鸭子,那只农家饲养的据说叫做"康贝尔"的灰色家鸭。

当时我在一所农村中学任教,学校南面是一条东西走向的公路,南面有一个小小的池塘。每天早晨,我习惯沿公路到村里散步,顺便买些早点。

一个星期天的早晨,我起得很晚,池塘里已经游满了大大小小的鸭子,几只晚来的拖着肥胖的身体还在公路上摇摇摆摆,夹在稀疏的路人中显得有些滑稽。我闪出一个念头,于是悄悄地走进鸭群,猛一顿脚,受惊的鸭子四处逃窜,呷呷地叫着,有的还张开了翅膀,扑打着,来了个趔趄。

好笨哪! 我大笑。

可突然之间,我听到了更为有力地扑打翅膀的声音,我惊呆了,我看到了一只飞行的鸭子!

它并不是这个鸭群中的一只,但那的确是一只鸭子! 一只灰色的鸭子! 它正迎面向我飞来,扑扑啦啦地,发出很大的响声。它的飞行姿态并不敏捷,双翅的每一次扑动都显得那么吃力,那么笨拙,简直像是在空中爬行。它飞得很低,好像一扬手就可以抓到它;它飞得很慢,仿佛随时都可能落下来。但是它却一直在飞着,扑扑啦啦地,越过我的头顶,向东飞去,一直飞到学校西面的池塘上空,双翅一敛,落了下去。

我从未见过这样拙劣的飞行表演,但我的心却感受到了最猛烈的撞击。我不由自主地追过去,一池绿水,半塘灰鸭,一样的从容,一样的安详,我辨不出是哪一只刚刚经过了那惊心动魄的飞翔。我决不会看错,它分明就落在了池塘里;它也决不会是一只普通的家鸭;家鸭不可能会飞,更不可能连续飞行近 200 米! 我决心要找到这只会飞的鸭子。

小小的村落里是藏不住秘密的,傍晚时分,我在同事的指点下走进一个农家小院。一对朴实的夫妇搓着双手迎出门来:"哎呀,老师啊,你要买那只鸭子啊,不值俩钱的,拿去好了。买什么呀。"我笑笑:"那怎么行? 钱是一定要给的。"我已经知道,那是一只纯种的家鸭,我知道那是一个宝贝;我已经想好,买到它,就马上申请吉尼斯纪录。但是,我只是笑笑,并不显出急切的样子。

喝过两杯浓茶,红脸膛的主人终于告诉我:"鸭子进圈了,我去帮你逮。"

"嗬,这么多鸭子啊!"我不由得叫起来,"都是一样的呀,你能知道是哪只吗? "

"哈哈,"他爽朗地笑起来,"那是最好认的一只鸭子了。不过,你要它做什么? "他好像忽然意识到什么,停住了脚步,"我给你捉只大的吧,那只是最小的,没有肉,又不会下蛋,"他停了一下,"连条腿都没有。"

什么? 没有腿? 没有腿? 没有腿……

原来,这只鸭子在很小的时候,就被老鼠咬掉了双脚,主人以为它必死无疑,也没去理会它。谁知,它不但没有死,还慢慢长大了,而且学会了飞行! 每天早晨,它就从巢里直接起飞,到 200 米外的池塘里游泳,晚上再飞回来。

我沉默了,我震惊了。

鸭子所以会飞,是因为没有腿。

鸭子,没腿,会飞。

没腿的鸭子,会飞的鸭子。

……

在主人的指点下,我看到了那只鸭子。

那是一只普通的灰色家鸭,只是体形略微瘦小些,此刻正把扁扁的嘴巴插在羽毛里闭目养神,和其他鸭子一样,安详而自在。在主人抓起它的时候,我看到了它的双腿,那只是两截短短的枯枝一样的东西,显然支撑不住它弱小的身体。可是在它的体内,蕴藏着多么大的力量啊!

在这一瞬间,我感悟到人生的真谛。从此,我不再抱怨生活。

如果没有双脚,不能行走,那就像鸭子那样飞翔度过一生。经历困境和苦难,你就比其他人拥有更多的时间思考人生。上帝是公平的,你失去某样东西,就会拥有另一样东西。

开启宝藏之门的钥匙就在自己的手中,轻言放弃,这些宝藏就永无见天之日。

开掘自己的宝藏

◆文/佚 名

尺有所短,寸有所长。每个人都会有自己的长处——属于自己的宝藏。

社会很容易抹杀人的特质,一旦进入社会很多人都觉得自己的棱角彻底被磨平了,以前所拥有的那些期望和志向,不知不觉中就彻底放在心灵的深处藏了起来。

李扬是中国著名的配音演员,被戏称为"天生爱叫的唐老鸭"。李扬在初中毕业后参了军,在部队当一名工程兵,他的工作内容是挖土,打坑道,运灰浆,建房屋。可是李扬明白,自己身上潜的宝藏还没有开发出来:那就是自己一直心爱的影视艺术和文学艺术。

在一般人看来,这两种工作简直是风马牛不相及。但李扬却坚信自己在这方面有潜力,应该努力把它们发掘出来。于是他抓紧时间工作,认真读书看报,博览众多的名著剧本,并且尝试着自己搞些创作。退伍后李扬成了一名普通工人,但是他仍然坚持追求自己的目标。没有多久,大学恢复招生考试,李扬考上了北京工业大学机械系,变成了一名大学生。从此,他用来发掘自己身上宝藏的机会和工具都一下子多了起来。经几个朋友的介绍,李扬在短短的五年中参加了数部影片的译制录音工作。这个业余爱好者凭借着生动的、富有想象力的声音风格,参加了《西游记》中的美猴王的配音工作。1986年初,他迎来了自己事业的辉煌时刻,风靡世界的动画片《米老鼠和唐老鸭》招聘汉语配音演员,风格独特的李扬一下子被迪斯尼公司相中,为可爱滑稽的唐老鸭配音,从此一举成名。李扬说,自己之所以成功,是因为一直没有停止过挖掘自己的长处。

开启宝藏之门的钥匙就在自己的手中,轻言放弃,这些宝藏就永无见天之日。也许你现在并不如意,但永远不能放弃的是成功的决心和斗志,更为关键的是你能不能正确地认识到什么是自己最擅长的;尽管因为现实的某些原因不得不在现在的位子上呆着,但总要找到自己的宝藏,并努力去开采它。

要发掘自己的宝藏,首先要相信自己拥有别人没有的宝藏,自卑的人注定是一无所有的;第二,善于认识自己,只有认清自己,了解自我,你才能分析你的特长在哪里;第三,不要放弃自己的理想,无论现实多无奈,多艰难,都要坚持自己的理想。只有做到这三点,你才能够拥有自己的宝藏。

尽一切可能改变自己、丰富自己,享受生活中的各种惊喜,这才是我们来到这个世界的目的!

人是不可能被注定的

◆文/(香港)王 杰

15岁那年,我还是半工半读的少年。有一次在茶楼打工,肚子太饿了,客人埋单离去后，我趁人不注意偷吃了一个客人剩下的叉烧包。谁知被经理看见了，他硬说我偷吃茶楼的食物，我死不承认，经理恼羞成怒给了我一个狠狠的耳光。当时一阵眩晕，眼泪不受控制地流下来了，而我也被开除了。

我一边哭一边走回我租住的地方。其实那只是一个两层铁架床的上层，香港称之为"笼屋"。我跟住在我隔壁床位的老伯哭诉，他慈祥地安慰我，我问老伯："为什么我的命这么苦？12岁爸妈就离婚不要我了，上学受人欺负，打工也被人冤枉，难道我注定要一辈子这么倒霉吗……"

老伯看着我好一会儿，突然笑出了声："嘿！小鬼头，胡说八道！谁告诉你人是要被注定的？要是这样那还有什么惊喜，连做百万富翁也没什么意思了。你这个小笨蛋！"说完他便去上班了。他是个当夜班的保安员，平时总是喋喋不休，我向来把他的话当耳边风，但他这一句"人是不可能被注定的"却把我一言惊醒。

我热爱音乐，无论路有多难走，我都坚持走下去，因为这样我才可以一生无悔。由坚持开始，我的执着、信心来了，10年之后，《一场游戏一场梦》面世了。

《一场游戏一场梦》是我的第一张唱片，它也见证了我生命的转折点。记得唱片上市的第一天，公司的一位"前辈"刺我："王杰，你的唱腔实在太奇怪了，你觉得你的新唱片能卖多少？"他的眼神不太友善，但我还是很坦诚地说："应该可以卖到30万张吧。"没想到，不到半天，我的回答就被当成笑话传遍了公司，甚至有人见到我开始叫我"30万"——在他们眼里，我是想一夜成名想疯了。看着他们的嘲笑，甚至连唱片的制作人都不帮我说句话。我只有在心里默念着老伯曾经说过的话，告诉自己：人是不可能被注定的，能否改变命运，就靠这一次了，唱片排出的第7天晚上，我下班后坐计程车回家。车窗外不断流逝着美丽的夜景，闪烁的霓虹灯照耀着街上的夜归人，我却无心欣赏，一想到将来，想到自己夸下30万的海口，我的心就一阵阵刺痛。

隐约中，计程车的收音机里传出一个悦耳的声音：接下来播放的是本周流行榜的冠军歌曲。一阵音乐的前奏响起，熟悉的旋律让我的心开始狂跳。主持人继续说："本星期的流行榜冠军歌曲，就是王杰的《一场游戏一场梦》。"那一瞬间，我泪流满面。

第二天，我推开唱片公司大门，所有人的脸都在看到我的一瞬间挂上笑容。之后，我听到很多恭喜的声音，我不断向他们说着多谢，我不知道，这算不算是一场游戏一场梦。改变命运的时刻已经过去，而我也彻底相信了，人是不可能被注定的！

到现在为止，《一场游戏一场梦》销量已经超过1800万张，可能大家不相信，其实我从来没有觉得我红过，而后来感情突变，甚至在官司中家财散尽一切从头开始，我也没有觉得气馁。

在世事动荡中，我对那位老伯的话有了更加深切的体会，人的一生是不可能被注定的。人来到了这世上，就是为了体验惊喜与激情，同时，跌宕也难免。有过不一样的体验的人才是真正幸福的人，就像那位老伯，他只是个守夜的，可是谁能想到他心里的快乐与富足呢？所以，尽一切可能改变自己、丰富自己，享受生活中的各种惊喜,这才是我们来到这个世界的目的!

人是不可能被注定的,命运就是一辆蜿蜒起伏行驶的过山车,有时惊喜,有时低落,有时和缓,有时激烈,这辆命运过山车的方向盘握在你的手上,你想拥有怎样的人生,在于你怎样去操控。

当有人问他是怎么坚持下来时,他指着远方的那片灯光说:"是那处灯光给我带来了希望。"

闪烁的希望

◆文/佚 名

在一次航行中,由于海风袭来卷起很大的浪潮把船打沉了,船上人员死伤无数。有一个人却侥幸获得一个救生艇而幸免,他的救生艇在风浪上颠簸起伏,如同树叶一般被吹来吹去。他迷失了方向,救援人员也没有找到他。

天渐渐黑下来,饥饿寒冷和恐惧一起袭上心头。灾难使他除了这个救生艇之外,一无所有,甚至自己的眼镜也丢了,他的心灰暗到了极点,无助地望着天边。

忽然,他看到一片片阑珊的灯光,他高兴得几乎叫了出来。他奋力地划着小船,向那片灯光前进。然而,那片灯光似乎很远,天亮了,他也没有到达那里。

但是他没有死心,仍然继续艰难地划着小船,他想那里既然能看到灯光,就一定是一座城市或者港口,生的希望在他心中燃烧着。

白天时,灯光看不清了,只有在夜晚,那片灯光才在远处闪现,像是对他招手。

就这样,三天过去了,饥饿、干渴、疲惫更加严重地折磨他。有几次他都觉得自己快要崩溃了,但一想到远处的那片灯光,他又陡然增添了许多力量。

第四天,他依然向着那片让他有生还希望的灯光划着。最后,他实在是支撑不住了,就昏倒在艇上,虽然如此,但他脑海中却始终闪现着那片灯光,依然认为自己能够活着到达那片有灯光的港湾或码头。

到了晚上,终于有一艘经过的船把他救了上来。当他醒来时,大家才知道,他已经不吃不喝在海上漂泊了四天四夜。

当有人问他是怎么坚持下来时，他指着远方的那片灯光说："是那片灯光给我带来了希望。"

大家顺着他指的地方望去,那里哪是什么灯光,只不过是天边闪烁的星星!

一个孩子被困在地震的废墟中5天5夜,没食物,没水源,却没有死亡,因为他坚信他的父亲无论什么时候都会保护他。如果人超越了生存的极限叫做奇迹,那么,这些奇迹都是在坚强的信念中孕育的。

在浩瀚的海洋里,有一种鱼,它们没有鱼鳔,行动极为不便,很容易沉入海底。为了生存,它们只有不停地运动。

做一尾没有鳔的鱼

◆文/江 岸

王雷是我的得意门生,他学习勤奋,功课很好。他的父母都是下岗工人,父亲在青龙街上修鞋,母亲在菜场卖菜,微薄的收入仅能糊口,再也供不起他继续深造。他大学毕业的时候,大学生早就不再是天之骄子,我看着他孤零零地投身社会,就像一尾鱼苗被投入大江大河,残酷的现实宛如汹涌的波涛,将他彻头彻尾淹没。他始终找不到接收单位,我爱莫能助,只能再三激励他,稍尽绵薄。

终于,有所大专院校聘用王雷做临时工。王雷物理系毕业,到学院电教馆打工。烈日炎炎的中午,他一个人在楼顶上安装学院局域网室外线。电教馆还有十多个人,都是正式工,他们都在空调房间里避暑。没有人帮他挪梯子,没有人帮他递工具,他只好全副武装起来:脖子上挂着工具包,腰间缠着电线,像一只猴子似的爬上爬下。天上,一轮骄阳;身边,一群不知疲倦的知了,只有它们默默地注视着这个汗流浃背的小伙子。

一个中年男人路过这里,看见了正在忙碌的王雷——这个中年男人,是学院的院长。

王雷的命运从此改变：他被这个学院正式接收，成了一名教员。后来，他走上教研室的领导岗位，再后来，他做了系主任的副手。当院长调走的时候，他已经是系主任了。

王雷是这个学院有史以来最年轻的系主任。

按说，王雷已经功成名就，可以坐享其成了，但是王雷一如既往地工作着，仿佛一只辛勤的工蜂。王雷脚踏实地、雷厉风行的工作作风让所有人感动。系里许多老师学历比王雷过硬，有的还比王雷来得早，但对王雷都挺尊重。

又一届毕业生即将离校，学院领导想让王雷现身说法，做一场报告，指导学生就业。王雷答应了。王雷邀请我去听他的报告，我欣然前往。王雷在会堂门口等我，看见我来了，赶紧跑过来，握住我的手，向我问好。

我问王雷，准备好了吗？

王雷笑了笑，一副胸有成竹的样子。

我放心了，和王雷一起步入会堂。我找个位置坐下，目送王雷走上讲台。

王雷的目光在整个会堂环顾一遍，便开始演讲：

各位同学：

大家好！

我想，此时此刻，你们的心情正和我八年前的这个季节一模一样。那时候，国家开始取消大学生分配制度，倡导自主择业。我一度愁肠百结，茫然无措……

就在这时，我的一位老师给我讲了一个故事。这个故事对我启发很大。今天，我很想把这个故事讲给在座的各位同学听。

我的老师告诉我，在浩瀚的海洋里，生存着数以万计的鱼类。这些鱼大都有鱼鳔，可以自由沉浮。但是，有一种鱼，它们没有鱼鳔，行动极为不便，很容易沉入海底。为了生存，它们只有不停地运动。许多年以后，这种鱼拥有了强健的体魄，成为当今海洋的霸主。它们就是海洋中最凶猛的鱼类——鲨鱼。

我的老师谆谆告诫我，你现在就是一尾没有鱼鳔的鱼，但是，能不能成为一条在海洋里自由驰骋的鲨鱼，要看你自己的努力。

我的故事大家可能都听说过。开始的时候，我是咱们学院电教馆的临时工，但是我没有气馁，我一直以鲨鱼为榜样，奋力拼搏着。其实，我的成功确实微不足道。还有一个人，他应该是第一个以鲨鱼为榜样的人，后来，他的事业取得了令人瞩目的成就。

这是一个美国人。当他还是穷小子的时候，写信求助于当时的银行家罗斯，希望获得资助，以便读书，然后找工作。罗斯先生回了一封信，讲述了一个故事——就是我的老师讲给我听的关于鲨鱼的那个故事。从那以后，这个小伙子不再好高骛远，开始从事最不起眼的工作，一步步将事业发展壮大——他就是美国石油大王哈特。后来,他娶了罗斯先生的女儿。

我希望你们都能以鲨鱼为榜样,干出一番属于自己的事业。

我的老师就坐在你们中间。现在,请老师站起来,我要当众向老师致谢。希望在以后的某一天,当你们取得成功的时候,我也能接受你们诚挚的谢意。

我缓缓站起来,向大家招手。我看见同学们年轻的面孔,仿佛饱满的向日葵,对着我灿烂开放。我看见王雷弯下高大的身躯,冲着我深深地鞠了一躬。

如雷的掌声响起来,泪水不由自主地夺眶而出,我的视线模糊了。

成长悟语 Cheng Zhang Wu Yu

一个山区的孩子,积累了令人羡慕的财富,别人问他成功的原因,他说:"小时候下雨,家里穷没有伞,所以我要比别人跑得快!长大我知道自己什么都没有,所以我还是要跑得比别人快!"如果你没有可以帮助你成功的客观条件,那么你就靠自己吧,训练自己快跑的能力!

事后的责备并不是最重要的,有时候,它根本一点儿用处也没有。最重要的,是心灵和未来。

没有责备

◆文 /[美]凯瑟琳·詹森·盖尔 译 /郑恩恩

念大学一年级时,我和简·怀特是同学并很快成为好朋友,因而结识了她全家。她的父母怀特夫妇共有六个孩子:三男三女。也许因为其中一个男孩早夭,剩下的五个孩子分外相亲相爱。他们全家非常热情,将我当做久别的表亲来款待。怀特家的气氛和我家迥然不同,让我如沐春风,很快就融入这个大家庭里。而在我家,充斥着呵责和抱怨,于是"人人自危",时刻准备推脱干系并提防飞来的处罚。

比如,妈妈看到厨房里一片狼藉,立刻高声追究责任:"谁干的?"爸爸看到猫四处逃窜或洗碗机坏了,不由分说把账算在我头上:"凯瑟琳,准是你的错。"而从小开

56 改变孩子一生的故事全集

始，我们兄弟姐妹就学会了诿病对方，常常把餐桌变成唇枪舌剑的战场。

可事情如果发生在怀特家，他们不会互相推脱抱怨，急着寻找肇事者，而是努力解决问题，然后让生活平静而美满地继续。

那年夏天，我和怀特姐妹决定：从佛罗里达到纽约，搞一次汽车旅行。怀特家两个年长的女儿，正念大学的莎拉和简，早就持有驾照，有比较丰富的驾驶经验。小妹妹艾眉刚满16岁，新近获得了驾照。因为可以在旅途中偶尔小试身手，艾眉非常激动，一路上都"咯咯"笑着向遇到的人展示她的新驾照。

莎拉、简和我轮流驾车，开到人烟稀少的地方，就让艾眉练练手艺。到达南加利福尼亚，我们吃过午饭上路时，让艾眉坐到了驾驶座。开到一个十字路口，也许是缺乏经验而心慌，艾眉没有注意到前方亮起的红灯，直闯了过去，结果，刚好和一辆大拖车相撞。简当场死亡，莎拉头部受伤，艾眉腿骨骨折，我擦破一点儿皮。伤痛只是小事，让我难以承受的是：在电话里，我要亲口告知怀特夫妇简的死讯。失去一个挚友，已经让我无比心痛；失去一个女儿，对父母来说将是何等撕心裂肺啊！怀特夫妇接到电话，立刻赶到医院。他们紧紧拥抱住我们，悲喜交加、热泪纵横。然后，怀特夫妇擦干两个女儿脸上的泪滴，开始谈笑。在艾眉学习使用拐杖时，他们甚至还为那歪歪扭扭的姿势，逗弄得艾眉"咯咯"直笑。对于两个幸存的女儿，尤其是艾眉，怀特夫妇始终温言慈语。

我震惊了：怀特夫妇没有责难，没有抱怨……

后来，我问怀特夫妇为什么没有教训艾眉，事实上，简正是死于她闯红灯造成的车祸。

怀特夫人说："简离开了，我们非常想念她。可是，不论我们再说什么或做什么，都不能让简起死回生。逝者已矣，而艾眉还有漫长的人生，如果我们再责难艾眉，她背负着'造成姐姐死亡'的包袱，怎能拥有一个完整、健康和美好的未来呢！"

事实证明，怀特夫妇的做法完全正确。艾眉大学毕业后，成为一名教师，专门教智障儿童。几年前，艾眉有了一个美满的婚姻。不久，成为两个女儿的母亲。年长的那个小女孩，起名叫做"简"。

从怀特夫妇那里，我领悟到——

事后的责备并不是最重要的，有时候，它根本一点儿用处也没有。最重要的，是心灵和未来。

成长悟语 Cheng Zhang Wu Yu

责备并不能使人认识错误，反而会令人逆反，重复错误；责备并不能改变错误，并不能挽回损失的一切；责备并不能培养责任感，反而会令人学会推卸责任。责备是一种无益的发泄方式，它会伤害你爱的人，甚至会令他们离开你。

错　过

◆文/争　平

现在我仍然记得起那个得肺病的孩子, 那个苍白瘦弱的初一同学。他坐在我的座位后面, 那个位置使他的脚经常穿过课桌的空当踩到我。上课的时候, 我听到最多的不是老师讲课的声音, 而是他咳嗽的声音、吐痰的声音。因为他的肺病, 班里的同学都拒绝跟他玩, 拒绝和他讲话, 所以我总记得他一个人坐在那个角落里, 目光散漫而空洞。

但是他每天都要找我一起上学。他把我看成朋友。我们居住的地方实际上相距很远, 但他总是绕道去我家喊我上学。他背着一个蓝花布制的书包, 里面装着几本书, 并不重, 但他总是弯着腰, 不住地咳嗽, 显出力不能支的样子。

人多的时候我就有点儿不喜欢他了, 因为很多人都不喜欢他。我顺势而为, 也故意和他拉开一段距离, 他却没有察觉, 依然热情地靠近我, 执着地诉说着什么, 但那时我已觉得烦躁了。

大家都觉得他脏, 厌恶地对待他, 很少有人愿意接近他, 他总是处于很孤独的境地。

一个群体对一个个体的疏远孤立是可怕的, 它让人丧失正常的认知力和判断力。那时我很清楚地看到一个群体对个体拥有的那种权威优势和主宰力量, 看到个体在这种群体力量的威压之下的胆怯、软弱、自卑和无助。在学校, 他像一只幼鼠一样惶惶不可终日。

但他的功课却极好, 各科均在前列, 几何这门被我们认为最头痛的课程他学习起来却如鱼得水。数学老师每次发问, 他总是率先举手, 答案总能令老师满意。他是试图以此建立自信, 以此赢得他人的善意和友爱的。但这样做的结果却使更多的同学敌视他, 他发言完要坐下时, 凳子就被人从后边抽去, 结果他跌在地上, 引来满堂的哄笑, 笑声中充满报复的快感和阴谋得逞时的狂欢。

人很容易受到环境的制约和影响。实际上我并不怎么反感他, 但在人群中我对他的态度就变得暧昧不清。我虽然知道一个人在艰难时刻对友谊的渴盼，一份友谊对他是一种怎样的支持和温暖啊，但我就是不能当众给他这一份友谊，我甚至当众也参与对他的起哄、攻击和伤害，参与拍手和哄笑。我冷漠甚至残忍地看着他受伤以后那种绝望的目光。

他是班里缺课最多的同学，有时上午的课还没结束，他就背上书包走了，下午就不来了，有时则是好几天不来。老师也很不满意，他来了就当着全班同学的面刻薄地指责他，对于这些他也不解释，垂着头发稀黄、脸色苍白的脑袋，那细弱的脖子如同秋天枯萎的瓜秧。

那时候没有一个人能站出来帮助他。我们依附和顺从在一个群体的意志中，我们被训练得没有个人的意志，没有个人的情感，没有个人的立场，甚至没有爱，没有真诚。老师指责他最凶的那一天，下午他没有再找我上学。我一个人去学校，上课铃响过后他也没来，然后一连好几天也没有见到他。大家都习以为常，没有人关心他的缺席，甚至没有人过问。

第二天，他的姐姐送来了请假条，说他住院了。

几天以后就听到他病逝的消息，他死了，彻底地远离了我们。大家这才懂得流泪，在去他家看望他母亲的时候，面对他的遗像，面对那沉浸在丧子之痛中的母亲，许多孩子都禁不住哭了。

后来，我渐渐地明白，我们对人的麻木和冷漠一向是通过死才得以清醒的，仿佛只有死才能换来良心的发现。

成长悟语 Cheng Zhang Wu Yu

人只要真正失去，才懂得曾经拥有的原来这么可贵。一颗纯洁、善良的心灵以离开的方式提醒着人们珍惜；许多麻木、冷漠的心灵在失去的过程中，看到了自己的卑微，反思了自己心灵的不足。

两人都不知如何是好，三个愿望已经实现两个，却没有得到任何好处。

得到与失去

◆文/佚　名

　　有一对老夫妻，他们一直在乡下种田，过着与世无争的平淡生活。

　　这样过了四十年，老夫妻对自己的生活愈来愈不满意，他们一边种田，老先生就一边梦想："如果有一天能有一大片土地就好了。"

　　老太太说："与其梦想有一大片土地，还不如梦想会掘到一坛金子，因为一大片土地还不是要耕种吗？"

　　老先生听了很生气："那还不如直接从天上掉下一亿元，因为掘金子也要花力气的！"

　　两个人就常常在田间，为了这种不存在的事斗嘴，一斗就好几天，情绪特别僵的时候，甚至几个月不说话。

　　有一天，老夫妻在田间工作，看到一条白蛇，被太阳晒得奄奄一息，两人突然生起了慈悲心，非常少有的意见一致地说："赶快想办法救这条白蛇吧！"

　　夫妻俩小心翼翼地捧起那条白蛇，把它带到水塘，细心地滋润白蛇，并把它带回家照护，等到白蛇完全康复，才把它放回田中。

　　夜里，夫妻俩吃晚餐的时候，突然有人敲门，开门一看，门口站着一个身穿白衣、美若天仙的少女。

　　少女说："我就是你们在田里救活的千年白蛇，特意来答谢你们，你们可以随意许三个愿望，我能让你们实现这三个愿望。"

　　老夫妻喜出望外，开心极了，但是他们互相都了解对方的个性，不约而同地互推一把，以免对方毫不考虑地说出一些无聊的愿望。

　　白蛇仙女看了，不禁笑起来，说："没关系，别急、别急，您们照顾我三天，我让你们慢慢想，三天内讲的愿望都有效。"

　　说完，白蛇仙女就不见了。

　　老夫妻对望一眼，脸上堆满了笑，不约而同地说："这三天我们还是不要开口说话,等想好了再开口。"

好不容易忍了一整天不说话,到第二天晚上,两人围着火炉烤地瓜,想到即将实现的幸福将来,脸上都溢满了笑容。

当老太太把烤好的地瓜放进盘子时,闻到烤地瓜的香气,不知不觉地说:"这么香的地瓜,如果能配上烤香肠吃,就太幸福了!"

一说完,轰的一声,盘子里多了两条香喷喷的烤香肠。

老夫妻才惊觉,原来第一个愿望已经实现了,两条烤香肠的愿望实在太不值得了,老先生气得跳起来骂道:"那么爱吃,真希望那两条香肠永远长在你的嘴巴上。"老先生一说完,老太太的嘴巴上就长出两条香肠,像八字胡一样挂着。

两人都不知如何是好,三个愿望已经实现两个,却没有得到任何好处。当然,他们还有第三个愿望,但是,无论他们多么有钱,要是老太太嘴上长了两条香肠,活着又有什么乐趣呢?

老夫妻对望了一眼,说:"希望香肠赶快消失。"

轰隆一声,香肠果然消失了。夫妻俩一句话也不说,坐下来吃烤地瓜。

成长悟语 Cheng Zhang Wu Yu

得到了三个愿望,最后却还是和原来一样贫穷。太贪心,沉迷于欲望之中,你得到的,最后也会失去。简单地生活,许下简单的愿望,追求简单的目标,最后你得到的会多于你失去的。

只有在泥水里摔打过、在汗水里浸泡过、在泪水里腌渍过的人生,才算是一种完整的人生。

一只鸭子的奋斗历程

◆文/冯　磊

他来到这个世界上的时候,就遭遇到了歧视。那个把他带到这个世界上来的母亲,如果不是因为自身的母爱使然,而接受了别人的建议的话,那么他就会一直被封闭在坚硬的壳里面无法面世了。谢天谢地,丑陋的他终于站在自己的兄弟姐妹中间了。

在那个被称作家园,被诗人反复吟唱的地方,他开始饱受歧视。一些同类开始对他使用暴力,理由就是因为看他不顺眼,而自己的兄弟姐妹也开始讥笑和奚落他的丑陋:他粗壮,缺乏讨人喜欢的嘴巴、羽毛和体形,以至于后来连他的母亲也对他厌烦了。一句谎话说三遍就可以成为真理,更何况是一句看起来有几分真实的话呢?

这真是糟糕透顶。

"伤害你最深的,往往是你最亲近的人",对于缺乏竞争优势的人而言,"他人就是地狱"。等明白了这层道理,他开始流浪。

他最初的去处是一个贫穷的老太婆家,这个老太婆住在一间破草房里。房子摇摇欲坠,但是由于没有考虑好往哪边倒比较好,所以暂时就还在寒风里硬挺着。老太婆老眼昏花,但是她家里有两个聪明人。这两个聪明人一直认为世界是由两部分组成的:一半是他们自己,另外一半是他们之外的全部。他们认为自己是世界上最博学和聪明的人,而这个世界上最值得佩服的人就是那个老太婆。这两个聪明人还认为:世界上最渊博的学问就是下蛋和通过手的抚摸让自己的皮毛放电。他们很骄傲。

但是,新来的这个家伙显然不识趣,他生硬地发言说游泳比下蛋好。这还了得!于是两个先入为主的人不能容忍新来的这个家伙破坏世界旧秩序的行为,对他下了命令:在聪明人讨论问题的时候,请闭上你的嘴!

在对人世间的偏执和狭隘有了更进一步的了解之后,他只好选择继续流浪。这期间,他开始明白为什么天地如此广大却仍然有人固步自封,开始明白为什么世界上到处都是土地还是有人饿死,为什么高楼大厦空置上百万套却依然有人露宿街头……人类的内心实在太狭隘了,狭隘到已经难以容忍哪怕一丝光明和快乐的存在。

人,的确已经疯了。

于是,他继续走。后来他遇到了另外一个族类。这个族的人来自于遥远的羽国,他们和地上的这群人相比要纯洁善良得多。他们都披着羽毛做的大氅,在天上自由地飞来飞去。看到他很孤单,这个族里的人邀请他一起飞翔。

可是,丛林法则在这个世界上似乎是一层重重的恶咒。一群手里拿着枪、撵着狗的所谓文明人打破了大家美好的生活。

很多美丽的羽国人的鲜血染红了洁白的大氅。他只是跑,不断地跑。后来他抱着一颗受惊的心想窝在草丛里以躲避搜捕的时候,突然蹿出来一条凶恶的猎狗,他吓晕了。但是这条狗因为跟随主子而染上了挑肥拣瘦的毛病,它看到丑陋的他(我们面前已经讲过的),气咻咻地走了。

他活下来了,并在心里暗暗发誓今生无论如何不再接受那些束缚人的所谓规则。"我想我还是应该到更广大的世界里去好",他一遍遍地念着自己当初的誓言,那是他离开老太婆的小屋子的时候说的。

改变孩子一生的故事全集

他继续走。

天气开始冷下来，他到处躲避寒冷的侵袭。他喜欢游泳，但是无疑这个季节还不适合游泳。后来，他被冻在冰上，昏死过去。

"生活就是受难，生活就是一次次历险。"悲惨的生活，让他明白了寒风的刀锋和食物的可口，也磨砺了他的心智，擦亮了他的眼睛，这就是为什么很多穷人更富有智慧，而为富不仁者更加愚蠢的缘故。

再后来终于春暖花开了。冰化了，惊蛰已过，大片大片的野花飘落在水上，我们的这个潜意识里就喜欢游泳的伙计高兴了，他跳到水里，欢快地游着，他抬起上肢，发觉力量充盈。他，飞起来了！

在一个美丽的湖边，他发觉嗓子有些异样，于是叫了一声。这声音把他自己吓了一跳，他，俯下身去，在水里看到自己的影子，原来自己是一只美丽的天鹅。

这时候，如果我们还要说"只要你是天鹅蛋，就是生在养鸡场里也没有什么关系"之类的话，那就太老套了。我们只能说：只有在泥水里摔打过、在汗水里浸泡过、在泪水里腌渍过的人生，才算是一种完整的人生。

成长悟语 Cheng Zhang Wu Yu

> 用鞭子抽着，陀螺才会旋转。只要经历人世的磨练，只有经历别人未曾遇到的挫折，只有付出过汗水和泪水，鸭子才能变成天鹅。天鹅的最美丽的不是洁白的羽毛和优雅的身体，而是在困境中坚持的勇气。

> 这拥抱是他在门前经常做的那种拥抱，不同的是这是第一次有人用拥抱来回报他的拥抱。

用拥抱回报拥抱

◆文 /[美]路易斯·尤拉诺　编译 / 李有观

在美国有一个非常富有的男人。由于他很富裕，不论是左邻右舍还是外地人都认识他或知道他。通常，他的门铃响起时，门外总是站着请求募捐的人。有时，按响门铃的是某个陷于困境的邻居，于是他面带微笑地拥抱一下来人，并大方地将一把钞票塞到他的手中。有时门铃响后见到的是代表非洲饥饿儿童的慈善团体,他便含着笑,拥抱一下门外的慈善机构的来人,随后签上一张数额不小的支票。

一天晚上,外面特别安静,这个富翁决定出去走一走。他沿着弯曲的街道,悠闲地一直往前漫步。突然一个躺在人行道上的流浪汉吸引了他的目光。那个流浪汉的运动衫破旧不堪,虽然穿着鞋,但互不相配,而且身上散发出臭味。流浪汉同时也看到了他,并且知道他是谁,但他没有伸出手,而是把自己的脸掩藏起来。富人站在这个衣衫褴褛的流浪汉身旁,俯下身,轻轻地抚摸了一下他的面颊,但是流浪汉却旋即闪开了脸。富人不禁苦笑了一下,慢慢转过身,向回家的路上走去。

听到富人的脚步声在拐弯处消失后,流浪汉才睁开眼睛,坐起身来。在他的脚边有一张崭新的百元美钞。他一把抓起钞票,然后起身径直冲向最近的商店。同所有的流浪汉一样,他的第一个念头便是把钱挥霍在喝酒上。

然而,当流浪汉的双脚就要迈进商店时,他猛然又感受到了富人那充满爱心的抚摸。他心中不禁为之振奋,他下决心要从那一刻、那个地方重新开始人生。他随即向一个老妇人讨了两个10美分的硬币。"哟,"老妇问他,"你不再买酒了?"流浪汉摇了摇头,然后把钱塞进了最近的电话机投币口。流浪汉对接电话的经纪人说:"100美元,全部投到微软公司。"由于当时正值20世纪80年代末,所以只经过很短一段时间,股票便飞涨了。这个流浪汉便因此摇身一变成了腰缠万贯者。

故事再回到洛杉矶东部。几年的光阴缓慢流逝,慷慨的富翁生活依旧:傍晚散散步,用口哨吹吹音乐曲调,或是开门迎接来客。

有一天,门铃又响了。富翁打开门,只见门外站着一位衣着考究的绅士。"啊哈,一定又是募捐。"富翁寻思着。但当他刚要说话时,客人先开口了。

"你就是那位富翁,对吧?"客人问道。

"我能为你做点儿什么呢?"富翁机械地说道,对被请求给予钱物他已习以为常。

"不是你要为我做什么,"客人说,"而是你已经为我做的。"

"我已经为你做的?"富翁惊异地问道。

"你给了我第二次人生的机会。有了你慷慨的捐助,我得以投资并终于摆脱了贫穷。我再也不必在穷途末路上堕落了,我已能在拥挤的人行道上昂首阔步了。为此我要向你表示感谢。"富翁终于认出这位来客就是曾经蜷缩在街头的那个流浪汉。于是他说道:"我当时给你钱时,你并没有向我索取。我只是因为看到你在那里,出于爱心才这样做的。换了别的人,我也会给他的。"

"正因为如此,我更要来向你致谢。"客人说道。

"可是我很富有,"富翁说,"我有很多钱财要给别人,而从未想到要从别人那里得到回报。"

"很好。"客人点头称道,"其实我也没有什么东西送给你——我所有的一切,都是你给的。我来这里的唯一目的就是向你道声谢谢。"富翁睁大了眼睛看着向他走近的来客,将他拥抱。这拥抱是他在门前经常做的那种拥抱,不同的是这是第一次有人用拥抱来回报他的拥抱。

当他的客人，一个曾经流浪街头的人紧紧地拥抱着他时，富翁感到这是有生以来最使他感到满足的拥抱，他的眼泪夺眶而出。

成长悟语 Cheng Zhong Wu Yu

　　流浪汉是幸福的，他得到的不单是施舍，还有尊重和关怀。富人是幸福的，他得到不单是金钱的回赠，还有感恩的回报。用拥抱回报拥抱，两个拥有美好心灵的男人，以雕像般的动作，表达了什么是真正的心灵付出。

　　我以为人活着第一要紧是自信。坚定、果断、勇于承受，即使面对失败而不失自尊。

不　悔

◆文／谢　冕

　　几年前，一位小姐邀稿于我，说是要写一句对自己影响最大的人生格言，并说，这格言可以是别人说的，也可以是自己说的。格言当然总是出自名人或伟人，自拟的所谓格言再反过来"影响自己一生"这说法总有些不妥。

　　但我实在犯难。想来想去，似乎因别人的一句话而影响和决定了一生的并没有。尽管小时候大人们曾用"少小不努力，老大徒伤悲"之类的话劝勉过我，但真的"老大"了，却发现那只是一句陈词滥调。后来，又有自觉或被迫诵读的当今圣人的话之类，发现那些话充满了自以为是的霸气，我不满于说话的人那种不平等的、居高临下的训诲。当然，只能敬而远之。

　　孔子和鲁迅都说过许多漂亮的话，但那些也很难决定一生。当古代圣贤和当今圣贤都不能解决问题的时候，人只能求助于自己。反顾自身，平生为人处事，大抵奉行着从容而坚定的姿态，我于是为自己"创造"了，或者说，是总结出这样一句话："决心去做的事，绝不反悔。"在这句"格言"的背后，站立着我的一个完整的人生态度，即，我以为人活着第一要紧是自信。坚定、果断、勇于承受，即使面对失败而不失自尊。

　　"永久的悔"这题目对我是真正的难题，前面说到了我的人生格言是"不悔"，又如何做这"悔"的文章呢?好在也包括"虽九死而犹未悔",这样,我也许还凑合着可以交差。

我是凡人,不可能无过失,因而不可能总是无悔。但事实却是我很少有悔。因为我奉行的是不悔的人生。前面说的那句"自拟格言"便是这种"奉行"的宣言。那话乍听起来真有点儿一意孤行的味道,因而要加以必要的注释。

事有大小,情有重轻,"决心去做"云云,指的是需要"下决心"去做的,并不是所有的事。有些事去做就是,无须踟蹰再三然后再下决心。这些事不是例行便是日常,也会有失误,但谈不上悔或不悔的严重。那些要"下决心"去做的,一般不属于"鸡毛蒜皮"则要思而后行,甚至再思、三思而后行。这类事没有把握硬去做,叫做轻举妄动。需要决心去做的,则属于必做的和非做不可的。这样的事,不做则已,做则必成。这个过程,即指周密的权衡,谋事之初要多思慎虑,一旦认为必行,则期以必成,决心和行动都要果断。

一件事没有做完就扔下,是半途而废。一般说来,这半途而废乃是陋习,是缺乏自信也缺乏自律的表现。审时度势而下了决心,加上行事之中的机智和审慎,一般总会成功,一般不至于事与愿违。但"事不如意常八九",世上总有难料之事,总有许多意外。意外就是主观因素之外的突如其来,这是任何坚定而自信的人也无法躲避的。

即使面对一个周密从事计划的,决策的误差和实践的受阻也许会导致失败,面对这样意想不到的情况,作为"格言"的奉行者,我的态度依然是"不悔"。这不意味着不面对事实,而是更为超脱地面对事实:一个理智的人要敢于面对失败。从另一个角度看,这面对失败的"不悔",是寻求心理的健康。因失败而怨尤,是一种自我折磨。失败不能让人消沉,失败应当是另一种境界的始端。人必须承认失败只属于自己——尽管失败有许多自己以外的原因,但失败的苦果只能由自己品尝。在这个时候,人既不能自怨,也不必怨人。

对于崇尚行动的人,纠正的办法是用下一个行动的成功来抵消前一个行动的失败。对于失败的承受,和对于一个成功的期待,是人生的至乐。因此,我坚定相信自己的这一句发明:"决心去做的事,绝不反悔。"

成长悟语 *Cheng Zhang Wu Yu*

把目光投向身后,留连于过去的阴影,你将错过太阳。失败并不可怕,可怕的是后悔,后悔会让我们自责,会蒙蔽我们的眼睛,让我们看不到下次成功就在眼前。不要常常向后看,多点儿向前看,错过了一处风景,还会有另一片风景。

> 原来生活中那么多值得高兴和满足的事情，因为忽然出现了凑足100的可能性，一切都被打破了。

99 一族

◆编译 /尹玉生

有位国王，天下尽在手中，照理，应该满足了吧，但事实并非如此。

国王自己也纳闷儿，为什么对自己的生活还不满意，尽管他也有意识地参加一些有意思的晚宴和聚会，但都无济于事，总觉得缺点儿什么。

一天，国王起个大早，决定在王宫中四处转转。当国王走到御膳房时，他听到有人在快乐地哼着小曲。循着声音，国王看到一个厨子在唱歌，脸上洋溢着幸福和快乐。

国王甚是奇怪，他问厨子为什么如此快乐，厨子答道："陛下，我虽然只不过是个厨子，但我一直尽我所能让我的妻小快乐，我们所需不多，头顶有间草屋，肚里不缺暖食，便够了。我的妻子和孩子是我的精神支柱，而我带回家哪怕一件小东西都能让他们满足。我之所以天天如此快乐，是因为我的家人天天都快乐。"

听到这里，国王让厨子先退下，然后向宰相询问此事，宰相答道："陛下，我相信这个厨子还没有成为99一族。"

国王诧异地问道："99一族？什么是99一族？"

宰相答道："陛下，想确切地知道什么是99一族，请您先做这样一件事情。在一个包里，放进去99枚金币，然后把这个包放在那个厨子的家门口，您很快就会明白什么是99一族了。"

国王按照宰相所言，令人将装了99枚金币的布包放在了那个快乐的厨子门前。

厨子回家的时候发现了门前的布包，好奇心让他将包拿到房间里，当他打开包，先是惊诧，然后狂喜：金币！全是金币！这么多的金币！厨子将包里的金币全部倒在桌上，开始清点金币，99枚？厨子认为不应该是这个数，于是他数了一遍又一遍，的确是99枚。他开始纳闷儿：没理由只有99枚啊，没有人会只装99枚啊，那么那一枚金币哪里去了？厨子开始寻找，他找遍了整个房间，又找遍了整个院子，直到筋疲力尽，他才彻底绝望了，心情沮丧到了极点。

他决定从明天起，加倍努力工作，早日挣回一枚金币，以使他的财富达到100枚金币。

由于晚上找金币太辛苦，第二天早上他起来得有点儿晚，情绪也极坏，对妻子和孩子大吼大叫，责怪他们没有及时叫醒他，影响了他早日挣到一枚金币这一宏伟目标的实现。他匆匆来到御膳房，不再像往日那样兴高采烈，既不哼小曲也不吹口哨了，只是埋头拼命地干活，一点儿也没有注意到国王正悄悄地观察着他。

看到厨子心绪变化如此巨大，国王大为不解，得到那么多的金币应该欣喜若狂才对啊。他再次询问宰相。

宰相答道："陛下，这个厨子现在已经正式加入 99 一族了。99 一族是这样一类人：他们拥有很多，但从来不会满足，他们拼命工作，为了额外的那个'1'，他们苦苦努力，渴望尽早实现'100'。原本生活中那么多值得高兴和满足的事情，因为忽然出现了凑足 100 的可能性，一切都被打破了，他竭力去追求那个并无实质意义的'1'，不惜付出失去快乐的代价，这就是 99 一族。"

成长悟语 Cheng Zhang Wu Yu

人最可怜的地方就在于：我们总是梦想着天边的一座奇妙的玫瑰园，而不去欣赏今天就开在我们窗口的玫瑰。人生最重要的不是追求遥远的完美，而是享受现在拥有的幸福。

第 三 辑

撬开你的心门

　　爱可以创造爱,希望也可以点燃希望。一个小小的善可能会打消一个萌芽的恶,一点点的希望也许就能挽救一个绝望的人,甚至因此而改变一个人一生的命运和许多人的生活。把心门撬开一点点,点亮关爱的灯,燃起希望的火把,鼓起生命的风帆。

撬开你的心门

◆文/王小艾

安那西,是法国最古老的城市。莫尔是那里的一位德高望重的医生,在他手上起死回生的人数不胜数。

然而20年前,他却是一个劳改犯,因为情人背叛他投向了别人的怀抱,他一怒之下刺伤了那个男人,由一个名牌大学的学生变成了犯人,开始了三年的牢狱生活。

等他出狱后,情人早已经嫁人,而劳改犯的身份也让他在找工作的时候受尽了白眼和嘲笑。在极度的痛苦中,莫尔一气之下跑去抢劫。他早就注意到在街东有一家是很好的猎物,大人都出去上班很晚才回来,只剩下一个盲童在家,非常容易得手。

于是,他撬开了大门,带着一把匕首蹑手蹑脚地进到了屋内。一个稚嫩的声音问:"是谁啊?"莫尔随意地找了个借口:"我是你爸爸的朋友,他把钥匙给我了。"小孩听了很高兴,毫无防备地说:"欢迎您,只不过我爸爸还要等到晚上才能回家。叔叔,您愿意先和我一起玩一会儿吗?"他睁着明亮的却什么都看不见的眼睛,满脸的期待。在这种祈求的神情下,莫尔竟然忘了来此的目的,一口答应了。令他惊讶的是,这个8岁的盲童钢琴弹得行云流水,乐感极好,一段段轻快的音乐,就是一个正常的小孩也要付出很大的努力,更何况是个什么都看不见的小孩呢。弹奏完钢琴后,小孩还给莫尔画出了一个自己感受到的世界,太阳、花朵、父母、伙伴等等,在这个盲童的世界里不是一片空白,虽然他的画是那么的笨拙,连圆和方都分不清楚,可是他却画得那么认真,那么虔诚。

"叔叔,太阳是这个样子的吗?"莫尔忽然很感动,他用指尖在盲童的手心里画了好几个圆圈,"太阳是这个样子的,又圆又亮,而且是金色的。""叔叔,什么是金色啊?"他仰着小脸追问。莫尔愣了一下,然后把他带到阳光底下:"金色是一种很有生命力的颜色,能让人觉得温暖,就像我们吃的面包一样给人力量。"盲童开心地用手在四周触摸："叔叔，我感觉到了，真暖和啊，它应该是和叔叔的微笑一样的颜色。"莫尔耐心地为他描述了很多物品的颜色和形状，他尽量讲得生动形象，让这个原本想象力很丰富的孩子容易理解。盲童易凯听得那么出神，他没有了视觉，可是他的触觉、听觉和感受能力都比一般的小孩强很多。时间在不知不觉中流逝。

最后，莫尔才想起来此的目的。可是，他再也不可能去抢劫了。只不过是受了点儿世人的白眼和生活的打击就准备去犯罪，和易凯比起来，他是多么无地自容啊。他给易凯的父母留下了一张字条："尊敬的先生和女士，原谅我撬开了你们的门。你们是伟大的父母，养育了这样好的儿子，虽然他的眼睛看不见了，但是他的心很明亮，他教给了我很多东西，撬开了我的心门。"

三年之后，莫尔自学完成了大学里热爱的医科学业，开始了医生生涯。

六年之后，他和同事们一起为易凯成功地完成了眼科手术，让他见到了光明。易凯终于成为一位出色的钢琴家，在全国各地开始演出。每一场演出，莫尔都尽量到现场去，在台下一个不起眼的角落，默默地倾听着当年的盲童弹奏的、能够洗涤他心灵的音乐。

在莫尔对世人和生活失望的时候，是小易凯的乐观和坚强给了他温暖和信心。在一个黑暗的世界里生活着的易凯，从没有对生活绝望而自暴自弃过，他让人看到了一个人的生命力有多么的强大，那种对生活的向往和热情，深深地打动和感染了莫尔。

爱从来就能创造爱，希望也可以点燃希望。一个小小的善可能会打消一个萌芽的恶，一点点的希望也许就能挽救一个绝望的人，甚至因此而改变一个人一生的命运和许多人的生活，比如莫尔曾经帮助过的那些人。当绝望的时候，只要把心门撬开一点点，希望的光就会透进来了。

成长悟语 Cheng Zhang Wu Yu

不要拒绝世界，紧闭心门也就同时拒绝了阳光。在绝望的时候，给自己点燃一根心灵的蜡烛。无论黑暗多嚣张，一根小小的蜡烛就能把黑暗打败，蜡烛虽小，光芒虽然黯淡，但却是黑暗淹没不了的。

生 命 时 钟

◆文/周海亮

朋友的父亲病危，朋友从国外给我打来电话，让我帮他。

我知道他的意思，即使以最快的速度，他也只能在 4 个小时后赶回来，而他的父亲，已经不可能再挺过 4 个小时。

赶到医院时，见到朋友的父亲浑身插满管子，正急促地呼吸。床前，围满了悲伤的亲人。

那时朋友的父亲狂躁不安，双眼紧闭着，双手胡乱地抓。我听到他含糊不清地叫着朋友的名字。

每个人都在看我，目光中充满着无奈的期待。我走过去，轻轻抓起他的手，我说，是我，我回来了。

朋友的父亲立刻安静下来，面部表情也变得安详。但仅仅过了一会儿，他又一次变得狂躁，他松开我的手，继续胡乱地抓。

我知道，我骗不了他。没有人比他更了解自己的儿子。

于是我告诉他，他的儿子现在还在国外，但 4 个小时后，肯定可以赶回来。我对朋友的父亲说，我保证。

我看到他的亲人们惊恐的目光。

但朋友的父亲却又一次安静下来，然后他的头，努力向一个方向歪着，一只手急切地举起。

我注意到，那个方向的墙上，挂了一个时钟。

我对朋友的父亲说，现在是 1 点 10 分，5 点 10 分时，你的儿子将会赶来。

朋友的父亲放下他的手，我看到他长舒了一口气，尽管他双眼紧闭，但我仿佛可以感觉到他期待的目光。

每隔 10 分钟，我就会抓着他的手，跟他报一下时间。4 个小时被每一个 10 分钟整齐地分割，有时候我感到他即将离去，但却总被一个个的 10 分钟唤回。

朋友终于赶到了医院,他抓着父亲的手,他说,是我,我回来了。

我看到朋友的父亲从紧闭的双眼里流出两滴满足的眼泪,然后,静静地离去。

朋友的父亲,为了等待他的儿子,为了听听他的儿子的声音,挺过了他生命中最后的也是最漫长的4个小时。每一名医生都说,不可思议。

后来,我想,假如他的儿子在5小时后才能赶回,那么,他能否继续挺过1个小时?

我想,会的。生命的最后一刻,亲情让他不忍离去。

悠悠亲情,每一个世人的生命时钟。

成长悟语 Cheng Zhang Wu Yu

父爱的时钟分毫不差,在儿子出现的时候走向了终止。其实父爱的时钟,都有不可思议的准确,无论他们的指针怎样转动,这些指针的圆心都只是他们的孩子,为了自己的孩子,他们不分昼夜地运行。

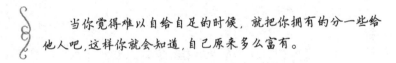

当你觉得难以自给自足的时候,就把你拥有的分一些给他人吧,这样你就会知道,自己原来多么富有。

分 享 生 命

◆文/张丽钧

我喜欢这样一个故事:

有个登山者在山中遇到了暴风雪,因而迷了路。这场暴风雪是他始料未及的,他的御寒装备不足。他明白如果不尽快找到避寒处,就非被冻死不可。风雪扑打着他撕咬着他,他汗湿的手套早已成了两块冰砣子。他走啊走啊,不敢停歇下来;但即便如此,他的四肢还是被冻得麻痹了。他抬着越来越沉重的双腿,绝望地想:……不多了,上帝给我的时间已经不多了。就在这个时候,他的脚踢到了一样硬邦邦的东西,低头仔细看看,居然是一个人!原来这不幸的人已快冻僵了,倒在地上,不能动弹。登山者停了下来,发现自己面临了一个困难的选择:是继续赶路设法拯救自己,还是留下来设法拯救这个生命垂危的陌路人?短短一瞬间,他就下定了决心。只见他毅然在那垂危者的身边跪下,甩掉手套,开始按摩他的双手和双腿。没过多久,那人的血脉就流通了;而登山者在助人的过程中也不期然地暖透了自己的双手乃至身心。最后,这两个人互相扶持着,拖曳着,终于走出了风雪肆虐的大山……

后来,一位哲人听到了这故事,他沉吟了许久,然后说:当你觉得难以自给自足的时候,就把你拥有的分一些给他人吧,这样你就会知道,自己原来多么富有。

和别人交换手中的苹果,你拥有的还是一个苹果;和别人分享生命,你将拥有两个生命,两份生命的喜悦,两份生命的感激。为别人付出自己仅有的东西,别人也会用最珍贵的东西回赠你。

对于一个陌生人来说,你再小的一点儿接受和承担,实际上就已经给了他无形的帮助。

给陌生人依偎的肩膀

◆文/马　德

好像好多次了,我都收到来自山西某镇煤矿的信件。

我不知道写信人是谁,因为他给我的信从来不留下姓名。我也不知道他为什么给我写信,因为在他的信中除了谈煤矿的生活,很少涉及到我。然而可以推测到的是,他该是我的一个读者朋友,因为他在信中提到去镇上唯一的书报亭买杂志的细节。或许,他在某本杂志上看到了我的文章,并在文章后得到了我的地址,于是就有了他的来信。

那该是一个不大的煤矿,下井的条件并不好,也处处充满着危险,他经常提到巷道深处的寂寞和黑暗,冰冷的石头以及并不温暖的煤炭。冬天的时候,常常是在井下干得浑身汗湿透,然后一出井口,衣服便硬挺挺地附着在身上,再下井的时候,还是这身衣服,再冰凉凉地穿着下到井下去。生活是艰苦的,然而更贫乏的是精神生活。从初中毕业辍学打工后,他一直保持着看书的习惯,仅有的几本书几乎都翻烂了。矿工们常常聚在一起胡侃一些荤段子,他不愿听,就独自一个人坐在工棚后边的山梁上,望着对面的大山发愣,一坐就是半天。

我很想写信安慰安慰他,那年高考落榜,我曾经在大同打过一段时间的工,我知道一个读书人在那种境地的落寞、无助和内心的荒凉。然而,我不知道该怎样劝慰他,因为他没有留下姓名,连着几封信都没有留下姓名。如果他粗心的话,也不至于这么粗心啊。难道他只是需要这样一个单程的倾诉,把内心的一切郁闷、烦扰、落寞全部写出来,交给我看。或者,他只是把自己的内心交给一棵树,一块石头,一朵飘逝的云彩,一阵淡然的风,然后以信的形式寄出去,寄给树,寄给石头,寄给云彩,寄给风,而我,只是一个辗转者。

然而,我还是想写封信给他。因为在这样的一个年龄段上,在人生最重要的路口上,需要有人帮他一把,否则他会少了奋进的勇气,极有可能被生活磨掉了锐气,而最终落入平庸的境地,像他周围的人一样。有一次,我试着拨打了他所在地区的114台,查那家煤矿的电话,接线员没有回答是否有,接着有一个电脑语音响起,给了我一个电话号码,我顺着电话号码拨过去,便有一个操着浓重乡音的人拿起电话,我稀里糊涂地说了半天要找的人,事实上我根本说不清楚,他似乎也没有听清楚,嘟囔了一句,就"啪"的一声,把电话给挂了。

这唯一的希望也断了。

后来,好长的一段时间,也没有他的信。我以为我们的缘分就此结束了,我想他也许流落到了另一个不知名的地方去了,也许正应了我的某种预料,他连写信的心思也没了,被浑浊的生活完全地吞没了。然而,沉默了一个月后,我又收到了他的信件。他在信中说,这一段时间,他和领班的闹了意见,差一点儿打了架,矿上说不想要他了,周围的矿工也嫌他不合群。他说:矿上不收留我,我收留我,谁都不要我的时候,我也要我。他还在信中谈到:有一次矿上接到了一个河北的长途电话,说要找一个写信的年轻人,我没告诉他们写信的人就是我。但是我猜想那个打电话的人该是你,我也希望是你。你知道吗,那一天,我很激动。其实,我一直没有太高的奢望,我只是希望你收到信的时候,认真读就是了,我很希望能有一个像你一样的哥哥,给你写信,就是在我孤单的时候,想象着依偎在你的肩膀旁边,然后,静静地让你,听着一个头发蓬乱的弟弟,一点儿一点儿地诉说遭遇。

哦,亲爱的弟弟。这一封信,你才让我彻底地弄清了事情的原委。让我高兴的是,你并不缺乏坚强,你说谁都不要你的时候,你也要你。这让我很放心,我也希望天底下所有像你一样在困难中挣扎的人,都有着这一份坚强。这一封信,你让我明白了,静静地去倾听别人的诉说,有时候也能给孤单无依的人以依偎的肩膀,我才知道了,有一种帮助,其实需要的并不多。

看来,对于一个陌生人来说,你再小的一点儿接受和承担,实际上就已经给了他无形的帮助。有时候,你尽可什么也不拿出来,只要默默的,亮出你的肩膀,一个在尊严中活着的人,就得到了最好的依靠。

给陌生人一个偎依的肩膀，虽然你没有见过他们，但你的肩膀将成为他们一生最坚强的依靠。虽然你没有给他们物质，但你内心的关怀，足以令他们一生感动，并成为他们一生前进的动力之源。

一个骨子里永远不会受伤的生命，人生所有的艰难，都会为他让路。

改变孩子一生的故事全集

永不受伤的飞翔

◆文/马　德

那天下班的路上，我不紧不慢地骑车往家里赶。

快过幸福大街的时候，一辆摩托车从身后呼啸着过来。我发现这辆车的轱辘后边好像拖带着一些东西。起初，我以为是一根慌了神的柴草，一失足被卷拽到了轱辘里。后来，我发现，那不是根柴草，好像是条线，线后边，还拴着一样东西。

正好这辆车要往旁边的巷子里拐，速度慢了许多，我才看清楚，车上是两个人，前面是个女的，后边是个男的。男的手里拿着一截短棍，短棍上系着一条细线，而线的末端拴着的，竟然是一只鸟。

那鸟显然被拖得奄奄一息了，身子和腿已经不能动弹，只是它的翅膀，还在扑腾着，努力地做着向上飞翔的姿势。我看不到鸟的表情，但从它的挣扎中，我能感受到它的痛苦。

我本能地紧蹬了几步，赶在那辆车的前面停了下来，急切地把小鸟的惨状告诉了他们。谁知后面的那个男人几乎看都没看，朝我一瞪眼，不耐烦地说："我早知道了，用你管？"

我好像自己做错了什么事，一下子噎在那里，不知道说什么好。我笑了笑，说："大小它也是个生命，你这么拖着它，明摆着不是给它用刑吗？放了它吧。"我近乎哀求。谁知那个男人嘴里嘟囔了一句"这个人有病"，就赶紧催促着女人走。

摩托车又一次启动起来。地上的鸟还在挣扎着，但已经站不起来了，翅膀在颤

抖中不断扑腾着。我正要放弃走掉,这时候,一个孩子的声音清脆地传过来:

"叔叔,你把小鸟放了吧,你看它多疼啊,它妈妈看着了,是会哭的。"顺着声音看过去,车的另一边,是一个小男孩。我认识这个小男孩,他就是旁边那家馒头铺的孩子。我经常在这里买馒头,有时候就是他给我利落地找钱。

孩子的话显然触动了女人心中柔软的部分,她回过头对男人说:"放了吧,放了吧。"男人看了我一眼,似乎还想说什么,但终究还是松开了手,女人一拧油门,走了。

鸟半躺在地上,似乎耗尽了所有的力气。男孩走过去,把它小心翼翼放在了手心。我说:"孩子,这小鸟伤得很重,恐怕……"我想表达出自己的悲哀。不料,孩子翻头朝我极灿烂地笑了笑,说:"无论伤多重,疗一疗伤口,一样也可以好好地活。"

就是这个孩子,好像没有上过一天的学。父亲早亡,他随着母亲来到这座小城,娘儿俩靠开馒头铺维持生计。我经常见黑而瘦小的他,蹬着一辆破旧的三轮车,在巷口里弄四处吆喝着卖馒头,而且,有时候,我还看到有孩子欺负他。前些日子,他的母亲又嫁给了一个男人,这个男人脸一天到晚黑沉沉的,也不知道对他怎样。我一直以为,这孩子应该是一个受伤的生命,在人生最美好的童年,他失却了同龄人应有的阳光、温暖和爱。他的可怜和无助,一度引起过我的悲悯。

然而今天,在对待小鸟的态度上,他的话让我震撼。我感受到了一个弱小生命骨子里的刚强。我说:"那你就好好照看着它吧。"孩子说:"放心吧,我会给他喂水,给它喂食,而且我还会陪它说话的……"

那只鸟终究怎么样了,我不知道。后来,那家馒头铺搬走了,孩子也不知道去了什么地方。有意思的是,有一天晚上,我竟还梦到了这个孩子,梦中,他和那只被救的小鸟一起正在晴空里幸福地飞翔。

我想,这样的一个孩子,无论在什么地方,他都会过得很好。因为一个骨子里永远不会受伤的生命,人生所有的艰难,都会为他让路。

一个弱小的生命,需要面对单亲的家庭,需要面对艰难的生活状况,却还能以一颗玻璃般纯粹干净的内心体贴同样弱小的小鸟。沉重的现实并不是变得冷漠麻木的借口,只要你保持自己内心的单纯,你依然能在善良的天空飞翔。

除夕村民们所点燃的，决非单纯的爆竹，而是对美好生活的热爱和对未来的憧憬之情。

点 燃 美 好

◆文/栖 云

我去过一个非常偏僻的小山村，临近除夕了，大部分农户还没办齐年货。我的房东买了个猪头，另外几挂猪肠子就算蛮排场了。他在院子里接连抓过几只母鸡，捏捏肉，都心疼地摇摇头放弃了。"还正下蛋，杀了怪可惜。"他转脸又瞧瞧垂涎欲滴的孩子，左右为难。

但是，村民宁可缺鸡少鹅，也要集资买爆竹。每户 2 元钱，专门有人张罗。当时的 2 元钱，能买 2 斤猪肉、一只鸡、一篮鸡蛋、一大堆梨。奇怪的是，家家户户想方设法凑齐钱，没有一户人家拒绝。噼噼啪啪几下子就报销了，何苦！不如给望眼欲穿的小孩子买点儿礼物，大人添点儿衣服，虽物有不值，但不买不值。房东却说，那不一样，小孩子宁可不要糖果，也要看烟花。

除夕到了，夜幕刚刚降临，村口场院就陆续有人选好位置，渐渐的，全村男女老幼都聚集齐了，放爆竹仪式便正式开始。火树银花、山回谷应，小孩子成群地簇拥在一起，抢鞭炮，比响声；大人的脸上泛着红光，挂着笑容，所有烦恼、劳累，所有被生活重压喘不过气来的心事，那一刻，都卸下肩头，暂不提起。鞭炮放完了，人们仍然余兴未尽，在雪地上点起火把，舞龙舞狮，跑旱船，一直热闹到黎明，方才依依不舍地散去。

过了春节，无人再提起除夕，就像那是天堂的美景，离现实太远，不足挂齿。只是到了第二年除夕，人们依旧集资买爆竹、张灯、结彩、舞龙狮。也许是愚昧，也许是风俗，我一直无法清楚地解释村民的做法，连他们自己也无法诠释。

直到 20 年后，那个曾经十分贫困的小山村成为远近文明的致富村时，我才幡然醒悟一般，悟出了一些道理。除夕村民们所点燃的，决非单纯的爆竹，而是对美好生活的热爱和对未来的憧憬之情。那一忘忧的时刻，是全体村民追求的最高境界。正是这份美好的情怀，激励他们为改变家乡面貌辛勤劳作。他们让我更深刻地明白：一个人不怕过不上美好的生活，就怕心中失去美好的向往。

春节吃饺子,同时也是吃团圆的感觉;春节点燃鞭炮,同时也是点燃对美好生活的向往。年货可以少一点儿,衣服可以少一点儿,但对新一年的希望却不能少。在鞭炮的气味中,我们闻到了人们对美好未来的期待和信心。

王芳顿时愣住了,她突然明白,那个在她手上划拉几下的孩子就是儿子,儿子在自己手上划下的其实就是一个"妈"字。

没认出妈妈

◆文/李清泉

王芳去学校参加亲子游戏活动,其中有一个项目是让学生通过摸手来辨认自己的妈妈。学生与家长都很乐意参加这个活动。

妈妈们都被一面大大的白纸板挡住了,只留下一个小洞让她们把手伸出来。活动一开始,孩子们纷纷跑上来仔细辨认这一排手。有的看,有的摸,还有的拿鼻子嗅,热闹非凡。

王芳下岗后,昨天刚找了一份工作,是帮人搬东西。由于是第一次搬,手起了血泡。早上和儿子一起到学校的时候,儿子还拉着她的手说:"你的手怎么有血泡呀?"所以王芳相信儿子一定能够认出自己。

过了一会儿,有个孩子在王芳的手上划拉了几下后就走开了。王芳不知道这是什么意思,猜想大概是哪个孩子和自己妈妈约定的暗号吧,也就没有在意。

当那块白纸板被拉开后,王芳没有想到儿子竟然站在别人面前,这让她多少有点儿不高兴。

有几个孩子认出了自己的妈妈。老师问:"你们是怎么认出妈妈的呀?"有的孩子说是看到了妈妈的手镯,有的孩子说是嗅出了妈妈手上的香水味。

回家的路上,王芳没有说话,儿子却开口了:"妈妈,其实我早就认出你了。"

王芳不解地问:"那你怎么没有站在妈妈前面呢?"

儿子低着头小声地说:"如果我站在你面前,老师一定会问你是怎么认出你妈妈的呀,如果我说妈妈下岗后当了搬运工,手上磨起了血泡,别人一定会用同情的眼光看着我们,我们不需要别人的同情!"

王芳顿时愣住了,她突然明白,那个在她手上划拉几下的孩子就是儿子,儿子在自己手上划下的其实就是一个"妈"字。

妈妈的手,在我们出生的时候深情地抚摸过我们;在我们跌倒的时候,心疼地扶起过我们;在我们取得成绩的时候,激动地鼓掌过。我们怎么能忘记这样的一双手。我们说谎说不认得这双手,只是不想妈妈用这双手擦眼泪而已。

我理解了,有一种爱,一直存在,却一直孤独,因为一直在自以为爱着的你我的理解之外!

有一种爱在你的理解之外

◆文/张鸣跃

一个很瘦的男孩走进我的诊所,等到没人时才坐到我对面来,又不好意思了半天才说明来意:"有没有吃了可以得癌症的药?"我的见识太多了,没什么能让我吃惊,笑了笑说:"有。但你告诉我,谁吃?为啥?""我吃。为啥就不说了,你不会理解。"我再笑,男孩就起身走了。

过了十多天,男孩又来了。"一个15岁的打工女孩得了癌症,很痛。""你就为这?""嗯。""你很爱她?""不,我们只是在一个厂打工,我看见过她,她可能没看见过我。""呵!对不起,我这里没那药!别开玩笑!""我说过你不理解的!"男孩又走了。

我忽然在报上看到了:一个15岁的女孩得了癌症,整个特区都心疼了,爱心捐助正在进行中。有女孩的照片和故事,真是纯真穷苦得让人心疼。

又过了一个多月,男孩再次来,瘦得没人形了。我问:"那女孩叫小朵?"点头。"亲戚?"摇头。"老乡?"摇头。我也摇头!男孩问:"你真有那药?""不但有那药,还有犯法的快乐死亡的药!""我都要!多少钱?""要你说句实话!"

男孩突然给我跪下了！

男孩的憨倔让我惊呆了。我扶起男孩,说:"我先说实话,那药谁也不敢有的！我是想知道你究竟为什么？"

男孩泪汪汪地看了我好久,摇摇头,走了。

男孩没再来。

四个月后,一个很瘦的女孩来找我:"四个月前,有个很瘦的打工小男孩找过你吗？十六七岁……""你叫小朵？""是呀！""来过来过！"我很激动地把一切都说了。

女孩不大吃惊,但眼泪流成河了,就像全体都化成泪从眼睛里流出来的石头人,一动不动。

"孩子,你的病……"

"好多了……"

"你和他……"

"我不认识他,真的不认识……"

"哦……"

"阿姨你知道吗……我们仅仅都是打工的,我出院后他女朋友告诉我,他死了,就昨天……他女朋友发现他的日记才知道,他找过你……他为我卖血、拼命加班挣钱、不吃饭、哭、还想得癌症,他说他和我一样痛或许会好受点儿……他说他真的忍受不了一个 15 岁打工小女孩得癌症的痛,他说这人间怎么会有这样的痛,他说他一想起人间有许多这样的痛就受不了……他是累死在车间的……他背着女朋友分 56 次匿名给了我 13892 元钱,他那带锁的日记全是用血写的……"

小朵哭得说不成了,大哭着跑出去了。

我理解了,是爱！是一个小小打工仔对人的爱！

我理解了,是痛！是一个力量太小太小的乡下孩子对自己不能让打工小妹妹以及人间许多许多痛着的人不再痛的痛！

我理解了,有一种爱,一直存在,却一直孤独,因为一直在自以为爱着的你我的理解之外！

成长悟语 Cheng Zhang Wu Yu

也许有一种爱在你的理解之外,也许有一种付出在你的想象之外。有些善是无法用常理衡量的,我们未必能理解,但我们能够被感染。

我 最 幸 福

◆文/华 夏

打开电视,手中的遥控器无意中搜到这样一个画面:一个女孩儿在讲述她的经历。

女孩儿身材小小的,脸上带着微笑,眼里却闪着泪光。我还没听清她在说什么,就被她的微笑和泪光吸引住了。女孩儿正在讲述她上学时的一段经历:"当时是冬天,特别冷。我趴在教室外的墙上,听老师讲课。老师提了一个问题,班上没有一个同学能回答出来。我想,这么简单的问题,他们怎么都不会呢? 我也没想那么多,就把答案喊了出来。教室里的老师一直没有发现我,听我一喊,感觉非常惊讶,推开门出来看。我吓坏了,就从墙上掉了下来。老师被我的行为感动了,就把我领进了教室,对同学们说,咱们就收留她吧,每天让她和你们一块儿上课,不告诉学校。就这样,我上完了小学。"

女孩儿小学毕业考试成绩是他们全县的第一名,可是却没有一个中学录取她,因为她没有双手。讲到这里,我才发现女孩儿的两个袖管空空的,里面什么都没有。女孩儿的母亲脑子出了毛病,隔一段时间就要出走一次。在她很小的时候,她母亲又一次出走,她的双手就是因为母亲的出走失去的。具体怎么失去的,因为我是中途打开电视的,没有听到。

我听到主持人问她:"你的双手是因为母亲的出走失去的,你恨没恨过她?"她说:"没有。从来没有。我爱她,我总是觉得对不起她。"

一天,她的母亲又一次出走,就再也没有回来。后来,在结了冰的河里,找到了她的母亲。女孩儿讲到这里泪流满面,说:"是我没有照顾好母亲。"以后的日子里,女孩儿一想起不幸的母亲,就感到深深的自责。

没有了双手,失去了母亲,上不了中学,可是女孩儿却写了一篇作文,题目叫做《我最幸福》。作文在全县的一次征文中,获得了一等奖。主持人只念了开头的两段儿,里面没有一句抱怨,有的全是对生活的感激。

我的心里好像有一口大钟,被女孩儿这篇作文的题目,还有她对生活那种感激的态度,撞响了。回声在我的体内久久地、久久地震荡。

女孩儿辍学在家,除了给父亲、哥哥做饭,还自学了中学的课程。电视里有女孩儿用两只脚切土豆的画面,她切得很细,脸上带着坚毅自信的笑容,可我却看得心惊肉跳。我赶紧把妻子叫来一块儿看。儿子已经睡着了,我没敢把他叫醒。第二天,当我给他讲述这个女孩儿的时候,他说:"你怎么不把我叫醒呢!"

女孩儿说,她什么饭都会做,米饭、炒菜都是简单的,她还会蒸包子和包饺子呢。女孩儿不仅用双脚学会了做饭,还学会了画画和书法。电视里展示了她的绘画作品,在我这个外行看来,水平绝对不低。她还现场表演了书法,她写的还是那四个字:我最幸福。字体端正大方。我虽然不太懂书法,但我觉得那四个字写得比任何一个书法大家的作品,都更能征服我。

如果哪一天,我有幸见到这个女孩儿,我一定请她给我写这四个字。我要把它装裱好,挂在家里最醒目的地方,向每一个看到它的人,介绍这四个字的出处。

　　能载人飞行的热气球,里面不过是空气而已。当你在人生的气球里注入冰冷的埋怨和悲观,你的人生气球永不能飞行;当你在人生气球里注入热烈的感恩、希望和满足,你的人生气球就能膨胀,你就能体验到人生高空中的幸福。

　　它不在于你得分多少或击球多远,而在于去关心与你一起打球的朋友,并享受和他们共度的时光。

一份特殊的礼物

◆编译/李荷卿

　　肖恩只是一个8岁左右的小孩子。我第一次遇到他,是在一个夏日。他头戴一顶芝加哥公牛队的小帽子,下身穿一条需要系皮带才能挂得住的宽松裤,肩上背包里装着4根球杆和许多高尔夫球。有一次,他取下帽子,我注意到他没有头发。他比同龄的其他孩子要瘦小得多。然而,不论我什么时候看到他与小伙伴们在一起,他都是面带微笑,并奋力将球击得和他们一样远。

我偶尔也和肖恩在一起打高尔夫球。他告诉我,打3杆洞,他发挥得最好,因为他通常都能将球顺利送上果岭。

一年左右的时间过去了,我在高尔夫球场上再没有看见肖恩。我听说他的病情恶化了,尽管如此,他的朋友们说在秋天来临之前,肖恩会尽量出来,再打几次高尔夫球。

果然,在接下来的那个星期,肖恩又在球场上出现了。我和朋友们刚好比他早到一会儿。我注意到他的一个伙伴替他拿着包。"留神点儿!"我听到肖恩告诉同伴们,"我觉得我今天运气应该不错!"

尽管他这么说,但他击球时却十分吃力。他和伙伴们打到3杆洞的最后一杆。伙伴们全都击过球了,肖恩走上击球区。他将球杆往后一挥,用他那虚弱的身体所能使出的最大力量奋力一击,球飞向果岭,消失在视线之外。他的一个朋友扶着他向果岭走去。他走得非常艰难,因为那里地势比发球区要高。我看到肖恩边停下来喘口气,边搜寻他的球。

肖恩的伙伴们都在果岭后面找自己的球。我无意中瞥见肖恩的一个朋友捡起肖恩的球,将它扔进球洞里。然后,他跑开了,假装在找他自己的球。他看到我正盯着他,朝我眨了眨眼睛。

当肖恩终于走上果岭后,他很失望,因为,他原本以为自己将球击上了果岭。然后,他瞥了一眼球洞,笑容立刻在他脸上绽开了花!男孩子们你看我,我看你,说:"你不会告诉我你是一杆进洞吧!""不会的,肖恩,一定是你将球放进球洞里去的!"

"不,是真的。你们瞧!"肖恩说。男孩子们全都装出非常惊讶的样子。我去看肖恩,他看上去像是世界上最快乐的人。从那以后,我再也没有见过肖恩和他的朋友们。但是,我就是在那个时候懂得了高尔夫球这项运动的真谛。

它不在于你得分多少或击球多远,而在于去关心与你一起打球的朋友,并享受和他们共度的时光。

成长悟语 Cheng Zhang Wu Yu

一份特殊的礼物,一个善意的谎言,一群体贴善良的小精灵,给了一个被疾病煎熬的孩子生命中最幸福的时光。"朋友"这个词的含义是体贴对方,分享痛苦,也给予快乐,你懂吗?

改变孩子一生的故事全集

母爱等于 0.018 秒

◆文/Kasuki

一刹那有多久？科学家告诉我们,一刹那是 0.018 秒。

一刹那是时间单位,可我们常常只用年月日来测量时间,唯有母亲用刹那来计算与孩子共度的时光。

2005年9月5日中午,和往常一样,陈静送女儿李纯去学校。

从家里走到纸坊实验小学得经过一道铁路,桥下是潮湿黑暗的涵洞。接连几天下着雨,涵洞里积满了既深且黑的水,陈静便带着女儿沿台阶登上了铁路桥。

12时35分,铁轨上静静地停着一列货车,很长,庞然大物一般,正好挡住李纯上学的路。如果想绕过火车,估计得往前走上十来分钟。

李纯决定从火车下穿过去,她笑着对母亲挥了挥手,说着"妈妈再见"就朝火车跑去。她一边跑还一边回头看着母亲,所以她是将腿和身子先伸到火车下方的。就在那一刻,火车轰隆隆启动了。

李纯小小的身体一震,就僵在火车底下动也不会动了。她还没有完全钻进去,火车车轮眼看就要从女孩的胸部碾过。

陈静正站在离女儿几米远的地方。她没有时间思考,用离弦的箭或是呼啸的风都无法形容的速度冲向了火车下正处于生死存亡关头的女儿。往前奔的力量是如此之大,以至于她根本无法将女儿从铁轨上拔出来,而是一把拽起女儿小小的身体,两个人都冲到了火车底下。

没有任何犹豫,陈静用身体将女儿压在身下。她一头栽到铁轨枕木间的石头上,登时鼻青脸肿,但她感觉不到,车厢底部的铁板和每两节车厢间牵引的铁钩从她的背部硬生生地刮了过去,鲜血从单薄的衬衣里大面积渗了出来,她感觉不到;她的右脚仓促间撞到车厢底部,当场骨折,这刺骨的疼痛她也感觉不到。她满心全是另一种钻心的痛苦——女儿的生命保住了,然而女儿来不及缩到车厢底下的右手却被车轮碾过。

火车全然没有察觉地越开越快,越走越远。陈静站起身,一把将女儿背到背上,一手拾起女儿的断手,迈开步子就往铁路桥下冲。

她走了几步才发现自己的姿势不对劲,然后身体不受控制地倒了下去,原来她的脚已经骨折了。

陈静尽可能以最大面积着地,这样女儿就可以摔倒在她的身上,而她紧紧抓着的女儿的断手一直指向天空,她怕弄脏了它。

一个小时后,陈静母女俩被江夏区人民医院转送到广州军区武汉总医院。陈静背部大面积严重擦伤,脚也骨折了,但没有生命之虞。女儿李纯除了腕部碾断外,全身几乎没有伤痕……

2005年6月14日,22岁的牙买加选手阿萨法·鲍威尔创造了百米9秒77的新世界纪录,当时他的起跑反应达到了惊人的0.15秒。

2005年9月5日,中国武汉一处铁路旁,一个平凡女子只用一刹那的时间便完成了起跑、冲刺的全过程。

一刹那有多久?科学家经过精确计算表明,一刹那等于0.018秒。

这位平凡女子的名字也许不会被世人记住,虽然她创造了她自己永不可能再创造的奇迹——速度与起跑反应远远超越世界纪录的奇迹。然而,她的另一个名字必将永远被人们牢记,那就是——母亲。

成长悟语 Cheng Zhang Wu Yu

母爱常常产生奇迹,一个普通的母亲为了救孩子,爆发出了专业运动员都比不上的力量。其实,母爱的奇迹只是一朵绚丽的花,更多的时候母亲为我们付出的只是默默的关怀,就像扎在土里的根,看不到,却扎得很深。

看着墙壁上的这一合影,他们的内心总是充满了友善和爱的光芒。编辑部的工作也因此变得更有意义和乐趣。

虚职实爱

◆文/星　竹

一位原本家境就很贫寒的女大学生,从遥远的乡下来到北京上学还不到十天,

改变孩子一生的故事全集

家中就传来噩耗，父母姐妹在制作花炮的过程中，竟然在一声爆响里全被炸死了。家中房倒屋塌，不剩片瓦。从此女大学生举目无亲，再也没有一分钱的来源。

她含着眼泪向学校提出退学。看来这是唯一的办法。老师问她以后打算怎么办，她说家中有一亩一分地的水田，还有一头老牛。19岁的她面临着另一种生活，回家种地，做一名乡野农妇。

老师听罢同样哭了，同学们也在迅速地为这名还来不及熟悉的同学赞助车费。可转天老师告诉她，说爱人在学报工作，编辑部正需要一人看稿，一月350元。其他的我们再想办法。

她没有想到人逢绝路，又生出这样一线希望。她点点头，再次流出了泪水。

于是，她入学十天便成了一名学报的编辑。当然是业余。学校8000人，学生6500人。学报十天一张，稿子不多。她常没的看。但工资照发，月月350块。报社五个人，老张、老王、小李……人人都对她很好。她因课紧不能天天都去报社，居然没人找她。就是看稿也十分简单，改改错字，提些意见。她一度以为，做学报编辑真是轻松。

时光飞逝，落雨过去，又是落雪，四年的大学生活一晃过去了。她始终不知道，四年中的每月350块，并非学报所发，而是五名编辑人员从工资里均摊给她。她更不知道学校并不需要这样一位看稿编辑，一切都是为她专门设立的。

四年，没有人说破这个秘密；四年，她日日蒙在鼓里。她离校的那天，学报的全体编辑与她合了影，从此，她的相片高高地挂在编辑部的墙上。她走了，五位编辑突然觉得空落。到发工资的时候，他们已经习惯了将每月工资取出一部分，摊在一起。习惯了这种安慰与自我心灵的净化。献出爱心，原来是一种人生的收获和乐趣。于是他们决定，再帮助一位贫困生，将这种爱永久地延续下去。

他们又雇用了一名因交不起学费而要中途退学的山里孩子。

于是，每隔四年，他们墙壁上的合影中都要换一名新人，一位并不需要的编辑。这已经是三届。看着墙壁上的这一合影，他们的内心总是充满了友善和爱的光芒。编辑部的工作也因此变得更有意义和乐趣。

成长悟语 Cheng Zhang Wu Yu

为一个人付出自己的善心并不难，难的是付出爱心的同时不伤害困境中的人。虚的职位保护了大学生脆弱的尊严，实在的爱心包含了人的真诚和美好，在这一虚一实中，美好心灵的细致与柔软体现得淋漓尽致。

上帝的答复

◆文/佚 名

汤姆是一名孤儿。2003年圣诞节，他在美国加州的塞尔西孤儿院给上帝写了一封信。

> 上帝您好：
>
>   您知道我是一个听话的孩子，可是，您昨天送给哈里一个爸爸、一个妈妈，而您连一个姨妈也没送给我。这太不公平了。
>
> 汤 姆

这封写有"上帝亲启"的信，最后被转到神学博士摩罗·邦尼先生那儿，他是《基督教科学箴言报》专门负责上帝回信的特约编辑。

摩罗·邦尼博士接到汤姆的信，马上就明白了：哈里被人领养了，而汤姆没有，他依旧被留在孤儿院。

如何答复汤姆呢？摩罗·邦尼博士知道，最直截了当的办法，就是找一家愿意领养孩子的人，然后再秘密地办理领养手续，待一切办好之后，给汤姆回信，说："汤姆，我的孩子！我真有点儿疏忽大意了，像您这样好的孩子，是不应该没有爸爸妈妈的。明天我一定给您送去。"

对于一个孤儿，上帝真的会这样答复吗？摩罗·邦尼博士心里非常矛盾。他想，对于一个从小失去依靠的人，要想让他知道上帝是公平的，绝不能用这种办法。经过深思熟虑，他给汤姆回了这么一封信。

> 亲爱的汤姆：
>
>   我不期望您现在就读懂这封信。不过我还是想现在就告诉您，上帝永远是公平的。假若您认为我没有送给您爸爸妈妈，就是我的不公，这实在

让我感到遗憾。我想告诉你，我的公平在于免费地向人类供应了三类东西：生命、信念和目标。

您知道吗？我们每一个人的生命都是免费得到的。到目前为止，我没让任何一个人在生前为他的生命支付过一分钱。信念和目标与生命一样，也是我免费提供给你们的，不论您生活在人间的哪一个角落，不论您是王子还是贫儿，只要想拥有它们，我随时让您据为己有。

孩子，让生命、信念和目标成为免费的东西，这就是我在人间的公平所在，也是我作为上帝的最大智慧。但愿有一天，您能理解。

您的上帝

这封信后来被刊登在《基督教科学箴言报》上，成为"上帝"最著名的公平独白，同时也使很多人第一次真正地认识了"上帝"。

如果没人关怀你，你就自己关怀自己；如果你没有好的生活环境，你就自己创造良好的生活环境。上帝是公平的，他虽然没有给每个人爱，没有给每个人幸福，但却给了每个人追求爱和幸福的权利。

他所做的是我们每个人都应该去做却往往没有做到的事——关爱、帮助和信任我们的同类。

一个卖热狗的小贩

◆编译/涵　西

我曾在一家地方电台做了将近六年的访谈节目主持人，在节目中我曾与许多不同凡响的人物交流、攀谈。然而给我触动最深的却是一个卖热狗的小贩，但我们从未说过一句话。

起初，我在本地的日报上读到了有关他的报道，当时我就认定这个叫佩特罗斯的人理应得到公众的认可和赞赏。你不禁要问，一个卖热狗的小贩能有什么了不起的事迹值得一提呢？简而言之，他将我信仰的一切付诸行动。在纽约这个繁华冷漠的大都市里，佩特罗斯给予素不相识的陌生人以完全的信任。

佩特罗斯的热狗车就停在中央公园西大道和第96街交汇的拐角。二十多年来，他每日风雨无阻的身影已成为这里一道熟悉的风景。佩特罗斯的慷慨善良是出了名的。他的热狗车上，除了常用的各种调料，始终放着两个盒子：一个盒子里装着送给过路小孩的棒棒糖，另一个盒子里装着乘公共汽车需要的硬币。这里是商务旅行者集中之地，时常有旅客发现自己在匆忙之中忘了准备硬币，这时，佩特罗斯会乐呵呵地递上一枚说："来，拿着这个，下次再还。"

他的热情大方还不止于此。炎热的夏日，经常有跑步锻炼的人在拐角处停下来，口干舌燥，气喘吁吁。这时，佩特罗斯会麻利地从冷柜中取出一瓶矿泉水说："来，拿着这个，下次再给钱！"如果对方掏钱，往往被他拒绝。

"我信任他们。"他常操着浓重的希腊口音说，"再说他们总是还我钱。"

佩特罗斯的故事坚定了我的信念，让我愈加相信人的本性是乐于奉献的。虽然这个世界上每天都在上演着暴力和恐怖，我仍相信有更多默默无闻的佩特罗斯就在我们身边。

我决定为此做点儿什么。于是我策划了一期特别节目，并派记者前去采访佩特罗斯。我还给他捎了一件海军蓝的T恤衫作为礼物，T恤上印着我的座右铭："我信任你！"

在2月料峭的春风中，记者手持录音机带着礼物来到他的热狗车前。直到此时，我们才发现他几乎不懂英语！

第二周，我在节目中用希腊的左巴音乐做背景，播放了下面这段录音：

"很……很好。大家好。我信任他们。谢谢！我信任好人。"

这就是他的全部话语。

当我写下这篇文字时，佩特罗斯的照片就放在我的桌面上：一把蓝黄相间的遮阳伞下，一位五十多岁、长着络腮胡子的男人站在热狗车旁；他拿着我赠给他的T恤衫，略带羞涩地微笑着，眼神中透出和善的光芒。

他的故事给了我希望。

他没有从熊熊燃烧的房屋里救人，也没有走遍全美国搞慈善募捐，他所做的是我们每个人都应该去做却往往没有做到的事——关爱、帮助和信任我们的同类。他做得出乎本心，流于自然，这才是这个平凡故事中的最不寻常之处。

成长悟语 Cheng Zhang Wu Yu

舍己救人的善，耀眼；体现在生活细微处的善，恒久。对孩子爱护，对老人体贴，对陌生人信任，对生活热情……善，存在在生活的每处，闪耀在每一个人的心里。细小的善，温暖人心，你和我都能做到。

> 如果我们每一个人都曾受到别人的慈爱而又对别人有爱的话，特别是对一些不可爱的人付出慈爱的话，我们就能改变整个社会，甚至改变整个世界。

爱你的敌人

◆文/[美]艾迪·克斯拉

许多年前，有一位韩国的小孤儿被领养到美国。当时她只有9个月大，体重只有9磅。她在新的环境长大，但身体仍然瘦小。她的名字叫艾迪。

当时艾迪是二年级的学生。有一天，她从学校哭着跑回来。她显得非常害怕。原来那天她的班上来了三位新的女生。在下课休息时，专门找班上最弱小的学生来当做宣泄的工具。她们推搡着艾迪，并且恐吓要打她。

母亲拥抱着艾迪，安慰她。后来，母亲跟校长谈过之后，才知道这几位新来的学生原来在别的学校都已是出了名的问题学生。而她们也获得最后一次改过自新的机会。"这些女孩一定在她们的童年时受到伤害而变得满腔怒气。"母亲说，"《圣经》告诉我们：要爱你们的仇敌，为那逼迫你的人们而祷告。艾迪，让我们一起为她们祷告。"

于是，她们为这些女孩祷告，并求主帮助。

事情开始有了转变。有一天艾迪母亲对她说："我不能每天都陪你上学，下课休息时你必须靠近老师或排队进入学校。"

母亲说道："如果她们要找你麻烦时，告诉她们'我想和你们成为朋友'。你有勇气这样做吗？""神教我们爱我们的仇敌，试试看会发生什么事情，好不好？"弱小的艾迪抬起头来，脸上带着微笑，看着母亲说："好的，我试试！"

每天艾迪上学之前，都和母亲一起祈求上帝赐予平安和勇气，也希望这些女孩能接受主的爱。而每天这些女孩都强挤到艾迪后面，叫嚷她的名字，尝试戳她一两下。

每一次艾迪都看着她们说："我很愿意成为你们的朋友。"事实上她要抬头向上看着她们，因为她们长得比她高大得多。

老师在旁边把一切都看在眼里，但没去干涉她们，因为她们没有伤害到艾迪。

这样大概过了两个星期，艾迪都带着沮丧心情回家。她告诉母亲说这方法大概行不通了。经过母亲的鼓励和祷告，她决定再用诚意继续告诉她们"我很愿意成为你们的朋友"。

接下来的那个星期，有一天艾迪从学校飞快地跑回家，边跑边叫着说："妈！妈！你猜今天发生了什么事？我像平常一样跟她们说：'我很愿意成为你们的朋友。'其中一位女生回答说：'好的！艾迪，我不再为难你，我愿意成为你的朋友！'哈哈！妈，我成功了！"

艾迪和母亲都感谢主的诚信。

过了不久，她们都成为了朋友，艾迪要求老师把她们安排和自己坐在一起。艾迪发觉她们有许多功课都不懂，于是艾迪就成为她们的补习老师了！

当学年快要结束时，学校举办了教师和学生家长联谊会。老师对艾迪的父母说：因为艾迪慈爱的缘故，这些问题女生已完全变成好孩子了。现在她们是班上的好学生。她和艾迪的父母都觉得艾迪造了一个奇迹。

有许多人活着都没有尝过慈爱的滋味。他们在陌生人那里找不到慈爱。有些人在家庭中也找不到慈爱，没有经历过慈爱的滋味，就不可能对别人产生慈爱。今天，我们到处都见到缺乏这种慈爱所产生的悲剧。

如果我们每一个人都曾受到别人的慈爱而又对别人有爱的话，特别是对一些不可爱的人付出慈爱的话，我们就能改变整个社会，甚至改变整个世界。

成长悟语 Cheng Zhang Wu Yu

没有一块冰块，不被阳光融化；没有一种敌对，能不被善意感动。冰冷的内心，特别渴望阳光的温暖；受伤的灵魂，特别期待别人的安慰。拒绝只是因为怕被伤害，只要你有足够温暖，足够的热情，冰山也会融化。

温暖地待人，你将会得到意想不到的惊喜结果。

温　暖

◆文/林少琼

有个男孩养了只小乌龟。在一个寒冷的冬天，小男孩想让这只乌龟探出头来，用尽了他所能想到的所有办法，却怎么也未能如愿。

他试着用手去拍打它，用棍子去敲击它……但任凭他怎么拍、怎么敲，乌龟就是连动也不动，气得他整天噘着那张小嘴，显得很不开心。

后来，他的祖父看到了，笑了一笑，帮他把那只乌龟放到了一个暖炉的上面。过了一会儿，乌龟便因温暖而渐渐地把头、四肢和尾巴伸出了壳外。

男孩见此开心地笑了。于是，他的祖父对小男孩说："当你想要让别人按照你的意思去做，去改变时，记住不要采取攻击的方式，而要给予他关怀和温暖，这样的方法往往更加有效。"

温暖地待人，你将会得到意想不到的惊喜结果。

成长悟语 Cheng Zhang Wu Yu

一个做错事的倔强孩子，无论父亲怎样鞭打，始终没有留下一滴眼泪，但母亲一个怜惜的抚摸却令他泪流满面。敲打只会令钢铁更加沉默，温暖轻柔的抚摸却会令鲜花开放地更加娇艳。

这个世界上确实失踪了很多东西，但是，爱一旦从我们的胸腔出发，就踏上了孕育爱、激发爱的旅程。

爱 生 爱

◆文/莫 菲

一位小学老师撰文论证教师常怀感恩之心的重要性。他骄傲地宣称，他本人就是一个对自己的职业怀有深深的感恩之情的人。

他说，他的家乡在湖南农村，冬天没有暖气，也很少生炉子。他读小学的时候，每天都要和小伙伴们从五六里路远的地方赶到中心小学去上学。严冬时节，他们顶着星星赶路。为了抄近道，他们每天都要横穿一大片荒草坡。荒草茂密，露水浓重，等到了学校，他们的布鞋已经精湿了。他们的老师在门口摆开了一个个沙袋迎着他们。那用粗布缝制的袋子里，装了满满一袋热沙子。那是老师的爱人——孩子们的师母的"杰作"。她因为心疼孩子们冰凉的小脚，就弄来一口大锅，每天一早生起炉火把一锅沙子炒热，再分装在袋子里，让每个孩子把双脚舒服地藏在里面听课。教室门口那一双双精湿的小鞋,被她悄悄收走。她会利用炉火的余热,烤干那些鞋子,然后,再悄悄地把干爽的鞋子送回……因为双脚被露水冰过,更因为双脚被沙袋暖过,当年的那个"孩子"长大后上了师范。当他成为一名小学教师,那来自岁月深处的爱与柔情时时赶来温暖他、提醒他,使他总被"怎样才能更好地为孩子们做些什么?"这样的问题幸福地追击。

他说,说到底,真教育其实就是对感恩之心的唤起,因为领受过,所以愿施与,因为愿施与,才会让更多人领受。如果一个教师对自己的职业心怀厌恨,却奢谈培养学生的感恩之心,那无疑是荒唐可笑的。

这个老师的故事让我想起了一个叫安妮的美国女孩。安妮是不幸的,这个几乎全盲的女孩被送进"地牢"般的波士顿精神病院后,孤独、自闭,甚至会袭击"地牢"以外的人。但是,一个即将退休的老护士却不愿意放弃安妮。她一点点地接近她,每周都为她送来巧克力饼。在爱的感召下,小安妮的心智慢慢苏醒,不久就被"提升"到了轻度病房。后来,这个曾被判定是"没有希望康复"的小女孩终于被告知可以回家了。然而,她却拒绝回家,她执意留下来,决心把那个老护士所给予她的爱经由她的手传递下去。在安妮20岁那年,她走进了一个比她更为不幸的6岁小姑娘的生活,从而使这一天成为那个小姑娘"生命中最重要的一天"。从这一天开始,这两个不幸而又幸运的女子携手五十载,帮助上帝创造了奇迹。她们的名字是安妮·沙利文和海伦·凯勒。

我想,如果我们善于追溯,就一定会发现,在我们生命的上游流淌着一条多情的河流。那发源于石缝的涓滴,给了澎湃一个有力的昭示。一截老根被滋润,于是蔓延出了春天。

爱能促爱,爱能生爱。发源于"沙袋"的爱梦想着惠及整个沙漠,发源于"地牢"的爱梦想着施恩于最悲惨的人生。这个世界上确实失踪了很多东西,但是,爱一旦从我们的胸腔出发,就踏上了孕育爱、激发爱的旅程。爱的回响是这样真切,爱的回馈是这样丰赡!智者说:"爱出者爱返,福往者福来。"别让你的爱停驻、观望,让它出发,让它在自己不期然蔓延出的春天里获得永生吧!

成长悟语 Cheng Zhang Wu Yu

爱生长着爱,施与生长着感恩,感恩又生长着施与。播种一颗爱心,收获一树善良,爱的蔓延,仿佛蒲公英的种子,在付出的春风中不断飘散,在心灵的草原中生生不息,永恒延续。

我怔住了，我终于体会到父母的良苦用心，他们用谎言的剪刀一次次剪掉我生命树上自卑的枝条，让我的自信得以在阳光下恣意伸展。

爱 的 谎 言

◆文/月　方

从幼儿园开始，手工制作课就是滋生我自卑的土壤。

进入中学，体育课又成了导致我自卑的土壤，因为每次我都无法很好地完成那些很简单的体育动作。

一天，那个黑脸的马老师终于发怒了，他生气地喝道："站一边去，看别人怎么做！"然后，我站到一边，看着同学们一个接一个地轻松翻滚，像一只只快乐的小皮球，而我……我的脸羞愧得能滴出水来。

我回到家，一见到爸爸，立即扑进他的怀里，委屈地哭了。"都是爸爸不好，把这个缺点遗传给了你。"说着，爸爸就做了一个后滚翻的动作，怎么也翻不过来。我扑哧一声，乐了。

第二天妈妈陪我去学校，她说要找马老师谈谈。我怕妈妈会责怪马老师，妈妈笑了："我不是去责怪老师，我只是想告诉他，你某些动作比别的孩子差一点儿，但你会慢慢赶上去的，让他别太着急。"

从那以后，体育课碰到我做不好的动作，马老师也不再强求我了，这让我快乐不少。

如果不是我那次冒失地闯到老师办公室门口，也许我的生活会一直平静如水。那天，我把迟交的作业送到办公室，走到门外，听见马老师提到我的名字："那个袁源啊，你不知道吗？她被诊断为脑瘫！""脑瘫不是一种很严重的智力疾病吗？我看她智力还可以……"这是语文老师的声音。"她是经微的，主要表现为动作方面的缺陷，这是听她妈妈说的……"

一下子，我眼前模糊了，难怪家里有那么多关于脑瘫的书！

一股莫名的力量促使我狂奔起来，我要远离学校，远离人群，远离这个嘲弄我的世界。我狂奔回家，把自己关进房间里。

最后，爸爸撞开了房门，他恼怒地拉起我："听着源源，无论发生什么事，你都不能把爱你的父母拒之门外！""我是个脑瘫患者，为什么你们不告诉我，已经骗了我

15 年,你们还想再骗我到什么时候?"

爸爸沉默了一会儿,然后握住我的手说:"你长大了,许多事情是应该告诉你了。你确实是患有轻度脑瘫,我们不告诉你,是为了不想让病魔在你心中留下阴影,我们只希望你能快乐……还有,爸爸再告诉你一个秘密,其实爸爸也患有轻度脑瘫。也许你不相信,但这是事实,爸爸之所以现在告诉你这个秘密,是因为爸爸想让你知道,脑瘫患者也能活得很精彩。"

看着我疑惑的眼神,妈妈说:"是真的,仔细看你就会发现,你爸爸走路脚是踮着的。"

我仔细观察爸爸走路,果真脚是踮着的。

10 年过去,我大学毕业工作了,所在单位离姑妈家很近,我每个周末都去姑妈家改善伙食。一次和姑妈闲聊,我谈到爸爸的脑瘫,她笑了起来:"你爸他什么时候患过脑瘫呀,他小时候可调皮了。""那为什么爸爸走路总是有点踮着脚,那就是轻度脑瘫的症状。""他踮脚?不可能。不过他从小就喜欢学别人踮脚走路,还学得挺像的。"我怔住了,我终于体会到父母的良苦用心,他们用谎言的剪刀一次次剪掉我生命树上自卑的枝条,让我的自信得以在阳光下恣意伸展。现在,我得马上打个电话给爸爸,让他再见到我时不必再踮着脚走路了。

成长悟语 Cheng Zhang Wu Yu

母爱是河流,父爱是平原。河流滋润我们的心田,草原培养我们的胸怀。当我们在生活中遇到挫折,父爱的草原以沉默的方式告诉我们:困难只是一个小坑,只要我们努力奔跑,前方依旧辽阔。

如果你选择了爱,财富与成功便可能相随而来。但如果你选择了财富或成功,你将有可能失去另外两项。

爱 分 享

◆文/佚 名

有位妇人走到屋外,看见前院坐着三位有着长白胡须的老人。她并不认识他们,于是说:"我想我并不认识你们,不过你们应该饿了,请进来吃点儿东西吧。"

"家里的男主人在吗?"老人们问。

"不在,"妇人说,"他出去了。"

"那我们不能进去。"老人们回答说。

傍晚当她的丈夫回家后,妇人告诉丈夫事情的经过。

"去告诉他们我在家里了,并邀请他们进来。"

妇人走出去邀请三位老人进屋内。

"我们不可以一起进去一个房屋内。"老人们回答说。

"为什么呢?"妇人困惑地问。

其中一位老人解释说:"他的名字是财富。"指着他的一位朋友说。

然后又指着另外一位说:"他是成功,而我是爱。"

接着又补充说:"你现在进去跟你丈夫讨论一下,要我们其中的哪一位到你们的家里。"

妇人进去告诉她丈夫刚刚谈话的内容。

她丈夫非常高兴地说:"原来是这么一回事啊!让我们邀请财富进来!"

妇人并不同意,说道:"亲爱的,我们何不邀请成功进来呢?"

他们的媳妇在屋内的另一个角落聆听他们的谈话,就补充了自己的建议:"我们邀请爱进来不是更好吗?"

丈夫对其太太讲:"就让我们照着媳妇的意见办吧!快去请爱来做客。"

妇人到屋外问那三位老者:"请问哪位是爱?"

爱起身朝屋子走去。另外两位也跟着他一起进去。

妇人惊讶地问财富和成功:"我只邀请爱,怎么连你们也一道来了呢?"

老者齐声回答:"如果你邀请的是财富或成功,另外两人都不会跟进,而如果你邀请爱的话,那么无论爱走到哪儿,我们都会跟随。"

爱、财富与成功,你选择了什么,舍弃了什么?

如果你选择了爱,财富与成功便可能相随而来。但如果你选择了财富或成功,你将有可能失去另外两项。

爱分享,爱相随。哪儿有爱,哪儿就有财富和成功。

成长悟语 Cheng Zhong Wu Yu

拥有财富和成功不一定能同时拥有爱。拥有爱却同时拥有了财富与成功。什么是财富,即使只够温饱,有家人和朋友的爱,我们的生活也是富足的;什么是成功,就算我们未能达到自己的目标,但我们身边有亲人和朋友的支持和呐喊,这也是一种成功。

> 一个人能被他人相信也是一种幸福。他人在绝望时想起你,相信你会给予拯救更是一种幸福。

被人相信是一种幸福

◆文/李培东

一艘货轮在烟波浩渺的大西洋上行驶。一个在船尾搞勤杂的黑人小孩不慎掉进了波涛滚滚的大西洋。孩子大喊救命,无奈风大浪急,船上的人谁也没有听见,他眼睁睁地看着货轮拖着浪花越走越远……

求生的本能使孩子在冰冷的水里拼命地游,他用全身的力气挥动着瘦小的双臂,努力使头伸出水面,睁大眼睛盯着轮船运去的方向。

船越走越远,船身越来越小,到后来,什么都看不见了,只剩下一望无际的汪洋。孩子的力气也快用完了,实在游不动了,他觉得自己要沉下去了。放弃吧,他对自己说。这时候,他想起了老船长那张慈祥的脸和友善的眼神。不,船长知道我掉进海里后,一定会来救我的!想到这里,孩子鼓足勇气用生命的最后力量又朝前游去……

船长终于发现那黑人孩子失踪了,当他断定孩子是掉进海里后,下令返航,回去找。这时,有人规劝:"这么长时间了,就是没有被淹死,也让鲨鱼吃了……"船长犹豫了一下,还是决定回去找。又有人说:"为一个黑奴孩子,值得吗?"船长大喝一声:"住嘴!"

终于,在那孩子就要沉下去的最后一刻,船长赶到了,救起了孩子。

当孩子苏醒过来之后,跪在地上感谢船长的救命之恩时,船长扶起孩子问:"孩子,你怎么能坚持这么长时间?"

孩子回答:"我知道您会来救我的,一定会的!"

"你怎么知道我一定会来救你的?"

"因为我知道您是那样的人!"

听到这里,白发苍苍的船长"扑通"一声跪在黑人孩子面前,泪流满面:"孩子,不是我救了你,而是你救了我啊!我为我在那一刻的犹豫而耻辱……"

一个人能被他人相信也是一种幸福。他人在绝望时想起你,相信你会给予拯救更是一种幸福。

相信别人的人是幸福的,因为他对世界充满信心,他的信念里满是阳光。被人相信的人也是的,因为他的人格被信任,他的品质被信任,他的行动,他的奉献得到了别人的肯定,他的善良得到了别人的褒扬。

> 我料他必定会伸出一只脏兮兮的手。但是他却说出让我感到震撼的一句话:"我们不都需要帮助吗?"

我们不都需要帮助吗

◆编译/明　达

我把车停在商场前面,开始擦干车身。我刚刚洗完车,在等妻子下班。

穿过停车场朝我走来的是一个被社会称之为无业游民的人。从他的外表看,他没有车,没有家,没有干净的衣服。没有钱。碰见这种人,有时候你会想要显示你的慷慨,而有时候你就是不想被打扰。眼下我就是"不想被打扰"。

"我希望他别开口管我要钱。"我心想。

他没有。

他走过来,坐在公共汽车站前面的路边,但是他看上去甚至都不像能有钱坐公共汽车。

几分钟后,他开口了。"车子真漂亮!"他说。他虽然衣衫褴褛,但身上透出一种尊严。"谢谢。"我说,一边继续擦车。

我忙我的活,他静静地坐在那里。预料中要钱的请求从未出现。随着我俩之间的沉默变得越来越令人难耐,我心里突然出现一个声音:问问他是否需要帮助。我敢肯定他会说"是的",但我还是先让心里的声音冒了出来。

"你是不是需要什么帮助?"我问。

他用一句简单但深刻的话回答了我,让我终生难忘。我们时常想从伟大的人物那里寻找智慧。我们时常期望从有更高学识和成就的人那里获得智慧。

我料他必定会伸出一只脏兮兮的手。但是他却说出让我感到震撼的一句话:

"我们不都需要帮助吗？"

在一名街头流浪汉面前，我曾感到高大、威严、成功、重要，直到那句话像一支大口径的猎枪击中我："我们不都需要帮助吗？"

我是需要帮助。或许不是一次公车的车资或一个借宿的地方，但我也是需要帮助的。我掏出钱包，给了他钱，不仅够他的车资，还足以让他吃顿热饭，找个地方过夜。

那句简单的话依然时常在我耳边回响。不管你拥有多少，不管你有怎样的成就，你还是需要帮助的。不管你怎样一无所有，不管你有多少难题在身，哪怕你身无分文，无家可归，你依然能给予帮助。哪怕只是一句恭维话，你也能够给予的。

你永远不知道什么时候你可能会遇见某个人让你有所感悟。他们在等待你给予他们所欠缺的东西，而你所得到的回报却是一个观察人生的新视角、对人性美的一瞥、世事纷扰中的喘息——这一切，只有穿越这个支离破碎的世界，你才能看到。

也许那个人只是个流落街头无家可归的陌生人；也许他远不止于此，也许他是被某种伟大而智慧的力量派遣到你面前，来指引一个过分闲适的心灵。

也许是上帝在俯瞰，叫来一个天使，让他装扮成流浪汉，告诉他，"去向那个正在擦车的人伸出援手，他需要帮助。"我们不都需要帮助吗？

成长悟语 Cheng Zhang Wu Yu

在这个世界，我们每个人都需要帮助，知道了这点，我们在帮助别人的时候，就不会带着俯视的眼光，仿佛在施舍别人；当我们得到别人帮忙的时候，也不会觉得自己俯下身子等待别人的施舍。

国君出人意料地特赦了皮斯阿司，他说："我愿倾己所有来结识这样的朋友。"

生 死 之 交

◆文/佚　名

公元前 4 世纪，意大利的一个叫皮斯阿司的小伙子触犯了暴虐的国君奥尼索司，被判处绞刑。身为孝子的他请求回家与双亲诀别，可始终得不到暴君的同意。就

在这时,他的朋友达蒙愿暂代他服刑,并同意:"皮斯阿司若不如期赶回,我可替他临刑。"这样,暴君才勉强应允。

行刑之期临近,皮斯阿司却杳无踪迹,人们都嘲笑达蒙,竟然傻到用生命来担保友情!当达蒙被带上绞刑架,人们都悄无声息地看着这悲剧性的一幕时,突然,远方出现了皮斯阿司,飞奔在暴雨中的他高喊:"我回来了!"继而热泪盈眶地拥抱着达蒙做最后的诀别。这时,所有的人都在拭泪。国君出人意料地特赦了皮斯阿司,他说:"我愿倾己所有来结识这样的朋友。"

你信任你的朋友,但愿意用生命作为赌注相信他吗?有些朋友值得我们用生命相信,有些信任比生命更珍贵。当你愿意以生命为代价相信别人,别人也会愿意把自己的生命交给你。

人心都是肉长的。无论身处何种角色,人的内心世界都渴望着关怀和友爱,有一颗容易被感动的心。

每天多看一遍富士山

◆文/蒋 平

日本有一家电子公司,总部设在东京,分部和生产区设在大阪。为此,公司每天都安排了值勤小姐负责购买专线车票,为与本公司有业务往来的客人和外商提供方便。

德国人汉森是每天享受这种方便的外商之一。在坐过多次专线车后,他发现:每一次去大阪,小姐给他安排的座位是靠右窗的;赴东京的时候,则是靠左窗。起初,他以为是巧合,经小姐证实不是巧合之后,他就有点儿想不明白了。这时候,小姐微笑着告诉他:"这是特意为您安排的,因为在这个座位上,来回都能够看到咱们这儿最美的风景。每天让您多看一遍富士山,是为了让您深深地记住这个地方,记住咱们的公司。"

每天多看一遍富士山，成了汉森在日本生活、工作期间最感动的一件事。这种感动也使得与他合作的那家公司得到了超值的回报——后来，汉森把他原计划的投资追加了一倍。

让客人每天多看一遍富士山，不过是举手之劳，但是，这种举手之劳背后体现出来的细致入微的人性化关怀，却是很少有人留心并做到的。其精妙之处便是站在别人的立场，想他人之所想，最终实现与人方便，自己方便。

人心都是肉长的。无论身处何种角色，人的内心世界都渴望着关怀和友爱，有一颗容易被感动的心。所以，在很多看似当仁不让、舍我其谁的场合，最终的胜利者往往是人心向善焕发出的感动，是一种无需言传的沟通，共同让生命之舟抵达辉煌的彼岸。

德国有一个小镇，窗帘都是只有上半部分的，旅客不解地问当地人，得到的回答是：这是为了让来往的人都能看到窗台上的鲜花。站在别人的角度，给予别人关怀，会让你收获很多意想不到的回赠。

我朋友的视线一直紧随着这群鸟儿，直到它们消失在远方树梢的后面。这时，她才发现自己早已泪流满面。

鸟儿的启示

◆译/怀　远

在我的家乡马里兰州的东海岸，徐缓的流水宛如纤细的手指，进进出出山，弯弯曲曲，最后流入如温柔的手掌般的海湾。

黑额雁认识这个地方，紧贴着切萨皮克湾的浪尖飞入海港的白天鹅和野鸭子们也知道这里。秋季，它们会成百上千地在这里筑窝，躲过严冬。

天鹅以一种高贵的姿态向海岸悠悠飞去——头颈高抬，高傲而无畏。它们将长长的脖子深深地扎入水中，用坚硬的喙在河底寻觅食物。傲慢的天鹅对众多的黑额雁表现出一种冷漠，或者几乎可以说是一种蔑视。

雪和冬雨每年要光顾这个地方好多次。如果赶上雨雪发生在河流最狭窄的地段，或者当时正值水浅，河面就会结冰。

故事就发生在这样一个雪后的早上。在靠近马里兰州牛津镇的地方，我的一位朋友正在一扇巨大的窗户旁摆放早餐餐具。透过窗户，她正好能够俯视特爱温河，目光越过码头，只见整条河都被大雪镶上了银边。有那么一会儿，她静静地站在窗前，望着眼前这幅一夜暴风雪描绘出的图景。

突然间，她向前探了探身子，贴近结霜的窗户向外仔细看去。她不禁大声叫道："是真的！那儿有一只黑额雁。"她于是走到书柜前，取出了一副望远镜。镜筒中，她看到了一只硕大的黑额雁，它一动不动，翅膀紧紧地收合在身体两侧，爪子已经被冻在了冰里。

这时，从昏暗的天空飞过来一队天鹅。它们以自己独有的阵式移动者，优雅、无畏、自在。它们越过西部宽宽的河面，掠过房屋顶上高高的天空，平稳地向东飞去。

我的朋友注视着这队天鹅。领头鹅转向了右边，随后一队白鸟渐渐地变成了一个白色的圆圈。这个白色圆圈从高空往下飘落，最后，就仿佛羽毛轻落到地上一般降在了冰面上。我的朋友不禁站起身，惊讶得用手捂住了嘴巴。原来天鹅将那只冻在冰上的黑额雁围住了，我的朋友担心那只危在旦夕的黑额雁或许会在这群天鹅的利喙下变得千疮百孔。

然而，令人惊讶的是，那些利喙却在冰上啄了起来。长长的脖子时而抬起，时而弯下，一次又一次。过了好长时间，冻住黑额雁的冰变成了一小块冰坨。那些天鹅随领头鹅再次腾空而起，盘旋在空中，等待观看它们的劳动成果。

黑额雁抬起了头，使劲抻拽着身体，终于挣脱了冰冻站在了冰面上。黑额雁慢慢地移动着大大的爪子，空中盘旋的天鹅望着它的每一个举动。这时，黑额雁好像叫了一声："我没法儿飞了！"于是，只见4只天鹅飞到它的身旁，用坚硬的长喙上上下下里里外外地蹭它的翅膀，拱它的身体，啄掉它羽毛里的冰块。

黑额雁极力地伸展着双翅。当翅膀最终完全展开后，4只天鹅回到了自己的队伍中。随后，这队天鹅又以完美的阵式继续向东的旅程，飞往它们神秘的归宿。

在它们的身后，获救的黑额雁快活地飞入了天空，速度快得令人难以置信。它紧跟着天鹅，加倍抖动着双翅，终于赶上它们并变为了那条优美线条上最后的一个点。

我朋友的视线一直紧随着这群鸟儿，直到它们消失在远方树梢的后面。这时，她才发现自己早已泪流满面。这是一个真实的故事，我在这里不想去诠释它，我只是在困境中常想起这个故事，并对自己说：

"鸟儿尚且如此，何况人呢？"

　　天鹅是高贵的,这种高贵不是高抬的头颈和高傲而无畏的神态,而是心灵高贵者对弱小者、对陷入困境中的黑额雁的帮助和体贴。站在高处的人,目光总是向下的,心灵高贵的人,也是这样。

第四辑
一个长跑冠军的"秘密武器"

当你企图改造人生时,命运不会如橡皮泥一般让你随心所欲,或许你并不会一帆风顺,因此我们要做的是:在生活的细节中获得智慧的果实,在紧张的生活节奏中体会人生的真谛,在困境的改造中改变自己的命运,享受生命的每一寸春光。

> 如果你总是期待走一条无需费力的捷径而不是走努力工作这条自然的路取得成功的话,那代价将会是双倍的。

捷　径

◆文/林　夕

　　他天性聪颖,很善于为自己捕捉人生机会。恢复高考那年,他敏感地意识到这是一次机会,他找来书本,找辅导教师,突击补习三个月,一举迈进大学校门,成为"文革"后中国第一届大学生。大学毕业前,他不失时机地和系主任的女儿谈上了对象,如愿以偿地留校。20世纪80年代末90年代初,中国改革开放,商业大潮滚滚而来,他不甘寂寞,利用学生家长的关系,搞起了第二职业,煤炭、医药、钢材、水泥,什么紧俏卖什么,当然卖的不是货,是批条,因为紧俏市场买不到,所以批条就是钱。一张条子少则几万多则十几万,出手后再把赚到的钱分给写条子的人一部分。很快,他就成为先富裕起来的那部分人。回忆自己几年来走过的路,他总结出自己的成功学:走捷径,用最少的投入获得最大的产出。

　　家里的存款超过6位数后,他索性辞去公职,把第二职业变成了第一职业,他要做全职商人,在商海里大干一番。因为在他看来,经商很简单:商人就是分配钱的人,运用加减乘除,只要把该给别人的钱分配好了,自己银行里的钱就会成倍增长。

　　他不再仅仅满足于倒卖批条,他成立了自己的公司,在卖批条的同时,他要投资做别的生意。经过多方考察,他和台湾一位客商签订协议,代理销售中英文电子词典快译通。他招兵买马,做广告,跑客户,一点一点地推广市场,经营了半年,市场有了一定进展,但他觉得太慢太辛苦,和卖批条相比,效益太低,不符合他的"用最少的投入获得最大的产出"的"捷径论",所以他就放弃了,转给别人经营。

　　后来他又经营电脑,因为同样的缘故,他又放弃转给别人了;再后来他又经营电话机、传真机,不久又转给别人了。再后来,他又经营手机、传呼机,又都同样转手了。再后来,市场放开了,商品过剩了,批条不好用了。而他当初转给别人的经营项目经过别人之手的努力,现在都在为别人带来一定的商业利润,虽然这样的利润当年在他眼里曾经不以为是,但是在今天市场经济已经成熟的微利时代却十分可观。

此时的他，终点又回到始点，只好从头再来，他在新建的电子城租了一个门面，从别人手里批发来手机、传呼机，零售。从前卖一台手机赚一台，现在卖一台手机的利润不足百元。因为微利，他不舍得雇用人，每天自己进货，卖货，跑客户，十分辛苦。虽然并不心甘，但已别无选择。

成功需要时间。在人生进程中，有些成本是不能节约的。如果你总是期待走一条无需费力的捷径而不是走努力工作这条自然的路取得成功的话，那代价将会是双倍的。

世界上没有用最少投入获得最大产出的"捷径"，也没有以最短的时间获得最多的收获的"捷径"。这个世界只有这样的捷径：认准一个方向，用最努力的姿态、最踏实的步子走出的成功之路。

 如果我们像呼吸那样不停止地奋斗和拼搏，还会有什么险阻不能征服？还会有什么高峰不可攀登？

成功与活着

◆文/蒋光宇

有一个年轻人，诚心诚意地向苏格拉底请教：成功的秘诀是什么？

苏格拉底当时没有回答，而是约这个年轻人第二天早晨到河边见面。

第二天，他们在河边见面了。苏格拉底让这个年轻人陪同自己一起向河里走。当河水没到他们的脖子时，苏格拉底趁这个年轻人没有防备，一下子把他的头摁入水中。年轻人拼命挣扎，但苏格拉底很强壮，一直把年轻人按在水里，待到他难以忍受时，苏格拉底才把他的头拉出水面。年轻人露出水面所做的第一件事情，就是迫不及待地深深地吸了一口气。

苏格拉底问："在水里的时候，你最需要什么？"

小伙子回答："呼吸。"

苏格拉底说："这就是成功的秘诀。当你渴望成功的欲望就像你刚才需要呼吸的愿望那样强烈的时候,你就会成功。"

苏格拉底让年轻人成为落水者,并让他感受到,当渴望成功如同渴望呼吸、渴望生命一样重要时,才可能获得成功。

苏格拉底不仅对成功的理解与呼吸紧紧相连,而且对整个生命的理解也与呼吸紧紧相连。

另一个年轻人,也诚心诚意地请教苏格拉底:"人活着靠什么呢?"

苏格拉底说:"呼吸。"

"那么,"年轻人又问,"呼吸又为了什么?"

苏格拉底早已深思熟虑:"呼者,为出一口气;吸者,为争一口气。"

苏格拉底用呼吸来理解成功和活着,实质上就是用奋斗和拼搏来理解成功和活着;实质上就是主张生命不息,奋斗和拼搏不止。

一日一钱,十日一千。绳锯木断,水滴石穿。如果我们像呼吸那样不停止地奋斗和拼搏,还会有什么险阻不能征服? 还会有什么高峰不可攀登?

成长悟语 Cheng Zhang Wu Yu

像追求生存那样本能地追求成功;像平时呼吸那样把对成功渴望融化在生活的每个细处;像享受生命一样,把对成功的追求贯穿我们的整个人生过程。做到这三点,成功自然会敲门找你。

爱因斯坦说得好:"要善于思考、思考、再思考,我就是靠这个学习方法成为科学家的。"

用什么时间思考

◆文/蒋光宇

有个年轻的伐木工人,在一家木材厂找到了工作,工作条件挺好,报酬也不低。老板给他一把利斧,并给他划定了伐木范围。他很珍惜,下决心要好好干。

第一天,他砍了18棵树。老板高兴地说:"不错,就这么干!"工人很受鼓舞。

第二天,他干的更加起劲,但是只砍了15棵树。

第三天,他加倍努力竭尽全力,可是仅砍了10棵树。

工人觉得很惭愧,跑到老板那儿道歉,说自己也不知道怎么了,好像力气越来越小了。

老板问他:"你上一次磨斧子是什么时候?"

"磨斧子?"年轻工人悔悟地说,"我天天忙着砍树,竟忘记了抽出时间磨斧子!"

伐木需要磨斧子,工作需要什么呢?

有一天晚上,一位著名的物理学家,走进自己的实验室,看见一个研究生仍辛勤地在实验台前工作。

物理学家关心地问道:"这么晚了,你在做什么?"

研究生答:"我在工作。"

"那你白天做什么了?"

"我也在工作。"

"那么,你整天都在工作吗?"

"是的,教授。"研究生带着谦恭的表情承认了,并期待着这位著名的物理学家的赞许。

物理学家稍稍想了一下,然后说道:"知道你整天都在工作,我不能不提醒你,你用什么时间来思考呢?"

行成于思毁于随。思考是智慧之花开放的前夜。一次深思熟虑,胜过百次草率行动;一天思考周到,胜过百天徒劳。一个善于思考的人,才是力大无边的人。爱因斯坦说得好:"要善于思考、思考、再思考,我就是靠这个学习方法成为科学家的。"

 成长悟语 Cheng Zhang Wu Yu

有一个伟人说:"把时间用在思考上是最能节省时间的事情。"爱迪生也说:"不下决心培养思考习惯的人,便失去了生活中最大的乐趣。"思考使我们的行动更有目标性,也使我们的行动更有效率。

我可以向它扔石头吗

◆文/包利民

老猎人带着三个儿子去打猎，儿子最大的12岁，最小的8岁。归来的时候，他们每个人都提了两只鲜血淋漓的野兔。也许是这鲜血的气息太过浓重，竟有两匹狼跟上了他们。此刻，老猎人的枪里已经没有弹药了，而那两匹狼正越靠越近。

老猎人正着急地寻思对策时，两匹狼已经不耐烦了，其中一匹呼地冲到了他们前面不远处，拦住了去路；而后面那匹狼也停了下来，瞪着眼睛看着他们。眼见着狼就要发起进攻，大儿子和小儿子吓得紧紧地靠在父亲身上，老猎人也紧张万分。忽然，10岁的二儿子一扬右手，把野兔向前面那匹狼扔过去，那狼一跃而起接住野兔，蹲在那里大嚼。然后他又把另一只野兔向后边那匹狼抛去，两匹狼暂时都在吃野兔。二儿子迅速地从地上捡起两块石头，问父亲："我可以向它扔石头吗？"父亲说："当然可以，孩子！"二儿子向前走了几步，把石头狠狠地向前边正埋头吃兔子的那匹狼砸去，那狼猝不及防，被打个正着，叫了一声，飞快地向后跑去。二儿子迅速转身，把石头又向身后的那匹狼打去，那狼惊慌间也飞快地逃走了。而这个过程中，老猎人已抽出腰刀，随时准备拦截扑上来的狼。

余下的途中，两匹狼再没出现过，而二儿子的手里一直拿着两块石头，不停地说："没事，它们再来，我还用石头打它们！"又转向老猎人说："没想到它们竟然怕我的石头！"老猎人说："有时表面凶猛的动物也有胆小的一面！"二儿子若有所思地点头。二儿子长大后，不畏困难，成就了一番事业。

这是许多年前看过的一则故事，当时还看不出什么来，觉得是一个很平淡的故事。可是在经历了许许多多的事之后，于某一日想起这个故事，忽然惊觉，出了一身的冷汗。在我的人生道路上，身前身后的狼各是什么，我先抛出的两只兔子是什么？而我手中的两块石头又是什么？在一路奔波之中，时间之狼在身后追逐，困难之狼在前面当道，常常是进退维谷。有时被迫得急了，我便向困难之狼抛出一只妥协的兔子，向时间之狼抛出一只青春的兔子，在它们贪婪吞噬着我的青春和收获之时，我可以得到暂时的安宁。可是我知道自己没有多少青春和收获来喂它们，当我抛尽手里的兔子之时，便是我自己毁灭之日。所以，我必须捡起两块石头，一块是努力，用它扼制身后的时间之狼；一块是执着，用它打败前面的困难之狼。惟如此，才能在人生之路上走得更高更远。

很庆幸自己能及时地想起这个故事，能及时地捡起石头。而又有多少人，还在把自己有限的青春和收获喂给那两匹贪婪的狼？快快扔出你的石头，在人生路上大步走下去！

成长悟语 Cheng Zhang Wu Yu

在困难之狼和时间之狼的面前，你是妥协退后了，还是捡起石头反击？在困难面前你退后，它就更加凶狠；在时间面前，你犹豫，它就走得更快。在你的青春没有被吃完之前，记得用努力和执着的石块反击。

111

才能就是辛苦和勤奋。
成功就是一直在努力

巨匠的作业和手杖

◆文/蒋光宇

一天，一位年逾古稀的老太太拿着一本破旧的作业本，无拘无束地问巴尔扎克："大作家，你给我瞧瞧，这小子有没有天才，将来是不是块当作家的料？"

巴尔扎克接过作业本后认真地看了看，胸有成竹地说："嗯，这小子天赋不高，灵气不多，凭这很难当作家。"

老太太听后，发自内心的笑道："好小子，我以为你当作家的什么都懂，没想到你连自己三十多年前的小学作文都看不出来！"

巴尔扎克也禁不住笑了。他做梦也没有想到，这个老太太竟是自己三十多年前的小学教师。巴尔扎克的判断显然是错了，因为他只看到了孩子的基础，却忽视了孩子将来的努力，忽视了人是可以发展和变化的常识。但是，他也有言中的一面——任何人都不可能一出世就名扬天下，誉满全球。

第四辑 一个长跑冠军的「秘密武器」

巴尔扎克在成名之前，也曾困惑过，狼狈过。

他本来是学法律的，可大学毕业后，偏偏想当作家，全然不听父亲让他当律师的忠告，将父子关系搞得十分紧张。不久，其父便不再向他提供任何生活费用。他写的那些玩意儿又不断地被退了回来，他陷入了困境，开始负债累累。最困难的时候，他甚至只能吃点儿干面包，喝点儿白开水。但是他挺乐观，每当就餐，便在桌上画上一只只盘子，上面写上"香肠"、"火腿"、"奶酪"、"牛排"等字样，然后在想象的欢乐中狼吞虎咽。

在这段最为失意的日子里，巴尔扎克破费了 700 法郎，买了一根镶着玛瑙的粗大手杖，并在手杖上刻了一行鞭策自己的字：我将粉碎一切障碍。

正是这句无所畏惧、一往无前的名言，支持他渡过难关。后来，柳暗花明，他果然成功了。巴尔扎克的作业和手杖，又一次证明了无数成功的人士坚信的箴言："勤能补拙是良训，一分辛苦一分才。"在成功和失败之间，并没有一道不可逾越的鸿沟。对绝大多数人而言，一个人在某一方面的成功，主要并不决定于天才，只要按既定目标执着地追求，天长日久，水滴石穿，就没有不功成名就的道理。

才能就是辛苦和勤奋。

成功就是一直在努力。

萧伯纳说过："我年轻时注意到，我每做十件事有九件不成功，于是我就十倍地去努力干下去。"如果你很有天赋，勤勉会使天赋更加完善；如果你的才能平平，勤勉会补足你的缺陷。

有许多时候，我们可能没有能力去改变世界甚至改变我们周围的环境，但我们可以试着去改变一下自己。

改 变 自 己

◆文/李雪峰

在远古的非洲，人们还不知道什么是鞋子，一位部落酋长想到远方去和另一个部落首领认识并结盟，可路实在太远了，而且遍布着毒蛇和荆棘。

酋长想就赤着脚板去，但怕荆棘一旦把脚割破了，能不能靠一双破脚走到那个部落很难说；而且，赤着一双血肉模糊的脚板去，不仅仅是对别人的不尊重，说不定还会被那个部落的人所瞧不起，那些人也许会指着酋长的破脚板说："这么贫穷又这么没有智慧的部落，和他们结盟有什么意义呢？"

酋长让部落里的智者们都想办法，智者们想了好久说："派一帮年轻人抬去怎么样？这样你的脚板就不会被荆棘和石块给割烂了。"酋长听了，点点头，但马上又摇了摇头说："不行！让他们抬我去，虽说我的脚可以避免被割烂，但抬我去的那些人脚板肯定会被割烂的，一双烂脚板都会被人家瞧不起，何况几十双烂脚板呢？而且让别人见了我是被人们抬去的，那个部落的人会认为我是个残暴又无情的酋长，肯定会从心眼里更瞧不起我的。"

酋长忧愁地皱着眉头说："不行，你们必须想出一个更好的办法来！"

智者们十分为难地走了。

过了几天，一个智者高兴万分地来拜见酋长说："至高无上的酋长啊，我终于想出一个奇妙的主意啦。"酋长一听，顿时眉开眼笑说："快，快，快把你奇妙的主意告诉我！"这个智者得意地说："我们用兽皮给你铺一条路，一直铺到那个部落里去不就行了吗？"

酋长一听，不禁欣喜若狂说："对呀对呀，这真是一个奇妙的主意！"但转尔一想，酋长又忧愁了，酋长说："从我们这里一直铺到那个部落里去，这么远的路，需要多少兽皮啊，就是狩猎到我老死，也远远猎不到那么多的兽皮啊！"智者们一想，是啊，那得多少兽皮才够用呢，那么远的路，就是猎尽这大草原上所有的动物，它们的皮怕是也不能铺到。

酋长和一大群智者们把脑袋都想疼了，但是仍然想不出一个合适的办法来。

这时，一个年轻人闻讯来见酋长说："至高无上的酋长，我们虽然没办法改变草原上的长路，但我们总应该能够有办法改变我们的脚板？"

酋长的双眼一亮，高兴地鼓励那个青年说："年轻人，快把你的好主意说出来！"年轻人走到酋长前，从腰上解下两块兽皮，然后弯下腰去，用兽皮把酋长的脚包裹起来说："这样您的脚板就不会被那些可怕的荆棘割破了。"酋长走到外面的野地里试了一试，惊喜地说："这真是一个绝对奇妙的主意！"

后来，那酋长果然就用兽皮裹着脚走到了那个遥远的部落，并且，他的脚板果然完好无损。

是的，有许多时候，我们可能没有能力去改变世界甚至改变我们周围的环境，但我们可以试着去改变一下自己。

改变自己，总比我们去改变别人和世界更要简单和容易。

成长悟语 Cheng Zhang Wu Yu

有一个人对着山喊了一句话："山，你过来！"山没有动，于是那个人就说：“山，你不过来，那我就过去！”如果你不能改变世界，那你还可以改变你自己，把自己改变得更坚韧，更强大。

事实上，很多人的人生都是在调换环境乃至远走他乡后发生转折的。

你并不一定要住在低洼地带

◆文/张国庆

在一个很深的山谷里，有个小乡镇，那里的居民终年生活在烦恼中：河水泛滥，经常淹没房舍，掠走牲畜；山上的石头也不时滚到路上，滚进田园，给人们的生活带来很大不便。这里的生活的确十分艰苦，但人们也只好如此。

有一天，一位智者来到这里，他告诉人们：“问题的症结不在洪水的泛滥，也不在山石的滚落的和草丛的滞绊，而在于你们，你们并不一定要住在这个低洼地带。”

“我们可以不必如此吗？”人们吃惊地反问。

“是的，冷静地想想，这个低洼地带给你们带来困境。只要住在这里，你们就要和烦恼为伴；只要肯往高处走，问题马上就能解决。”

“赶快告诉我们，要怎么办？”人们迫不及待地请教。

于是，这位智者指导他们在山腰及河谷的上方建造了房舍，这些居民忙不迭地照办。

“现在，”这位智者又说，“现在你们可以过上无忧无虑的生活了。其实只要移动你们的住所，你们的难题马上就迎刃而解了。”

“是啊！现在多轻松啊！”人们欢呼着。

“真奇怪！”又有人附和道，“怎么我们从前就没想到呢？”

是啊，怎么原来就没人想到呢？是什么遮蔽了人们的眼睛？

著名成功学家拿破仑·希尔曾经说过，几乎每个人的眼中都有一根横梁，它阻碍了人们看到别人的优点，也阻碍了人们看到自己的出路。其实，很多时候，我们离摆脱困境的路口并不远，我们只是没有努力去寻找它。这种出路有时并不是很明确的所在，它常常只是一种强烈的摆脱旧境的愿望和跳出困境的眼界。

事实上，许多困境都是环境造就的，并且在大多时候，我们并不能改变那个环境，但我们却可以改变自己的所在。心理学家指出，人无法因为安慰而改变心情，如果那种心情是真实而深切的。意识只有通过物质变革才能改变。一个痛苦的人，只有变换了引起他痛苦的境遇，才会远离痛苦，俗话说"眼不见，心不烦"，说的就是这个道理。换个环境是解决许多心理问题的根本出路。

一般来说，一个环境让你别扭，总有它特别的原因，而且这些原因往往都是日积月累形成的，很难在短时间内改变，也几乎很少可能因为你的到来而改变。如果你和环境都不准备改变的话，你的继续存在就会使自己和他人都不愉快，在你暂时主导不了这个环境的情况下，你如果不想"死"在这里，就必须尽快离开。毕竟，再强大的动物在它幼弱的时候都不是狼群的对手。

而在你离开的同时，你的新生活也许就开始了。这种新生活往往会带给你新的机遇和人缘，带给你更广阔的视野，带给你与以前不同的心情，事实上，很多人的人生都是在调换环境乃至远走他乡后发生转折的。

成长悟语 Cheng Zhang Wu Yu

　　最难改变的不是艰苦的环境，而是僵化的思维方式；最可怕的不是贫瘠的土地，而是贫瘠的思想。战胜不了艰苦的环境，我们不必灰心，不必认输，我们还可以转换我们的对手，转换我们生活的环境。

　　智者在临终前对自己的儿孙说：前人走过的路，并不一定通往成功。

大路的尽头没有宝

◆文/李智红

　　传说在浩瀚无际的沙漠深处，有一座埋藏着许多宝藏的古城。要想获取宝藏，必须穿越沙漠，战胜沿途数不清的机关和陷阱。

　　很多人对沙漠古城里这样一批价值连城的财宝心向神往，却又没有足够的勇气和胆量去征服沙漠以及杀机四布的陷阱。这批珍贵的财宝，就这样在沙漠古城里埋藏了一年又一年。

有一天,一个勇敢的人听爷爷讲了这个神奇的传说,决定去寻宝。勇士准备了干粮和水,独自踏上了漫长的寻宝之路。

为了在回程的时候不迷失方向,这个勇敢的寻宝者每走出一段路,便要做上一个非常明显的标记。虽然每进一步都充满艰险,勇士最终找出一条路来。就在古城已经遥遥相望的时候,这个勇敢的人却因为过于兴奋一脚踏进布满毒蛇的陷阱,眨眼间便被饥饿的毒蛇吞噬。

沙漠再次陷入寂静。

过了许多年,终于又走来一个勇敢的寻宝人。他看到前人留下的标记,心想:这一定是有人走过的,既然标记在延伸说明指路人安全地走下去了,这路一定没错!沿着标记走了一大段路,他欣喜地发现路上果然没有任何危险。

他放心大胆地往前走,越走越高兴,一不留神,也落进同样的陷阱,成了毒蛇的美餐。

……

最后走进沙漠的寻宝人是一位智者,他看着前人留下的标记想:这些标记可不能轻信,否则,寻宝者为什么都一去不返了呢? 智者凭借着自己的智慧,在浩瀚无际的沙漠中重新开辟了一条道路。他每迈出一步都小心翼翼,扎实平稳。最终,这位智者战胜了重重险阻抵达古城,获得宝藏。

智者在临终前对自己的儿孙说:前人走过的路,并不一定通往成功。不可迷信经验,已被踏平的大路尽头,绝没有价值连城的宝藏供你们采掘。即使原来真有宝藏,那也早已经被那些更早踏上这条道路的人采掘干净。

成长悟语 Cheng Zhang Wu Yu

独辟蹊径才能创造出伟大的业绩。不要去走那些拥挤的道路,在街道上挤来挤去不会有所作为。把铜当废品卖是廉价的, 制成门把手就能升值,做成工艺品能升价十倍。只有想到别人没有想到的办法,你才能采掘到属于自己的宝藏。

改变孩子一生的故事全集

反思的力量

◆文 /吴志强

朋友应聘一家独资公司。

该公司把前来应聘的人安排在会计室分三天做三次考核。

第一次考试,朋友便以99分的好成绩排在第一;一位叫小米的女孩以95分的成绩排在第二。

第二次考试试卷一一发下来,朋友感到纳闷儿,当天的试题和第一次的试题完全一样。开始她认为发错了试卷。但监考人员一再强调,试卷没有发错。既然试卷没有发错,朋友也懒得去想,自信地把笔一挥,还不到考试规定时间的一半,试卷便全填满了。朋友把试卷一交,其他应聘的考生也陆陆续续地把试卷交了上去,每人脸上都春风得意,显然,个个都认为自己胜券在握。第二次考试考分一出来,朋友仍以99分不动摇的成绩排在第一;而那位交卷最晚的女孩小米以98分的成绩排在第二。

第三天准时进行第三次考试。

"这次该不会拿同样的题目给我们考吧?"

进考场前,应聘的考生们议论纷纷。

试卷一发下来,考场上顿时开了锅,因为试卷和前两次完全一样!

"安静,安静,大家听我说,这次考题和前两次一样,都是公司的安排,公司怎么安排,我们就怎么执行,如有谁觉得这种考核办法不合理你可以放下试卷,我们随时放你出考场。"

监考人员把桌子拍得"啪啪"响。

众人一看招聘人员发怒了,只好老老实实低下头去答卷。

这次考试更省事儿,绝大部分考生和朋友一样,根本用不着看考题,"刷刷刷"就直接把前两次的答案给搬上去了。不到半个钟头,整个考场都空了。只有那位叫小米的考生仍托腮拍脑,绞尽脑汁冥思苦想,时而修改,时而补充,直到收卷铃响才把答卷交了上去。

第三次考分出来,朋友长长舒了一口气,她仍以99分的成绩排在第一。不过这次没有独占鳌头,考生小米这次也以99分的好成绩和她并列第一。但朋友一点儿也不担心被她挤下来。

第四天录用榜一公布，朋友傻眼了：上面只有小米的名字，她落选。朋友当时就找到总经理办公室，理直气壮地质问他：

"我第三次都考了99分，为什么不录用我而录用了前两次考分都低于我的考生呢？你们这种考核公平吗？"

朋友显得异常激动。

总经理笑呵呵地凝视着我的朋友，直到她心平气和才开口说话了。

"小姐，我们的确很欣赏你的考分。但我们公司并没有向外许诺，谁考了最高分就录用谁。考分的高低对我们来说只是录用职员的一个依据，并非最终结果。不错，你次次都考了最高分，可惜你每次的答案都一模一样，一成未变。如果我们公司也像你答题一样，总用同一种思维模式去经营，能摆脱被淘汰的命运吗？我们需要的职员不单单要有才华，她更应该懂得反思，善于反思善于发现错漏的人才能有进步，职员有进步公司才能有发展，我们公司之所以三次用同一张试卷对你们进行考核，不仅仅是考你们的知识，也在考你们的反思能力。这次你未能被选用，我实在抱歉。"

朋友哑口无言，羞愧难当地退出了总经理的办公室。

有些人擅长举一反三，吃了一次亏，就能长记性；有些人就是一根筋到底，碰再多的钉子也不会有长进。摔倒了就得认得那个坑，迷路了就做一个标记，常在同一个地方跌倒的人，只会不断受伤。

世上万物也是如此，许多表面看似相同的，可能是相殊甚远；而表面相殊的，倒可能有质的相同。

背后的道理

◆文/流　沙

智者有两个徒弟。一次，他们看到屋里飞进一只蜜蜂，蜜蜂努力地朝窗外飞，却被窗上厚厚的玻璃挡住了，一次次徒劳地摔下来。

徒弟甲说："这只蜜蜂真是愚蠢啊,既然知道这个方法行不通,为什么还要做努力呢? 它这样做即使飞一辈子也不可能成功。"

他从中得到领悟:世上有些事,不能强求,该放手时就放手。

徒弟乙说:"这只蜜蜂真顽强,它那么勇敢,失败了也不屈服。"

他也从中得到启示:做人就应该像蜜蜂那样,锲而不舍,败而不馁,百折不回。

于是,两人争执起来,谁也说服不了谁。

最后,他们只好去找智者来评理:"我们的观点,究竟谁的才是正确的呢? "

智者说:"你们谁都没错。"

两个徒弟不解,心想:怎么可能两种观点都对呢? 难道师傅是故意做好人,不让我们再争执了? 智者早就看出他们的心思,他微笑着,拿出一块大饼,吩咐他们把大饼居中切开。徒弟二人照做了。

智者问:"两个半块饼,你们说哪半块好,哪半块不好? "

他们回答不出。

智者说:"你们总是看到相异的地方,而没有看到相同的地方;形式上的差异,掩盖了质的相同。"

徒弟二人一下醒悟过来了:一个事物的两个方面,本来没有绝对的是非问题。

世上万物也是如此,许多表面看似相同的,可能是相殊甚远;而表面相殊的,倒可能有质的相同。生活中的不少错误,有时就是因为看不到这一点而产生的。

成长悟语 Cheng Zhang Wu Yu

火可以给人温暖,也能给人伤害;蛇毒能杀人,也能治病,眼镜蛇毒液经过提炼是一种很好的止痛液。每件事物都有正反的两面,忽略或者否定了其中一面,就否定了这个事物。

第四辑 一个长跑冠军的「秘密武器」

幸福与痛苦的领悟

◆文/俞敏洪

有一年夏天，我沿着黄河旅行，无数次站在黄河岸边，看滔滔河水像黄龙翻滚，自天际流下，把我的心都流成了无边无际的壮阔；无数次注视着落日像血一样融入河水，好像生命被一次次重新染色，每一次都有奔腾到海的冲动。

但让我感受最深的是在黄河边上，用瓶子灌一瓶河水。泥浆翻滚的水，被灌到水瓶里以后，依然十分浑浊，透过瓶子，看到的只是浑浊黄色的世界。在瓶子背后，看不到天，也看不到地。面对这样的水，我感到了痛苦和绝望，感到了黄河河床不断提高带来的灾难，感到了人们在这种灾难中的呼喊。

我把水瓶放在边上，痛苦地坐在岸边，看着黄河发呆。一段时间后，我把眼神从远处收回来，猛然发现身边瓶子里的水开始变清。浑浊的泥沙沉淀下来，上面的水变得越来越清澈。我看着这种变化，直到泥沙全部沉淀，只占整个瓶子的五分之一，而其余的五分之四都变成了清清的河水。我慢慢把瓶子举起来，透过瓶子，我看到了天，看到了地，看到了生命中幸福与痛苦的界限。

原来我们的幸福和痛苦也像黄河水一样。我们在匆忙和浮躁中，拼命地摇晃我们的生活，直到我们的生活变得一片浑浊，使所有的幸福都掺杂了痛苦的成分。假如清水是幸福，泥沙是痛苦，那我们一生幸福的总量应该大于痛苦。我们时时感到痛苦，不是因为痛苦多于幸福，而是我们用不恰当的方式，让痛苦像脱缰的野马，随意奔跑在我们生活的每一个角落。因为痛苦的渗透，我们本来应该清澈如水的生活，变得像黄河水一样，有了太多的杂质。如果我们能够静下心来，让痛苦沉淀在我们的心底，不管痛苦能不能消失，都只让它占有我们心里的一小片空间，那大部分的空间就会被幸福充实。

每一个人出生伊始，一辈子所经历的幸福和痛苦的总量都应该是相同的，之所以有的人更痛苦、有的人更幸福，不是人们对待幸福的态度不同，而是人们对待痛苦的态度不同。想到这里，我把水瓶中的水晃动了一下，已经变得非常清澈的水在一瞬间就又变得浑浊不堪。

而生命的难处在于，我们很难让生命静止不动，使我们能够把痛苦和幸福截然分开，并彻底把痛苦沉淀在某个被遗忘的角落不再翻滚。痛苦和幸福在我们的生活中，或多或少都会搅和到一起。如果我们陷入其中不能自拔，生命将失去存在的最本质意义。那痛苦和幸福相混合的生活是不是就失去意义了呢？

我再次把目光投向黄河，我发现它是那么的壮阔和美丽，看着滔滔的河水，翻滚着浊浪，从地平线那头流过来，从我脚下流过，又消失在地平线的另一头，使人无法不感受到我们这个星球所蕴涵的勃勃生机。

我突然意识到，如果把人的生命不断放大，放大到像黄河一样壮阔，从远古和天边流来，向未来和大海流去，那我们的生命就无所谓幸福和痛苦的混合，而变成一曲永远唱不完的雄壮的黄河交响曲。

在生活中过分执着于幸福和痛苦是不现实的，我们的生命时时刻刻在流动，从出生走向死亡，无法静止下来细细区分幸福和痛苦。当我们把自己的生命奉献给了别人，奉献给了社会，当我们成为历史洪流中有贡献的一分子，我们自然而然会获得幸福。

这就是我安然无恙的原因。当大雨来时我躲着走，当路不好时我小心地走，所以我没有淋湿也没有摔伤。

优势也会变陷阱

◆文/佚　名

三个旅行者同时住进了一个旅店。

早上出门的时候，一个旅行者带了一把伞，另一旅行者拿了一根拐杖，第三个旅行者什么也没有拿。晚上归来的时候拿伞的旅行者淋得浑身是水，拿拐杖的旅行者跌得满身是伤，而第三个旅行者却安然无恙。于是前两个旅行者很纳闷儿，问第三个旅行者："你怎么会没事呢？"

第三个旅行者没有回答，而是问拿伞的旅行者："你为什么会淋湿而没有摔伤呢？"

拿伞的旅行者说："当大雨来临的时候，我因为有了伞就大胆地在雨中走，却不知怎么淋湿了。当我走在泥泞坎坷路上时，我因为没有拐杖，所以走得非常仔细，专拣平稳的地方走，所以没摔伤。"

然后，他又问拿拐杖的旅行者："你为什么没有淋湿而是摔伤呢？"

拿拐杖的说："当大雨来临的时候，我因为没有带雨伞，便拣能躲雨的地方走，所以没有淋湿；当我走在泥泞坎坷的路上时，我便用拐杖拄着走，却不知为什么常常跌伤。"

第三个旅行者听后笑笑，说："这就是我安然无恙的原因。当大雨来时我躲着走，当路不好时我小心地走，所以我没有淋湿也没有摔伤。你们的失误就在于你们有凭借的优势，认为有了优势便少了忧患。"

成长悟语 Cheng Zhang Wu Yu

改变孩子一生的故事全集

我们常常见到这样的事情：被淹死的人一般是会游泳的人；被毒蛇咬死的，往往是捕蛇者；因为疾病过早去世的人，往往年轻时身体非常好。当优势变成了挥霍的借口，当优势变成了掉以轻心的借口，优势就会变成最致命的劣势。

很多意想不到的结局正是生活中极易发生的平常事，而不是想象中的奇迹。

悬念中的哲理

◆文/程应峰

在沿海城市旅游时，我听导游讲了这样一个故事：在一家海鲜馆里，一群旅游者正在进晚餐。他们一面品尝菜肴，一面即兴谈天。鱼端上来了，大家七嘴八舌地讲起一些关于在鱼肚子里发现珍珠和其他宝物的趣闻轶事。

一位长者一直默默地听着他们闲聊，终于忍不住开口："听了你们每个人所讲的故事，都很精彩，现在我也讲一个吧。我年轻的时候，受雇于香港一家进出口公司。像所有年轻人一样，我和一位漂亮的姑娘相爱了，很快我们就订了婚。就在我们要举行婚礼的前两个月，我突然被派到意大利经办一桩非常重要的生意，不得不离开我的心上人。"

老人顿了顿，接着说："由于出了些麻烦，我在意大利呆的时间比预期长了许多。当繁杂的工作终于了结的时候，我便迫不及待地准备返家。启程之前，我买了一只昂贵的钻石戒指,作为给未婚妻的结婚赠品。轮船走得太慢了,我闲极无聊地浏览着驾驶员带上船来的报纸,消磨时光。忽然,我在一份报纸上看到我的未婚妻和另一个男人结婚的启事。可想而知,当时我受到了怎样的打击。我愤怒地将我精心选购的钻石戒指向大海扔去。"

他沉默了一会儿,神情落寞地说:"回到香港后,我再也没有找女朋友,一个人孤单度日,转眼几十年过去了。有一天,我来到一家海味馆,一个人闷闷不乐慢慢地进餐。一盘咸水鱼端上来了,我用筷子胡乱夹了些塞进嘴里,嚼了几下,忽然喉咙被一个硬东西哽了一下。先生们,你们可能已经猜出来了,我吃着什么了?"

"当然是钻戒!"周围的人肯定地说。

"不!"老人凄凉地说,"我开始也这么认为,饭毕才知道,是我一颗早就磨损得差不多、摇摇欲坠了的牙齿滑进了喉咙。"

这一次轮到大伙张大惊疑的嘴巴了。

给一明确的思维指向,让人有了悬念,结局却拐了一个弯,背离了人们心中的愿望或者潜意识中的目标指向。其实,很多意想不到的结局正是生活中极易发生的平常事,而不是想象中的奇迹。

不要相信惯性思维,不要以为生活在你的掌握中,不要以为生命的所有悬念你都知道。生活并不是你想象中的那样的,有时它会在你的意料之外,有时它会变化得令你措手不及。理解生命的变化莫测,你应对时就不会不知所措。

 如果你在开局阶段已慢了几拍,想在最后阶段反败为胜,那要付出加倍的努力,甚至仍旧是无功而返。

一个长跑冠军的"秘密武器"

◆文/柯北银

如今,竞争是越来越激烈了。第一,无论你走到哪里,只要是上等级的比赛,只要是好的学校,都会有激烈的竞争。大家越是想去的地方,越是有竞争;越是有竞争的地方,大家越是要挤进去。第二,竞争的对手不仅仅是一两个人,而是一大群。第三,竞争是在阳光下进行,你在努力学习,对手也在刻苦用功,你有好的老师,对手也有出色的老师。环顾一个个竞争对手,你要比优秀的更优秀,比出色的更出色,谈何容易!

这可如何是好?

在温哥华,曾经和一个朋友在酒吧聊天。邻桌坐着几个外国人在喝酒。朋友悄悄地指着其中一个人说:"他是加拿大著名长跑运动员,连续多年参加国际比赛,每次都获得金牌。"

"他一定有特别的成功之道。"我说。

朋友英语特别好,走过去问他。那个老外笑了,看了我一眼,说:"参加比赛得奖牌,我的经验是:起步要在第一秒踏准,抢个领先,然后全速奔跑;中间阶段保持常速,不要消耗太多体力;而到最后关头,要狠狠地拼搏。跑步比赛要赢,赢在开始和结束这两头。"

"有道理!"我连连点头。

学习竞争和跑步比赛的制胜之道完全一样。

学习竞争的胜负决定于智慧的运用得当与否,决定于智慧运用的多寡,决定于竞争战略的布局,也就是如何用兵,决定于学习技巧。

你要想超越别人,战胜对手,在竞争中获胜,就要在一门课程学习的开始和最后阶段竭尽全力。要赢就赢在起跑线上,要赢就赢在最后的冲刺阶段,而在中间阶段,只要保持常速即可。

先说赢在起跑线上。

裁判的一声发令枪响,在第一秒的瞬间,你就要迅捷跨出步子,要踩得准,这样就能领先一步,占了优势。事实上,某门学科开始的学习阶段,许多人都容易掉以轻心,心想反正刚开始,时间还有的是,到最后阶段冲刺还来得及,结果往往因此坐失良机,在竞争场上处于劣势。聪明的人,在开始阶段,在对手麻痹大意的情况下就先着一鞭,全力以赴,以获得良好的开局。须知,良好的开端是成功的一半。

再说赢在最后冲刺阶段。

竞争的胜负,往往在最后几步之间。真正的竞争对手,往往是势均力敌,不分高低。一切的准备,一切的努力,一切的期望和梦想,都在最后一刻见分晓。此时,稍一放松,即前功尽弃;而倾全力一搏,则大功告成矣。当然,如果你在开局阶段已慢了几拍,想在最后阶段反败为胜,那要付出加倍的努力,甚至仍旧是无功而返。

成长悟语 Cheng Zhang Wu Yu

学习不仅讲求天分,也讲求策略。在学习的最初阶段努力,踏实掌握入门的技巧;在学习的中间阶段,保持最平稳舒适的步法;在学习冲刺阶段,比别人更加努力,在同等能力的人中脱颖而出。人的能力都是差不多的,关键的是,你要根据阶段的轻重,运用不同的力度。

> 而另外一只青蛙,就留在那块奶酪里,它做梦都没有想到,竟然可以有机会逃出险境。

奶酪里的青蛙

◆文/佚 名

两只青蛙正在觅食中,不小心掉进了路边一只牛奶罐里。那只牛奶罐里还有为数不多的牛奶,但是,这足以让青蛙体验到,什么叫灭顶之灾。

一只青蛙想:完了,全完了,这么高的一只牛奶罐,我是永远也出不去了,于是它很快就沉了下去。

另一只青蛙在看见同伴沉没于牛奶中时,并没有沮丧和放弃;它不断告诫自己:"我多么渴望获得解放。上帝给了我坚强的意志和发达的肌肉,我一定能够跳出去。"它鼓起勇气,鼓足力量,一次又一次奋起、跳跃。

不知过了多久,它突然发现,脚下黏稠的牛奶变得坚实起来。

原来,它的反复践踏和跳动,已经把液状的牛奶变成了一块奶酪!不懈的奋斗和挣扎,终于换来了自由的那一刻! 它从牛奶罐里轻盈地跳了出来,重新回到绿色的池塘里;而另外一只青蛙,就留在那块奶酪里,它做梦都没有想到,竟然可以有机会逃出险境。

成长悟语 Cheng Zhang Wu Yu

在困难和险境中坐以待毙,失败是不可改变的结局。在劫难中,奋力挣扎,至少你还有胜利的一丝希望。世界上那些最容易的事情中,放弃最不费力。世上没有绝望的处境,只有对处境绝望的人。

> 责备解决不了的事情，奖励却可以解决。世界没有解决不了的事情，只有放不开的思维。

超 级 思 维

◆文/佚 名

改变孩子一生的故事全集

一位刚退休的老人回到老家，在小镇买了房子住下来，想在那儿宁静地打发自己的晚年，写些回忆录。

刚开始的几个星期，一切都很好，安静的环境对老人的精神和写作很有益，但有一天，五个半大不小的男孩子放学后开始来这里玩，他们把几只破垃圾桶踢来踢去，玩得不亦乐乎。

老人受不了这些噪音，于是出去跟年轻人谈判。"你们玩得真开心"，他说，"我很喜欢看你们踢桶玩，如果你们每天来玩，我给你们五个每人每天两块钱。"

他们很高兴，更加起劲地表演足下功夫。过了三天，老人忧愁地说："家里开销大起来了，从明天起，我只能给你们一块钱。"

年轻人很不开心，但还是答应了这个条件。每天下午放学后，继续去进行表演。一个星期后，老人愁眉苦脸地对他们说："最近没有收到养老金汇款，对不起，每天只能给五毛了。"

"五毛钱？"一个男孩子脸色发青，"我们才不会为了区区五毛钱浪费宝贵时间为你表演呢，不干了。"

从此，老人又过上了安静的日子。老人退休前是一家单位的工会主席。

成长悟语 Cheng Zhang Wu Yu

责备解决不了的事情，奖励却可以解决。世界没有解决不了的事情，只有放不开的思维。从事物的另一个侧面入手，运用逆反心理，正话反说，责备换成赞赏，你会收到立竿见影的效果。

蚁熊是我们人类的老师！我们要珍惜地球上每一"滴"资源,不要把它变成人类最后的一滴眼泪！

华莱士和蚁熊

◆编译 /刘宝海

华莱士是美国哥伦比亚大学生物学德籍客座教授,他考察亚马孙河热带雨林动植物的种类、习性及生态平衡,著作颇丰。他专门追踪一种叫蚁熊的动物。蚁熊顾名思义就是吃蚂蚁的熊,它是世界上最大的食蚁兽,平均每天要吃 1.8 万只蚂蚁。

让华莱士大为惊奇的是,蚁熊有一种特殊习性:它吃蚂蚁时绝对不会赶尽杀绝,每挖开一个有成千上万只蚂蚁的窝,它只把一小部分蚂蚁吃掉,最贪婪时吃 500只,其他的全部放生,径自寻找下一个蚂蚁窝。蚂蚁虽小,有时竟集合起来把鲜活的大蚯蚓拖入蚁穴吃掉。蚁熊见到此情景从不惊扰蚂蚁,让它们饱餐美味佳肴。华莱士对此十分感兴趣,研究其中的道理:蚁熊为何大讲"蚁道主义"? 因为它很清楚,要使自己的种群在地球上生存,就必须让蚂蚁家族子子孙孙生存繁衍下去。它的仁慈宽厚实际上来自自身生存和发展的需要。这是生物链的自然平衡现象。

华莱士从蚁熊那里得到启示:人类要有节制地利用地球上的有限资源,尤其是日趋减少的能源。赶尽杀绝、吃光、采光、用光,最后斩杀的是人类自身。华莱士向美国政府提出建议:立即停止开采仅有 20 年储量的本土石油,给子孙后代留做遗产。大力开发水力、风力、潮汐、太阳能、海洋温差发电等不花钱的自然资源。美国政府接受了他的合理建议,美国本土的油井于 2000 年 1 月 1 日全部封井停钻。

华莱士教授严肃地说:"蚁熊是我们人类的老师! 我们要珍惜地球上每一'滴'资源,不要把它变成人类最后的一滴眼泪! "

成长悟语 Cheng Zhang Wu Yu

以前渔民有个不成文的规定,渔网的网眼不能太小。为什么要这样做? 这是为了下一季度的收获,把小鱼也一网打尽,下个季度渔业资源将会枯竭。对自然网开一面,实质也是对人类自己网开一面;放自然一条生路,实质也是放人类自己一条生路。

原先他不知道灭顶之灾的痛苦,便想不到稳坐船上的可贵。大凡一个人总要经历过忧患才会知道安乐的价值。

奴隶和哲学家

◆文/[波斯]萨　迪

有一个国王和一个波斯奴隶同坐一船。那奴隶从来没有见过海洋,也没有尝过坐船的苦,他一路哭哭啼啼,战栗不已,大家百般安慰他,他仍继续哭闹。

国王被他扰得不能安宁,大家始终想不出办法让他安定下来。船上有一位哲学家对国王说道:"您若许我一试,我可以使他安静下来。"

哲学家立刻叫人把那奴隶抛到海里去,沉浮了几次,人们才抓住他的头发把他拖到船上。他连忙双手紧紧地抱着船,坐在一个角落里,不再做声。

国王很为赞许,便开口问道:"你这方法奥妙何在?"

哲学家说:"原先他不知道灭顶之灾的痛苦,便想不到稳坐船上的可贵。大凡一个人总要经历过忧患才会知道安乐的价值。"

成长悟语 Cheng Zhang Wu Yu

没有尝过苦涩,不能真正感受蜜糖的怡甜;没有经历地狱,不能真正珍惜天堂的美好;不经历黑暗,不会觉得烛光也是耀眼的。只有在苦难中生活过,才真正懂得日常的生活也是幸福的。

> 当我遇到挑战和挫折时，我就把它们当成那块有金子的土地，我相信，只要怀抱希望，不断地挖掘，一定会挖到真正的"金子"。

土地中的金子

◆文/佚 名

小时候我常在加州的农场帮祖父干活。爷爷没有土地，他说服邻居让自己在邻居的土地上种植玉米、大豆、南瓜、黄瓜、大蒜等，爷爷种的大丽花很大很漂亮，没有人能超过他。

当我在祖父身边干活时，他最爱讲一个叫乔的男人的故事。乔和妻子还有三个儿子刚搬到一个新农场，他的邻居告诉他那块土地里有金子，乔信以为真，马上把这个消息告诉了儿子们。三个儿子听了非常兴奋，他们于是很专心地挖了起来。尽管很辛苦，但一想到能挖到金子他们就非常卖力！

在儿子们挖金子的时候，乔在翻过的土地上种植了玉米、番茄、马铃薯、洋葱等。儿子们挖过的土地面积越来越大，乔种植的农作物也越来越多。当这些农作物丰收时，乔意识到他们一家人根本吃不完。乔的邻居建议他建立一个农作物销售点，把那些农作物卖掉。乔和妻子觉得不错，便照做了。

而乔的儿子把那块土地整个挖了一遍后，没有发现金子。他们又继续挖。为了保证农作物的供应，乔在儿子翻过的土地上又种上农作物。就这样几年过去了，乔和他的妻子卖出去的农作物使他们很富有，他们赚的钱甚至可以供儿子上大学了。

乔的儿子们始终没有挖到金子。其实，乔早已明白。当他搬到新农场时，邻居告诉他那块土地很肥沃，他错误理解成土地里有金子。但乔没有告诉儿子们，因为金子已经成了他们的希望。但由于儿子们坚持不懈地挖掘，他们实际上已挖到真正的金子。

我牢记着这个故事。当我遇到挑战和挫折时，我就把它们当成那块有金子的土地，我相信，只要怀抱希望，不断地挖掘，一定会挖到真正的"金子"。

成长悟语 Cheng Zhang Wu Yu

把每个生活的片断都当做埋有金子的土地，相信金子的存在，用自己最刻苦的努力耕耘生命的每一瞬间，即使你没有发掘到金子，你也会发现

"金子"将作为勤劳的副产物，以另一种方式给你回报。

路在脚下，更在心中，心随路转，心路常宽。学会转弯也是人生的智慧，挫折往往是转折，危机同时也是转机。

学会转弯也是人生的智慧

◆文/佚　名

克里斯朵夫·李维以主演《超人》而蜚声国际影坛，然而 1995 年 5 月，在一场激烈的马术比赛中，他意外坠马，成了一个高位截瘫者。当他从昏迷中苏醒过来时对大家说的第一句话就是：让我早日解脱吧。出院后，为了让他散散心，舒缓肉体和精神的伤痛，家人推着轮椅上的他外出旅行。

一次，汽车正穿行在蜿蜒曲折的盘山公路上，克里斯朵夫·李维静静地望着窗外，他发现，每当车子即将行驶到无路的关头时，路边都会出现一块交通指示牌："前方转弯！"或"注意！急转弯。"而转弯之后，前方照例又是柳暗花明，豁然开朗。山路弯弯，峰回路转，"前方转弯"几个大字一次次冲击着他的眼球，他恍然大悟：原来，不是路已到尽头，而是该转弯了。他冲着妻子大喊："我要回去，我还有路要走。"

从此，他以轮椅代步，当起了导演。他首次执导的影片就荣获了金球奖。他还用牙咬着笔，开始了艰难的写作。他的第一部书《依然是我》一问世，就进入了畅销书排行榜。同时，他创立了一所瘫痪病人教育资源中心，他还四处奔走为残疾人的福利事业筹募善款。

最近，美国《时代周刊》以《十年来，他依然是超人》为题报道了克里斯朵夫·李维的事迹。在文章中，李维回顾他的心路历程时说：原来，不幸降临时，并不是路已到尽头，而是在提醒你该转弯了。

路在脚下，更在心中，心随路转，心路常宽。学会转弯也是人生的智慧，挫折往往是转折，危机同时也是转机。

成长悟语 Cheng Zhang Wu Yu

"山穷水复疑无路，柳暗花明又一村。"人生没有绝境，如果发现前面走不过去,那就转弯;如果发现转弯也是绝境,那就往回走。善于转弯,善于发现生命的生机,善于发现转弯处的美好,你就能收获生命的繁华。

我鼓励你像罗伯特·H·舒勒对我们说的那样来做:"把你的伤痕变成勋章。"

掌 握 主 动

◆文/佚 名

上周,我是宾夕法尼亚州委员协会的主旨发言人。每当听完我的演讲,人们情不自禁地告诉我他们自己的故事的时候,我总是感到既自豪又开心。这让我知道我说的事触动了他们的心灵或鼓舞了他们的精神,这正是我的目标。

但那天早些时候,一位来自该州与我同地区的先生对我讲了这个故事。他讲到了战争。

他曾在德国参战,经历过那段艰难的岁月。但直到他听我讲到"扭转你的逆境,控制显然超出你的控制能力"的情况时,他才想起了这个亲身经历的故事。

"说我们打败了这群德国士兵,其实他们只是放弃了。我站在一旁,几个我们的人让德国人排队集合,一个接一个地收缴德国士兵的私人物品。一些身材高大的士兵毫不挣扎地就听凭没收了手表、戒指和钱包。几个人哭泣着恳求留下他们结婚戒指和照片,但是没有用,这就是战争。"他用一种谦低温柔的声音说。

"突然,一个站在我身边的德国人回过头,好像在找他认识的人,他抓起我的手,把他的手表放在我的手上。我一时怔住了。在附近所有的美国士兵中他选择了我。"他继续说。

他暂停片刻,看着地板,那一情景重新在他脑海里鲜活起来,他说:"他掌握主动。知道会有人拿走他的一切——与其让人抢走——那个德国士兵选择了把它作为礼物送给他选中的人,我。"

我们所有的人都清楚战争的残暴。但让我们永远不要忘记每个参战者心中的挣扎和冲突。你现在所经历的,无论面对结果多么糟糕的烦恼和痛苦,你都能掌握主动。我鼓励你像罗伯特·H·舒勒对我们说的那样来做:"把你的伤痕变成勋章。"

　　主动,就是从动作和态度上力求积极一点儿,敏锐一点儿,当别人尚未认识到时,你已经强烈地意识到了;当别人刚刚起步时,你已经走在途中了;当别人正想找你时,你已经敲门进去了。掌握主动,你就真正扼住了命运的咽喉。

改变孩子一生的故事全集

第 五 辑

让心窗看到美景

怀一颗悠然的心,让心窗看到美景;品一曲高山流水,让心灵走向沉静。人生平安就是你我之福,何必太多地计较? 放松自我的心灵,回归自然,世界那么多的美丽,那么的多快乐,何必让忧愁、烦恼独据你我的心房。平凡的日子最好,最美。

保持谦卑的心

◆文/蒋光宇

有一天,苏格拉底和弟子们聚在一起聊天。一位老子相当富有的学生,趾高气扬地面向所有的同学炫耀:他家在雅典附近拥有一望无边的肥沃土地。

当他口若悬河大肆吹嘘的时候,一直在其身旁不动声色的苏格拉底拿出了一张世界地图,然后说:"麻烦你指给我看看,亚细亚在哪里?"

"这一大片全是。"学生指着地图洋洋得意地回答。

"很好! 那么,希腊在哪里?"苏格拉底又问。

学生好不容易在地图上将希腊找出来,但和亚细亚相比,的确是太小了。

"雅典在哪儿?"苏格拉底又问。

"雅典,这就更小了,好像是在这儿。"学生指着地图上的一个小点说。

最后,苏格拉底看着他说:"现在,请你再指给我看看,你家里那块一望无边的肥沃土地在哪里?"

学生急得满头大汗,当然还是找不到。他家里那块一望无边的肥沃土地在地图上连个影子也没有。他很尴尬又很觉悟地回答到:"对不起,我找不到!"

任何人所拥有的一切,与有大美而不言的天地相比,与浩瀚无际的宇宙相比,都不如沧海之一粟,实在是微不足道。从历史的长河来看,不管我们拥有什么、拥有多少、拥有多久,都只不过是拥有极其渺小的瞬间。人誉我谦,又增一美;自夸自败,又增一毁。无论何时何地,我们永远都应保持一颗谦卑的心。

成长悟语 Cheng Zhang Wu Yu

巴甫洛夫曾说:"任何时候也不要认为你什么都懂,不管别人怎样称赞你,你时时刻刻要有勇气对自己说:'我是个门外汉。'"吹嘘自己知识的人,等于在宣扬自己的无知;吹嘘自己富有的人,实际在暴露自己的贫乏。

在别人身上，你发现了什么？但无论如何，你的眼光和判断，同时也将决定你在对方心目中的价值和地位。

黑与蓝

◆文/王国华

孩子放学回到家，嘴噘得老高。妈妈问："怎么了？""我跟同学们在一起一点儿都不开心。""为什么呢？""小明长得太胖，阿刚家里穷，小雅说话太快，其他人也都不主动和我说话。"

妈妈没说什么，带着孩子到外面散步。过了一会儿，她指着天空问孩子："你抬头看看，看见什么颜色了？"

一只小鸟正在飞来飞去。"我看见了黑色！因为小鸟是黑色的！"

妈妈启发他："你再仔细看看。"

"只有黑色呀！"

"难道你没有看见整个蓝天吗？"

孩子再一看，只见广阔的蓝天浩浩淼淼，小鸟的"黑"看上去太小了，几乎可以忽略不计。

"孩子，你不能总是看到别人的缺点，每个人身上都有无限的优点等待你去发现和学习。"

孩子若有所思。

在别人身上，你发现了什么？但无论如何，你的眼光和判断，同时也将决定你在对方心目中的价值和地位。

成长悟语 Cheng Zhang Wu Yu

一个老师在一张白纸上画了一个黑点，她问孩子们看到了什么？孩子齐声说看到了一个黑点。人总是容易犯这样的错误：我们常常看到一个人品质的黑点而忽略品质中一大片的洁白。

> 尽管我们的命运可能只会是夜晚，但失去了一颗太阳，我们却拥有着数不清的生命星斗。

在夜里，可以看见星星

◆文／李雪峰

一个悲观失望的人到庙里去见禅师，这个年轻人痛苦地说："别人有痛苦，可也有欢乐；别人有离散，可也有团聚；别人有失去，可也有得到的时候；别人有失意，可也有得意的时机……可我呢？"年轻人深深叹了一口气说："整天就沉浸在痛苦、失意、悲愁之中，就像在漫长的黑夜中而看不到曙光，大师，您说我活着还有什么意思呢？"

禅师听了，略略沉吟了一下，指着窗外沉沉的斜阳问："年轻人，你知道白天为什么这么明亮吗？"

年轻人回答说："这怎么能不知道呢？是因为有太阳呀。"禅师说："有几个太阳呢？"

年轻人不解地说："自古就是只有一颗太阳呀。"禅师若有所思地笑笑。

俩人在禅房里一直坐到暮霭四沉、星星一粒一粒出来时，禅师微笑着对年轻人说："施主，请到外面赏月叙话吧。"俩人走到院外，早有小和尚搬来了茶桌、木椅，禅师招呼年轻人坐下说："现在夜幕四合，太阳已经沉进西山里去了，你看这夜色多美啊！"年轻人忧伤地说："夜色再美，又如何能同白天相媲美呢？白天仰头可看云舒云卷，举目可望田野山川，低首可赏虫鸣花香，而这夜色里，我们谁又能看到什么呢？"

禅师笑笑说："白天红尘攘攘，而夜晚却静寂而清爽，你听耳边这徐徐的晚风，你听山上那树叶的轻语，再晚的时候，你还可以卧床凭窗谛听滴露，也可披衣扶栏赏月，夜色有什么不好呢？"见年轻人低头不语，禅师说："白天你只能看见一个太阳，而夜晚你却可以看到许多星星啊！"

年轻人听了，慢慢仰起头来，只见繁星满天，浩渺的夜空里，闪烁着一颗一颗银钉似的星星，那星星一眨一眨的，像许许多多静静望着自己的眼睛，老禅师望一眼正深深沉醉在繁星中的年轻人问："年轻人，你能数得清天上的星星吗？"

年轻人摇摇头说："那么多的星斗，谁能数得清呢？"禅师又笑着问："那你能数得清天上的太阳吗？"

年轻人说："只有一个太阳，这连傻瓜都能数得清的。"禅师笑了。禅师说："是啊，一个人的命运虽然没有白天只有黑夜，他失去了一个太阳，但他可以拥有数也数不清的满天星斗啊！"

年轻人听了一怔，又若有所思地想想，终于笑了说："大师，我明白了。"

命运里虽然缺少阳光，但我们不必为此而沮丧和绝望，因为，我们还拥有许许多多的熠熠星斗。

记住，尽管我们的命运可能只会是夜晚，但失去了一颗太阳，我们却拥有着数不清的生命星斗。

面对一个油炸圈饼，乐观者看到的是圈饼，悲观者看到的是一个窟窿；面对半杯水，乐观者庆幸还有半杯水，悲观者埋怨只剩下半杯水；面对夕阳，乐观者欣赏夕阳的美丽，悲观者感慨夕阳的寂寥。人生没有真正的黑暗，当我们闭上希望的眼睛才是绝对的黑暗。

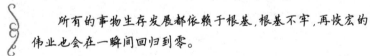

所有的事物生存发展都依赖于根基，根基不牢，再恢宏的伟业也会在一瞬间回归到零。

树木的生存智慧

◆文/感 动

一

长白山是一座死火山，山脚下土层厚的地方，森林茂密，但是随着海拔的增加，覆盖山体的便都是黑色的火山石和白色的火山灰了。恶劣的生存环境，使高大的乔木，甚至是灌木都望而却步了。站在海拔 400 米向上望去，竟有一片片火样的颜色。向上攀登时，我才发现，那是一种成片的矮小植物正在绽放的花朵。当地人告诉我，这种开花的植物叫做高山杜鹃。我仔细观察这些高山杜鹃，它们只有几厘米高，几乎是贴着地面生长。虽然它们的生长环境是没有养分的火山岩，但那花朵却如团团火焰迎风怒放，生机勃勃的高山杜鹃，比山下的高大树木更加震撼人心。管理人员告诉我，高山杜鹃之所以能在寸草不生的碎岩上生存，并绽放成一道美丽风景，最根本的原因是矮小，它们的植株只有几厘米，这达到了木本植物低矮的极限，这使它们对养料的需求也少到了极限；而且，山上可以吹折树木的强风也不会波及到这些低矮的植物。

所处位置越高，处世态度越要低调，虽说高处不胜寒，但高处仍然有风景，这其中的玄机就是低调。

二

长白山脚下，锦江大峡谷边的原始森林里，有许多倒下的大树，游人见此，均感奇怪：这么粗壮高大的树怎么会轻易倒下呢？一位导游这样解释：这些大树的问题是出在树根上。一棵树的生长，不只是我们看见的生长，地上长高的同时，地下的根系也要随之生长，地上与地下的生长是成正比的；可以这样说，树有多高，根就有多长，只有地下的根系发达，才能为地上的枝干提供足够的水分、养料，也才会有足够的力量支撑地上的部分。倒下的这些树，都是根系不发达，根扎得不够深的树，这样，大的风雨袭来，它们便轰然倒下了，并且，如果根基不牢，越高大的树木，就越容易倒下。

我看了看那些倒下大树的树根，果然如他所说。

所有的事物生存发展都依赖于根基，根基不牢，再恢宏的伟业也会在一瞬间回归到零。

三

在长白山莽莽林海中穿行，常看到这样一个奇怪的现象，稀疏生长或独自生长的树木，树身都不会太高，而且它们的枝干也弯曲不直。但成片树林中的树木则每一棵都高大挺拔，从不旁逸斜出。阳光、水分是树木生存发展必需的条件，按这个生存法则，占有空间大的树木一定会比那些只顶着头上巴掌大一块天的树木要长得好，但为什么生存环境优裕的树木反而没有恶劣环境中的树木茁壮呢？

正在我迷惑不解时，一个当地人这样说：树也如同人一样，稀疏的树木因为没有竞争存在，就懒散着随意生长，这往往使它们长得奇形怪状，最终不会成材；而长在一起的树木，每个个体要想生存，就必须让自己长得高大强壮，这样才能争得有限的阳光、水分等生存资源，从而存活下来；而最终，它们长成了令人尊敬的栋梁之材。

竞争的力量，往往是让生命自强不息、锻炼成才的最好力量。

树木摇曳的姿态呈现了复杂深奥的人生哲理：桀骜招摇的个性只会被命运的强风折断,人生的生存之道是越处高地越谦虚;树木的根部面积是树冠的 10 倍,人只有努力把自己的人生基础巩固才不会在挫折面前不堪一击。

我懂得了,带着智慧出发的时候,也带上快乐;有了快乐,就已经成功一半了。

快乐是一种能力

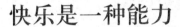

◆文/澜　涛

这是一个真实的故事。

那是一家跨国公司策划总监的招聘,应聘者云集,考核也异常严格。层层筛选后,最后只剩下三个佼佼者。最后一次考核前,三个应聘者被分别封闭在一间被监控的房间内,房间内各种生活用品、家用电器一应俱全,但没有电话,不能上网,三人的手机也都被收走。考核方没有告知三个人具体要做什么,只是说,让几个人耐心等待考题的送达。

最初的一天,三个人都在略显兴奋中度过,看看书报,看看电视,听听音乐,只是在做饭的时候,因为都不太擅长出现了一些小问题,但手忙脚乱中三个人还都快乐地把饭吃到了嘴里。第二天,情况开始出现了不同。因为迟迟等不到考题,有人变得浮躁起来,有人不断地更换着电视频道,把书翻来翻去,甚至连吃饭也草草的应对了事;有人不停地在房间里走来走去,眉头紧锁,一脸凝重,夜里翻来覆去难以入眠……只有一个人,还跟随着电视情节快乐的笑着,津津有味的看书做饭吃饭,踏踏实实的睡觉……5 天后,考核方终于将三个人请出了房间时,那两个焦躁的应聘者已经形容枯槁,只有那个始终快乐着的应聘者还依然神采奕奕。就在三个应聘者凝神静气等待主考官出最后考题时,主考官说出了考核最终结果,那个能够坚持快乐着生活的人被聘用了。主考官对三个同样诧异的应聘者解释着:"快乐是一种能力，能够在任何环境中都保持一颗快乐的心灵，可以更把握的走近成功！"

这是一个真实的故事，我就是故事中两个浮躁之人中的一个。那一次应聘失败是我人生收获最大的一次。我懂得了，带着智慧出发的时候，也带上快乐；有了快乐，就已经成功一半了。

"文革"中，一个作家和一个音乐家被下放到农村改造。5年后，作家在埋怨中死去，而音乐家却越活越年轻。后来人们发现他锄草的每个动作都是四个节拍的。快乐是一种能力，拥有快乐的人更坚强，更容易成功。

人们常常会犯这样的错误：刻意地去追逐远方的景色，而让身旁的美丽白白流逝。

身边的风景

◆文/澜　涛

朋友慕名从南方来哈尔滨看冰灯。

一整天、一个夜晚的游赏，除了对北方酷寒天气的咋舌，便是滔滔不绝地赞叹中央大街的异国风姿，冬泳的不可思议，又惊诧于简简单单的冰和灯竟然能够创造出那么晶莹、剔透、玲珑、璀璨的美景，简直是人间仙境……听着朋友的兴奋与赞颂，我心里甜甜的。最后朋友感叹道："真羡慕你啊，每年都可以看到这么美的景致！"

一瞬间，我愕然了——我已经有五六年没有看过冰灯了。

第一次看冰灯是上小学的时候，曾惊讶于那份如梦如幻的美丽，自以为那是世间最美的景致。记得，当时曾写下一篇关于冰灯的作文，老师还把那篇作文当做范文在课堂上读过。慢慢地长大了，因为寒冷、因为忙碌、因为惰性、因为浮躁，也因为太容易走近吧，每年的冰雪节都对自己说，过几天吧，等天气暖和些，等不忙了再去看。这一等竟是几年过去了。

我们总是渴望、追求着美丽的风景，不顾辛劳，不辞疲倦地奔向远方。可就在我们身旁,在我们轻易便可以走近的地方,原本就有着一些美丽的景色,却常常因为近在咫尺,因为太容易走近,而不被我们珍惜。而这些景色却美丽地魂牵梦系着远方的游客。

人们常常会犯这样的错误:刻意地去追逐远方的景色,而让身旁的美丽白白流逝。

越是触手可及、越是熟悉的东西,我们往往越不珍惜。城里人羡慕乡村的自然朴素,乡村人追求城市的繁华先进,但真的互换了生存的地方,城里人和乡村人都会怀念原来的美丽。做人,先不要抬头看你没有的东西,而应该多低头珍惜你拥有的东西。

蚂蚁终于懂得,谁都拥有快乐。

快乐就藏在身边,不信,用心我一找。

快 乐 准 则

◆文/栖 云

有个叫飞恩豪芬的博士,利用几年的时间,对 48 个国家进行调查,调查的课题是关于快乐。也许你会觉得此项举动有点儿多余,甚至有点儿蠢钝。首先,日本人平均寿命 79.5 岁,长寿年龄居世界前位,如此延年益寿,一定有快乐的因素;其次,富豪之国美利坚呼风唤雨,耀武扬威,一定不缺乏快乐源泉。

结果呢,真令人大吃一惊。世界上最快乐的国家是冰岛,美国仅位居第十。

翻开地图就会发现,冰岛位于欧洲北部的北大西洋中,离北极圈很近。这样一个阳光不充沛,物质不丰富,覆盖着冰与火的国家,竟然是世界上最快乐的地方。

也许恶劣的环境、艰难的生存造就了冰岛人友爱、坦诚、善良的心地,也许快乐的因素各有千秋,但至少有一点可以断定,快乐并非建筑在物质基础之上。茹毛饮血的古代人同样快乐过,露宿街头的流浪汉同样快乐过,久病卧榻的患者同样快乐过。快乐就像博大而又仁慈的太阳,不分贵贱地恩赐到每个人的身上。

有一则童话讲蚂蚁。小蚂蚁看见一只蜜蜂在花丛中采蜜，非常羡慕；看见一头大象在森林中搬运木头，也非常羡慕。蚂蚁被人踩在脚底，不能飞，又没有力气，多可怜！蚂蚁思前想后，伤心欲绝。谁知，蜜蜂和大象倒向蚂蚁前来诉苦，要辛苦地采蜜，要吃力地搬运，日子不好过，做个蚂蚁该多好，自由自在地爬山过沟。

蚂蚁终于懂得，谁都拥有快乐。

快乐就藏在身边，不信，用心找一找。

142

每选择一次，就遗憾一次，但是我必须当机立断，只有迅速地选择，我才能有所收获。

放 弃 一 半

◆文/栖　云

朋友牵引我参观动物园。动物园非常广阔，飞禽走兽，散布在方圆十几里的树林中。朋友说，若想纵观全局，必须花费两到三天的时间。而我，只有半天的时间可以消磨。朋友说，这样吧，每走到一处路口，仅选择一个方向前进。

路口出现在眼前，一侧通往狮子园，一侧通往老虎山，选吧。我琢磨一会儿，选择了狮子园，毕竟，狮子为山中之王。又一处路口，分别指向熊猫馆和孔雀馆，我又迫不得已地选了熊猫一方，当然国宝第一。接下来是棕熊或驼鸟，蛇或鱼，大象或河马，五花八门。

每选择一次，就遗憾一次，但是我必须当机立断，瞻前顾后和犹豫不决都意味着时间无情地流逝，意味着即使一半的机会都会捕捉不到，白白落空。只有迅速地选择，我才能有所收获。

人生岂不如此。

左右为难或被迫撒手的情形时常发生：要地位就得委曲求全，要学问就得苦读寒窗，要花容月貌就得精心呵护保养。很多时候很多场合，还必须进行更残酷的选择，比如面对两份同具诱惑力的工作，两个同具魅力的追求者。容不得遐想，容不得认真比较或打量，仓促间我们留下一个，眼睁睁地看着失去另一个。

一生中，总要被迫放弃一些美好的人或事。但不要因此感到悲伤，相反应该庆幸，庆幸由于我们的清醒和明智，及时抓住了另一半美好的到来。

成长悟语 Cheng Zhang Wu Yu

人生没有两全其美，就像我们得到白天就失去黑夜一样，我们在选择一样东西的时候，必然失去另一样东西。这就像我们小时候玩游戏，我们想得到伙伴某一样珍贵的东西，必须要用同样珍贵的东西交换。想人生过得美满，就不要愧惜失去的东西，而应该珍惜得到的东西。

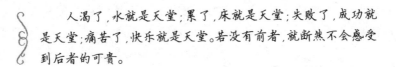

人渴了，水就是天堂；累了，床就是天堂；失败了，成功就是天堂；痛苦了，快乐就是天堂。若没有前者，就断然不会感受到后者的可贵。

寻 找 天 堂

◆文/佚 名

几个人一起议论着天堂。

"天堂是什么样的？"

"据说生活在那里的人们无忧无虑，乐似神仙。"

"天堂上还能吃到仙果，吃了后会长生不老。"

"在天堂上还可看见很多漂亮的宫殿和多情的仙女呢！"

他们越谈论越向往，最后，几个人决定结伴去寻找天堂。

一路上他们历尽艰险，最后终于到达。

一到标有"天堂"招牌的门口，他们禁不住欢呼："天堂！天堂！我们来了！"

天堂守门人看到这几个人，感到不解，奇怪地问："你们高兴什么？"

"我们终于来到天堂了,怎么不高兴呢?"

"有什么可以值得高兴的呀,我想走还走不了呢。"

"生活在天堂,难道你不觉得幸运?"

"幸运?我不觉得。"

"这可真是太奇怪了!"他们几个人摇头叹息。

守门人问:"你们从哪儿来的?"

"地狱!"他们答。

"地狱!我怎么没听说过这个地方?"守门人还是一脸茫然。

"怪不得你不觉得天堂好,原来你没去过地狱。"这样他们理解了守门人的态度。

有比较才有鉴别。人渴了,水就是天堂;累了,床就是天堂;失败了,成功就是天堂;痛苦了,快乐就是天堂。若没有前者,就断然不会感受到后者的可贵。

成长悟语 Cheng Zhang Wu Yu

对残疾的人来说,健全的身体就是天堂;对失去亲人的人来说,亲人的关怀就是天堂;对饥饿的乞丐来说,温饱就是天堂。天堂不是锦衣玉食,对曾经失去、曾经经历苦难的人来说,天堂就在他们身边,天堂就是最简单的拥有。

收藏阳光、颜色和单词,收藏夏季美丽的景象,好在严冬来临之际温暖自己的心房,这是多么简单的道理,却又多么实在!

收藏你的阳光

◆文/佚 名

只要你心中选择了阳光,你就会拥有阳光的灿烂。

从前,田野里住着田鼠一家。夏天快要过去了,它们开始收藏果、稻谷和其他食物,准备过冬。只有一只田鼠例外,它的名字叫做弗雷德里克。

"弗雷德里克,你怎么不干活呀?"其他田鼠问道。

"我有活干呀。"弗雷德里克回答。

"那么,你收藏什么呢?"

"我收藏阳光、颜色和单词。"

"什么?"其他田鼠吃了一惊,相互看了看,以为这是一个笑话,笑了起来。

弗雷德里克没有理会,继续工作。

冬季来了,天气变得很冷很冷。

其他田鼠想到了弗雷德里克,跑去问他:"弗雷德里克,你打算怎么过冬呢,你收藏的东西呢?"

"你们先闭上眼睛。"弗雷德里克说。

那些田鼠有点儿奇怪,却还是闭上了眼睛。

弗雷德里克拿出第一件收藏品,说:"这是我收藏的阳光。"

昏暗的洞穴顿时变得晴朗,田鼠们感到很温暖。

它们又问:"还有颜色呢?"

弗雷德里克开始描述红的花、绿的叶和黄的稻谷,说得那么生动,田鼠们仿佛真的看到了夏季田野的美丽景象。

它们又问:"那么,你的那些单词呢?"

弗雷德里克于是讲了一个动人的故事,田鼠们听得入了迷。

最后,它们变得兴高采烈,欢呼雀跃:"弗雷德里克,你真是一个诗人!"

阳光、颜色和单词!

收藏阳光、颜色和单词,收藏夏季美丽的景象,好在严冬来临之际温暖自己的心房,这是多么简单的道理,却又多么实在!

成长悟语 Cheng Zhang Wu Yu

思想中的阳光不能给我身体的温暖,但却能照亮我们的灵魂。乐观的情绪,积极的言谈,美丽的梦想,不能使我们的胃部感到充实,但能使我们的精神得到充实,能让我们在艰苦的环境依然充满冲劲和活力。

> 怒气有时候会自己溜走，稍稍耐心地等一下，不必急着发作，否则会惹出更多的怒气，付出更大的代价。

化解心中的怒火

◆文/佚　名

一个人因为一件小事和邻居争吵起来，争论得面红耳赤，谁也不肯让谁。最后，那人气呼呼地跑去找牧师，牧师是当地最有智慧、最公道的人。

"牧师，您来帮我们评评理吧！我那邻居简直是一堆狗屎！他竟然……"那个人怒气冲冲，一见到牧师就开始了他的抱怨和指责，正要大肆指责邻居的不对，就被牧师打断了。

牧师说："对不起，正巧我现在有事，麻烦你先回去，明天再说吧。"

第二天一大早，那人又愤愤不平地来了，不过，显然没有昨天那么生气了。

"今天，您一定要帮我评出个是非对错，那个人简直是……"他又开始数落起别人的劣行。

牧师不快不慢地说："你的怒气还是没有消除，等你心平气和后再说吧！正好我的事情还没有办好。"

一连好几天，那个人都没有来找牧师了。牧师在前往布道的路上遇到了那个人，他正在农田里忙碌着，他的心情显然平静了许多。

牧师问道："现在，你还需要我来评理吗？"说完，微笑地看着对方。那个人羞愧地笑了笑，说："我已经心平气和了！现在想起来也不是什么大事，不值得生气的。"

牧师仍然不快不慢地说："这就对了，我不急于和你说这件事情就是想给你时间消消气啊！记住：不要在气头上说话或行动。"

怒气有时候会自己溜走，稍稍耐心地等一下，不必急着发作，否则会惹出更多的怒气，付出更大的代价。

成长悟语 Cheng Zhang Wu Yu

一个碗打碎了，就算重新粘好，裂痕依然存在；一块木板钉了一个钉子,就算把钉子撬起来,印痕依然存在;人的言行也一样,如果你在生气时说错了话,就算道歉,人与人的裂痕还是消除不了的。所以,在你生气时,要控制你的怒火,不要伤害你的朋友。

　　当你心中只有你自己的时候,你把麻烦其实也留给了自己;当你心中想着他人的时候,其实他人也在不知不觉中方便了你……

位　置

◆文/张丽钧

　　那是学校最有名的一位教授开设的讲座。讲座准时开始,教授没有拿粉笔,而是径直走下讲台,来到大讲堂最后面一排的座位上,向那位同学深深地鞠了一躬。

　　大讲堂里一下变得鸦雀无声,大家不知道发生了什么事情。

　　"我之所以向这位同学鞠躬,是因为他选择坐里面位置的行动,让我充满敬意。"

　　教授继续用不高的语调说道:"我今天是第一个来大讲堂的,你们入场时我发现,许多先到的同学,一进来就抢占了靠近讲台和过道两边的座位,在他们看来那一定是最好的位置了,好进好出,而且离讲台也近,听得也最清楚。这位同学来的时候,靠前和两边的位置还有很多,可是他却径直走到大讲堂的最后面,而且是坐在最中间,进出都不方便的位置。"

　　教授接着说道:"我继续观察后发现:先前那些抢占了他们认为是好位置的同学,其实备受其苦,因为座位前排与后排之间的距离小,每一个后来者往里面进时,靠边的同学都不得不起立一次,这样才能让后来者进去。我统计了一下,在半个小时之内,那些抢占了'好位置'的同学,竟然为他们只想着自己的行为,付出了起立十多次的代价。而那位坐在后排中间的同学,却一直安详地看着自己的书,没人打扰。同学们,请记住吧:当你心中只有你自己的时候,你把麻烦其实也留给了自己;当你心中想着他人的时候,其实他人也在不知不觉中方便了你……"

成长悟语　Cheng Zhang Wu Yu

　　战场上,一个将军看到一个炸弹就要在一个战士身边爆炸,他飞跑着扑倒了那个战士。当他回头一看,他刚才站的位置,被一颗炸弹炸开了一个大坑,如果将军不救战士,自己也会付出生命。帮助别人也是帮助自己,在自私的世界,永远没有最好的位置。

一颗纯净的心需要另一颗纯净的心的相互映照,一颗黑暗的心更需要一颗纯净的心的照耀与沐浴。

为了看看阳光,我来到世上

◆文/摩 罗

"为了看看阳光,我来到世上。"巴尔蒙特的这句话,自从我第一次读到它,就几乎一天也没有忘记过。诗人就像一个从来没有受过伤害的人一样,如此诚挚、欣喜、宁静地歌颂着大地、阳光和人欢马叫、喧腾不息的世界。

普鲁斯特在《追忆似水年华》中,写到"我"在火车停站时,见到一位卖牛奶的姑娘:"……晨光映红了她的面庞,她的脸比粉红的天空还要鲜艳……有如可以固定在那里的一轮红日,我简直无法将目光从她的面庞上移开……"普鲁斯特对于阳光的敏感与迷恋,给我留下了极为深刻的印象。体验阳光、体验美、体验幸福、体验纯净、体验温馨、体验柔情、体验思念和怀想,这样的精神生活,这样的心理空间,实在太有魅力。即使是受尽心理折磨的尼采,到了晚年还依然怀恋着年轻时代"那些充满信任、欢乐,闪烁着崇高的思想异彩的时光——那些最深沉的幸福时光"。那些最深刻最博大的灵魂,几乎都是既能充分体验人性之暗昧,又能充分体验阳光的明朗和温暖的人。

究竟是伤痕累累的心灵容易感到人世间的美丽温馨,还是没有受过伤害的心灵更容易受到这样的美丽温馨?我老是被这样的问题所萦绕。也许无论是否受过伤害,一颗善良的灵魂总是可以敏锐地感受阳光与温暖的。

但是,没有受过伤害的心灵,他不只是能够感受阳光,他就是阳光本身,只要你见到他,你就不难感到他们纯净、透明与温暖。这是任何受过伤害的心灵所不可比拟的。

一颗纯净的心需要另一颗纯净的心的相互映照,一颗黑暗的心更需要一颗纯净的心的照耀与沐浴。由黑暗而光明,由痛苦而幸福,这是一种漫长的灵魂洗礼。

为了看看阳光,我来到世上。

为了成为阳光,我祈祷于世上。

　　冬天的阳光,驱散寒冷,给人温暖;夏天的阳光,明媚活泼,给人无限活力。阳光是快乐的触角,幸福的天使,在你忧伤时,阳光能给予你力量,所以在你快乐的时候,在你没有受过伤害的时候,把自己变成太阳,把快乐和幸福传染给你身边的每一个人。

　　　　人,不能陷在痛苦的泥潭里不能自拔。遇到可能改变的现实,我们要向最好处努力。

用微笑把痛苦埋葬

◆文/蒋　文

　　二战期间,一位名叫伊丽莎白·康黎的女士,在庆祝盟军于北非获胜的那一天,收到了国防部的一份电报:她的独生子在战场上牺牲了。

　　那是她最爱的儿子,那是她唯一的亲人,那是她的命啊!她无法接受这个突如其来的严酷事实,精神接近了崩溃的边缘。她心灰意冷,痛不欲生,决定放弃工作,远离家乡,然后默默地了此余生。

　　当她清理行装的时候,忽然发现了一封几年前的信,那是她儿子在到达前线后写的。信上写道:"请妈妈放心,我永远不会忘记你对我的教导,不论在哪里,也不论遇到什么灾难,都要勇敢地面对生活,像真正的男子汉那样,能够用微笑承受一切不幸和痛苦。我永远以你为榜样,永远记着你的微笑。"

　　她热泪盈眶,把这封信读了一遍又一遍,似乎看到儿子就在自己的身边,那双炽热的眼睛望着她,关切地问:"亲爱的妈妈,你为什么不照你教导我的那样去做呢?"

　　伊丽莎白·康黎打消了背井离乡的念头,一再对自己说:告别痛苦的手只能由自己来挥动。我应该用微笑埋葬痛苦,继续顽强地生活下去。我没有起死回生的能力改变它,但我有能力继续生活下去。

　　后来,伊丽莎白·康黎写了很多作品,其中《用微笑把痛苦埋葬》一书,颇有影响。

书中有这样几句话："人，不能陷在痛苦的泥潭里不能自拔。遇到可能改变的现实，我们要向最好处努力；遇到不可能改变的现实，不管让人多么痛苦不堪，我们都要勇敢地面对，用微笑把痛苦埋葬。有时候，生比死需要更大的勇气与魄力。"

一个脆弱的心灵，不敢凝视美丽，因为他知道所有的美丽都会褪色；一个强壮的心灵，敢于面对哀愁，因为他知道所有的哀愁都将淡远，有一天，转化成大爱。遇到快乐的事微笑是本能，遇到悲伤的事依旧微笑是坚强，这种微笑是最美丽、最有力量的微笑。

150

得意时不狂傲，失意时不绝望，用一颗卑微的心对待生活，努力地往前奔，能做到这一步，应该是人生的另一种境界吧。

卑 微 的 心

◆文/缠小被

记得前些天看电视，是一次模特大奖赛，开始无意地看，到后来，当出现小小的戏剧化的情节时，我紧紧地盯住了电视机。

那是 20 个模特在参赛，当第一轮比赛之后，主持人说，这一轮，我们评一个最差模特，所谓最差，就是她的综合气质、她的着装、她的台步都是最差的。

我觉得这是件很尴尬的事情，以前大赛总是评前三名，或者最上镜奖，最有人气奖，最适合做广告模特奖，但从来没有一次大赛会评选最差的模特奖，我觉得这对于所有模特来说简直是一件恐怖的事情。

10 分钟后，最差模特评选出来，当场公布。我为那个女孩子难过，她是 14 号。

主持人说，请 14 号往前走一步。

我看到她走了出来，如果是我，也许我会哭，但她是面带微笑走出来的。

我真替她捏出一把汗，真替她难过。主持人和评委你一句我一句说着她如何表现得差，说她着装搭配得怎么不合理。

她静静地听着，点着头。人家说对了，她会说，我知道了，下次一定会注意。

真难为她了，就那么微笑地听着。

而其他的模特，有的居然笑起来，是一种幸灾乐祸的笑。

少了一个对手，她们的竞争会轻松一些；而这个女孩子，坦然面对着最差，以微笑来接受评委的意见。

接着第二轮第三轮的比赛。

我以为她会自暴自弃，反正是最次了，可她的表现一次比一次好。到最后，你能想到比赛结果吗？她是那次模特大赛的冠军！

事后有记者问她，怎么会顶住那么大的压力来对待评委们的责难？

她笑着说，因为我始终有一颗卑微的心，成功了不会骄傲，失败了会继续努力。

其实事后她才知道，评选最差是评委们的一个陷阱，他们要看看心中最好的模特的心理素质，如果她过不去这一关，那么这个冠军会易手他人。

正是那颗卑微的心，让她赢得了最后的胜利。

多么难得啊！

得意时不狂傲，失意时不绝望，用一颗卑微的心对待生活，努力地往前奔，能做到这一步，应该是人生的另一种境界吧。

　　微小的成就使人骄傲，丰富的内涵则使人谦逊，所以空心的禾穗高傲地举头向天，而充实的禾穗则低头向着大地。得意时不狂傲，失意时不绝望，有内涵、有自信的人从来都是低头向着大地的禾穗。

　　这些美好的东西不但包括自然美景，也包括许多我们眼前手边随时可得的东西，比如光和影，比如人与人之间的善意、亲情和友爱。

光和影的游戏

◆译/邓　笛

　　这是一个阳光明媚的冬日。我兴致勃勃地往曼琪亚塔楼走去。在塔楼的天井，我注意到一个盲人。他皮肤苍白，头发乌黑，身材瘦长，戴着一副墨镜，给人一种很神秘的感觉。他和我一样往塔楼的售票处走去。我心中好奇，放慢脚步，跟在他的身后。

我发现售票员像对待常人一样卖给他一张票。待盲人远离后，我走到售票台前对售票员说："你没有发现刚才那人是一个盲人吗？"

售票员茫然地看着我。

"你不想想盲人登上塔楼会干什么？"我问。

他不吱声。

"肯定不会是看风景，"我说，"会不会想跳楼自杀？"

售票员张了一下嘴巴。我希望他做点儿什么。但是或许他的椅子太舒服了，他只毫无表情地说了句："但愿不会如此。"我交给他 50 块钱，匆匆往楼梯口跑去。我赶上盲人，尾随着他来到塔楼的露台。曼琪亚塔楼高 102 米，曾经有很多自杀者选择从这里往下跳。我准备好随时阻止盲人的自杀行为。但盲人一会儿走到这里，一会儿走到那里，根本没有想自杀的迹象。我终于忍不住了，朝他走了过去。"对不起，"我尽可能礼貌地问道，"我很想知道你为什么要到塔楼上来？"

"你猜猜看。"他说。

"肯定不是看风景。难道是要在这里呼吸冬天的清新空气？"

"不。"他说话时显得神采飞扬。

"跟我说说吧。"我说。

他笑了起来。"当你顺着楼梯快要到达露台时，你或许会注意到——当然，你不是瞎子，你也可能不会注意到——迎面而来的不只是明亮的光线，还有和煦的阳光，即便现在是寒冬腊月——阴冷的楼道忽然变得暖融融起来——但是，露台的阳光也是分层次的，你知道，露台围墙的墙头是波浪状，一起一伏的，站在墙头处的后面你可以感觉到它的阴影，而站在墙头缺口处你可以感觉到太阳的光辉。数个城市只有这个地方光和影的对比如此分明。我已经不止一次到这里来了。"

他跨了一步。"阳光洒在我的身上，"他说，"前面的墙有一个缺口。"他又跨了一步。"我在阴影里，前面是高墙头。"他继续往前跨步。"光，影，光，影……"他大声说，开心得就像是一个孩子玩跳房子游戏时从一个方格跳向另一个方格。我被他的快乐深深感染。

我们所置身的这个世界如此丰富，美好的东西到处都是，我们有时感觉不到，是因为我们时常视它们为理所当然而不加以重视，不知道感谢，不懂得欣赏，这些美好的东西不但包括自然美景，也包括许多我们眼前手边随时可得的东西，比如光和影，比如人与人之间的善意、亲情和友爱。

成长悟语 Cheng Zhang Wu Yu

　　身体有缺陷的人，比我们正常人更容易感觉生活的细致之美。曾经有个盲人问过我知不知道阳光的味道,问过我有没有听说花开的声音。忙碌的生活很容易磨损我们敏锐的触觉,抽个时间,闭上眼睛,静下心灵,聆听一下生活的低声吟唱吧。

人与人之间,有话没说清楚,只用自己的角度去看,就会形成一个难以化解的误会。最可笑的是那个误会,可能只存在自己一个人的心里。

自己一个人的误会

◆文/阿　宽

多年前合作过一次的一个朋友约我见面。见到他时,他说很奇怪我会赴他的约。

"不合作也可以是朋友。"这是我赴约的原因。

"大家不是这样想。"他说。

"那是他们的想法。"我说。

"当年,那次合作之后,你和其他搭档不再跟我合作,我很不开心。"他旧事重提。

"有没有想过我们的理由? 合作不一定是一生一世的,朋友反而可以。"事实如此。

我再解释:"这些年来,以前的搭档,一样离离合合,那有什么重要?人生过程中,合作过一次,觉得愉快,已经很好。"

合作也好,人与人之间的感情也好,只要一度愉快,还求什么?

"有人说,你背后说我坏话。"朋友带点儿怨气。

"如果我说过,一定不是坏话,那是我对你的批评,而且必然有事实根据,若你遇到听过这些话的人,请约他们一起出来,面对面谈谈。"

我认为解决传闻的最佳办法,是面对面澄清。

说过的话,一定要负责,这是思想成熟的人的必然责任。

"我后来知道,当时我处事并不成熟。"朋友终于说。

"有人认为,我们不合作之后,已经不能坐在一起。"他一再强调。

"我没有做过对不起你的事,怕什么?"

人与人之间,有话没说清楚,只用自己的角度去看,就会形成一个难以化解的误会。最可笑的是那个误会,可能只存在自己一个人的心里。

世界并不是我们想象的那样，父母没有每天亲吻你，并不是代表他们不爱你；朋友有时忽略了你，并不是丢弃了你们的友情……很多时候，我们在自己的天地，用自己悲观的角度看世界，如果多点儿沟通，你会发现痛苦只是误会造成的。

母亲笑道："只要把窗户打开，阳光自然会进来，何必去扫呢？"

扫阳光的孩子

◆文/佚　名

杰克和约翰兄弟两人住在阁楼上，由于年久失修，卧室的窗户只能整天密闭着。厚厚的布和满是灰尘的窗户遮住了阳光，整个屋子十分阴暗。

兄弟俩看见外面灿烂的阳光觉得十分羡慕，于是就商量说："我们可以一起把外面的阳光扫一点儿进来。"于是，就拿着扫帚和簸箕，到阳台去扫阳光了。

他们很用心地将映在地上的阳光扫进簸箕里，然后又小心翼翼地搬进阁楼，可是一进楼梯口的黑暗处，阳光就没有了。但是他们并没有放弃，而是一而再，再而三地扫，小心翼翼地搬，但依然是徒劳，屋内还是没有阳光。

"为什么我们这样努力都无法将阳光运到屋子里来呢？"这个问题让他们困惑不已。

正在厨房忙碌的母亲看见他们奇怪的举动，问道："你们在做什么？"

他们回答说："房间里太暗了，我们要扫点儿阳光进来。"

母亲笑道："只要把窗户打开，阳光自然会进来，何必去扫呢？"

扫阳光的孩子，使我想到了另一个故事：一个孩子很讨厌黑暗的房

间，他每天拼命用布擦拭墙壁，用地拖拖地，要把黑暗洗干净。其实清洗黑暗最好的方法就是打开窗户，引入阳光。清洗内心的忧伤最好的办法就是多看点儿美好的明媚的东西。

个人的命运，并不一定只取决于某一次大的行动，更多的时候，取决于他在日常生活中的一些小小的善举。

日 行 一 善

◆文/刘燕敏

他父亲是位大庄园主。

7岁之前，他过着钟鸣鼎食的生活。20世纪60年代，他所生活的那个岛国，突然掀起一场革命，他失去了一切。

当家人带着他在美国迈阿密登陆时，全家所有家当，是他父亲口袋里的一沓已被宣布废止流通的纸币。

为了能在异国他乡生存下来，从15岁起，他就跟随父亲打工。每次出发前，父亲都这样告诫他：只要有人答应教你外语，并给一顿饭吃，你就留在那儿给人家干事。

他的第一份工作是海边小饭馆里做服务生。由于他勤快、好客，很快便得到老板的赏识。为了能让他学好外语，老板甚至把他带回家里，让他和他的孩子们一起玩耍。

一天，老板告诉他，给饭店供货的食品公司招收营销人员，假如乐意的话，他愿意帮助引荐。于是，他获得了第二份工作，在一家食品公司做推销员兼货车司机。

临去上班时，父亲告诉他："我们祖上有一条家训，叫'日行一善'。在家乡时，父辈们之所以成就了那么大的家业，都得益于这四个字。现在你到外面去闯荡了，最好能记着。"

也许就是因为那四个字吧，当他开着货车把燕麦片送到大街小巷的夫妻店时，他总是做一些力所能及的善事，比如帮店主把一封信带到另一个城里，让放学的孩子顺便搭一下他的车。就这样，他乐呵呵地干了四年。

第五年，他接到总部的一份通知，要他去墨西哥，统管拉丁美洲的营销业务，理由据说是这样的：该职员在过去的四年中，个人的推销量占佛罗里达州总销售量的

40%,应予以重用。

后来的事,似乎有点儿顺理成章了。他打开拉丁美洲的市场后,又被派到加拿大和亚太地区;1999 年,被调回了美国总部,任首席执行官。

就在他被美国猎头公司列入可口可乐、高露洁等世界性大公司首席执行官的候选人时,美国总统布什在竞选连任成功后宣布,提名卡罗斯·古铁雷斯出任下一届政府的商务部部长。这正是他的名字。

现在,卡罗斯·古铁雷斯这个名字已成为"美国梦"的代名词,然而,世人很少知道古铁雷斯成功背后的故事。前不久,《华盛顿邮报》的一位记者去采访古铁雷斯,就个人命运让他谈点儿看法。古铁雷斯说了这么一句话:一个人的命运,并不一定只取决于某一次大的行动;我认为,更多的时候,取决于他在日常生活中的一些小小的善举。

后来,《华盛顿邮报》以"凡真心助人者,最后没有不帮到自己的"为题,对古铁雷斯做了一次长篇报道,在这篇报道中,记者说,古铁雷斯发现了改变自己命运的简单的武器,那就是"日行一善"。

成长悟语 Cheng Zhang Wu Yu

> 在我的城市有这样一个葬礼:送葬的队伍有整整一里那么长,送葬的人群里有表情忧伤老人、小孩和青年,我问这是哪个大人物出殡,答案是这是一个贫穷的杂货店老板,他生前总是力所能及地帮助别人。一颗砂子的善行,经过岁月的积累,会成为令人景仰的高山。

> 我立刻就想到了这是一种知错心态,是作家福尔姆所说的那个好标签。

知　　错

◆文/刘茂胜

当年,前联邦德国总理勃兰特在犹太人死难者纪念碑前下跪的那一刻,被永久地载入了史册,那一瞬间,他的下跪及深深忏悔,吸引了全世界的目光。据说,当年他在访问波兰华沙时，行程里并没有下跪这一项，但由于他的这个举动，德国赢得了世人的尊敬。他跪在那里，是知错，也是知羞，他不是想通过这一举动让世人忘掉这段历史，相反，他是让世人永远铭记这段历史，祈祷今天的人们珍惜和平，不要让那些可怕残酷的战争再重演。

然而，说到知错，我更为欣赏的是一些普通人的知错，一种看起来并不是那么伟大却能够反映出人性光辉的知错。美国作家罗伯特·福尔姆写过一篇短文，记述他一位多年好友，每年一次从很远的地方前来拜访他。朋友见了面满心欢喜，然而此君特别爱抱怨，一旦抱怨起来就没完没了。他认为世界到处都是谎言，一个人追求得越多，得到的就越少；所做的努力越大，结果就变得越糟，无知才是一个人真正的幸福。可第二天临别，还是这位朋友，在码头上看见一个落水孩子，连衣服都没有来得及脱，奋不顾身跳下冰冷的湖水，把孩子救了上来。福尔姆大感不解地问："既然这世界到处都是黑暗和谎言，并且无知是最高的境界，那么，你为什么又要救落水的儿童呢？"那位朋友回答："噢，可能是我错了吧。"

福尔姆的心很受触动，但他感叹的不是在某些特定时刻——人有时会扮演双重角色——而是这句"我可能错了吧"。福尔姆最后总结说："健全的心灵和清净的灵魂在越来越多地涤荡着这个世界，正如那岸边的海浪在不停歇地冲洗着沙滩一样，怀疑主义和现实主义并不等同于愤世嫉俗和悲观厌世。我可能错了，是我们这个年代最好的一个标签。"

无独有偶，前些日子邻家的一个4岁男孩，不小心在屋子里摔倒，磕破了眼角，孩子的奶奶吓坏了，看孙子流着血，给儿子儿媳打电话来不及，让我帮忙送孩子去医院。那天，在301医院门诊，我给孩子挂了号，试体温表，护士说得走出百米去旁边那个楼里，那里才是眼科。我只好带孩子又办手续又交费的，接着我们又回到门诊部等，最后有位东北口音的眼科男医生，为孩子的眼角缝了一针。

从手术室里出来，他一边抚摸着孩子的头，一边对我说："医院手续有时就是麻烦，其实，门诊可以办很多事，不必让孩子来回地跑。"听完他的话，我当时就想，这话正要从我的嘴里蹦出来，可我没说，话竟然是从他的嘴里说的，我立刻就想到了这是一种知错心态，是作家福尔姆所说的那个好标签。

成长悟语 Cheng Zhang Wu Yu

著名作家沈从文年少时曾经太贪玩，荒废了学业，后来面对老师的教导，认识了错误，用比平常多几倍的时间补回原来拉下的课业。知错是一种勇敢，勇于认错的人敢于否定自己曾经的付出，知错是踏上正确的第一步。

> 站在一个父亲的位置上，我有责任不让他们小小年纪就学会去欺骗别人。

站在你应该站的位置上

◆文/陬　人

在星期六一个阳光明媚的上午，我的朋友——那个骄傲的父亲勃比·莱维斯带着他的两个小儿子去高尔夫球场打球。

他走到球场售票处问那里面的工作人员："请问门票是多少钱？"

里面的年轻人回答他："所有满 6 周岁的人进入球场都需要交 3 美元，先生。我们这个球场让 6 岁以下的儿童免费进入，请问你的两个孩子多大了？"

勃比回答道："我们家未来的律师 3 岁了，我们家未来的医生 7 岁了，所以我想我应该付给你 6 美元，先生。"

柜台后的年轻人有点儿惊讶地说："嘿，先生，你是刚刚中了六合彩还是其他什么了，你本来可以为自己节省 3 美元的，即便你告诉我那个大一点儿的孩子 6 岁的话，我也看不出有什么差别的。"

我的朋友勃比回答道："对，你的确不会看出其中的差别，但是我的孩子们会知道这其中的差别的。站在一个父亲的位置上，我有责任不让他们小小年纪就学会去欺骗别人。"

就像哲人爱默生说过的一样："为什么你说得如此大声，我却听不到你在讲什么呢？"在这个充满了竞争与挑战的时代里，真诚比以往任何时候都显得重要和珍贵，不管是在工作还是生活中，你都要站在你应该站的位置上。

成长悟语　Cheng Zhang Wu Yu

　　每个人都有自己应该站的位置，警察应该站在警察的位置，公正勇敢；医生应该站在医生的位置，救死扶伤；老师应该站在老师的位置，传道授业。每个位置都有自己的职责，都有自己的底线，不要以为别人不知道就放松对自己的要求。

> *我从来没有看见过这位父亲如此卑微的笑，它让我心酸落泪。因为，我是他的妻子，是他儿子的母亲。*

卑 微 的 笑

◆文/佚 名

我是在一家大医院的核磁共振的候诊室里，看见一位父亲卑微的笑的。

正是骄阳似火的七月，外面的空气仿佛一点就燃，如父亲焦灼的心情。儿子已经住了一个月的医院，打了一个月的吊针，抽了不下十次的血去化验，做了两次腰椎穿刺，以及三次核磁共振，病情还是没有结论。儿子红润的小脸一天天苍白下去，说话的声音也越来越没有力气。今天的核磁共振已经预约了三天，本来是安排在上午9点钟输液之前做的，后来不知什么原因又要下午来。下午两点钟有人来通知去核磁共振室排队，于是父亲就举着吊针瓶牵着儿子来了。还好，这是最后一瓶药水了。

他其实还不到40岁，在这一个月以前，他还是一位商场上得意的小老板，每天温和又严厉地管理着二十来个员工。生意场上的得意谈笑之间灰飞烟灭，儿子的病给他致命一击，但他知道他必须挺住。

那里等着做检查和拿结果的人很多。快4点钟的时候，医生下一个就要叫到了儿子的名字。父亲一合算，正好打完了针就可以去做了，心里不禁一喜，看来儿子运气还不错。药水终于打完了，父亲帮儿子抽出针头，用棉球轻轻压住针眼。前面的病人已经出来了，这时儿子说要撒尿，憋不住了。厕所就在外面不到六七米远的地方，父亲一边小声地嘱咐儿子快去快回，一边高声地应着医生："来了，来了。"

医生今天不知为什么心情不好，等了一分钟，不耐烦地出来瞄了一眼："这人死到哪里去了，说来还没来。"父亲听了那个"死"字，心里猛地抽搐起来。儿子病了以来，他最怕的就是听到这个字，此时却只能一个劲地强笑着："来了，来了，马上来了。"这时从外面走进来一个穿白大褂的人，对着医生一阵耳语。医生对跟在其身后的中年人说了声"进去吧"。

父亲的背蓦地松弛下来，腰明显地弯了下去，头更是低了又低，往医生面前无比亲热地凑了凑，脸上的笑容竭力要呈现出一种哀求和讨好的诚意："医生，那我儿子……"医生看都不看他一眼："等下一个，等下一个。"一个转身"咚"地关上了那扇厚重的门。

父亲的笑怔怔地僵在脸上，不知如何收回刚才那个身体往前倾注热情的动作。

望着气喘吁吁地赶过来的儿子因紧张而越发苍白的小脸,他无语哽咽,蹲下身子,轻轻地拭去儿子右手背针眼渗出的血迹。

我从来没有看见过这位父亲如此卑微的笑,它让我心酸落泪。因为,我是他的妻子,是他儿子的母亲。

成长悟语 Cheng Zhang Wu Yu

"男儿膝下有黄金",但为了孩子,男人可以放下自己的尊严。为了凑足大学学费,我的父亲求遍了村里所有的人,看着父亲卑微的笑容,弯曲的脊梁,我泪流满面。父爱的温暖常常转化为孩子坚强的力量。

世界灰尘蒙蒙,而只有那颗慧心不曾蒙灰尘的人,才能发现生活的缤纷色彩,品尝到成功的喜悦,并为之陶醉。

别让灰尘落到心上

◆文/佚　名

一粒灰尘能怎么样?

它使得匹克林十几年的努力付诸东流。在天文学家洛韦尔预言在海王星外有一颗尚未发现的行星后,匹克林用望远镜拍照观察了十几年,却一无所获。直到冥王星被发现后,他才恍然记起自己拍的照片上有这个点,只是当时他记得镜头上有粒灰尘,正在如今冥王星的位置上。

就是这粒灰尘,让第一张冥王星的照片静静躺了11年,也让匹克林错过了发现冥王星的机会。

同是一粒灰尘,却让弗莱明发明了青霉素。在他之前,很多人都注意到了霉菌抑制葡萄球菌现象,可是都没有能继续深入研究下去。他在培育菌种时,飘来一粒灰尘,落到了培养皿中,结果受到污染的霉菌周围清澈透明,葡萄球菌繁殖区域的黄颜色消失了……原来在灰尘中生成了青霉菌。就这样,弗莱明发明了抗菌新药——青霉素。

不过,真的是那粒灰尘叫匹克林功败垂成,而让弗莱明功成名就吗?镜头上是落上了灰尘,但更主要的原因是匹克林心上也落上了灰尘,他认为冥王星不可能运行在灰尘所在的区域中,否则他怎么会吝惜那丝吹灰之力呢?而当那粒灰尘飘到培养皿里时,弗莱明心上并没因此蒙上灰尘,要不严谨的他怎能不把它倒掉从头再来呢?!

很多时候,不是因为灰尘使得我们作出了否定,而是因心中有了那粒隐形的灰尘,让我们自己先否定了自己。它的危害更甚于外界有形的灰尘,它蒙蔽了真相,减弱了我们的洞察力,迟钝了我们的反应。而外界真正的灰尘更使得我们坚信作出否定的正确性,却全然不觉近在咫尺、就掩在灰尘下的成功。

世界灰尘蒙蒙,而只有那颗慧心不曾蒙灰尘的人,才能发现生活的缤纷色彩,品尝到成功的喜悦,并为之陶醉。恰如弗莱明于纷乱之中,以其不染灰尘的睿智,从那粒纤小的灰尘上,抓住了成功的机会一样。

所以,那粒灰尘可以落到镜头上,落到培养皿里,落到任何地方,却一定不要让它落到心上,因为我们本来就是用心来观察触摸这个世界的呀!

成长悟语 Cheng Zhang Wu Yu

照相机镜头的灰尘只会产生模糊的影像,但心灵镜头的灰尘却会影响我们的一生。时常擦拭自己的心灵,使它保持清晰、透明、睿智,你才能洞察这个世界的真相。

心胸宽大的人,像清澈的潭水一样,云过了,不留痕迹;像坚韧的竹子一样,风过了,不留痕迹。

不留痕迹的心

◆文/佚 名

有一天,小华气嘟嘟地从学校跑回来。

爸爸看他一脸不高兴,便问他:"你怎么了?"

"怎么了?小明说话气我呀!我快要受不了了。"

"他说你什么?"

"他说我个子矮呀!"小华很气愤地说,"虽然我个子很矮,可是我心胸很大呀!"

"你的心胸很大,是吗?"

爸爸问完话以后，一声不响地拿着一个脸盆，带小华到大海边去。

爸爸先在脸盆里装满一盆水，然后往脸盆里丢了一颗石头，只见脸盆里的水溅出来一些；接着，他又把一颗更大的石头丢到大海里，只见大海里起了一个小小涟漪后，又恢复平静，一点儿水也没有溅出来。

"你的心胸很大，是吗？可是，为什么人家只是在你的心里丢下一小块石头，你就像脸盆里的水一样，溅出来了？"

风来了，竹子的枝干被风吹弯；风走了，竹子又站得直直的，好像风没来过一样。

云来了，在潭底留下一道影子；云走了，潭底又干干净净的，好像云没来过一样。

竹子不会因为被风吹过，就永远直不起腰来；清澈的潭水，也不会因为云飘过，就永远留住云的影子。

同样的，心胸宽大的人，不会因为别人两句不礼貌的话，就刮起永远的狂风巨浪；也不会因为别人不礼貌的行为，就在心底刻下无法磨灭的伤痕。

像清澈的潭水一样，云过了，不留痕迹；像坚韧的竹子一样，风过了，不留痕迹。

成长悟语 Cheng Zhang Wu Yu

云过了，潭水不留痕迹；风过了，竹子不留痕迹。伤害过了，宽容的心不留痕迹。风吹过狭隘的山口，风声会更大；水流过狭窄的河道，水流会更加激烈——狭窄的心会令伤害更加剧烈，为什么不宽恕伤害呢？

人生短短数十载，现在的你，充满着理想，充满着热情，可以选择做自己想做的事。

今天就是礼物

◆文/佚 名

有一对兄弟，有一天他们出去爬山，然后一起回家。他们的家住在80层楼，他们一人背着一大包的行李回家，却发现大楼停电了。于是哥哥就说："弟弟，我们一起爬楼梯上去吧。"于是他们就一起爬上去。

到了20层的时候，哥哥又告诉弟弟："包太重了，我们把它放在这一层楼，爬上去,明天再下来拿。"弟弟说:"好。"于是他们就把他们的包放在20层,继续往上爬。到了40层,弟弟开始抱怨,于是就跟哥哥吵起来了。他们边吵边爬,爬到了60层,哥哥就对弟弟说:"只剩20层楼了,我们不要吵了,默默地爬完它吧。"于是他们就各走各的,终于到了家门口。哥哥就摆出了很帅的姿势:"弟弟开门。"弟弟就对哥哥说:"别闹了,钥匙不是在你那儿。"结果,他们把钥匙留在20层的包里了。

这个故事其实在反映我们的人生,有很多人在20岁以前是活在家人的期望和老师的期许之下,背负着很多的压力;在20岁之后离开了众人的压力,开始满腔的热血,开始有很多的梦想要完成;可是工作了20年之后,开始发觉工作不如意……于是就开始抱怨老板、抱怨公司、抱怨社会、抱怨政府。就在这抱怨中又度过了20年。于是告诉自己,60岁了没什么好抱怨的了,就默默地走完自己的余年吧。到了80岁快要死掉的前夕,才想起自己好像有什么事还没完成……原来,他20岁的梦想还没有完成。

人生短短数十载,现在的你,充满着理想,充满着热情,可以选择做自己想做的事。

也没有什么好担心的,不是吗?尤其是在经历那么多的遭遇,更应该能体会要把握现在。记得吗?今天就是礼物 present。

成长悟语 Cheng Zhang Wu Yu

人生就像一个坐标,往左是过去,往右是未来,而原点则是现在!左边可以无穷大,右边也可以无穷大,我们只有积蓄过去的力量,在现在的一刻释放,才能创造永恒的辉煌!昨天只是今天的回忆,明天只是今天的梦想。所以珍惜现在,把握现在,然后等待落叶飘飘的季节收获果实!

从那一刻起,我再没有闯过红灯。我也一直记着老先生的话:"在任何情况下,都必须遵守原则。"

原 则

◆文/佚 名

我曾经是一个漫不经心的人,对生活的态度是"不必太认真",凡事过得去就行,无论对人还是对己。我一直把它看成优点,认为可以免生许多闲气。但那短短几分钟的经历,竟改变了我的这个看法。

那是1993年的除夕之夜,我在德国的明斯特参加留学生的春节晚会。晚会结束后,整个城市已经睡熟了,在这种时候,谁不想早点儿到家呢?我和先生走得飞快,只差跑起来了。

刚走到路口,红绿灯就变了。迎向我们的行人灯转成了"止步":灯里那个小小的人影从绿色的、甩手迈步的形象变成了红色的、双臂悬垂的立正形象。

如果在另外的时候,我们肯定停下来等绿灯。可这会儿是深夜了,马路上没有一辆车,即使有车驶来,500米外就能看见。我们没有犹豫,走向马路……

"站住。"身后,飘过一个苍老的声音,打破了沉寂的黑暗。我的心悚然一惊,原来是一对老夫妻。

我们转过身,歉然地望着那对老人。

老先生说:"现在是红灯,不能走,要等绿灯亮了才能走。"

我的脸忽地烧了起来。我喃喃地道:"对不起,我们看现在没车……"

老先生说:"交通规则就是原则,不是看有没有车。在任何情况下,都必须遵守原则。"

从那一刻起,我再没有闯过红灯。我也一直记着老先生的话:"在任何情况下,都必须遵守原则。"

在以原则为准的社会里,你看见处处是方便之门;而在一个不大重视原则的社会里,生活却是一件相当累人的事。我的朋友老徐一家,在德国住了八年后举国回家,他最感叹的不是住房小、噪音大、空气污染严重等,而是——生活中没有原则。比如,很大的事情,夫人的工作,有关部门说不能解决,但领导一发话,事情就办了;很小的事情,上公交车,过马路,在邮局寄信汇兑等,明明排队很快,人们偏爱挤作一团。老徐叹:只要办事,就得出身汗,活得真累。

成长悟语 Cheng Zhang Wu Yu

秩序是使生活社会良性地运作的基础,但在很多时候我们不是在共同维护这些秩序,而总是以违反秩序的人为榜样,为自己不遵守原则找借口。

第 六 辑

在危难中享受安然

世上有许多事情我们难以预料,虽然我们不能控制际遇,却可以掌握自己;虽然我们无法预知未来,却可以把握现在。只要活着,就有希望,只要每天给自己一个希望,我们的人生就一定不会失色。

> 只有看轻自己，我们才会拥有让人生高高飞翔的翅膀；只有看轻自己，我们才能让自己从庸庸碌碌的人群中轻轻盈盈地飞起来。

看 轻 自 己

◆文/李雪峰

18世纪时，英国的一个年轻绅士总是梦想着让自己飞起来，梦想着自己能像轻盈的白云，在湛蓝的天空中自在地飘游，能像一只轻快的鸟儿，在无垠的大海上随意地翱翔。

年轻人很富有，他有自己的农庄和别墅，他拥有许多人不敢奢望的财富和生活，他是一个年轻的贵族。每次，当他带着仆人，带着他重金订做的那个热气球站在高山之巅时，他多想一放手就让自己随着热气球飞起来，像许许多多乘热气球飞行的人们那样，在蓝天白云之间自由地翱翔。但每当他将要伸手点燃热气球的热气灶时，那群仆人便会纷纷阻拦："乘热气球飞行实在是太危险了！如果发生了意外，谁能经营好你的农庄？谁又能像你这样，年纪轻轻轻就快要被国王授予高贵的爵位呢？"他想，仆人们的话还真的有道理啊，自己是这样的出类拔萃，是这样的前程似锦，自己真的太重要了。于是，他犹豫着一次次缩回了他要点燃热气灶的手。于是，飞翔一次次只能是他空空的梦想。

但让自己能够在蓝天白云间飞起来，是他梦寐以求的人生梦想啊！他想了好久，决定去听听伦敦那位大名鼎鼎的热气球飞行家的建议。飞行家微笑着问他："金块和羽毛谁会飞得更高更远？"

年轻绅士说："当然是羽毛了，金块那么重，怎么能飞得起来呢？"飞行家点点头："金块太重，所以它飞不起来，而羽毛很轻，一缕徐徐的微小气流都足以使它高高地飞起来。你尽管有很大又很上乘的热气球，但你没有像许多飞行者那样，把自己看成是一根微不足道的羽毛，而总是太看重自己，把自己看成黄金了。而黄金是飞不起来的啊！"飞行家微笑着指指自己简陋的家舍说："我只有一只补了又补的热气球，没有农庄，没有别墅，也没有渴望自己会被封爵，所以我成了热气球飞行家。而你虽然拥有质量上乘的热气球，但因为你不能割舍别墅，不能割舍名誉和地位，你把自己看成了昂贵的沉重金块，如何能飞得起来呢？"

是啊，一只鸟儿可以自由地在蓝天白云间高高飞翔，一枚树叶可以在一缕微风中徐徐地飞起来，而一块钻石或者一尊用黄金雕琢的雄鹰或海燕呢？所以泰戈尔说："给鸟儿系上黄金，鸟儿就会失去翅膀。"其实，我们又何尝不是呢？只有看轻自己，我们才会拥有让人生高高飞翔的翅膀；只有看轻自己，我们才能让自己从庸庸碌碌的人群中轻轻盈盈地飞起来。

看轻自己，就是给自己插上了一双搏击风浪的翅膀！

成长悟语 Cheng Zhang Wu Yu

看轻自己，也需要看清自己，更需要突破自己，充实自己的能量，才能飞得更高，飞得更远。如果你将自己看得很轻，在你沉睡的时候，会梦见你在天国的花园里自在的翱翔，那时，你会发现身后多了一双雪白的翅膀……

人生没有"晚"，只要你开始做，什么时候都不算晚。

只 要 开 始

◆文 / 李雪峰

马维尔是美国 20 世纪最著名的记者，1864 年，美国南北部战争结束时，在去帕特森的途中，他意外地遇到了林肯总统，并匆匆采访了林肯总统。

从那时起，马维尔就决心要采访到所有每一位与他同时代的世界名人，并且，不需任何翻译，他要亲自和世界上的每一位名人自由对话。为实现自己的这个艰巨人生愿望，马维尔自学了法语、德语、俄语等，并且亲自和许多国家的名人做了面对面的直接交谈和采访，发表了一大批举世瞩目的新闻作品。

1918 年，马维尔已经 72 岁了，但他决定要远渡重洋，到中国来采访当时的中国领袖孙中山先生。从做出了这个决定的那一天起，马维尔就开始学习他一点儿都不懂的汉语。许多亲戚和朋友劝他说："汉语很难学，许多年轻人都不容易学会，何况你这个已经七十多岁的老头儿呢？"但马维尔说："尽管我 72 岁了，但现在开始学汉语，也还不算晚，我相信有一天，我会用汉语同中国的孙中山先生直接交谈的！"谁也劝阻不住这个又瘦又高的固执老头儿，都叹息着对他摇摇头耸耸肩走了。要用汉语采访中国的孙中山，这或许将是这位固执的 72 岁老翁一个永远不能实现的人生梦想吧？当时，许多美国人都这样想。

为了实现自己的这一个人生愿望，马维尔开始拄着拐杖频频出入于纽约的唐人街上，他向做生意的华人学，缠着中国驻纽约的大使馆领事学，甚至同一些街头流浪的底层华人学，从简单的礼仪用语，到高深莫测的美妙中国诗词，历时三年多，这个原本对汉语一窍不通的美国七旬老翁，已经可以用流利的汉语同唐人街上的华人讨价还价自由交谈了。

1922 年，已经 76 岁的老翁马维尔搭乘远洋轮船终于向中国进发了，在广州，他见到了孙中山，孙中山征询他说："马维尔先生，我们用英语交谈可以吗？"但马维尔却说："不，我们用贵国的汉语直接交谈！"那天，马维尔一句英文也没有说，他用准确流利的地道汉语采访了孙中山，并和孙中山先生亲切做了促膝长谈。

有记者问马维尔说："你 72 岁了才开始学汉语，你感觉是不是有些晚？"老态龙钟的马维尔朗声回答说："晚？只要你开始做，什么时候都不算晚！"

人生没有"晚"，只要你开始做，什么时候都不算晚。

成长悟语 Cheng Zhang Wu Yu

做每一件事，只要开始行动，就算获得了一半的成功。做总是比不做好，即使不完美，做错了，也为下一次的成功奠定了一块基石。人的潜能是无法估计的，许多令人难以想象的障碍也能被你轻松突破，当然前提是：你必须行动起来。

自己才是自己最强大的对手，能首先击败自己的人，才能超越和领先于别人。

自己的对手

◆文/李雪峰

月白风清的一个深夜，一个黑影飞檐走壁，悄然飘落在法禅寺古柏森森的寂静

改变孩子一生的故事全集

院子里。正在豆灯飘曳下诵经悟禅的释禅大师信步走出禅室，走到院中朗声问道："不知那位英雄光临敝寺？"然后又吩咐值更的和尚在院中摆下桌椅茶具，斟上香茗说："请英雄同老衲来月下品茗。"

释禅大师话语刚落，一袭黑影从古柏森森的树丛中飘然而至，似一枚落叶，着地时没有丝毫的声音，只是流光似地轻轻一闪，便稳稳地站到了释禅大师的眼前。那人哈哈一笑，对释禅大师说："天下第一英雄东方求败来访法师了。"

释禅大师轻轻呷了一口茶说："东方大侠堪称英雄不错，但不知为何敢自诩为'天下第一'呢？"

东方求败又是哈哈一笑，然后傲然地说："我拳打四海，剑震八方，天下武林中人没有一个不在十招之内或是俯首称臣或是一命归西的，难道我不堪称'天下第一'吗？"

释禅大师轻轻摇头说："英雄错矣，虽说英雄武功盖世，于万人之中取上将首级可如探囊取物，但有一事，英雄做不到，也有一人，英雄却击他不败。"东方求败一听，又是一阵哈哈说："法师可说出这一事一人，本英雄做给你看，赢给你瞧。"释禅大师说："先做一事，大侠英雄盖世，能人所不能，但不知大侠能否坐于自己的肚腹之上？"东方求败一听，想了一想，对释禅大师笑笑说："我虽英雄，但此事我却做不来。"

释禅大师点点头说："此事既然做不到，那就请你打败一人吧。"说罢，一指地上东方求败的影子说："英雄能打败他吗？"东方求败一看，狂笑一声说："这有何难？"然后拔剑就砍，削得地上泥土纷飞，但那影子却未损分毫，并且那影子一招一式同自己一模一样，他进，则影子进，他退则影子退，斗到启明星初升时，东方求败颓然累倒在地，但依然没有击败那个影子。东方求败十分羞愧，抱歉地对释禅大师说："我被那个影子打败了。"

释禅大师朗然一声说："不只是你，这尘世上，每个人都不是被别人击败的，击败他的往往是他自己。"

别人往往很难击倒我们自己，击败我们的，不是别人，有许多时候都是我们自己。

自己才是自己最强大的对手，能首先击败自己的人，才能超越和领先于别人。

成长悟语 Cheng Zhang Wu Yu

世界上人人都是高手，又或者根本就没有高手，只有自己才是自己最强大的对手。当你到达某一个高峰时，不必沾沾自喜，而是要谦卑地认识到，这个世界上，还有另一座高峰。只有不断超越自我，才会达到真正的成功。

为人生预设一座独木桥

◆文/感　动

　　曾经看过一个叫"惊险过桥"的电视综艺节目。整个节目共分为三关。第一关，在一个游泳池上并排放着3块10厘米宽的木板，搭成一座木桥，主持人让五名穿着救生衣的嘉宾分别踩着木板桥走到泳池的对面。结果，五个人全部胜利过关了。第二关，主持人让工作人员撤去一块木板，然后让五个人再走回来，结果，其中的两个人惊叫着掉进了水里，只有三个人成功返回。第三关，只留下一块木板，让余下的三个人从这个独木桥上再走到泳池的对面，望着那块狭窄的木板，现场的观众一阵嘘嘘，我的心也不禁悬了起来。

　　主持人一声令下，第一个嘉宾小心翼翼地踏上木板，他如临深渊，如履薄冰，一点一点挪向对岸。突然，"扑通"一声，他刚走出四分之一的距离就失足落水了；第二个人走上了独木桥，但不幸又发生了，他走到一半的距离时一个不小心，也掉进了水里。大家把目光投到最后一个嘉宾身上，但见他从容上桥，几个健步，就成功走到了对面。现场响起了热烈的掌声，主持人激动地和这个唯一的胜出者握手，并问他为什么这么容易就完成了惊险的跨越。这名嘉宾很动情地讲起了一段往事，他小时候在农村长大，那时他每天上学都必须经过一条小河，小河上只有一根圆木做桥。他记不清从那独木桥上摔下过多少次，经过不断练习，他逐渐掌握了平衡，克服了恐惧，再过那个独木桥就如履平地了。

　　在这个充满竞争的时代，机遇、职位、情感的独木桥会随时横在我们每一个人面前，而谁有十足把握，能从容走到最后，笑到最后，不被淘汰呢？那就不妨为自己预先设计一座独木桥，如果我们能够从容走过它，那么前方就是有再难走的路，我们都可以信心百倍地轻松走过。

成长悟语　Cheng Zhang Wu Yu

　　生活中，我们难免会遇到许多挫折。但我们始终应该保持这样一种心态，目前的挫折只是将来成功的一种锻炼。当你考试失败、事业失败、穷困失意的时候，请不要灰心，或许这一切就是你将来轻松挑战生活中更艰难的"独木桥"的法宝！

> 每个人都会在生活中遭遇难题。难题并不是最可怕的，真正可怕的是缺少寻求题解的勇气。

怎样才能不让羊逃跑

◆文/澜　涛

他是一个贫穷的放羊娃。每天清早，他带着羊群到草原上放牧，晚上再将羊群带回农场。可是，经常有羊群冲破铁丝篱笆逃掉，他也因此经常遭受到主人的辱骂。为了让自己不被主人骂，他开始琢磨怎样做才能够让羊群不冲破铁丝篱笆。经过一段时间的观察，他发现，围绕起羊群的篱笆一半是用铁丝造成的，一半是用荆棘造成的。羊冲破的篱笆总是用铁丝造成的部分，而用荆棘造成的部分却从来没有被冲破过。他分析出来，荆棘上有刺，羊靠上去后就会被刺痛。他决定在铁丝上加刺。他用钳子将铁丝剪成 5 厘米左右的一段段，然后在篱笆的铁丝上到处扎结，羊再没有逃掉过。

他为自己的代刺铁丝申请了专利后，就开始面对纷至沓来的定单。10 年后，这个名叫约瑟夫的放羊娃的财产多到几乎无法计算。他为了确实了解自己到底有多少财产，雇了 11 个人，用了一年两个月才算清楚。

每个人都会在生活中遭遇难题。难题并不是最可怕的，真正可怕的是缺少寻求题解的勇气。

成长悟语 Cheng Zhang Wu Yu

面对难题的时候，我们要相信自己的聪明才智。解决难题的钥匙，就是迎接困难的勇气。困难就是生活中一块块大石，或许你力气小，搬不动，但只要你学会思考懂得用巧劲，懂得在关键时刻寻求别人的帮助，困难就不会再困扰着你的生活。

> 生活本来是简单的啊！生活中很多的复杂都是人自己造成的。我们自以为是的思维定势常常成为羁绊的绳索,让我们把简单复杂,把清澈混浊。

吃鸡腿的最佳方式

◆文/澜 涛

172

去采访一名在国际都当红的影星,同时进行采访的还有一家英国的电视台。采访结束,这位影星盛情款待我们,因为有西方人的原因吧,酒宴选择了一家西餐厅。这让不善追赶潮流和时尚的我颇为兴奋。可让我没能想到的是,这次酒宴却让我实实在在的出了一次丑。

我是第一次吃西餐,但我从书本上知道,吃西餐是要左手持叉,右手握刀的。所以,尽管有些不太习惯,可也吃得比较顺利。可当侍者鸡腿摆放到我面前的盘子里后,我的刀技立刻露拙了,不管我左手的叉子怎么用力按住鸡腿,当右手的刀子切上去的时候,鸡腿还是不停地滑动,好半天,鸡腿也没能进到我嘴里。我停下刀叉,心理想,这老外吃东西也太不容易了,要是用筷子,我早就能够吃到鸡腿了。想着,我无意地溜眼偷看向一旁的老外,一看,我大吃一惊:老外正手拿着鸡腿大嚼着呢!

生活本来是简单的啊!生活中很多的复杂都是人自己造成的。我们自以为是的思维定势常常成为羁绊的绳索,让我们把简单复杂,把清澈混浊。

成长悟语 Cheng Zhang Wu Yu

固守陈规永远是我们前进的绊脚石。很多时候,我们需要摆脱生活强加给我们的思维方式,才能发现生活中最真的最佳的答案。只要我们愿意去思考,就会发现吃鸡腿不一定要用刀叉,甚至,我们可以把梳子卖给和尚。

> 我们的生活就是一面镜子，它能照出你心灵所有的一切。
> 善待他人，善待生活，就是善待自己。

你给了生活什么

◆文/佚 名

很久以前，在一个遥远的小山村里，有一栋废弃的房子。

一天，一个天使想找个地方乘凉，它便钻进了一个房间。当它走进那间屋子后，惊奇地发现房间里还有上千个天使。它认真地打量着它们，它们也在认真地打量着它。天使开始晃动翅膀，伸出双手，那一千个天使也都做出了同样的表示。然后它又朝其中一个天使笑了笑，高兴地叫着。它发现，所有的天使都朝着它笑，并和它一样欢叫着。走出小屋后，天使暗想："这真是个好地方，今后我要经常到这里来看看！"

过了一段时间，有一个充满怒气的魔鬼来到这里，也进了那个房间。但和天使不同的是，它发现了一千个魔鬼都对它怒目而视。然后它嗥叫起来，那一千个魔鬼也对着它嗥叫。它愤怒地对它们狂吠着，那一千个魔鬼也对它狂吠起来，吓得它赶紧离开了那个房间，心想："这个地方太可怕了，我再也不来了！"

原来，这个地方是一个曾经被遗弃的"千镜之家"。

成长悟语 Cheng Zhang Wu Yu

我们的生活就是一面镜子，它能照出你心灵所有的一切。因此，我们应该对生活的镜子做多一点点真的表情，多一点点善的表情，多一点点美的表情。做到这些，你就会得到上千个天使温暖的拥抱。善待他人，善待生活，就是善待自己。

正是由于那位经理非凡的意识，G·戈斯泰罗先生明白了，成熟的人格要求我们具备采取行动的能力：做决定并实施它。

改变生命的三个字

◆文/[美]卡耐基夫人　译/刘　丹

有一个叫 G·戈斯泰罗的小伙子，从加拿大军队退役了，那是在 1946 年，他搬进了尼亚加拉瀑布市。他马上出去找工作，在安大略省水电委员会里当上了机械师。工作进展得很顺利，他十分开心。18 个月后的一天，老板找到他说，有个好消息告诉他——他升职了，做班长，负责厂里的重型柴油机。

"从那个地方、那个时候起，"戈斯泰罗先生说，"我开始担心。我曾是一个快乐的机械师。但当班长，对我来说，却是个灾难。身上的责任压得我透不过气来。焦虑无时无刻不困扰着我，不管我是睡着了，还是醒着；也不管我是在家里，还是在厂里。

"后来，我心里最害怕的事终于发生了———一个大事故。那天，我朝砾石坑走去，那应该有四台牵引车带动四台巨大的削刮机在工作。但非常奇怪，周围静悄悄的。很快地我明白了，四台巨型牵引车全坏了！

"如果说我以前也担心过什么事的话，和那一刻比，全不算事儿。我的脑袋好像开锅了，还咕嘟咕嘟地直冒泡。我找到经理，告诉他这个坏消息，说四台牵引车全坏了。我一口气说完，等着天塌下来。

"可是出乎我的意料，天没塌。经理转过身来，脸上挂着微笑，看着我说了三个字。假如我能活一千岁，我都不会忘了这三个字。它们是'修好它'！

"就在那个地方、那一刻，我所有的忧虑、害拍、担心全部烟消云散，世界又恢复了老样子。我走了出去，抓起工具，开始修那几台牵引车。

"'修好它'，是多么神奇的三个字啊，它标志着我生命的转折点，它改变了我对工作的想法。从那天起，每天我都默默地感谢那位经理，是他让我不但对工作有热情，而且有了更坚定的信心。我知道，如果有一天什么事搞糟了，我会亲自出马，把它们理顺，而不是在那里瞎担心。"

正是由于那位经理非凡的意识，G·戈斯泰罗先生明白了，成熟的人格要求我们具备采取行动的能力:做决定并实施它。

　　有一个波斯商人想到中国做生意,但他总是担忧,担忧自己的货物在中国不受欢迎,担心自己走错路,在犹豫中,他直到死去都没有向东方迈出一步,而他的朋友都在中国发了大财。做了决定就坚决去做,做错了就修正,未来永远不会在幻想和担忧中实现。

　　我们不开心,其实很多时候不是因为路,也不是因为瓜子,而是因为我们自己。

面 对 生 活

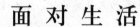

◆文/陈吉伟

　　两人相对而坐,桌面上有两堆同样的瓜子,两人正在埋头嗑着。他们嗑瓜子的方法不同:一人是先挑小的嗑,后嗑大的,顺序是由小到大;另一人是先嗑大的,后嗑小的,顺序是由大到小。

　　先嗑小瓜子的那人说:"真倒霉!我嗑的每粒瓜子都是剩下的当中最小的,而你,每次嗑的瓜子都是桌面上最大的。"

　　先嗑大瓜子的那人点头同意。"可是,如果你再换一种角度去想,味道就又有不同,你也没必要自称倒霉了。"

　　这人问:"那要换怎样的角度去想呢?"

　　"其实也简单。我挑大瓜子嗑,桌面上剩下的越来越小,都是小瓜子了;你则不然,先挑小的嗑,桌面上剩下的都是越来越大的,都是大瓜子。"

　　这人恍然大悟。

　　我们每天都要面对生活,很难说我们所面对的生活谁比谁强多少。我们为柴米油盐奔波,为物价上涨苦恼;我们想着入托的孩子,牵挂年迈的老人;我们在家中休憩,到外面应酬;我们不仅端着自己碗里的,还贪婪地盯着锅里的。有一种叫做欲望的东西,把我们搅得寝食难安,于是我们有了不尽的困惑、忧戚、苦恼、惆怅,我们经常愁肠百结。

有人说，生活是一段路，好歹得走完它。但就是这一段路，常常让我们不知该如何走，有时连第一步都很难迈出去。说起来并不复杂，我们面对的那一段路，面对的那一种生活，就如同我们面对着那一堆瓜子一样，你从大到小嗑也好，从小到大嗑也罢，顺其自然就行。

我们不开心，其实很多时候不是因为路，也不是因为瓜子，而是因为我们自己。

 一位老者为之叹息，说这的确是一条勇敢的鱼，然而它只有伟大的精神却没有伟大的方向，它极端逆向的追求，最后得到的只能是死亡。

游向高原的鱼

◆文/红　狼

水从高原流下由西向东，渤海口的一条鱼逆流而上。

它的游技很精湛，因而游得很精彩，一会儿冲过浅滩，一会儿划过激流，它穿过了湖泊中层层的渔网，也躲过无数水鸟的追逐。它逆行了著名的壶口瀑布，堪称奇迹；又穿过了激水奔流的青铜峡谷，博得鱼们的众声喝彩。它不停地游，最后穿过山涧，挤过石罅，游上了高原。

然而，它还没来得及发出一声欢呼，瞬间却冻成了冰。

若干年后，一群登山者在唐古拉山的冰块中发现了它，它还保持着游动的姿势。有人认出这是渤海口的鱼。

一位年轻人感叹，说这是一条勇敢的鱼，它逆行了那么远那么长那么久。

一位老者为之叹息，说这的确是一条勇敢的鱼，然而它只有伟大的精神却没有伟大的方向，它极端逆向的追求，最后得到的只能是死亡。

软件巨子比尔·盖茨在谈及自己的成功经验时曾说,我的成功并不是因为我做了什么,而是因为我没有做什么,有时做事情并不能只看方法,更重要的是方向。

> 我又说道:"此时此地,把真理之石向狂妄的巨人眉心掷去——检点他们的行为,是矮子的责任!"

愿生生世世为矮人

◆文/[菲律宾]罗慕洛

有一次,在巴黎举行的联合国会议席上,我和苏联代表团团长维辛斯基激辩。我讽刺他提出的建议是"开玩笑"。突然之间,维辛斯基把他所有轻蔑别人的天赋都向我发挥出来,他说:"你不过是个小国家的人罢了。"

显然,辩论开始了。我的国家和他的相比,不过是地图上一点而已;而我自己穿了鞋子,身高也只有 1.63 米。

即使在我家中,我也是矮子。我的四个儿子全比我高七八厘米。就是我的太太穿高跟鞋的时候,也要比我高寸把。我们婚后,有一次接受访问,她曾谦虚地说:"我情愿躲在我丈夫的影子里,沾他的光。"一个熟朋友就打趣地说,这样的话,就没有多少地方好躲了。

我身材矮小,和鼎鼎大名的人物在一起,常常特别惹人注意。第二次世界大战期间,我是麦克阿瑟将军的副官,他比我高 20 厘米。那次登陆雷伊泰岛,我们一同上岸,新闻报道说:"麦克阿瑟将军在深及腰部的水中走上了岸,罗慕洛将军和他在一起。"一位专栏作家立即拍电报调查真相。他认为如果水深到麦克阿瑟将军的腰部,那罗慕洛就肯定要淹死了。

我一生当中,常常想到高矮的问题。我但愿生生世世都做矮子。

这句话可能会使你们诧异。许多矮子都因为身材而自惭形秽。我得承认,年轻的时候也穿过高底鞋。但用这个法子把身材加高实在不舒服,并不是身体上的,而是精神上的不舒服。这种鞋子使我感到,我在自欺欺人,于是我再也不穿了。

其实这种鞋子剥夺了我的天赋。因为:矮小的人起初总被人轻视,但后来,他有了表现,别人就觉得出乎意料,不由得佩服起来。在别人心目中,他的成就便格外出色。

有一年我在哥伦比亚大学参加辩论小组,初次明白了这个道理。我因为矮小,所以样子不像大学生,而像小学生。一开始,听众就为我鼓掌助威。在他们看来,我已经居于下风,大多数人都喜欢看弱者得胜。

我一生的遭遇都是如此。平平常常的事经我一做,往往就成了惊天动地之举,因为没有人对你抱希望。

1945年,联合国成立大会在旧金山举行,我以小国菲律宾代表团团长身份,应邀发表演说,讲台差不多和我一样高,等到大学静下来,我庄严地说出这一句话:"我们就把这个会场当做最后的战场吧。"全场顿时寂然,接着爆发出一阵掌声。我放弃了预先准备好的演讲稿,思如泉涌,妙语连珠。第二天,我在报上看到当时我说的一段话:"维护尊严,言辞思想比枪炮更有力量……唯一牢不可破的防线是互助互谅所筑起的堤坝!"

这些话如果是大个子说的,听众可能客客气气地鼓一下掌。但菲律宾那时还没独立,我又是个矮子,从我嘴里说出这些话,就有意想不到的效果。从那天起,小小的菲律宾在联合国大会中就不再被小视了。

矮子还有一个好处便是特别会交朋友。人家总想护卫我们,容易对我们推心置腹。大多数的矮子早年就都懂得:与筋骨健硕相比,友谊的力量一样强大。

早在1935年,大多数的美国人还不知道我这个人,那时我应邀到圣母大学接受荣誉学位,并且发表演说。那天罗斯福总统也是演讲人。事后他笑吟吟地怪我"抢了美国总统的风头"。

我相信,身材矮小的人往往比高大的人因富有"人情味"而更容易接近。他们从小就知道自视决不可太高,身材魁梧的人态度矜持,别人会说他有"威仪",但是矮小的人摆出这种架子来,人家就要说他"自大"了。

矮子如果稍有自知之明,很早就会明白脾气是不好随便乱发的。大个子发脾气,能气势汹汹,矮子就只像在乱吵乱闹了。

还是回到开始,我提到苏联代表维辛斯基因为我胆敢批评他的国家而出言相讥的事。我认同我是矮子,但我不喜欢别人当众拿矮子说事而不加反驳。他一说完,我就跳起身来,告诉联合国大会的代表,维辛斯基说的没错,但是我又说道:"此时此地,把真理之石向狂妄的巨人眉心掷去——检点他们的行为,是矮子的责任!"维辛斯基凶狠地瞪着眼,但是没有再说什么。

成长悟语 Cheng Zhang Wu Yu

每个人都是独一无二的生命杰作,都有属于自己的存在理由。我们自卑是因为我们还没有看到自己的独特存在价值，甚至没有去想自己的价值，而把大部分时间放在羡慕别人和模仿别人上。

高调做事，低调做人，每当春风得意之时，我总会想起那砍断的桅杆。

高调做事，低调做人

◆文/吾心木

朋友在办公室的墙上挂了他自撰自书的条幅，上写：竖起桅杆做事，砍断桅杆做人。他说这是他的一次惊心动魄的经历的结晶。

他出生在渔民家庭，世世代代以出海打鱼为生。或者是家庭的熏染，或者是男孩的天性，他从小就喜欢海，在海边拾贝壳，在海里戏水。他几次请求爷爷带他出海打鱼，可爷爷总是以他还小为借口拒绝。他懂得爷爷的心思，爷爷是怕他这根独苗发生意外。

他长大了，参加工作了，并且要远离家乡，到一个看不见海的地方。在等待行期的日子里，爷爷决定带他出一次海，一来了却他一向的心愿，二来让他去大海深处见识见识大海的博大，开阔他的心胸，或许对他的人生会有益处。

他非常兴奋，跟着爷爷跑前跑后，做好所有准备工作之后，在一个风和日丽的日子扬帆出海了。

大海深处，爷爷教他如何使舵，如何下网，如何根据海水颜色的变化辨识鱼群。可是天有不测风云，大海的脾气也让人捉摸不透。刚刚还晴空万里，风平浪静，突然间就狂风大作，巨浪滔天，几乎要把渔船掀翻，连爷爷这个老水手都措手不及，吃力地掌着舵，同时以命令的口气大喊："快拿斧头把桅杆砍断，快！"他不敢怠慢，用尽力气砍断了桅杆。

没有桅杆的小船在海上漂着，直漂到大海重新恢复平静，祖孙俩才用手摇着橹返航。途中，由于没有桅杆，无法升帆，船前进缓慢。他问爷爷："为什么要砍断桅杆？"爷爷说："帆船前进靠帆。升帆靠桅杆，桅杆是帆船前进动力的支柱；但是，由于高高竖立的桅杆使船的重心上移，削弱了船的稳定性，一旦遭遇风暴，就有倾覆的危险，桅杆又成了灾难的祸端；所以，砍断桅杆是为了降低重心，保持稳定，保住人的生命，人——是最重要的。"

行期到了，虽然离开了爷爷，但他把爷爷的话记在了心里，那次历险也在他心里扎下了根。他的工作非常出色，得到了大家的拥护，一再升迁。他说："做事就像扬帆出海，必须高起点，高标准，高效率，就像高高的桅杆上鼓满风帆一样；做人则要脚踏实地，无论取得多大成绩，尾巴也不能翘到天上，无论地位多么显赫，也不能凌驾于他人之上，否则就会失去民心，失去做人的本分，终将倾覆于众人的汪洋大海之中。高调做事，低调做人，每当春风得意之时，我总会想起那砍断的桅杆。"

成功的人之所以成功，是因为他总是利用别人说空头理想和吹嘘自己的时间，默默无闻地努力。不管我们现在是否成功，但我们应该明白一个人的价值是用行动和成绩而不是浮夸语言来证明的。

要办成一件事并不是只有一种方法，如果你不会因时而变，与时俱进，那只会落到被人遗弃、被社会淘汰的结果。

毛毛虫和兔子

◆文/佚 名

法国的科学家法布尔曾经做过一个有趣的实验：

把一群毛毛虫放在一个盘子的边缘，让它们一个紧跟着一个，头尾相连，沿着盘子排成一圈。于是，毛毛虫们开始沿着盘子爬行，每一只都紧跟着另一只，既害怕掉队，也不敢独自走新路。它们就这样连续爬了七天七夜，终于因饥饿而死去，而在那个盘子的中央，就放着毛毛虫们喜欢吃的食物。

在农村，老乡们也常常利用动物这种从众心理，夜里到野外抓兔子。办法是：开着拖拉机到野外，用车的灯光找兔子，只要照到了野兔，那么这只野兔就没跑儿了，因为它就跟着灯光跑，所以，无论怎样逃，都不会逃出灯光照到的范围，直至被追得气力耗尽而倒地。可能是它觉得，有灯光照着的地方，才可看得清路径。

改变一步，哪怕是小小的一步，就有生存的希望，但是毛毛虫和兔子们却没有走出这种固定的模式，直至死亡。

生活中，我们可以常常看到如毛毛虫和兔子一样思维的人，脑子特别死，不会转弯，时常无功而返，一事无成。俗话说：条条大路通罗马。要办成一件事并不是只有一种方法，如果你不会因时而变、与时俱进，而是墨守陈规，固步自封，那只会落到被人遗弃、被社会淘汰的结果。

我们都乐于去遵循流传久远的经验，但总是很容易陷入困境，其实并不是经验本身有问题，而是我们自己根本没有去对自己目前处境和经验本身的适用范围进行分析。

人就是这样，当你以一种豁达、乐观向上的心态去构筑未来时，眼前就会呈现一片光明。

花 儿 在 开

◆文/佚 名

有一个人想学医，可是又犹豫不决，就去问他的一个朋友："再过4年，我就44岁了，能行吗？"

朋友对他说："怎么不行呢？你不学医，再过4年也是44岁啊！"他想了想，瞬间领悟了，第二天就去学校报了名。

有一个年轻人，几年前跟人合伙做生意，运货的船突遇风浪翻了，他们所有的财产和梦想也随之坠入了海底。他经不起这个打击，从此变得萎靡不振，神思恍惚。当他看到另一个跟他一起遭遇变故的人居然活得有滋有味时，就去询问原因，那人对他说："你咒骂，你伤心，日子一天天地过去；你快活，你欢乐，日子也一天天地过去，你选择哪一种呢？"

人就是这样，当你以一种豁达、乐观向上的心态去构筑未来时，眼前就会呈现一片光明；反之，当你将思维囿于忧伤的樊笼里，未来就变得暗淡无光了。长此下去，你不仅会将最起码的信念和拼搏勇气泯灭，还会将身边那些最近最真的欢乐失去。对每一个人来说,那些如空气一样充塞在身边的欢乐才是最重要的,它组成我们生命之链上最真实可靠的一环,你一节一节地让它松落了,欢笑怎么能向下延续呢?

成长悟语 Cheng Zhang Wu Yu

日子每天都一样,不一样的是你的心情和发生在人周围的事,时间和发生在自己周围的事都是我们无法改变的东西,唯一能改变的是自己的心情,你要的是快乐还是郁闷?

奥勒突然明白了一些很重要的东西。"我不再需要你了!"他喊道,"现在我知道怎样不用许愿就得到我想要的东西了。"

鹊尾上的盐

◆文/朱志斌

有个叫奥勒的小男孩,总是渴望得到自己没有的东西。

"只要有一把亮闪闪的小刀,我就可以给自己刻玩具玩了,"他这样念叨着,"只要有一辆马车,我就可以拉着我的玩具到处跑了;只要有一匹小马……"

有一天,他看到一只喜鹊站在树枝上。他曾听人说过,谁能把盐放在喜鹊的尾羽上,它就会满足他的愿望。

整个下午他一直追着喜鹊跑,直到累得跑不动才停下来。这时喜鹊飞下来冲他说话。

"你是在找我吗?"喜鹊问道。

"你居然会说话!"奥勒叫了出来。

"是啊,"喜鹊说,"你知道,我实际上是一个会魔法的公主。我可以让你把盐放在我的尾巴上,然后满足你的愿望。可是你要先为我做点儿事情。"

"什么都行!"奥勒干脆地回答。

"那就给我弄一把亮闪闪的小刀来,这样我就能修理我的爪子。我是公主,外表必须整洁。"

于是,奥勒就忙着从森林里采摘浆果拿到市场上去卖。不久,他就挣够了钱去买来一把小刀。他拿了些盐放在兜里，然后就飞奔回森林。

但是，喜鹊一见到小刀就笑开了："这只是把普通的小折刀。我要的是一把有银质手柄的刀，那才配得上我公主的身份。"

"那我去给你弄一把那样的刀。"奥勒说道。

"不用了。现在我想要一辆马车来拉我的东西。你知道，我是一个公主，有很多东西的。"

于是，奥勒用小刀给镇上的孩子们雕刻玩具。他是个雕刻好手，他刻出了奶牛、马匹和小鸟。孩子们喜欢这些玩具，便央求母亲买下它们。很快，奥勒就挣够了钱去给喜鹊买马车。

但当喜鹊看到马车时，它生气地拍动着翅膀："我是一个公主，怎么能用这样的马车呢！我要的可是镶着金边而且有天鹅绒坐垫的。"

"那我去给你弄一辆那样的。"奥勒说。

"不用了。现在我想要一匹小马。我喜欢遛马，那样有气派。"

"如果我给你牵来了那样的马，你能满足我的愿望吗？"

"当然。"喜鹊说道。

于是，奥勒用马车为镇上的人们运东西。他时而拉一车木头，时而拉一车蔬菜，所有人都可以搭他的车。很快他便挣够了钱来买一匹漂亮的小黑马。他相信喜鹊会喜欢它的。

但当喜鹊看到小黑马时，它摇了摇头说："我喜欢棕色的小马。"

"扑通"一声，奥勒生气地坐到地上，"让你高兴可真难，"他说，"你要小刀，我给你拿来小刀；你要马车，我给你送来马车；你要小马，我也给你牵来了。如果你还不高兴，那我就永远不能把盐放到你的尾巴上去许什么愿了！"

"你说得对，"喜鹊唧唧地说道，"讨我高兴是很难。但既然你已经这么努力了，现在你可以许愿了。"喜鹊伸出了尾巴。奥勒捏了些盐放在上面。"好，现在告诉我你想要什么。"喜鹊说。

奥勒迫不及待地说："我想要一把……不，这个我有了。那我要一辆……不，这个我也有了……"

"快点儿！"喜鹊催促着，"你的时间快到了！"

奥勒突然明白了一些很重要的东西。"我不再需要你了！"他喊道，"现在我知道怎样不用许愿就得到我想要的东西了。"

喜鹊笑了："好好想想吧！"它说完就飞走了。

成长悟语 Cheng Zhang Wu Yu

再多、再大的理想也是需要具体的行动一步一步去实现的，不背起行囊出发，整天坐在家里看地图，是永远也无法到达自己想去的地方。

每天都有一百个担心

◆文/老　圈

改变孩子一生的故事全集

　　美国有一个老妇人，她的丈夫在她54岁那年突然去世。丧夫之痛尚未消散，打击就接二连三地到来：首先是几个子女为遗产问题闹得不可开交，接着是丈夫生前倾注全力经营的加油站宣告破产。为抵偿债务，她不得不卖掉房子以及一切值钱的东西。寂寞、贫穷、疾病，以及由此而来的种种不幸，使她感到余生可怕。

　　她整天郁郁寡欢。她在心里一遍一遍地念叨着：我才54岁，我才54岁啊！谁都清楚，她是在为自己的将来担心。因为按照常识，她还需要在人世苟活二三十载。如果承上帝眷顾，这二三十载没有贫穷和病痛，那伴随她的一定是日胜一日的寂寞；如果没有寂寞和贫穷，那一定有病痛；如果没有病痛和寂寞，那一定有贫穷。总之，不幸有万千种，总有一样会伴随她。何况，贫穷和寂寞显然已经开始叩她的门了。

　　她想她应该找份工作。但是当这个念头冒出来的时候，她被自己吓了一跳：谁会雇用一个年过半百的妇人呢？即使有人愿意扔这个钱，一个54岁的老妇人到底能做些什么呢？即使她能做点儿简单的苦活，但谁会相信这个呢？即使有人愿意相信，愿意给她提供做工的机会，她能保证在8小时内有足够的精力吗？

　　她担心别人嫌她老，担心别人嫌她动作迟缓，担心自己承受不了别人要求的工作强度……她每天都有100个担心。这让她更加怀念过去，怀念丈夫在世的年月……由怀念而生悲痛，她重新陷入丧夫的阴影中，不能自拔。

　　这彻底毁掉了她的健康。如此一来，贫穷、寂寞、疾病便全部被她请进了门。

　　她不得不住进医院里去。医师了解她的情况后，对她说："你的病情很严重，需要长期住院治疗。可是你又没有钱……我看这样吧，从现在开始，你就在本院做零工，以赚取你的医疗费用。"

　　她说："可是我到底能做什么呢？"

　　医师说："也没多难，每天就打扫100个病房的卫生吧。"

　　手握扫帚，她的心里开始宁静起来：反正没有比这更好的了，而且就目前的情况来说，自己也似乎别无选择。她开始忙碌了。每踏进一个病房，她就目睹一次他人的病痛和灾难,她的心也就豁亮一次,因为她觉得自己的情况看起来是最好的——她毕竟还可以做点儿活计,虽然这活计看起来是那么微不足道,但这至少说明她的健康状况在所有病人中是最好的。

她的心每天豁亮100次。这100次豁亮足以驱赶每天在她心里萦绕的100个担心。

渐渐地,她不再担心什么了,因为她实在是太忙碌了。对她来讲,担心反倒成了一种非常奢侈的情绪,因为它需要闲暇。这样,她的心就豁亮起来。

驱除了疾病和寂寞,似乎只有贫穷才是应该花气力解决的事。所以,在医师建议她出院时,她说服院方让她留了下来。她在保洁员的岗位上干了三年。由于经常接触各种各样的病人,所以她对病人的心理了如指掌,三年后,她被院方聘为心理咨询师。疾病、寂寞早已远她而去,贫穷也开始向她挥手告别。她觉得她的人生又重新开始了。

在她76岁那年,她终于拥有了这家医院51%的股权。在她办公室的墙上有这么一句话:昨天的痛,已经承受过了,有必要反复兑现吗?明天的痛,尚未到来,有必要提前结算吗?

成长悟语 Cheng Zhang Wu Yu

事情的严重性往往会在盲目的猜测和担心中加倍,所以,在没有全面详细了解事情的情况下,千万不要在情绪的左右下轻易作出决定,它很可能让你后悔莫及。

我们只有对自己的"龅牙"表示不在意,才有可能成为另一个足球场上的罗纳尔多。

忘掉你的龅牙

◆文/阿　翔

被称为"外星人"的罗纳尔多也许是世界上令后卫最头疼的前锋。足球场上,他精准的射门,惊人的起动速度,以及那种无时无刻不在的霸气,足以让每一个对手恐惧。可又有谁知道,他开始学踢球时,尽管有非凡的踢球天赋,但他的表现并不是特别好。

因为只要一上场比赛,他就紧闭着嘴唇,生怕别人看见他的龅牙。他宁愿把奔跑的速度放慢,也不愿意把嘴巴张开自由地呼吸,让人看到他的那口龅牙。直到后来,有个细心的教练发现了这个问题,于是把他换下了场,拍了拍他的肩膀说:"罗尼,你的龅牙不是你的错,你在场上时应该忘记你的龅牙。只有你在球场上成功,才能让别人眼中只有你精湛的球技,而忘记你相貌上的缺点。不然,你的缺点永远在别人的眼中。"

自此以后,罗纳尔多在踢球时不再刻意隐藏自己的龅牙,敢于张嘴自由呼吸。他的球技突飞猛进,并在17岁时就进了巴西国家队,获得了世界杯,不到20岁就获得了世界足球先生的称号。

罗纳尔多功成名就后,球迷们似乎从来就没有嘲笑过他的龅牙,甚至还有一些球迷津津乐道地说他的龅牙很性感。

罗纳尔多不敢露出他的龅牙,我们是不是有时也不敢露出我们在其他方面的"龅牙",即使在"球场"上跑得气喘吁吁也不愿张开嘴巴呢?

如果罗纳尔多在球场上不敢张开嘴巴,那么在世界足球史上也许就少了一个球王级的人物。其实在很多时候,正是一些自以为"羞于见人"的缺点,成了束缚我们成功的瓶颈,我们只有对自己的"龅牙"表示不在意,才有可能成为另一个足球场上的罗纳尔多。

成长悟语 Cheng Zhang Wu Yu

其实别人怎么看待你,取决于你怎么看自己。假如你在意的是你的缺陷,那么别人关注更多的是你的缺陷;如果你在意的是你的优点,那么别人也会把目光放在你的优点上。

我们常想去悟出真理,却反而为了这种执著而迷惑、困扰。因此,只要恢复直率之心,彻底地顺从自然,道理就随手可得了。

领　悟

◆文/[美]刘　墉

有位樵夫生性愚钝,有一天,他上山砍柴,不经意地看见一只从未见过的动物,于是他就上前问:"你到底是谁啊?"

那动物开口说:"我叫'领悟'。"

樵夫心想:"我就是缺少领悟啊,把它捉回去算了。"

这时,领悟就说:"你现在想捉我吗?"

樵夫吓了一跳:"我心里想的事情它都知道!那么我不妨装出一副不在意的模样,趁它不注意的时候赶紧捉住它!"

结果,领悟又对他说:"你现在又想假装成不在意的模样来骗我,等我不注意时,将我捉住。"

樵夫的心事都被领悟看穿,所以就很生气:"真是可恶!为什么它都能知道我在想什么呢?"

谁知,这种想法马上被领悟发现,它又开口:"你因为没有捉住我而生气吧!"

于是,樵夫从内心检讨:"我心中所想的事,好像反映在镜子里一般,完全被领悟看清。我应该把它忘记,专心砍柴,我本来就是为了砍柴才来到山上的,实在不应该有太多的欲望。"

樵夫想到这里,就挥起斧头,用心地砍柴。一不小心,斧头掉了下来,却意外地压在领悟上面,领悟立刻被樵夫捉住了。

我们常想去悟出真理,却反而为了这种执着而迷惑、困扰。因此,只要恢复直率之心,彻底地顺从自然,道理就随手可得了。

成长悟语 Cheng Zhang Wu Yu

　　人的各种欲望,就像在通往目标的道路上遇到的新鲜有趣的事物,我们可以把它们当成休息时调节心情的沿途风景,可别只顾着欣赏而忘记你还要赶路。

　　老人每次拾完垃圾都像打了一场胜仗,他完全不会顾及别人脸上的那种鄙夷。他总是显得格外的高兴。

两 种 贫 穷

◆文/佚　名

这是两个人看到的。

一个人看到:在一个美丽的乡村,一天来了一个乞丐,这个乞丐看上去只有三十来岁,长得很结实。乞丐每天端着一个破碗到村民家中讨饭,他的要求不高,无论是稀饭还是馒头他从不嫌弃。

日子稍稍长了,便有人看中他的身材和力气,想让他去帮着打打零工,并许之以若干工钱。岂料此等好事,该乞丐竟一口回绝。说:"给人打工挣点儿钱多苦,远不如讨饭来得省力省心。"

另一个人看到:每天傍晚,某居民新村都会有一个老人到垃圾箱里捡垃圾。老人是个驼背,这使得他原本就矮小的身材愈发显得矮小。老人每次从垃圾箱里拾垃圾都仿佛是在进行一场战斗。为了拾到垃圾,他必须将脸紧紧地靠在垃圾箱的口子上,否则他的手就不足以够到里面的"宝贝"。而那个口子正是整个垃圾箱最脏的地方。

老人每次拾完垃圾都像打了一场胜仗,他完全不会顾及别人脸上的那种鄙夷。看着那些可以换钱的"战利品",走在新村的小路上,他总是显得格外的高兴。

成长悟语 Cheng Zhang Wu Yu

很多时候人的境遇是相同的,但心态却是截然相反,这完全取决于自己对生活的选择。人可以在物质方面贫乏,却丝毫影响不了精神的富足。

他只用了一句西方谚语:"没有失败的成功者,只有成功的失败者;没有失败,只有失败者。"

我们是群懦夫

◆文/唐　子

应该说,我和我的许多同学都是沾"扩招"的光才有机会读大学的。但是我和他们却都抱怨不已。如果不是高考发挥不好,如果不是志愿填报不当,怎么说也不至于被"扩招"进这么一所"三流学校"。

这样的心态一直持续到了第一学期快要结束的时候。一天,系里举办讲座,主讲人张教授,据说还是我们的师兄,现在是某名牌大学研究生院院长,讲座的主题

改变孩子一生的故事全集

是"如何度过我的大学"。

张教授开门见山："听说你们有80%的人对自己的学校不满！是的，你们中的不少人，因为志愿填报不当，被重点大学拉下马，最终进了这所名不见经传的'三流大学'，我为各位感到委屈和不公平！"

顿时，台下掌声雷动。张教授微笑着示意大家静下来。说来也怪，本来平日里不怎么听话的学生，听了张教授的话，会场比凌晨两点的宿舍还安静。张教授接着演讲："但是各位，你们既然读的是这所大学，就说明你们只配上这所学校，这是由你们的能力和智力等因素决定的！

"如果说进这所学校，是你们人生的一次失败！那么，你们不去想办法解决已成定局的失败所带来的问题，而是千方百计地为自己的失败找理由、找借口，这样，我不仅感觉到你们弱智、无能，还感觉到你们的虚伪，你们是群懦夫！没有勇气面对现实，你们的人格一定存在严重的缺陷！在你们面前做报告，我感觉到可耻！"

说到这儿，张教授一甩讲演稿，头也不回就走了。讲座不到5分钟，结束了。

台下的学生，没有一个鼓掌的，没有一个起哄的，没有一个起身走的。直到管理员来锁门，大家才惨兮兮地离开。

春节结束了，同学们拖拖拉拉来到学校。按惯例，正式上课前一天晚上要开个班会，等班长打开教室门，我们都傻眼了——黑板上方多了一幅字：我们是群懦夫？这之后的三年时间，没有人提高考的事，绝大多数同学都准备考研，个别因为家庭原因不考研的，也都在拼命学习，拼命地拿证书。三年来，每次开班会，班长都会带大家大声朗读一遍黑板上方的条幅：我们是群懦夫？

终于，考研成绩出来了，我们班共60人，51人报考，51人上线！余下的9人，去年年底就相中了满意的"婆家"。

大学毕业临近，大家一致要求辅导员再请张教授来做报告。张教授来了，报告依然很短，他只用了一句西方谚语："没有失败的成功者，只有成功的失败者；没有失败，只有失败者。"

掌声经久不息，为张教授，更为自己。

成长悟语 Cheng Zhang Wu Yu

生活中，每个人都会获得成功，也会遭遇失利。一时的成败得失都是只是生活的一个部分，只需要用平常心去面对，而不要把它们当成是生活的全部。

而那个过了河的正常人则说："我过我的桥，悬崖峭壁、水流湍急与我有什么关系？只注意踩稳抓牢就是了。"

过桥的启示

◆文/佚 名

改变孩子一生的故事全集

一条山涧的西岸是悬崖峭壁，涧内水流湍急，打在岩石上冲起白花花的泡沫，发出震耳欲聋的吼声。

四个旅客——一个盲人、一个聋子，两个正常人来到了这里，他们想要到对岸去。悬崖之间只有一条铁索桥，四人别无他法，只能一个接一个抓住铁链。慢慢攀附过去。

盲人安全地过去了，聋子安全地过去了，还有一个正常人也安全地过去了，可另一个正常人却因在铁索中间腿发软，不敢前进，最终掉进了河里。难道正常人还不如盲人、聋子？

事后盲人说："我看不见任何东西，不知道山涧的水什么样子，只是紧紧抓住铁链，像平常一样地走了过来。"

聋子说："我听不见水流的咆哮声，恐惧减少很多，只注意不向下看，便安全地走了过来。"

而那个过了河的正常人则说："我过我的桥，悬崖峭壁、水流湍急与我有什么关系？只注意踩稳抓牢就是了。"

可见，那个失足掉河的正常人恰恰是因为他的耳聪目明。

成长悟语 Cheng Zhang Wu Yu

认认真真地走好自己脚下的路，比总想着困难要好的多。专心于路，再坎坷的路也不会让我们疲惫；专心于事，再棘手的事也会迎刃而解。

他觉得普天之下，没有比他更幸福的人了。于是，他一身轻松、无比幸福地回家去了

汉斯的金子

◆文/佚　名

有个叫汉斯的青年，意外得到了一块很大的金子。

在回家的路上，他发现，拥有一匹马要比一块金子强得多，因为骑马是何等快活的一件事呀！于是，他用金子换了一匹马。

而后，在路上，马失前蹄，骑马的汉斯摔了一跤，他觉得不划算，于是用马换了奶牛。

接下去，汉斯相继用奶牛换了一头猪，又用猪换了一只烤鹅。最后，他听了一个磨刀匠的话，用他的烤鹅换了一块磨刀石。

现在，汉斯背着一块沉重的磨刀石往回走。他想：自己是多么幸福呀，有了这块磨刀石，以后的生计就不用发愁了。但这块磨刀石实在太重了，以致汉斯累得实在受不了了。最后，汉斯到井边喝水，一不小心，磨刀石掉到井里去了。

这下子，汉斯摆脱了唯一的累赘。他觉得普天之下，没有比他更幸福的人了。于是，他一身轻松、无比幸福地回家去了。

成长悟语　Cheng Zhang Wu Yu

并不是说一定要一无所有时我们才能获得快乐，而是在一个人拥有所有的时候，他时刻去担心和牵挂他所拥有的一切，从而丢失了快乐。

农夫说:"其实不必深呼吸也可以闻到,只是你的嗅觉在都市退化了。"

光 之 香

◆文/(台湾)林清玄

我遇见一位年轻的农夫,在南方一个充满阳光的小镇。

那时是春末,一季稻谷刚刚收成,春日阳光的金线如雨倾盆地泼在温暖的土地上,牵牛花在篱笆上缠绵盛开,苦苓树上鸟雀追逐,竹林里的笋子正纷纷绽出土地。细心地聆听植物突破土地、在阳光下成长的声音,真是人间非常幸福的感觉。

农夫和我坐在稻谷旁边,稻子已经铺平摊开在场上。由于阳光的照射,稻谷闪耀着金色的光泽,农夫的皮肤也染上了一种强悍的铜色。我在农夫家做客。刚刚是我们一起把稻子倒出来,用犁耙推平的——也不是推平,是推成小小山脉一般,一条棱线接着一条棱线,这样可以让"山脉"两边的稻谷同时接受阳光的照射。似乎几千年来就是这样晒谷子,因为等到阳光晒过,八爪耙把棱线推进原来的谷底,则稻谷翻身,原来埋在里面的谷子全翻到向阳的一面来—— 这样晒谷比平面有效而均衡,简直是一种阴阳哲学。

农夫用斗笠扇着脸上的汗珠,转过脸来对我说:"你深呼吸看看。"

我深深地吸了一口气,缓缓吐出。

他说:"你闻到什么没有?"

"我闻到的是稻子的气味,有一点儿香。"我说。

他开颜笑了,说:"这不是稻子的气味,是阳光的香味。"

阳光的香味?我不解地望着他。

那年轻的农夫领着我走到稻谷中间,伸手抓起一把向阳一面的谷子,叫我用力地嗅,稻子成熟的香气整个扑进我的胸腔;然后,他抓起一把向阴的埋在内部的谷子让我嗅,却没有香味了。这个实验让我深深地吃惊,感觉到阳光的神奇,究竟为什么只有晒到阳光的谷子才有香味呢?年轻的农夫说他也不知道,是偶然在翻稻谷晒太阳时发现的。那时他还是个大学生,暑假偶尔帮忙,想象着都市里多彩多姿的生活,自从晒谷时发现了阳光的香味,竟使他下决心留在家乡。

我们坐在稻谷边,漫无边际地谈起阳光的香味,然后我几乎闻到了幼时刚晒干的衣服上的味道,新晒的棉被、新晒的书画的味道,光的香气就那样淡淡地从童年中流泻出来。自从有了烘干机,那种衣香就消失在记忆里,从未想过是阳光的原因。

农夫自有他的哲学,他说:"你们都市人可不要小看阳光,有阳光的时候,空气的味道都是不同的。就说花香好了,你有没有分辨过阳光下的花与屋里的花香气不同呢?"

我说:"那夜来香、昙花香又作何解呢?"

他笑得更得意了:"那是一种阴香,没有壮怀的。"

我便那样坐在稻谷边,一再地深呼吸,希望能细细品味阳光的香气。看我那样正经庄重,农夫说:"其实不必深呼吸也可以闻到,只是你的嗅觉在都市退化了。"

成长悟语 Cheng Zhang Wu Yu

人们习惯把幸福想象在一个离自己很远很远的地方,然后苦苦地去追求,却对自己身边的幸福视而不见,久而久之,感受幸福的能力也随之退化。

跳下悬崖的狮子与崖下的老虎展开激烈的打斗,双双负伤逃走了。

在危难中享受安然

◆文/佚　名

有一个人在森林中漫游的时候,突然遇见了一只饥饿的狮子,狮子大吼一声就扑了上来。他立刻用生平最大的力气和最快的速度逃开,但是狮子紧追不舍,他一直跑一直跑一直跑,最后被狮子逼入了断崖边上。站在悬崖上,他想:"与其被狮子捉到,活活被咬死、肢解,还不如跳入悬崖,说不定还有一线生机。"他纵身跳入悬崖,非常幸运地卡在一棵树上,那是长在断崖边的梅树,树上结满了梅子。正在庆幸的时候,他听到断崖深处传来巨大的吼声,往崖底望去,原来有一只凶猛的老虎正抬头看着他,老虎的声音使他心颤,但转念一想:"狮子与老虎是相同的猛兽,被它们中的哪个吃掉，都是一样的。"当他一放下心，又听见了一阵声音，仔细一看，一黑一白的两只老鼠，正用力地咬着梅树的树干。他先是一阵惊慌，立刻又放心了，他想："被老鼠咬断树干跌死，总比被老虎咬好。"情绪平复下来后，他感到肚子有点儿饿，看到梅子长得正好，就采了一些吃起来。他觉得一辈子从没吃过那么好吃的梅子，后来，他找到一个三角形的枝桠休息，他想着：既然迟早都要死，不如在死前好好睡上一觉吧！他在树上沉沉地睡去了。睡醒之后，他发现黑白老鼠不见了，老虎、狮子也不见了。他顺着树枝，小心翼翼的攀上悬崖，终于脱离险境。原来就在他睡着的时候，饥饿的狮子按捺不住，终于大吼一声，跳下悬崖。黑白老鼠听到狮子的吼声，惊慌逃走了。跳下悬崖的狮子与崖下的老虎展开激烈的打斗，双双负伤逃走了。

成长悟语 Cheng Zhang Wu Yu

　　自己对自己说：我失败了，放弃吧。那么你真的会躺下起不来。但如果你说：我还能坚持。那么你果真就会有接着走下去的力量。人可以自己打败自己，也可以自己成全自己。

　　他们高兴极了，同时也懊悔极了，后悔没有捡拾更多的鹅卵石。

马褡子里的鹅卵石

◆文/佚　名

　　一天晚上，一群游牧部落的牧民正准备安营扎寨休息的时候，忽然被一束耀眼的光芒所笼罩。他们知道神就要出现了，因此，他们满怀殷切地期盼，恭候着来自上苍的重要旨意。

　　神果然出现了，他对这些虔诚地信仰着他的人说："你们要沿路多捡一些鹅卵石，把它们放在你们的马褡子里。明天晚上，你们会非常快乐，但也会非常懊悔。"说完，神就消失了。

　　牧民们感到非常失望，他们原本期盼神能够给他们带来无尽的财富和健康长寿，但没想到神却吩咐他们去做这件毫无意义的事。但是无论如何，那毕竟是神的旨意，他们虽然有些不满，仍旧各自随意拾了一些鹅卵石，放在马褡子里。

就这样，他们又走了一天。当夜幕降临，他们开始安营扎寨时，忽然发现放进马褡子里的每一颗鹅卵石竟然都变成了钻石。他们高兴极了，同时也懊悔极了，后悔没有捡拾更多的鹅卵石。

生活中的机遇，就好比黑暗中的钻石，我们之所以与之失之交臂，有两个可能，一是我们以为那只是没用的鹅卵石，二是我们懒得弯腰把它们捡到自己的马褡子里。

他想，灾难这时恐怕已降临到隔壁，自己要是不搬，无疑会被卷入事变中。

预 言 鼠

◆文/[日本]星新一

有个人养了几只老鼠，这几只老鼠是老鼠中的精品，犹如精灵一般。

这个人每天喂给老鼠美味的食物，并且精心地给它们擦洗身子。老鼠一病，他就异常担心，甚至超过了对自己的关心，老鼠跟他也非常亲密。天晴时他们在院子里愉快地玩耍，下雨天就在家里捉迷藏。他们还经常一起去旅行。他感到跟老鼠生活在一起非常快乐，但这并不是他喜欢老鼠的主要原因。他常常抚摸着老鼠的脊背，口中嘟囔："如果没有你们，不知道我会遇到多少灾难呢。"

原来，老鼠有预知危险的本领。他正是注意利用了这一点，并且深入研究，发挥了作用。

很久以前的一天，老鼠突然都从家里逃走了。他弄不清是怎么回事，也就没命地在后面追。朋友们也紧紧跟着他。这时，大地震发生了。真是幸运，因为是在外面，所以他幸免于难。要是呆在家里，肯定会被压在建筑物下，即使不死，也会受重伤。

还有一次，在他外出要上船的时候，老鼠在他的提袋里骚动起来，他立即收住步子，老鼠随之也安静下来。结果，出航的船遇上了风暴，沉没在大海里。

他像这样托老鼠的福而幸免于难的事还有好几回。他想着这些,对老鼠说:"不管怎样,这是一个多灾多难的世界。今后可要多多关照啊!"

他喂食给它们吃。这时,吃食的老鼠显得惶恐不安。这是危险的预兆。

"啊?将要发生什么事?是火灾?还是水灾?不管它,赶快搬家吧。"

由于事出突然,他也就顾不得价钱的贵贱,胡乱卖掉房子,匆忙搬走了。当然,受些损失也是没办法的,要是磨磨蹭蹭,碰上灾难岂不更糟!

乔迁新居后,老鼠恢复了常态。他稍事休息,就想弄清自己搬走后旧居到底发生了什么灾难。于是,他往旧居挂了电话。

"喂,喂,我是以前的老住户,想打听一下……"

"什么事?忘了什么东西?"

"不是,我是想知道在我搬走后,您那里有什么变化?"

"唔,好像没什么。"

"不会的,请您仔细想一下。"

"要说嘛,就是您走后不久,住您隔壁的人也搬了。就这样。"

"是吗!新搬来的是什么人?一定是位可怕的人物。"

他热心地问着。他想,灾难这时恐怕已降临到隔壁,自己要是不搬,无疑会被卷入事变中。但是,对方的回答很让他意外:

"不,是位很和善的人。"

"真的吗?"

"是的。因为他非常爱猫,养了很多,所以……"

成长悟语 Cheng Zhang Wu Yu

经验就像仪器,再精确都有失灵的时候,与其对经验不加分析地盲目遵从,不如先冷静地思考,然后根据分析得来的综合结论再沉着地对待。这才是利用经验的正确方式。

不必急着回答,先想想,你会是那只北极熊吗? 你会一边吸着自己的血,一边享受幸福的感觉吗?

可能你就是一只北极熊

◆文/月 儿

在北极圈里,北极熊是没什么天敌的,但是聪明的爱斯基摩人,却可以轻易地逮到它。爱斯基摩人是怎么办到的? 就是靠上帝给人的智慧吧!

他们杀死一只海豹,把它的血倒进一个水桶里,用一把双刃的匕首插在血液中央,因为气温太低,海豹血很快凝固,匕首就结在血中间,像一个超大型的棒冰。做完这些之后,把棒冰倒出来,丢在雪原上就可以了。

北极熊有一个特性:嗜血如命。这就足以害死它了。它的鼻子特灵,可以在好几公里之外就嗅到血腥味。当它闻到爱斯基摩人丢在雪地上的血棒冰的气味时,就会迅速赶到,并开始舔起美味的血棒冰。舔着舔着,它的舌头渐渐麻痹,但是无论如何,它也不愿意放弃这样的美食。忽然,血的味道变得更好——那是更新鲜的血,温热的血。于是它越舔越起劲——原来,那正是它自己的鲜血——当它舔到棒冰的中央部分,匕首扎破了它的舌头,血冒出来。这时,它的舌头早已麻木,没有了感觉,而鼻子却很敏感,知道新鲜的血来了。这样不断舔食的结果是:舌头伤得更深,血流得更多,通通吞进自己的喉咙里。最后,北极熊因为失血过多,休克晕厥过去,爱斯基摩人就走过去,几乎不必花力气,就可以轻松捕获它。

在我们的生命中,在追求幸福的过程里,我们也很可能是一只北极熊,如果我们所抱的是一种错误观念的话。美国有一家周刊,曾做过一个调查,请世界 500 强大企业的退休 CEO 们填一份问卷。其中前十大企业的老板,对其中一个问题都有相同的答复,这个问题是:如果人生可以重新来过,你会希望什么是你绝对不能错过的? 这十个人都说了同一件事——如果人生可以重来,他们一定不放弃陪伴孩子一起成长。

那么,对你来说,什么是最重要的? 不必急着回答,先想想,你会是那只北极熊吗? 你会一边吸着自己的血,一边享受幸福的感觉吗?

　　每个人都拥有一个属于自己的喜好，通过这个喜好能得到快乐和满足。但只有那些可以对喜好收放自如的人才能体会到喜好带来的幸福，而不至于在短暂的快乐之后是无尽的痛苦或麻烦。

第 七 辑

好运气缘何降临七次

也许每个人心里都有过这么一盏灯，为自己点亮的同时也为别人点亮，为自己守候的同时也守候着别人。唯有这样点一盏心灯，在这个静寞的秋夜里，让心灵有了寄宿，让人在回眸的时候，仍然相信人世间一切的美好。

你只需要记住一点,无论中途多么遥远、多么坎坷,你永远是走在自己路途的最顶端,至于其他的问题,你无须理会。

路途的顶端

◆文/朵 朵

改变孩子一生的故事全集

鹅毛大雪下得正紧,漫山遍野都裹上了一层厚厚的雪。

有一位樵夫挑着两担柴吃力地往山上爬,他要翻过眼前的大山才能到家。樵夫一脚深一脚浅地走在山地雪路上,寂静的山头只听见脚踩着雪发出吱吱的响声。

肩挑沉重的柴,头顶凛冽的北风,樵夫每一步都走得十分费力。好不容易爬了一段路,满以为离山顶近了,可是他抬头仰望,看见前方仍是没个尽头。

樵夫沮丧极了,跪拜在雪地上,双手合十乞求佛祖现身帮忙。

佛祖现身问:"你有何困难?"

"我请求您帮我想个办法,让我尽快离开这鬼地方,我累得实在不行了。"樵夫疲惫地坐在地上。

"好吧,我教你一个办法。"说完,佛祖把手向农夫身后一指说,"你往身后瞧去,看见什么?"

"身后是一片茫茫白雪,只有我上山时留下的脚印。"樵夫不解地说。"你是站在脚印的前方还是后方?"

"当然是站在脚印的前方,因为每一个脚印都是我踩下去后才留下的。"樵夫理所当然地回答。

"孺子可教!如此即是说你永远站在自己走过路途的顶端。只是这个顶端会随着你脚步的移动而变化。你只需要记住一点,无论路途多么遥远、多么坎坷,你永远是走在自己路途的最顶端,至于其他的问题,你无须理会。"说完,佛祖便消失了。

樵夫照着佛祖的指示,果然轻松愉快地翻过山头回到家。

成长悟语 Cheng Zhang Wu Yu

伸出你的手,打开你的手掌你可以看到你的命运线,当你抓紧拳头的时候,命运线就牢牢地在你手中。很多时候并不是你没有能力,而是你没有尽全力。

> 如果让自我的心理和行为恶性膨胀,或损人利己,那么真正受伤害的可能正是你自己。

两 头 骆 驼

◆文/佚　名

在茫茫的沙漠深处,一头驮着沉重货物的老骆驼体力高度透支。另一头体力强壮的骆驼与它结伴而行。

老骆驼看了看仅仅驮着一丁点儿货物而轻松前进的同伴后,便以哀求的目光气喘吁吁地对它的同伴说:"请你帮助我驮一点儿东西吧,对你来说,这不算什么,但对我来说,却可以减轻不少负担。"

可另一头骆驼极不情愿而又幸灾乐祸地回答:"我凭什么要帮助你驮东西,那是你的事,与我无关。你老实地承受着负担吧,我乐得轻松呢!"

又走了一程,老骆驼实在坚持不住了,再次向它的同伴请求说:"我……我……我真的体力不支了,你行行好吧。要是我倒下去了,你将要驮更多的东西了,你可不要后悔呀。"

"你别啰嗦了,我懒得再听到你的声音。你倒下去了和我有何关系,说不定会有更多的食物和水供我享用呢。哈哈哈!"这个同伴哪里能听得下老骆驼的请求和忠告呢。

不久,老骆驼真的累死了。主人将老骆驼背上的所有货物加在它的同伴背上,这头骆驼才想起死去老骆驼的请求和忠告,顿时懊悔不已。

不少现代人越来越注重自我价值的实现,而忽视他人的需求。可是,一定不要忽略了这样一个基本事实,那就是:我们共同生活的环境,就如同在一条船上,大家是同舟共济的,别人的好坏与我休戚相关,在帮助别人时,其实也在帮助自己。如果让自我的心理和行为恶性膨胀,或损人利己,那么真正受伤害的可能正是你自己。

请不要吝惜给予路上偶遇的人们温暖的微笑与眼神，不要在他们需要的时候吝惜伸出你的援手，因为很可能在你陷入困境的时候向你伸出援手的就是他们中的某一个人。

师父，您给我上了伟大的一课，没有什么东西是永恒的。只需要耐心

改变孩子一生的故事全集

阿 难 取 水

◆文/佚 名

有一次，一个佛陀经过一片森林，那天烈日当空，特别热，他觉得口渴，就告诉侍者阿难："我们不久前曾跨过一条小溪，你回去到小溪帮我取一些水来。"

阿难回头去找那条小溪，但小溪实在太小了，再加上有一些车子经过，溪水被弄得很污浊，水不能喝了。

于是阿难又返回来告诉佛陀："那小溪的水已变得很脏并且不能喝了，我们继续向前走，我知道有一条河离这儿才几里路。"

佛陀说："不，你还是回到刚才那条小溪去。"阿难表面遵从，但内心并不服气，他认为水那么脏，只是浪费时间白跑一趟。

他返回小溪的途中，自己就想：为什么水浑浊了，师父还要坚持要那里的水。明明我没错嘛。不行，我要去找师父理论。阿难走了一半路，又跑回来说："您为什么要坚持？"

佛陀不加解释，语气坚定地说："你再去。"阿难觉得师父好固执，但也只好遵从。

当他再来到那条溪流旁，那溪水就像它原来那么清澈、纯净。泥沙已经流走了，阿难笑了，提着水跳着回来，拜在佛陀脚下说："师父，您给我上了伟大的一课，没有什么东西是永恒的。只需要耐心。"

很多人都有积极行动的勇气,却常常缺乏等待胜利果实到来的耐心。只有那些有长远耐心的人,才能成为最后的赢家,摘取全部的果实。

小提琴手说:"虽然我没钱,但我活得很快乐;假如我没了诚信,我一天也不会快乐。"

一个贫穷的小提琴手

◆文/凡 华

在繁华的纽约,曾经发生过这样一件震撼人心的事情。

星期五的傍晚,一个贫穷的年轻艺人仍然像往常一样站在地铁站的入口,专心致志地拉着他的小提琴。琴声优美动听,虽然人们都急急忙忙地赶着回家过周末,还是有很多人情不自禁地放慢了脚步,时不时会有一些人在年轻艺人面前的礼帽里放一些钱。

第二天黄昏,年轻的艺人又像往常一样准时来到地铁站入口,把他的礼帽摘下来很优雅地放在地上。和以往不同的是,他还从包里拿出一张大纸,然后很认真地铺在地上,四周还用自备的小石块压上。做完这一切以后,他调试好小提琴,又开始了演奏,声音似乎比以前更动听更悠扬。

不久,年轻的小提琴手周围站满了人,人们都被铺在地上的那张大纸上的字吸引了,有的人还踮起脚尖看。上面写着:"昨天傍晚,有一位叫乔治·桑的先生错将一份很重要的东西放在了我的礼帽里,请您速来认领。"

人们看了之后议论纷纷,都想知道是一份什么样的东西,有的人甚至等在一边想看个究竟。过了半小时左右,一位中年男人急急忙忙跑过来,拨开人群冲到小提琴手面前,抓住他的肩膀语无伦次地说:"啊!是您呀,您真的来了,我就知道您是个诚实的人,您一定会回来的。"

年轻的小提琴手冷静地问:"您是乔治·桑先生吗?"

那人连忙点头。小提琴手又问:"您遗落了什么东西吗?"

那个先生说:"奖票,奖票。"

于是小提琴手从怀里掏出一张奖票,上面还醒目地写着乔治·桑,小提琴手举着彩票问:"是这个吗?"

乔治·桑迅速地点点头,抢过奖票吻了一下,然后又抱着小提琴手在地上疯狂地转了两圈。

原来事情是这样的:乔治·桑是一家公司的小职员,他前些日子买了一张一家银行发行的奖票,昨天上午开奖,他中了50万美元的奖金。昨天下午,他心情很好,觉得音乐也特别美妙,于是就从钱包里掏出50美元,放在了礼帽里,可是不小心把奖票也扔了进去。小提琴手是一名艺术院校的学生,本来打算去维也纳进修,已经订好了机票,时间就在今天上午,可是他昨天整理东西时发现了这张价值50万美元的奖票,想到失主会来找,于是今天就退掉了机票,又准时来到了这里。

后来,有人问小提琴手:"你当时那么需要一笔学费,为了赚够这笔学费,你不得不每天到地铁站拉小提琴,那你为什么不把那50万美元的奖票留下呢?"

小提琴手说:"虽然我没钱,但我活得很快乐;假如我没了诚信,我一天也不会快乐。"

成长悟语 Cheng Zhang Wu Yu

　　心安理得地生活,并非要拥有很多很多,而是因为我们所拥有的都是真正属于自己的东西。如果获得的前提是违背道德和良心,拥有全世界又有何意思?

　　只要有一线希望,就应奋斗不止。但对无可挽回的事,就要想开点儿,不要强求不可能的结果。

凡事要想开点儿

◆文/[美]戴尔·卡耐基

　　小时候,有一天我到一间没人住的破屋里玩。玩累后把脚放在窗台上歇着时,一点儿声响惊得我一跃而起。没想到左手食指上的戒指此时钩住了一只铁钉,竟把手指拉断了。

　　我当时吓呆了，认为今生全完了。但是后来手伤痊愈了，也就再没有为这事烦恼。现在我几乎从不想到左手只剩四根手指。

　　几年前，我在纽约曾遇到个开电梯的工人，他失去了左臂。我问他是否会感到不便，他说："只有在纫针的时候才会感到。"

　　人在身处逆境时，适应环境的能力是惊人的。人可以忍受不幸，也可以战胜不幸，因为人有着惊人的潜力，只要立志发挥它，就一定能渡过难关。

　　小说家达克顿曾认为除双目失明外，他可以忍受生活上的任何打击。但当他60多岁、双目真的失明后，他却说："原来失明也可以忍受。人能忍受一切不幸，即使所有感官都丧失知觉，我也能在心灵中继续活着。"

　　我并不主张逆来顺受，而应该这样：只要有一线希望，就应奋斗不止。但对无可挽回的事，就要想开点儿，不要强求不可能的结果。

　　话剧演员波尔赫德就是这样一位达观的女性。她的戏剧曾风靡四大洲五十多年之久。当她71岁在巴黎时，突然发现自己破产了。更糟糕的是，她在乘船横渡大西洋时，不小心摔了一跤，腿部伤势严重，引起了静脉炎。医生认为必须把腿部切除。善良的医生不敢把这个决定告诉波尔赫德，怕她忍受不了这个打击。可是他错了。波尔赫德注视着这位医生，平静地说："既然没有别的办法，就这么办吧。"

　　手术那天，她在轮椅上高声朗诵戏里的一段台词。有人问她是否在安慰自己。她回答："不，我是在安慰医生和护士，他们太辛苦了。"

　　后来，波尔赫德继续在世界各地演出，又重新在舞台上工作了7年。

　　花费精力和不可避免的事情抗争，就不能再有精力重建新生。为什么车子的轮胎能经得起长途辗磨呢？开始人们设计出很硬的抗震车胎，但用不了多久，被震得七零八落。后来造出有弹力的防震车胎，这才经得住磨损。如果我们也能像这种车胎一样，那我们也会生活得更稳定和长久。

成长悟语 Cheng Zhang Wu Yu

　　生活之路不可能都是平坦的阳光大道，肯定会有起有伏，会有坎坷，甚至会有荆棘。走过那些路时，我们可能会伤痕累累，此时不应该坐在荆棘丛中哭泣，而是拿起手中的刀斧开出一条新路。

> 对很多给予者来说，也许这些给予是微不足道的，可是它的作用却常常难以估计。

学 会 感 恩

◆文/佚　名

感恩是一种生活状态，一种善于发现美并欣赏美的道德情操。

穷人区里的一位小学老师要求她所教的一班小学生画下最让他们感激的东西。她心想能使这些穷人家小孩心生感激的事物一定不多，她猜他们多半是画桌上的烤火鸡和其他食物。当看见杜格拉斯的图画时，她十分惊讶，那是以童稚的笔法画成的一只手。谁的手？全班都被这抽象的图案吸引住了。

"哦，我猜这是上帝赐食物给我们的手。"一个孩子说。"一位农夫的手。"另一个孩子说。

到全班都安静下来，继续做各人的事时，老师才过去问杜格拉斯，那到底是谁的手。"老师，那是你的手。"孩子低声说。她记得自己经常在休息时间，牵着孤寂无伴的杜格拉斯散步，她也经常如此对待其他孩子，但对无依无靠的杜格拉斯来说却特别有意义。

是的，一生中我们每一个人都会有要感谢的人和事，或许不是什么大恩大德，只是生活中的一点一滴，比如，感谢母亲辛勤的工作，感谢同伴热心的帮助，感谢人与人之间的相互理解……对很多给予者来说，也许这些给予是微不足道的，可是它的作用却常常难以估计。

懂得感恩的人，才能常在生活中发现美好，会用微笑去对待每一天。因为他们知道感恩不是简单的报恩，更是一种责任、自立、自尊和追求一种阳光人生的精神境界！

贫困不是理由

◆文/姜钦峰

她只是个普通的农家女孩。去年高考，她考了683分的好成绩，超出重点录取分数线近100分。喜讯传来，一家人却陷入愁云惨雾之中：女孩一家5口，奶奶年事已高，母亲体弱多病，弟弟正上初中，全家的生活重担都压在父亲身上。父亲已经年过五旬，照顾几亩薄地，农闲时去附近煤矿挖煤。每天上午7点半下矿，工作到下午4点半才能出来吃饭，可即便如此，每月也只有几百元的微薄收入。为了供两个孩子读书，家里早已债台高筑。

当地媒体报道了女孩的窘境，引起了著名音乐人高晓松的关注。他决定资助女孩，并很快联系上她，在电话里郑重承诺："我在电视上看到了你的情况，决定资助你。"怕伤害女孩的自尊，他特意又补充了一句："不是因为你贫困，而是因为你有才华。"

喜从天降，女孩连声道谢。最后两人约定，女孩一旦拿到录取通知书就马上通知，他会把学费汇过去。

半个月后，女孩致电高晓松的秘书："请转告高叔叔，我被浙江大学录取了。"当高晓松第二天准备汇款时，女孩又打电话来了："高叔叔，非常感谢您的好意，可是我不能接受您的资助了。两天前，一位好心的伯伯资助了我大学4年的学费。昨天给您打电话，是因为我答应过您，被录取后一定要通知您。"

高晓松非常惊讶，也被女孩的诚实深深打动。他仍然想帮助她，就说："杭州的物价很高，既然有人帮你出了学费，那我就负担你4年的生活费吧，每月500元，你看怎么样？""谢谢您！不过，我的生活费那位伯伯也资助了。希望您——能帮助别的比我更需要帮助的孩子。"女孩真诚地说。

其实，女孩完全可以接受第二笔资助，也没有人会去查证。这笔钱，可以还债，可以给弟弟买新书包，可以让自己的大学生活滋润一点儿，可是她不假思索地放弃了。

这位内心富有的女孩名叫李小萍，家在四川内江市的农村。

此事传出之后，引发了一场不小的争议。面对褒扬与质疑，李小萍依然平静，她说，诚信和自立是自己的责任，虽然我暂时贫困，可是我没有任何理由逃避这种责任。

不求任何回报，不给受施者丁点儿压力和难堪，是最人性的关怀。如果你的给予是真诚的，又何必去张扬？

花 开 无 语

◆文/王建兰

他每年都要回家一两次，辗转几千里，让他牵肠挂肚的不仅仅是年迈体弱的母亲，还有难以割舍的乡情。他是个遗腹子，苦难与生俱来，像结伴而来的孪生兄弟一样伴随着他的成长。但苦难却没有在他心里留下伤痛，因为故乡的上空，乡邻们给他的温暖总是比寒冷早来一步。

他每次回家，都是一套简单的行装，坐着客车，一副从容淡定的样子。

回到这个偏僻的小山村，他立即是儿时玩伴的朋友，是长辈眼中乖巧的孩子。他蹲在乡邻的热炕头儿上，一大屋子的人，喝着大碗儿酒，说着知心的话，那么随和，那么融洽。

他该是个有出息的人，村里的人这样断定。马上就有人持否定态度，哪有有钱人不讲排场，总是这样低调回乡的？想想也是，问他，他只是笑笑说："混得还不错，自己干，自己说了算。"真是谜一样的人。

谜底是在几年之后被揭开的。村子里此时已家家有了电视，一个村民偶然在转换频道时捕捉到了这张熟悉的面孔。那个山村的夜晚一下子沸腾起来。所有的眼睛都聚焦在他的身上。年近四十的他,衣着光鲜,诙谐又睿智地面对记者的采访。

村民们惊讶地张大了嘴。那个再熟悉不过、寻常百姓家的孩子,竟会是一个卓有成绩的董事长和著名慈善家。

电视里,记者问他:"你做公益事业,通常都是'隐姓埋名',就像在网络上聊天选择隐身方式一样,你的出发点是什么?"

他没有正面回答记者的问题,却调侃道:"没人相信'天上会掉下馅饼',而我偏偏遇上了两次。第一次是我考上市重点高中。那晚母亲和我正为学费唉声叹气,就听院子里'扑通'一声,有人扔进一块'黑石头',再一看石头上绑了个纸袋儿,里面是一沓儿厚厚的纸钞,面额不等。母亲和我数了一遍又一遍,竟是 367 元 8 角。忘不了,怎么能忘呢?同样的幸福回放,是在我接到大学录取通知书之后。"

他说:"花开无语,但花的芬芳早已沁入心扉。山村人虽然是贫穷的,但那种给予的方式却是最富有、最尊贵的。不求任何回报,不给受施者丁点儿压力和难堪,是最人性的关怀。如果你的给予是真诚的,又何必去张扬?"

村民们恍然大悟,那些困扰了他们多年令他们百思不得其解的疑团,在这一刻全都化解了。村里建小学的赞助费,张家孩子治病收到的汇款等等,竟然都是他所为。

成长悟语 Cheng Zhang Wu Yu

> 每一个鼓励的眼神,每一个善意的微笑,每一次真诚地伸出自己的援手,其实就是在播撒美好的种子。当时我们可能不经意,但再回首,你走过的地方已开满爱的鲜花。

金钱能买到的东西总有不值钱的时候,做人就应当诚实守信,一诺千金。

第七辑 好运气缘何降临七次

没被改写的人生

◆文/姜钦峰

他出生在香港一个贫困家庭,很小就被家人送到戏班。那时,演戏是下九流的行当,只有走投无路的穷苦人家,才会送孩子去学戏。

按照旧时梨园行的规矩,父亲同戏班签了生死状,在约定期限内,他的生杀大权都握在师傅手中。戏班里的管教异常严厉,本该在父母膝下承欢的年纪,他却在师傅的鞭子与辱骂下练功,吃尽了苦头。时间不长,他就偷偷跑回了家,父亲勃然大怒,坚决叫他回去:"做人应当信守承诺,已经签了合同,绝不能半途而废。咱人虽穷,志不能短!"他只好重新回到戏班,刻苦练功,一练就是十几年。

终于学有所成,戏曲行业却一落千丈,他空有一身本事,却毫无用武之地。当时香港电影业正在迅速发展,但是男影星都是貌比潘安,威武雄壮。个子不高、大鼻子小眼睛的他,怎么在电影界混呢?

经人介绍,他进了香港邵氏片场,做了一个"臭武行",专门跑龙套。他扮演的第一个角色,居然是一具"死尸"。苦点儿累点儿不算什么,要命的是,跑龙套的没有尊严,时常遭人百般刁难,冷嘲热讽。在那样的环境里,他没有怨天尤人,依然刻苦勤奋。由于学了一身好功夫,加上为人厚道,几年以后,他开始担当主角,小有名气,每月能拿到 3000 元薪水。

有一天,行业内的何先生约他出去,请他出演一个新剧本的男主角:"除了应得的报酬,由此产生的 10 万元违约金,我们也替你支付。"何先生说完强行塞给他一张支票,匆匆离去。

他仔细一看,支票上竟然签着 100 万,好大一笔款子!他从小受尽苦难,尝遍艰辛,不就是盼望能有今天吗?可转念一想,如果自己毁约,手头正拍到一半的电影就要流产,公司必将遭受重大损失。于情于理,他都不忍弃之而去。

一宿难眠。次日清晨,他找到何先生,送还了支票。何先生很是意外,他则淡淡地说:"我也非常爱钱,但是不能因为 100 万就失信于人,大丈夫当一诺千金。"

何先生非常欣赏这位年轻人,他的事情也很快传开了。公司得知后非常感动,主动买下了何先生的新剧本,交给他自导自演。就这样,他凭借电影《笑拳怪招》创造了当年的票房纪录,大获成功。

那年他才 25 岁,全香港都认识了他——成龙。

从影三十多年以来,成龙一直都很拼命,重伤 29 次,却从未趴下,拍了 80 多部电影,在全世界拥有 2.9 亿铁杆影迷,还是唯一一把手印、鼻印留在好莱坞星光大道上的中国演员。

有一次,成龙应邀去国外参加一个颁奖典礼,大批好莱坞大牌影星云集。他有些底气不足,谦逊规矩地站在一旁。出乎意料,那些大牌影星竟然主动排好队,一一上来同他握手。他这才恍然大悟:"哦,原来我也是大明星。"

在一次电视访谈中,成龙回忆起这些往事,感慨万千,深情地说道:"坦率地讲,我现在得到了很多东西。但是,如果当初我背信弃义,从戏班逃走,没有这身过硬的武功,或者为了得到那 100 万一走了之,我的人生肯定要改写。我只想以亲身经历告诉现在的年轻人,金钱能买到的东西总有不值钱的时候,做人就应当诚实守信,一诺千金。"

做事先做人,最珍贵的莫过于一诺千金。

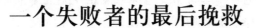

成长悟语 Cheng Zhang Wu Yu

人成长的主题,并不是要变得如何圆滑世故,八面玲珑,恰恰是要保持我们的自然品性——真善美,不让它们被功利熏染,不让它们在我们的身上悄然流走。

"决不能让这些错误的研究成果流传到后世。"这是一位误入歧途的科学家惊醒之后的唯一信念。

一个失败者的最后挽救

◆文/苏　者

18世纪初叶,科学大发展的前夕。在德国的匹兹堡大学里,有位哲学和医学教授白令葛,他十分喜爱研究化石。一天,几个学生给他带来了一些他从没见过的奇妙的化石,其中不仅描绘着飞鸟、昆虫以及其他珍禽怪兽,甚至还有介绍太阳、月亮和刻划着类似希伯来文的古老而又难以理解的石头书。教授看后,十分兴奋,立即跟学生一起到了发现化石的现场,再度挖掘出若干片化石。这是匹兹堡的郊外,有着古老的地层,正是教授经常采集化石并乐此不疲的地方。

从这一天起,教授便废寝忘食地埋头整理那些采集到的标本。那时,从近代意义上说,人类对化石的科学研究和科学认识还只处于刚刚起步阶段。经过数十载的辛劳,终于结出了果实——一本精美的包括有21张化石石版印刷图片的辉煌专著出版了,书名为《匹兹堡石志》。

然而,没过多久,一个让善良的人们永远也无法想到的悲剧发生了。一天,当教授再度对化石进行研究时,突然发现化石中有些竟然刻着自己的名字。他恍然大悟——可怜的教授为之耗尽了毕生心血,孜孜以求进行科学研究的客体竟然是伪造的。原来,这些化石是学生们事先把动物形象雕刻在石灰岩上,然后埋入地底下的人工假化石。事实上,这还不仅仅是学生们的恶作剧,也是其他教授为了戏弄他而暗地里设置的一个罪恶陷阱。

在经过了这一严酷的打击后不久，白令葛教授也即将走完他的人生之路，告别人世间。在将要离别人世的时候，教授本着一个学者的良心，尽自己的最大努力去回收那些已出售的书，并把它们付之一炬。

"决不能让这些错误的研究成果流传到后世。"这是一位误入歧途的科学家惊醒之后的唯一信念。当白令葛教授亲手点燃焚烧《匹兹堡石志》的火焰时，我们看到了一个失败科学家的崇高光辉。

成长悟语 Cheng Zhang Wu Yu

　　良心是我们思想的镜子，它能照出我们的所有污点，让我们分辨出是非，让我们知道什么是正义。经得起良心的叩问，才能生活得真实。

　　"儿子，你是男子汉，警察叔叔在，咱什么都不怕！"得到母亲的鼓励，男孩继续向歹徒走去。

请你相信，我一定回来

◆文/姜钦峰

　　一名身绑炸药的歹徒闯入校园，挟持两名中学生与警方对峙。歹徒时而仰天大笑，时而痛哭流涕，情绪异常激动，而他提出的条件更令人哭笑不得：要求警方立即枪决犯人李某，否则就与人质同归于尽。

　　警方迅速查清了歹徒的身份和背景。此人曾在采石场工作多年，精通爆破技术，后来改行经商，一个月前被最好的朋友李某骗得倾家荡产，因此精神受到极大刺激。李某因涉嫌诈骗已被逮捕，法律自会给他公正的判决。歹徒提出的条件近乎荒谬，警方当然不可能答应。歹徒虽然失去理智，却丝毫不笨，他身上绑的是挤压式炸药，只要受到3公斤以上的外力压迫就会引爆，如果他倒地同样会引起爆炸，因此警方不能将其击毙。

　　为了稳住歹徒，警方派出了谈判专家与其周旋，准备伺机而动。谈判从早晨一直持续到中午，歹徒的情绪稍稍稳定，再加上长时间的高度紧张导致体力下降，他不自觉地放松了警惕，两名特警悄无声息地迅速向他身后靠近。眼看大功即将告成，那名被挟持的女生忽然向歹徒提出要上厕所，另一名男生也跟着说要上厕所。歹徒先是一愣，顿时警惕起来："想逃跑，没那么容易，当我是傻瓜啊？"他环顾四周，立即发现了身后的一切。他下意识地拉紧了手中的炸药引信，暴跳如雷："骗子，你们全都是骗子！"警方功亏一篑，气氛骤然紧张。

此时哪怕尿裤子也不能吭声啊，可他们毕竟只是两个孩子，哪能想到那么多。片刻之后，歹徒忽然又大笑起来，一跺脚，大声叫道："好，我同意你们上厕所，但是只能一个一个轮流去，如果有一个不回来的话，那么剩下的人就给我陪葬！"他已不再相信警察，那种口气根本不容商量，两个孩子吓得脸色煞白。这一招真够歹毒，谁都明白，在那种场面之下，无论谁先走了也不会再回来送死。让谁先离开呢？

事发突然，此刻连警察也拿不出更好的应对之策，空气顿时凝固了，犹如箭在弦上，悲剧一触即发。两个孩子面面相觑，不知所措。"再不走，你们两个现在就陪我一起死。"歹徒为自己的"创意"感到得意，不断威胁催促。僵持片刻，男孩首先开口，对女孩说："我是男子汉，你先走吧。"女孩仿佛得到特赦，转身就走，刚走出两三步，忽又停住，回过头告诉男孩："请你相信，我一定回来。"声音很小，却字字清晰。男孩苍白的脸上泛起淡淡的笑容，冲她点了点头："我相信你。"女孩一路小跑，离死神越来越远……

此时，如果从全局着想，最完美的方案当然是女孩上完厕所再回去当人质，至少这样不会刺激歹徒的情绪，然后再从长计议。可是女孩好不容易才死里逃生，警方总不能劝人家再往火坑里跳，是否回去只能由她自己做主。时间似乎停止了，每一秒钟都像过了一年，现场一片寂静。

还好，几分钟后，女孩上完厕所后主动回去了。歹徒大感意外，有些沮丧，又有些不甘心，只好把男孩放出去。男孩临走时也告诉女孩："请你相信，我一定回来。"女孩报以信任的微笑。男孩上完厕所，正往回走，围观人群中忽然跑出一个女人，一把将他抱住，放声痛哭，男孩叫了一声"妈"。歹徒清楚地看到了这一幕，掩饰不住得意之色，他知道，世上没有一个母亲会眼睁睁地看着儿子涉险。歹徒手拉着引信仰天狂笑，凄厉的笑声撕破了校园的宁静，令人毛骨悚然。

女孩的身体在微微颤抖，绝望地闭上了眼睛。可谁也没料到，那个母亲擦干眼泪，松开手，拍了拍男孩的肩膀："儿子，你是男子汉，警察叔叔在，咱什么都不怕！"得到母亲的鼓励，男孩继续向歹徒走去。

成长悟语 Cheng Zhang Wu Yu

有些承诺，虽是指天画地、海誓山盟，却经不起风雨，甚至是小小的波折。有些承诺，朴实真诚，轻轻一语，便已值得托付一生。

临乱世而不惊，处方舟而不躁，喜迎阴晴圆缺，笑傲风霜雨雪，生命才会更有意义。

生命的极致

◆文/聂小武

他颈椎以下的部位全部瘫痪，四肢已经变形、僵硬、泛黑。在木床上躺了23年的身体，只有头部还听使唤。但他还是庆幸自己能拥有一天又一天。

他叫林豪勋，48岁，台湾台东卑南人。23年前，姐姐为了照顾中风的母亲，决定将旧平房改建为有阳台的两层楼房。25岁的林豪勋从台北赶来帮忙。没想到，一脚踩空从二楼摔下，摔断了颈椎。

卧床的头两年，林豪勋几乎绝望。但姐姐告诉他："自怨自艾只不过是在践踏自己，真正的男子汉应该有勇气开创未来。"

1990年底，朋友送他一台淘汰的286电脑。从此，林豪勋开始成为"啄木鸟"——躺在床上，咬着加长的筷子敲击键盘。尽管门牙咬得缺了半截，舌头经常磨破了皮，但他仍然顽强地在电脑上"啄"着生命的乐章。

他从整理自家族谱开始，陆续为260多位亲友写出家谱。接着又编写了《卑南字典》，以16个子音、4个母音，完成了5000个族语的记录。 1993年接触电脑音乐后，便又以饱满的热情投入卑南交响乐的创作。

林豪勋首先将祖先流传下来的乐章输入电脑，让卑南遗音点点滴滴地保留下来，再以曹族的旋律为基础，加入布农族的杵音、泰雅族的口簧琴。令他兴奋的是，电脑不但可以通过硬件和软件"软硬兼施"地合成交响乐，还可以把键盘当钢琴琴键，满足自己学琴的凤愿。

林豪勋说，自己一副破皮囊不知道还能够用多久，但只要活着，他就会认真地过好每一天。当生命被生活推向极致时，往往展现出一分从容之美。临乱世而不惊，处方舟而不躁，喜迎阴晴圆缺，笑傲风霜雨雪，生命才会更有意义。

成长悟语 Cheng Zhang Wu Yu

生命的潜能平时都安静地躲在某一个角落，只有热爱生命，在任何艰难险阻中都不放弃希望，不停止努力的人，才能将潜能的烟花点燃，使它绽放出生命的美丽。

转眼数十年过去了，我们做过了什么呢？是不是被眼前的欲望遮住了眼，而迷失了前进的方向？

不要被欲望遮住了眼

◆文/聂小武

215

过度的欲望是思想的热病，它使我们衰弱，不能使我们坚强。

有位出租车司机将一包垃圾放在后车座上，忘了拿去丢。

后来这部出租车载了一位女士，女士一上车，发现那包东西，她心想："一定是前面那位乘客留下来的。"她随手摸了一下，满满鼓鼓的，于是就乘司机专心开车之际，偷偷将那包东西塞进她随身带的包中。

真不知当她发现那包东西竟是垃圾时，感觉会如何！

在生活里，我们不也常常随手取走一些自认为很珍贵的东西？其实，那也只不过是一些垃圾罢了。

中国北方用驴拉磨，怕它懒惰不肯用力，就先把驴眼蒙起来，让它看不见，再将花生酱抹在驴鼻子上，驴子闻到香味，以为前面一定有好吃的食物，就会拼命地往前冲。

有一只狐狸想溜进一座葡萄园中大吃一顿，但是栅栏的空隙太小，它过不去，在狠狠地节食了三天之后，它总算可以钻进去了。但是当它痛痛快快的吃完之后，却又钻不出来，只好又在里面饿了三天，才出来。这只狐狸感慨地说："忙来忙去，还是一场空。"

虽然故事大家可能耳熟能详，但是我们是否能够看透当中的意义？大家最近在忙什么？是否有着一种无奈和苦闷？不要让自己忙来忙去，到头来还是空忙一场，古语有云："万里长城今犹在，不见当年秦始皇。"转眼数十年过去了，我们做过了什么呢？是不是被眼前的欲望遮住了眼，而迷失了前进的方向？

成长悟语 Cheng Zhang Wu Yu

如果我们的生活陷于众多的欲望包围之中，那么，就请尝试放弃一些包袱和拖累吧，要知道欲望之火虽然能给我们照亮前行的路，但火太大了会烧得我们遍体鳞伤。

> 很快，他就用镜头将奥运史上这最动人的一幕传递到了
> 世界上的每一个角落。

一个人的奔跑

◆文/澜　涛

那是一个再经典不过的夜晚，喧嚣的墨西哥城终于渐渐安静了下来，奥运会田径比赛的主体育场也慢慢地被笼罩在夜色之中，享誉国际的纪录片制作人格林斯潘，将当天马拉松比赛优胜者们领取奖杯、庆祝胜利的镜头都制作完毕了，才发现体育场内已空无一人。

"我该回宾馆休息了。"早已疲倦的他自言自语地说。

就在格林斯潘刚要离开体育场时，他突然看到一个右腿沾满血污、绑着绷带的人跑进体育场，这个人气喘吁吁、一瘸一拐地跑着，但却没有停下来。他顺着跑道跑了一周，抵达终点后，才突然一下子瘫倒在地……格林斯潘意识到，这是一名马拉松运动员。在好奇心的驱使下，格林斯潘走了过去，询问这名运动员为什么要这么吃力地跑到终点。

这位来自坦桑尼亚、名叫艾克瓦里的年轻人轻声回答道："我的国家从两万公里外把我送来这里，不是叫我在这场比赛中起跑，而是派我来完成这场比赛的。我要跑向终点，尽管我已经在奔跑队伍的最后面，但我有着和他们一样神圣的目标：我要跑到终点，即便已经不再有观众为我加油，我也必须这样做，因为我的身后有着祖国的凝望……"听了艾克瓦里的话，格林斯潘早已热泪盈眶。很快，他就用镜头将奥运史上这最动人的一幕传递到了世界上的每一个角落。

成长悟语 Cheng Zhang Wu Yu

在成长的道路上，要为自己的生命创造一种信誉，这种信誉就是由责任感来创造的。我们应该时刻记住，做任何事情都要充满责任感，善始善终，为自己的行为负责。

> 不快乐不是别人造成的，乃是自己心灵里面的问题。

理直也气和

◆文/佚 名

"小姐！你过来！你过来！"顾客高声喊，指着面前的杯子，满脸寒霜地说，"看看！你们的牛奶是坏的，把我一杯红茶都糟蹋了！"

"真对不起！"服务小姐赔不是地笑道，"我立刻给您换一杯。"新红茶很快就准备好了，碟边跟前一杯一样，放着新鲜的柠檬和牛乳。小姐轻轻放在顾客面前，又轻声地说："我是不是能建议您，如果放柠檬，就不要加牛奶，因为有时候柠檬酸会造成牛奶结块。"

顾客的脸，一下子红了，匆匆喝完茶，走了出去。

有人笑问服务小姐："明明是他土，你为什么不直说呢？他那么粗鲁地叫你，你为什么不还以颜色？"

"正因为他粗鲁，所以要用婉转的方法对待；正因为道理一说就明白，所以用不着大声！"小姐说，"理不直的人，常用气壮来压人；理直的人，要用气和来交朋友！"

每个人都点头笑了，对这餐馆增加了许多好感。往后的日子，他们每次见到这位服务小姐，都想起她"理直气和"的理论，也用他们的眼睛，证明这小姐的话有多么正确……他们常看到，那位曾经粗鲁的客人，和颜悦色，轻声细气地与服务小姐寒暄。

我们往往欣赏"理直气壮"，却往往忽视"理直气和"的绝妙之处。常言道：有理不在声高，更何况你是否有理呢？反过来，对于别人的无知、粗鲁，我们是"以牙还牙、以眼还眼"好呢，还是"以柔克刚"好呢？别忘了：要用气和交朋友！

如果不能做到这样，那么你可能就会无形中感觉到气愤，而生气又会给你带来什么呢？生气的背后是什么呢？当我们自己成为那个敏感、易怒、无理、情绪失控的人的时候，我们也应意识到其原因很可能是我们曾经受伤，而伤口尚未愈合。若我们能了解自己心灵里面尚待医治或解决的问题，再对症下药，必能成为情绪稳定、别人喜欢接近的人。不快乐不是别人造成的，乃是自己心灵里面的问题。

面对别人，其实也是在面对自己的内心，与人为善是一种人生智慧，但是它常常放射出比智慧更诱人的光泽。

不要畏惧成功的遥遥无期，成功其实不需要太长的时间，用上你发呆或喝咖啡的时间已经足够了。

成功需要多长时间

◆文 /李雪峰

两个年轻人酷爱画画，一个很有绘画的天赋，一个资质则明显差一些。20岁的时候，那个很有天赋的年轻人开始沉醉于灯红酒绿之中，整天美酒旌歌醉眼迷离，丢掉了自己的画笔。

而那个资质较差的年轻人则没有。他生活虽然极为贫困，每天需要打柴、下田劳作，但他始终没有丢掉自己钟爱的画笔。每天回来得再晚、再累，他都要点亮油灯，伏案在破桌上全神贯注地画上一个钟头。即使在他做木匠走村串户为别人打制桌椅床柜的时候，他的工具箱里也时刻装着笔墨纸砚，休歇的短暂间隙，行路时的路边稍坐，他都会铺上白纸，甚至以草棍代笔，在泥地上画上一通。

40年后，他成功了，从湖南湘潭一个名不见经传小镇上的一介凡凡木匠，成了声蜚世界的画坛大师，这个人就是齐白石。

齐白石成功后，曾和他一起酷爱过绘画的那个年轻人到北京来拜访过齐白石，不过，他和同时自称"白石老人"的齐白石一样，已经是个年过六旬的老头了。两个人促膝交谈。齐白石听他慨叹美术创作的艰辛和不易，听他述说对自己从事绘画半途而废的深深惋惜，齐白石听完莞然一笑说："其实成功远不如你想的那么艰辛和遥远，从木艺雕刻匠到绘画大师，仅仅只需要4年多的时间。"

"只需要4年多一点儿？"那个人一听就愣了。

齐白石拿来一支笔一张纸伏在桌上给他计算说，我从20岁开始真正练习绘画，35岁前一天只能有一个小时绘画的时间，一天一小时，一年365天，只有365小时，

365 小时除以 24，每年绘画的时间是 15 天。20 岁到 35 岁是 15 年，15 年乘以每年的 15 天，这 15 年间绘画的全部时间是 225 天；35 岁到 55 岁的时候，我每天练习绘画的时间是 2 小时，一年共用 730 小时，除以每天 24 小时，总折合是 31 天，每年 31 天乘以 20 年合计是 620 天；从 55 岁至 60 岁，我每天用于绘画的时间是 10 小时，每天 10 小时，一年是 3650 小时，折合 152 天，5 年共用 760 天。20 岁到 35 岁之间的 225 天，加上 35 岁到 55 岁之间的 620 天，再加上 55 岁到 60 岁时的 760 天，我绘画共用 1605 天，总折合 4 年零 4 个月。

4 年零 4 个月，这是齐白石从一个乡村懵懂青年成为一代画坛巨匠的成功时间。很多人对齐白石仅用了 4 年零 4 个月的时间成功很惊愕，但何须惊愕呢？其实成功离我们每个人并不远，成功也不需要太长的时间，只要你坚持，只要你勤奋，成功的阳光便很快会照射到你忙碌的身上。

不要畏惧成功的遥遥无期，成功其实不需要太长的时间，用上你发呆或喝咖啡的时间已经足够了。

鲁迅说他成功是因为别人在喝咖啡的时候，他却在写作。一个成功的人固然比一个常人努力百倍，但如果平摊到一生，常人和成功的人每小时的差距可能只是几秒。

哪怕没有任何优势，只要能够保留着善爱的心灵，就拥有了茂盛成风景的种子。

为别人撑开雨伞

◆文/澜　涛

那个下午，不停的雨让人的情绪低落得很。一位老妇人走进匹兹堡的一家百货公司，漫无目的地闲逛着。售货员们都看出了她并不想购买什么，看过一眼后，就都自顾自地忙着去整理货架上的商品了，以免被老妇人打扰。一名年轻的男店员看到老妇人后，立刻上前礼貌地和老妇人打招呼，询问老妇人是否有需要服务的地方。

老妇人坦率地告诉年轻店员，自己只是进来避避雨而已，并不打算买任何东西。年轻店员听了，微笑着对老妇人说，即便如此，她仍然很受欢迎。年轻店员陪老妇人聊起天，回答着老妇人的一些问题；老妇人离开的时候，年轻店员将老妇人送到街上，替老妇人把雨伞撑开……老妇人向年轻店员要了一张名片就径自走开了。

当年轻店员已经忘记了这件事的一天，他突然被公司老板叫到办公室，老板将一封信递给他。信是那天到公司避雨的老妇人写来的，老妇人要求这家百货公司派这名年轻店员前往苏格兰代表该公司接下装潢一所豪华住宅的工作。当年轻人接下这项交易金额数目巨大的工作后，才知道，这名老妇人是美国钢铁大王卡耐基的母亲。

年轻店员重新返回公司后，立刻被晋升。

哪怕没有任何优势，只要能够保留着善爱的心灵，就拥有了茂盛成风景的种子。为别人撑开雨伞吧，撑起的可能就是自己的一片景致。

成长悟语 Cheng Zhang Wu Yu

善意的微笑是一种出自内心、不求回报的真诚。不怀心机、持之以恒地输出你的善良，是一种永恒的美丽，也许某一天它会给你带来始料不及的惊喜。

普天之下，没有一个人会愉快地忘掉别人的诺言，哪怕是一只狗。

没谁会忘掉你的诺言

◆文 / 刘燕敏

1977年4月22日，法国总统德斯坦访问卢森堡，将一张象征4936784.68法郎的支票，交到卢森堡第五任大公让·帕尔玛的手上，以此来了却持续了180年的"玫瑰花诺言"案。

"玫瑰花诺言"发生在1797年3月17日。当时，法国皇帝拿破仑在卢森堡大公国访问，在参观国立卢森堡小学时，他向该校赠送了一束价值3个金路易的玫瑰花，并许诺只要法兰西共和国存在一天,将每年送上一束,以作两国友谊的象征。

拿破仑离去之后,由于忙于战事,最后把这一诺言给忘了! 1894 年,卢森堡大法官萨巴·欧白里郑重向法兰西共和国提出"玫瑰花诺言"问题,要求法国政府在拿破仑的声誉和 1374864.76 法郎(3 个金路易的本金,按复式利率 5%计算,存期 98 年)之间进行选择。此后成为外交惯例,每年的 3 月 17 日,卢森堡都要重提此事,致使法国的历任总统在访问卢森堡时,都要在谈完正事之后,顺便提一下"玫瑰花"之事,以示没有忘记此事。

据说,促使德斯坦总统了结"玫瑰花诺言"问题的,是他家的宠物犬——庞贝。

一天,他带庞贝在农场散步,礼帽一下被吹跑了,由于风势较大,转眼就消失得无影无踪。德斯坦对庞贝说:"宝贝,看你的了,回来我会好好奖励你的!"

不到一刻钟,庞贝就把帽子找了回来。回到住处,德斯坦总统从冷藏柜里拿出两只山羊睾丸奖励庞贝。就在它吃完第一只,准备要第二只的时候,电话铃响了。总统在去接电话时,下意识地将那只山羊睾丸,装进自己的口袋。

接完电话,德斯坦总统就从后门乘车走了。出了农场,他才发现自己闹了笑话,于是掏出那只山羊睾丸,扔给了路边的一群山鹰。

自此,他的宠物犬庞贝落下一个毛病,见到他就立起身子,用前爪扒他的口袋。起初,德斯坦总统不知道是因为欠了它一只山羊睾丸,直到三个月后,再次带它在农场散步,才想起自己的许诺没有完全兑现。

德斯坦总统找出原因之后,有意在口袋里装了一只。据总统讲,自庞贝吃了他从口袋里掏出的那份奖品,再没有扒过他的口袋。

当德斯坦总统在一次内阁会议上讲完庞贝的故事,说:"了结'玫瑰花诺言'的时候到了!"最后,以 236 票对 5 票通过了总统的提议。

现在,德斯坦作为法国前总统,担任着欧盟制宪委员会主席的职务,他之所以能担任这个职务,据说是因为整个欧洲认为,他是一个最值得信任的人。在他的就职演说中有这么一段话:

许下的诺言,一定要兑现。如果没有兑现,下次见面时也一定要重新提起;千万不要心存侥幸,认为诺言会悄悄地溜走。请记住,普天之下,没有一个人会愉快地忘掉别人的诺言,哪怕是一只狗。

成长悟语 Cheng Zhang Wu Yu

每一个诺言都是为了实现而存在的,不要轻易许下诺言。许下一个诺言只需要嘴巴的几个动作,但实现这些诺言可能需要一生的时间。

　　是的，一生中我们每一个人都会有
要感谢的人和事，或许不是什么大恩大
德，只是生活中的一点一滴，比如，感谢
母亲辛勤的工作，感谢同伴热心的帮助，
感谢人与人之间的相互理解……

第 八 辑

把心情加工一下

不要幻想生活总是那么圆圆满满,也不要幻想在生活的四季中享受所有的春天,每个人的一生都注定要跋涉沟沟坎坎,品尝苦涩与无奈。只要心中的信念没有萎缩,只要自己的季节没有严冬,即使凄风苦雨又奈我何? 把心情加工一下,换一种心情看待人生,或许你会发现,生活中并不缺少阳光。

为自己，也为别人

◆文/佚　名

改变孩子一生的故事全集

　　美国俄亥俄州，每年都举行南瓜大赛，汤姆的成绩相当优异，连年获首奖或优等奖。得奖后，汤姆毫不吝惜地将种子分送给邻居们。一位邻居不解地问："你花那么多时间和精力培育良种，为什么把种子送给我们？难道你不怕我们的南瓜超过你的？"汤姆则回答："我把种子送给大家，其实也是在帮助我自己！"原来，各家瓜地相连，汤姆把自己的优良品种分给邻居，可以避免蜜蜂在传授花粉的过程中，将劣种花粉传播到自己的优良品种上，避免优良品种的退化。

　　快乐就像优良的南瓜品种，你散播快乐，收获的当然也是快乐。

　　一天深夜，一位男士开车行驶在路上，在一个路口的转弯处，发现有一对年轻的夫妇抱着一个孩子焦急地向路上张望。他感觉那对夫妇一定是有急事，就在不远处停下车，走回来询问这对夫妇是否需要帮忙。夫妇俩很警觉地问他："你是黑车拉活儿的吧？到儿童医院多少钱？"开车的男士知道是孩子病了，急忙请他们上车，并告诉他们自己只是想为其提供些帮助。一路上这对夫妇依然有些戒备。到了医院门口，一家人下了车，匆匆向急诊室奔去。刚过大门，夫妇俩突然转过身，向正欲驾车离去的男士笑着挥挥手。那一瞬间，开车的男士看见那对夫妇的笑容是如此灿烂，一种温暖的快乐即刻从自己的心中升起来。

　　美国马萨诸塞大学医学院的卡罗琳·施瓦茨及同事对2016人进行了调查和分析，这些人要回答他们每隔多久会"关爱他人"和"倾听"，以及每隔多久他们会得到同样的关心。研究后发现，帮助别人比接受帮助更有益于精神健康。研究人员说，乐于助人的人，可能较少关注自己内心的焦虑和沮丧，或者更善于从符合精神健康的角度来看待自己的烦恼。

成长悟语 Cheng Zhang Wu Yu

　　生活中，彼此都需要爱的温暖、感情的温馨。其实，只要你能真正付出你的真诚和善良,你也会从中得到一份温馨和意想不到的收获。

> 这就像我们面对着一块石头,你若把它背在背上,它就会成为一种负担;你若把它垫在脚下,它就会成为你进步的台阶。

把石头垫在脚下

◆文/海星星

在美国华盛顿监狱里,有一个名叫库丁的重刑犯。他游手好闲、嗜酒如命且毒瘾极大,对一个服务生看不顺眼,就一刀将其杀死了。结果,他被判终身监禁。

库丁有两个儿子,年龄相差只有两岁。大儿子跟父亲一样,从小不务正业,学生时代就染上了很重的毒瘾,全靠偷窃和绑架勒索为生,后来也因为杀人而锒铛入狱。小儿子却大不一样,他正直诚实,刻苦好学,大学毕业后在一家著名的大型企业里谋到了满意的职位。他工作勤奋,成绩显著,多次受到公司的嘉奖和提拔,如今已经做了那家公司的总经理。他不仅事业有成,家庭生活也相当美满,有一个贤惠善良的妻子和三个聪明可爱的孩子,一家人过着甜蜜幸福的生活。

可完全相同的成长环境里,为何两个儿子有着完全不同的命运?为了弄清个中缘由,一位记者前去采访。没料到兄弟二人的答案竟然是完全相同的:"有这样的父亲,我还能有什么办法?"

有这样的父亲,的确是一种不幸。一个人的成长,离不开他赖以生存的环境。但人的主观能动性可以改造环境,可以把劣势转化为优势。同一块土地,既长稻谷也长稗子,是成为稻谷还是成为稗子,关键还在于你自己。当我们抱怨自己的学习或工作条件艰苦时,当我们因自身的不幸遭遇而诅咒命运之神时,再没有想到艰难困苦对于自己来说,也是一种十分珍贵的养分?

这就像我们面对着一块石头,你若把它背在背上,它就会成为一种负担;你若把它垫在脚下,它就会成为你进步的台阶。

成长悟语 Cheng Zhang Wu Yu

同样掉进深谷低处,你可以享受攀登的过程,体验努力后重生的成就感;也可以在山谷中哀叹悔恨,但你能听到的只有山谷传来的同样绝望的回响。

> 盲人是较容易到上帝的,因为他们不会被这个散发着虚假光晕的表象世界所迷惑。

天 使 之 声

◆文/赵　焰

盲人是最容易见到上帝的人。

说这话是有理由的,我们很容易从聆听波切利的歌声中得出这种结论。波切利的嗓音,仿佛是从很遥远而又很接近的地方飘出来的,很熟悉也很清明,不是炽热,更不是寒冷,不是柔情,更不是坚韧和刚毅,而是温暖,散发着一种夕阳中圣殿的光芒。还有安详,那种柔柔的、带着点儿热气的暖风,那可以透过你的毛孔,一直暖到你的心房中去,就像有一只温暖绵软的上帝之手,托着你的心叶在抚慰。这时你的所有思绪都不需要,就这样一直沉浸,沉浸到自己的内心深处。

这是一种回家的感觉。

这种感觉,竟是一个盲人给带过来的。这位意大利盲人歌手,在他 12 岁时就双目失明,在此之后,他一边学唱,一边攻读学位。直到他 30 多岁取得法学博士后,他突然意识到自己一辈子最重要的事情就是唱歌了,然后他拜帕瓦罗蒂为师,向大师学习发声方法,直到登上歌坛的顶峰。

我一直在想,究竟是什么力量促使波切利选择歌唱来作为自己的生存方式。从聆听他的歌声中,我丝毫不怀疑,波切利是见过上帝的人。只有见过上帝的人,他的歌声才如此安详、虔诚、平和,才有一种难以言传的安宁和诚服,才有一种澄明的光辉。除此之外,还有一种空前的喜悦,不是狂喜,而是一种宁和的喜悦,这种喜悦不是为来自外部的、由外部注入的,而是在内心中生长出来的。在这种喜悦的力量中,波切利只要歌唱就足够了,满怀深情地歌唱,不需要思考。在歌唱中波切利就是一架机器,一台上苍制造的完美的发声机器,而他全部美妙的声音来自于上苍,一个完美的影子世界。

盲人是较容易见到上帝的, 因为他们不会被这个散发着虚假光晕的表象世界所迷惑。他可以一直内省自己，反观自己，见到自己心灵中的光。那光芒是美丽绚烂无比的。

要知道，欲望难填，永远无法满足，只有内心的安详才是最终的安详。所有的外在终将褪下华丽的外衣，到最后要面对的，还是自己的内心，纯净与否，只有自己知道。

去掉各种不快的因素，即使有些不公正的议论，也会把它当做蛛网一样轻轻抹掉，尽情享受生活的快乐、生命的价值。

情绪过滤器

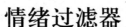

◆文/佚　名

一位优雅大方的女士，无论何时何地，脸上总带着特有的迷人的微笑。

好友不解地问她："你呀，整天都是快快乐乐的，难道你就没有不顺心的事吗？"

她洒脱地说："谁没有烦恼？问题是不要也不应该被烦恼支配。到单位上班，我将烦恼留在家里；回到家里，就把烦恼留在单位。"

好友听了，恍然大悟。她所说的道理，就是通常人们所说的情绪转换，要随着情况和环境的变化，相应地把快乐和烦恼对换一下。这类人掌握住了对快乐和烦恼的支配权，也掌握了生活的奥妙。

与此类人相反，另一类就是生活处处被动的人，即心理学家所说的有"迁怒"倾向的一类人。只要家里一有不顺心的事，他们上班后便拿同事出气，工作上遇到不顺心的事，又把无名火带回了家，弄得单位和家里都不痛快。对于这种现象，一次两次地发生，家人和外人尚可原谅，但如果屡次如此，动不动就把"怒气迁移"到别人头上，那就潜藏着某种心理危机了。

换句话来说，如果你总在别人面前倾述自己的烦恼，也是一种不礼貌的行为。"拿得起，放得下"是人生修养的一个重要话题。若我们已经习惯地掌握这种"净化情绪"法，就不会轻易地迁怒于他人，不会被"烦恼"所支配了。

聪明人善于把烦恼和不快及时分解、淡化，以热对冷，以诚对伪，在自己的精神生活中进行"情绪净化"，去掉各种不快的因素，即使有些不公正的议论，也会把它当做蛛网一样轻轻抹掉，尽情享受生活的快乐、生命的价值。

成长悟语 Cheng Zhang Wu Yu

一位文学大师曾深情地感叹道：生命是一件太好的东西，好到你无论选择什么方式度过，都像是一种浪费。最节省的做法也许就是快乐地度过每一天。

任何时候都不要放弃希望，哪怕只剩下一只胳膊；任何时候都不要放弃梦想，哪怕残疾得不能行走。

一只巴掌也能拍响

◆文/澜　涛

她从小就"与众不同"，因为小儿麻痹症，不要说像其他孩子那样欢快地跳跃奔跑，就连平常走路都做不到。寸步难行的她非常悲观和忧郁，当医生教她做一点儿运动，说这可能对她恢复健康有益时，她就像没有听到一般。随着年龄的增长，她的忧郁和自卑感越来越重，甚至，她拒绝所有人的靠近。但也有个例外，邻居家那个只有一只胳膊的老人却成为她的好伙伴。老人是在一场战争中失去一只胳膊的，老人非常乐观，她非常喜欢听老人讲故事。

这天，她被老人用轮椅推着去附近的一所幼儿园，操场上孩子们动听的歌声吸引了他们。当一首歌唱完，老人说道："我们为他们鼓掌吧！"她吃惊地看着老人，问道："我的胳膊动不了，你只有一只胳膊，怎么鼓掌啊？"老人对她笑了笑，解开衬衣扣子，露出胸膛，用手掌拍起了胸膛……

那是一个初春，风中还有几分寒意，但她却突然感觉自己的身体里涌动起一股暖流。老人对她笑了笑，说："只要努力，一只巴掌一样可以拍响。你一样能站起来的！"

那天晚上，她让父亲写了一张纸条，贴到了墙上，上面是这样的一行字：一只巴掌也能拍响。从那之后，她开始配合医生做运动。无论多么艰难和痛苦，她都咬牙坚持着。有一点儿进步了,她又以更大的受苦姿态,来求更大进步。甚至在父母不在时,她自己扔开支架,试着走路。蜕变的痛苦是牵扯到筋骨的。她坚持着,她相信自己能够像其他孩子一样行走,奔跑。她要行走,她要奔跑……

11岁时,她终于扔掉支架,她又向另一个更高的目标努力着,她开始锻炼打篮球和参加田径运动。

1960年,罗马奥运会女子100米跑决赛,当她以11秒18第一个撞线后,掌声雷动,人们都站起来为她喝彩,齐声欢呼着这个美国黑人的名字:威尔玛·鲁道夫。

那一届奥运会上,威尔玛·鲁道夫成为当时世界上跑得最快的女人,她共摘取了3枚金牌,也是第一个黑人奥运女子百米冠军。

任何时候都不要放弃希望,哪怕只剩下一只胳膊;任何时候都不要放弃梦想,哪怕残疾得不能行走。

我们最需要负责任的对象,其实是我们自己,在任何时候都不要失去希望,不轻言放弃。我们来到这个世界上,是为了生活得精彩,生活得有价值。

命运是公平的,上帝关闭了你的一扇门,一定会为你开启另外两扇窗。

盲人按摩师的风景

◆文/罗 西

我颈椎有病,常去那家盲人按摩店接受一种推拿服务。那是一对盲人夫妇,都戴着墨镜工作,我总觉得他们很有港星气派。

有一次,男按摩师对一女客说:"你是很漂亮的那位吧?"

女客惊讶地想从床上爬起来:"你怎么知道的?"她以为那先生是个假盲人。在一边忙着的盲人妻子赶紧解释:"他都这样跟人打招呼,跟我说话也这样,不要怕。"我们笑了。

那盲人丈夫很健谈，也很快乐。他说，瞎子有瞎子的好处，因为什么人在他心目中都是美若天仙的。

失去了视觉，双耳就成为他们感知世界的最好渠道了。在他们的家里，挂了三串风铃，据说每一细微气息都逃不过他们的耳朵，甚至一只蚊子穿过风铃，他们都能感觉到微风掠过。

1999年9月19日深夜，风铃突然响起。夫妻俩几乎同时醒过来，门窗都关着，哪来的风？他们预感有地震，左邻右舍还在沉睡的时候，他们在第一时间携扶着下楼，并一路叫醒邻居。十分钟后，震惊世界的9·19台湾大地震果然爆发了……

整座楼的人都围着这对盲人夫妇致谢，而他们则觉得这是理所当然、天经地义的事，因为邻居们也常牵着他们的手过马路……

那风铃，是他们家最美的风景。平常不能目光交接，那么，就用心交流；无法双眸含情，那么，就相互携扶。再说手拉手目标大一些，不容易被马路上的司机所"忽视"。所以彼此携扶对他们而言，是最安全的选择，其实，也是最美好最温馨的选择。这位盲人师傅曾说，他们虽然失去了"看"的世界，但学会并依赖于"抚摸"、"聆听"和"携扶"。

命运是公平的，上帝关闭了你的一扇门，一定会为你开启另外两扇窗。他们看不到风景，但他们一直温暖地生活在风景里。

成长悟语 Cheng Zhang Wu Yu

生活纵然有许多缺憾，但只要我们能找到适合自己的生活方式，我们仍然可以通过我们的选择过得很精彩。

生活是多姿多彩的，生命是短促宝贵的，千万不能让一件小事搅坏了好心情，更别让那些琐事纠缠你。

让琐事一边去

◆文/佚　名

有这样一则笑话：某一公司经理经过一夜的睡眠养足精神后，早上兴冲冲地来到办公室，准备开始一天的工作。与往常一样，秘书为他冲上一杯浓浓的咖啡。正要准备品尝之时，突然，从窗外飞进一只苍蝇。这只冒冒失失的苍蝇可能对这位老兄漂亮而整洁的办公室充满了兴致，转了几圈后，它又嗡嗡作响地在这老兄的头顶上打了几个盘旋，最后，它落在咖啡杯的边上。顿时，这位经理兴致全无，烦躁无比，起身就用各种工具追打苍蝇。可是这个苍蝇好像在和他捉迷藏，让他无计可施。性急之中，经理再也控制不住暴怒的情绪，愤然就要和苍蝇大战一场。于是桌子跳、房间闹、碎纸片、咖啡汁遍地皆是。陡然间，一步滑倒，这位经理撞在凳子上，折断了几根肋骨。最后，苍蝇还是悠悠地从窗口飞走了。

天下本无事，庸人自扰之。现实生活中，搅乱人们心灵的，有时并不是那些看似灭顶之灾的挑战，而是一些微不足道的鸡毛蒜皮的小事。如果我们的大部分时间和精力都无休止地消耗在这些鸡毛蒜皮的小事之中，最终的结果只能是做一些徒劳而无益的奔波。生活要求人们不断地清理思绪，看看忙忙碌碌中，哪些是重要的，是必要的，哪些是不重要的，或是不必劳神的。然后，果断地将那些无所谓的事抛弃，不去理会它。

生活是多姿多彩的，生命是短促宝贵的，千万不能让一件小事搅坏了好心情，更别让那些琐事纠缠你。

成长悟语 Cheng Zhang Wu Yu

　　为什么很多时候我们的计划很周详的事情，到最后都不能得到我们预料中的效果？原因就是我们花过多的时间去处理不相关的事，到最后忘记了自己的目标。

　　母亲和妻子，是无价之宝，就是一万两金子，我也不会卖，今天却靠着500两黄金买来的智慧之奇而得以保全她们的生命，这不是太便宜了吗？

箴　　言

◆文/佚　名

从前有一个国家，丰足安乐，应有尽有，什么都不匮乏。

这个国家的国王就想："我国好像什么都不缺少，应该派一个聪明的大臣，到外国考察，买一些国内没有的东西回来。"

于是，国王派了一个大臣到外国去，这个大臣名叫"尽见"，他是个博学多才的人。

尽见带着国王给他的 500 两黄金，走过许多国家，每到一个国家就到商店、市集去看，所看见的全是自己国家也有的东西，因此，走了几个国家，一件东西也没买。

有一天，尽见来到一个海边国家，看到一位白胡子的老人，坐在集市里，手里没拿东西，面前也未摆放货物，一动不动，一言不发。

尽见感到很奇怪，就上前询问："老先生，您是在这里卖东西吗？怎么没看见您的货品呢？"

老人说："是呀！我在这里卖智慧。"

尽见又问："您卖的是什么智慧？价钱是多少呢？"

老人说："我卖的是人生的智慧，价值 500 两黄金，但是你必须先付钱，我才会卖给你。"

尽见心想："这真是稀奇的事呀！我国并没有卖智慧的人，也没有价值 500 两黄金的智慧，我买回去，国王应该会很高兴的。"

于是，他就把 500 两黄金付给老人。

老人说："我卖给你的智慧是 12 字箴言，在人生所有的重要时刻都用得上，那就是——缓一缓，再生气；想一想，再行动。你现在觉得这 12 字箴言没有什么，有一天你就会发现它的珍贵了。"

尽见听了，有点儿不悦，觉得自己花 500 两黄金只买到 12 个字，好像不划算，但是已经买了，只好快快地回国了。

回到国内已经是夜晚，月明星稀，他怕吵醒家人，便蹑手蹑脚地走过厅堂，到了卧室里大吃一惊，因为床前摆了两双鞋子。

他心想："难道在我出使外国的日子里，妻子竟与人私通！"

他怒发冲冠立刻拔出随身宝剑，想一剑刺入帐中，脑海里突然浮现出刚买到的 12 字箴言："缓一缓，再生气；想一想，再行动。"他口中念念有词。

这一念，惊醒了帐子里的母亲，便问道："是尽见回来了吗？"

原来，在他出使期间妻子生病了，因此母亲过来照料，晚上睡在一起。尽见听出了母亲的声音，吓出一身冷汗，提着剑跑到院子里自言自语："太便宜了！真是太便宜了！"

尽见把买 12 字箴言的原委告诉了母亲，说："我原来以为买贵了，现在才知道得了便宜。母亲和妻子，是无价之宝，就是一万两金子，我也不会卖，今天却靠着 500 两黄金买来的智慧之奇而得以保全她们的生命，这不是太便宜了吗？"

成长悟语 Cheng Zhang Wu Yu

人所陷的困境往往来源于自身，实际情形往往总比你想象的好得多。

只有冷静的人才会更准确地作出判断，才能是在突变面前保持稳定的情绪。

当你向别人发脾气的时候，你的言语就像这些钉子一样，会在别人的心灵上留下瘢痕。

钉钉子和拔钉子

◆文/佚 名

有一个小男孩，总是控制不住自己的情绪，所以常常发脾气。

比如，和同伴吵架了，上课被老师教训了，甚至爷爷拒绝答应他无理的要求。每当这时候，小男孩的表现有两个极端，不是大吵大闹，就是一声不吭。这使得他的父亲很恼火。

一天，父亲想到了一个劝导他的办法。父亲给了男孩一包钉子，告诉他，坏脾气是个不好的习惯，如果实在忍不住，发脾气的时候就在栅栏上钉上一颗钉子，这样父亲就不会责备他。

就这样，男孩因为害怕父亲的责骂，所以发脾气的时候，就开始钉钉子。几周下来，小男孩已经渐渐学会控制自己的情绪了，往栅栏上钉钉子的数目开始逐渐减少，小男孩发现控制自己的脾气其实比钉钉子要容易多了。

父亲也很高兴看到了儿子的转变。父亲于是又对小男孩说："如果你一整天不发脾气，那你就从栅栏上拔下一颗钉子，如果你拔完了，我会满足你的一个小心愿。"

又过了一段时间，小男孩终于把栅栏上的钉子都拔掉了。父亲带着孩子来到了栅栏边说道："你做得很好，我为你的改变感到骄傲。你看，栅栏上留下了那么多钉子钉过的小孔，栅栏再也不是原来的那个样子了。当你向别人发脾气的时候，你的言语就像这些钉子一样，会在别人的心灵上留下瘢痕。无论你说多少次对不起，那瘢痕永远都在。明白了吗？"

成长悟语 Cheng Zhang Wu Yu

情绪好比心中的一头牛，你若能控制住它，它就会兢兢业业地为你的快乐和你的好人缘工作；如果你控制不住它，它不但会撞伤你自己，还会跑出来撞伤你身边的人。

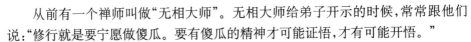

但是修行要反其道而行，修行要保持内在的空间，在世人都迷乱的时代，我们在内心里清明就好，外表上宁可做傻瓜。

宁愿做傻瓜

◆文/[美]刘　墉

从前有一个禅师叫做"无相大师"。无相大师给弟子开示的时候，常常跟他们说："修行就是要宁愿做傻瓜。要有傻瓜的精神才可能证悟，才有可能开悟。"

因为常常讲，所有的弟子都已经记住了："师父常常说宁做傻瓜。"

有一天突然下大雨，庙里漏雨漏得稀里哗啦，大师大声叫弟子赶快来接雨。但是很多弟子不在，只剩两个，听到师父叫，赶快拿了桶子来接雨。

一个弟子拿一个很小的桶子冲出来。无相大师看了就说："雨下得那么厉害，漏了好几个地方，只拿了一个这么小的桶子，真是傻瓜。"这个弟子就很不高兴，心想："匆匆忙忙跑出来接雨，结果师父还骂我傻瓜。"

第二个徒弟因为太紧张了，拿了一个竹篓子冲出来，要接雨的时候呆住了。无相大师心里想："怎么傻成这样？怎么有这么傻的徒弟？"就很不高兴地骂他说："你真的是个大傻瓜！"这个弟子一听，非常开心，心想："师父一直都在鼓励我们要做傻瓜，现在竟然说我是个大傻瓜，这一定是在赞叹我了不起。"这样起了欢喜心，心开意解，得到了开悟。这个弟子究竟开悟到什么呢？

大概可以从两个角度来看：第一，打破分别心。就像我们看到一个碗，可以想："这个碗很漂亮，可惜破了一个洞。"但也可以反过来想："这个碗虽然破了一个洞，但还是很漂亮！"

第二，从悟的境界来讲，傻瓜可能比较容易得到开悟，傻瓜并不是真傻，而是在生活里面没有心机，保持在一种纯然的状态。

我们不要对人生有那么多的计较，因为这个计较和分别，正好是阻碍我们开悟，或者认识人生真价值的东西。如果我们可以学习赤子，宁做傻瓜，那么我们就会生起单纯的心。

就像我们修行，每天都花时间在那儿叨叨念念，是在做什么？整天在那儿打坐，是要干什么？别人看起来是没有价值的。如果你打坐一小时，给你100元，你就觉得很有价值，但是不能用这样子来衡量，因为这世间许多东西是无价的！

我们看到街上那些智障或者智力比较差的人，他们是非常单纯、非常纯净的。我们通常没有那么纯净，因为我们是聪明人，聪明人就是比较执着于"有"的人。要做一件事，一定要有效果，如果三天没有效果就换一件事情。通常都比较实际，比较现实，比较会计算，比较会营谋，这样的人叫"聪明人"。因此聪明人的生活是塞得满满的，他没有心灵空间，他每天都在算，做这件事可以赚多少钱，每天加起来就赚多少钱，他永远不会做赔钱的生意。

但是修行要反其道而行，修行要保持内在的空间，在世人都迷乱的时代，我们在内心里清明就好，外表上宁可做傻瓜。

成长悟语 Cheng Zhang Wu Yu

单纯的人看起来似乎不明世事，其实那是一种大智若愚。单纯使人能固守着属于自己的一片净土，绕开繁杂的世俗纷扰，坦荡地面对人生旅途。

珍爱人生的点点滴滴，该放弃的就放弃，该抓住的就抓住，一辈子就会快快乐乐！

企业家和哲学家

◆文/佚 名

两位多年未见面的老同学偶然相遇。现在他们当中的一位已是小有名气的企业家，一位是大名鼎鼎的哲学家。

坐在餐厅的角落里，他们俩诉说着往日校园里的美好时光，又为今天的重逢而分外庆幸和珍惜。可是当谈起现在的境况时，企业家又黯然伤神，独自喝着闷酒。

见此情形，哲学家不解地问："老同学，你现在可以说是腰缠万贯，富庶一方了，难道还有什么忧愁？若不见外的话，不妨说出来，看我能否帮帮忙。"

企业家看了老同学一眼，怅然若失地说："是啊，经过多年的奋斗，我的资产颇丰，可谓功成名就了，本以为应该可以享受到宁静的片刻和人生的快乐，可是想不到烦恼依旧，困惑挥之不去，总有这样或那样的问题，让我百思不得其解！"

"原来如此！"哲学家终于明白他的烦恼所在。思索片刻，哲学家又说，"老同学，明天你来我的办公室，或许能够帮你解决点儿问题。"

第二天一早，企业家应约前往。哲学家说："老同学，我带你去一个地方，走！"企业家不知道他葫芦里卖的是什么药，疑惑不定地跟着他。

哲学家把企业家带到荒郊野外，指着眼前的公墓对企业家说："你看看吧，老同学。只有躺在这里的人才统统没有烦恼，也没有问题了！"

企业家恍然大悟。

人只要活着，总有烦恼和问题。世上的完美是相对的，追求完美是不现实的，也是痛苦的。别让莫名的忧愁伴着人生的旅程，也别让无尽的欲念挂满生命的枝头，珍爱人生的点点滴滴，该放弃的就放弃，该抓住的就抓住，一辈子就会快快乐乐！

成长悟语 *Cheng Zhang Wu Yu*

当你快乐时，你要想，这快乐不是永恒的；当你痛苦时，你要想，这痛苦也不是永恒的。你什么时候放下，什么时候就没有烦恼。

奔跑，是一种人生的姿态，只要你不放弃奔跑，只要你竭尽全力，你虽然跑不过别人，但你能跑过昨天的自己。

拿一个自己的奖牌

◆文/佚　名

我做体育老师时，教过一个非常喜欢长跑运动的学生，他叫丁长富。那时候，学校每年的春季和秋季都要举办一场运动会，每场运动会的简易马拉松长跑比赛，丁长富都会主动报名参加。但是，丁长富根本就不是一块长跑的料，没有一次拿到名

改变孩子一生的故事全集

次。

我只有安慰和鼓励他："老师欣赏你这种精神，只要你努力，相信你下次比赛一定会拿到冠军的。"

谁知，丁长富却笑着对我说："老师，我从来就没想过拿冠军，我对自己每次跑出的成绩都是满意的。我记得第一次跑完全赛程用了 58 分钟，第二次我跑了 52 分钟，第三次我只用了 48 分钟。"丁长富说着让我看他的双腿："老师，你仔细看，我一条腿的小腿肚是不是比另一条的要细些。其实我小的时候生病，医生曾断言我站不起来了。可我现在不但能站起来，还能参加马拉松比赛并且跑完全程，我为自己感到挺高兴啊。"

我非常震惊，感触良多。

后来，我辞职到了陌生的深圳闯荡。一家知名电子公司的营销部给了我两个月的试用期。和我一起被试用的还有另外两名应聘者，他们一个曾在内地做过销售，而且业绩不凡，另一个精通电子产品。和他们相比，我做过体育老师的经历显得苍白无力，那两位应聘者都把对方当成了竞争对手，根本没把我看在眼里，他们相信，最先淘汰出局的一定是我。确实，由于没有经验和专业知识，我的业绩远远比不上他们。

两个月的试用期很快就结束了。沮丧的我已悄悄收拾好行李，做好了离开的准备。可是，主管却让那名最有营销经验的离开了，而他，是我们三个人中业绩最好的一个呀！

我不明白为什么，那位被辞的应聘者也气愤地质问主管原因。主管说："不错，你很优秀。你看，这是这两个月内对你们三个人的一张考核表，你一开始业绩就不错，但是，这么多天来，你一直是上下徘徊，而他——"主管用手指了指我说，"他虽然不如你，但他每天都能比昨天做得好，虽然只是好了一点点，但证明他一直都是在奔跑，深圳是一个不看你昨天和经验的城市，它看重的是你是否一直在奔跑。"

我不禁又想起了丁长富，他虽然在每次的长跑比赛中都没有拿到名次，但是，每次他都比上一次跑得好，他已经赢得了自己人生冠军的奖牌了。而我，也是在奔跑着呀！奔跑，是一种人生的姿态，只要你不放弃奔跑，只要你竭尽全力，你虽然跑不过别人，但你能跑过昨天的自己；你虽然不能获得领奖台上的冠军，但你会获得自己人生的冠军！

成长悟语 Cheng Zhang Wu Yu

在生命的旅程中，我们虽然可能不是名贵的花卉，但我们一样要努力生长，充分地享受阳光和空气，用心地为自己绽放出美丽和芳香。

生活，也许避免不了苦难，却从来不会拒绝一朵萝卜花的盛开。

萝卜花

◆文/佚 名

萝卜花是一个女人雕的，用料是胡萝卜，她把它雕成一朵一朵月季花的模样。花盛开，很喜人。

女人在小城的一条小巷子里摆摊儿，卖小炒。一个罐煤气，一张简单的操作平台，木板做的，用来摆放锅碗盘碟，她的摊子就摆开了。她卖的小炒只三样：土豆丝炒牛肉，土豆丝炒鸡肉，土豆丝炒猪肉。

女人30岁左右，瘦，皮肤白皙，长头发用发夹别在脑后。惹眼的是她的衣着整天沾着油锅的，应该很油腻才是，却不。她的衣服极干净，外面罩着白围裙。衣领那儿，露出里面的一点儿红，是红毛衣，或红围巾。她过一会儿，就换一下围裙，换一下袖套，以保持整体衣着的干净。很让人惊奇且喜欢的是，她每卖一份小炒，必在装给你的方便盒里，放上一朵她雕刻的萝卜花。这样装在盘子里，才好看。她说。

不知是因为女人的干净，还是她的萝卜花，一到饭时，女人的摊子前，总围满人。5块钱一份小炒，大家都很耐心地等待着。女人不停地翻铲，而后装在方便盒里，而后放上一朵萝卜花。整个过程，充满美感。于是，一朵一朵素雅的萝卜花，就开到了人家的饭桌上。

我也去买女人的小炒。去的次数多了，渐渐知道了她的故事。

女人原先有个很殷实的家。男人是搞建筑的，很有钱。但不幸的是，在一次施工中，男人从尚未完工的高楼上摔下来，被送进医院，医院当场就下了病危通知书。女人几乎倾尽所有，抢救男人，才捡回半条命——男人瘫痪了。

生活的优裕不再。年幼的孩子，瘫痪的男人，女人得一肩扛一个。她考虑了许久，决心摆摊儿卖小炒。有人劝她，街上那么多家饭店，你卖小炒能卖得出去吗？女人想，也是。总得弄点儿和别人不一样的东西吧？于是她想到了雕刻萝卜花。当她静静地坐在桌旁雕花时，她突然被自己手上的美好镇住了，一根再普通不过的胡萝卜，在眨眼之间，竟能开出一小朵一小朵的花来。女人的心，一下子充满期待和向往。

就这样，女人的小炒摊子，摆开了，并且很快成为小城的一道风景。下班了赶不上做菜的人，都会相互招呼一声，去买一份萝卜花吧。就都晃到女人的摊儿前来了。

一次，我开玩笑地问女人，攒多少钱了？女人笑而不答。一小朵一小朵的萝卜花，很认真地开在她的手边。

不多久，女人竟出人意料地盘下了一家酒店，用她积攒的钱。她负责配菜，她把瘫痪的男人，接到店里管账。女人依然衣着干净，在所有的菜肴里，依然喜欢放上一朵她雕刻的萝卜花。菜不但是吃的，也是用来看的呢。她说，眼睛亮着。一旁的男人，气色也好，没有颓废的样子。

女人的酒店，慢慢地出了名。大家提起萝卜花，都知道。生活，也许避免不了苦难，却从来不会拒绝一朵萝卜花的盛开。

成长悟语 Cheng Zhang Wu Yu

生活的每个时期都有特定的内容，有时可能是挫败和失望，但不论什么情况下，我们都应该尊重自己，尊重生活。怀着不倒的信念，美好仍然会留在我们身边。

有记者问和田一夫，为什么能在如此短的时间内反败为胜、东山再起？和田一夫快乐地答道："因为失败了，我也能笑出来！"

失败了也能笑出来

◆文/佚 名

在日本，有一位企业老总，他把每个月末召开的工作例会取名为"快乐例会"，在具体检查和布置工作之前，要求各部门经理用3分钟时间向大家汇报一下本月最快乐的事情，而他总是带头把快乐传给大家，引得全场上下哈哈大笑。这位老总就是日本当时最大的零售集团"八百伴"公司总裁和田一夫。

前两年，"八百伴"一夜之间跌入低谷，当时和田一夫已是72岁的老人了。和田一夫并没有因"八百伴"的倒闭而压垮自己心中的信念和快乐。他和几个年轻人合作，开办了一家网络咨询公司。面对新的行业，他充满了自信，脸上始终绽放着微笑。

他的快乐、热情和积极的人生态度，终于感动了顾客，没有多久他又把生意做得红红火火，做出了人生的又一片"艳阳天"。

有记者问和田一夫，为什么能在如此短的时间内反败为胜、东山再起？和田一夫快乐地答道："因为失败了，我也能笑出来！"

"失败了也能笑出来"，无论在什么情况下，哪怕是受到致命的打击，如果也能像和田一夫那样，坚持地"笑"下去，快乐地"笑"下去，那么，这生命中的阳光，终会催开人生成功的花朵。

当你平静下来，再看不幸和烦恼时，你也许会觉得它实际上并没有什么了不起。正视自己和现实就会发现：所有的恐怖与烦恼只是你的感觉和想象，并不一定是事实的全部。

站在山谷中的我，看着它跳动，觉得那是一种舞蹈，生命的舞蹈，它在这种舞蹈中感受快乐与自由。

悬崖上的舞蹈

◆文/佚　名

这是南方的一个风景区，时间是傍晚时分。

作为一个游客，此刻应该站在山顶上，等待那落日辉煌的景色，看一团燃烧的火球，如何从天地之间，悄悄地降落到黑暗之中。可我没有这样的机会，只能呆在谷底，看一片片绿色的树叶与一些裸露着的褐色石块，感受那渐渐变暗的光线，心里不免存有一点儿失望与遗憾。

眼睛不由自主地沿着山脚，向最高的峰顶攀援，每一块石头，每一棵树木，在我眼底飞快地掠过。那片绿色，那些巨石，对我来说似乎都有着熟悉与陌生的成分。树木与石头是我在家乡每日可见的事物，可这儿不是我熟悉的家乡，我只是这片山山水水中一位陌生的游客。

在一片绿色与褐色之中，我突然发现一点白，一点亮亮的白。那是什么东西，它为什么会出现在那半山腰的悬崖上？它似乎是静止的、永恒的，就如山上的那些石头与树木，是不可移动的，本身就是这座大山的一部分。但没多久，那点白色突然移动了一下，也许只是一小步，但我还是看出来了，那肯定是个生命。同路的游客们也发现了它，纷纷停下脚步抬头看着，唧唧喳喳地说着南腔北调的语言。我想他们也和我一样，在猜测那一点白色到底是什么。

突然一个男人用很标准的普通话高喊了一声："羊，那是一只羊！"声音里带有一种激动与冲动，就好像哥伦布当年发现新大陆一样。这一声也惊醒了我们这些梦中人，再看那一点白色时，真觉得很像一只站在悬崖上吃草的野生山羊。

在我的记忆里，野生山羊似乎没有白色的，它们大多是黄褐色的，可以在那些山坡上很好地伪装自己，躲避一些猛兽的追杀。而这只羊是白色的，在绿叶与褐石之间白得有些耀眼甚至放纵，让人有些不敢相信，它竟能站在那陡峭的山壁上，如此从容地寻找食物。

我不由自主地兴奋起来，刚才那点儿小小的失望，早已烟消云散。羊在我的眼底慢慢地放大，我几乎能看清它下巴上的那把白胡子，它啃动草叶的样子，还有那双温柔而让人爱怜的眼睛。不知为什么，总觉得幸福与自由两个词，在我的心底轻轻地流动，不时撞击着我的心房，让我有种痛痛的、酸酸的感觉。

羊不在意我的感觉与思维，它还在从容地寻找着食物，不时在悬崖上跳动，变换着自己的位置。站在山谷中的我，看着它跳动，觉得那是一种舞蹈，生命的舞蹈，它在这种舞蹈中感受快乐与自由。清新的山风中白羊每跳跃一次，就有一阵铃声悄悄传来，那铃声仿佛是为它的舞蹈而设计的，羊就在那山顶做一场真正的表演。一只脖子上拴着铃铛的羊，会是一只野生的山羊吗？那它为什么要走到那悬崖上寻找食物？

有些谜团是花费一生的精力也无法解开的，但有一点可以肯定，悬崖上的这只羊，是只勇敢的羊。它是自由与快乐的，它在那悬崖上找到与草地上不同的生活方式，体验了它生命中新的幸福。我在谷底对那只白羊产生了尊重，那是一只真正的羊，它是生活中自由的舞者。又有人带头大喊了一声，马上有更多的游客跟在后面起哄，山谷中响起了一片叫喊声，鸟儿们受到惊吓，一下子全从树林中窜了出来，在空中没有规则地翻飞着。那只羊明显地愣了一下，然后就在陡峭的悬崖上飞奔起来，在山石与绿叶中穿行，朝着更高的山顶奔去，没有什么能够将它阻挡，那是一种气势，那是一种勇气！

羊在奔逃的过程中，游客中发出了一阵傻傻的笑声，那笑声中藏着一丝得意和自豪，我相信这笑是发自他们内心深处，来自于他们狂妄自大的灵魂。

在一片笑声中，羊舞蹈着从我的视野里消失，暗淡的光线包容了一切，不管是快乐与幸福，还是悲伤与忧愁，都将一起沉沦进黑暗之中。可那只羊奔逃的姿势却刻进了我的脑中，那奔跑中的舞蹈，是一种只适合在悬崖上跳的舞蹈，不知人类处在那样的环境中，会跳出什么样的舞蹈。

那晚，我在山区的小客栈里做了一个梦，梦见那只白羊，带着快乐的微笑，在悬崖上自由地舞蹈,而我的灵魂在那悬崖下面,正大声地哭泣。

累了的时候,我们不妨放下生活纷纷扰扰的烦恼,让生命自由伸展,找到真正主宰自己的心,用心去享受生命的自由和快乐,给自己一份悠然的宁静。

幸福就是那些快乐的时刻,一颗宁静的心对着什么人或什么东西发出的微笑。

幸福的篮子

◆文/佚 名

有段时间我曾极度痛苦,几乎不能自拔。

一天,我路过一家半地下室式的菜店,见一美丽无比的妇人正踏着台阶上来——太美了,简直是拉斐尔《圣母像》的再版!我不知不觉放慢了脚步,凝视着她的脸。因为起初我只能看到她的脸。但当她走出来时,我才发现她矮得像个侏儒,而且还驼背。我耷拉下眼皮,快步走开了。我羞愧万分……瓦柳卡,我对自己说,你四肢发育正常,身体健康,长相也不错,怎么能整天这样垂头丧气呢?打起精神来!像刚才那位可怜的妇人才是真正不幸的人……

我永远也忘不了那个长得像圣母一样的驼背女人。每当我牢骚满腹或者痛苦悲伤的时候,她便出现在我的脑海里。我就是这样学会了不让自己自怨自艾。而如何使自己幸福愉快却是从一位老太太那儿学来的。那次事件以后,我很快又陷入了烦恼,但这次我知道如何克服这种情绪。于是,我便去夏日乐园漫步散心。我顺便带了件快要完工的刺绣桌布,免得空手坐在那里无所事事。我穿上一件极简单、朴素的连衣裙,把头发在脑后随便梳了一条大辫子。又不是去参加舞会,只不过去散散心而已。

来到公园,找个空位子坐下,便飞针走线地绣起花儿来。一边绣,一边告诫自己:"打起精神!平静下来!要知道,你并没有什么不幸。"这样一想,确实平静了许多,于是就准备回家。恰在这时，坐在对面的一个老太太起身朝我走来。

"如果你不急着走的话，"她说，"我可以坐在这儿跟您聊聊吗？"

"当然可以！"

她在我身边坐下，面带微笑地望着我说："知道吗，我看了您好长时间了，真觉得是一种享受。现在像您这样的可真不多见。"

"什么不多见？"

"您这一切！在现代化的列宁格勒市中心，忽然看到一位梳长辫子的俊秀姑娘，穿一身朴素的白麻布裙子，坐在这儿绣花！简直想象不出这是多么美好的景象！我要把它珍藏在我的幸福之篮里。"

"什么，幸福之篮？"

"这是个秘密！不过我还是想告诉您。您希望自己幸福吗？"

"当然了，谁不愿自己幸福呀。"

"谁都愿意幸福，但并不是所有的人都懂得怎样才能幸福。我教给您吧，算是对您的奖赏。孩子，幸福并不是成功、运气甚至爱情。您这么年轻，也许会以为爱就是幸福。不是的。幸福就是那些快乐的时刻，一颗宁静的心对着什么人或什么东西发出的微笑。我坐在椅子上，看到对面一位漂亮姑娘在聚精会神地绣花儿，我的心就向您微笑了。我已把这一时刻记录下来，为了以后一遍遍地回忆。我把它装进我的幸福之篮里了。这样，每当我难过时，我就打开篮子，将里面的珍品细细品味一遍，其中会有个我取名为'白衣姑娘在夏日乐园刺绣'的时刻。想到它，此情此景便会立即重现，我就会看到，在深绿的树叶与洁白的雕塑的衬托下，一位姑娘正在聚精会神地绣花。我就会想起阳光透过椴树的枝叶洒在您的衣裙上；您的辫子从椅子后面垂下来，几乎拖到地上；您的凉鞋有点儿磨脚，您就脱下凉鞋，赤着脚，脚趾头还朝里弯着，因为地面有点儿凉。我也许还会想起更多，一些此时我还没有想到的细节。"

"太奇妙了！"我惊呼起来，"一只装满幸福时刻的篮子！您一生都在收集幸福吗？"

"自从一位智者教我这样做以后。您知道他，您一定读过他的作品。他就是阿列克桑德拉·格林。我们是老朋友，是他亲口告诉我的。在他写的许多故事中也都能看到这个意思。遗忘生活中丑恶的东西，而把美好的东西永远保留在记忆中。但这样的记忆需经过训练才行。所以我就发明了这个心中的幸福之篮。"

我谢了这位老妇人，朝家走去。路上我开始回忆童年以来的幸福时刻。回到家时，我的幸福之篮里已经有了第一批珍品。

成长悟语 Cheng Zhang Wu Yu

懂得生活的人永远都会怀着感恩的心情去享受现实，铭记自己身边的每一份美好，每一丝快乐，然后把手中的快乐一点一点地积攒起来变成心底的幸福。

> 卡特常常会感到不适应,因为他不想引起人们过分的关注。直到今天,卡特最想的还是做一个普普通通的人。

拥有一颗平常心

◆文/佚　名

　　尽管卡特很小的时候就因为他出色的球技而引人注目,但直到进入大陆高中加入学校篮球队后,卡特的传奇故事才真正开始。那时候谁也没有料到卡特今天会在 NBA 如此出色。

　　关于卡特,大家都记得他在大陆高中时很谦卑。可又有多少人会想到今天的卡特能在 NBA 打出一片属于自己的天空呢? 卡特在他父母的教导下的确实是一个很优秀的学生,但刚进学校的时候,他和平常的孩子没有什么区别,只是碰巧多一些运动的天赋。

　　大陆高中的体育指导迪克说:"我们这里所有人都很喜欢卡特,因为他从不骄傲。学生们对那些稍微有些突出才能就自大的人总是避而远之,但是从来没有人疏远卡特。大家都想知道卡特会选择哪一所大学,这甚至成了当时的猜谜游戏。而对于那些自骄自大的人,没有人会在意他们要做什么。"

　　卡特在高中三年级时率领大陆学校篮球队夺得了佛罗里达州的篮球比赛冠军,他也因此成了小有名气的学校篮球明星。但是卡特对学校的成绩不仅局限于此,他也积极地参加学校的课外活动。他是一个优秀的萨克斯演奏者,时常可以看到他在校园里拿着萨克斯去上音乐课,这和他拿着篮球去参加篮球训练一样平常。贝休恩—考克曼学院(佛罗里达州一所著名的音乐学院)曾经表示愿意接收他并向他提供奖学金。这让卡特很高兴,但是他拒绝了,因为他知道自己的未来属于篮球。

　　让卡特格外自豪的是他在学校乐队还任职乐队指挥。平常空闲的时间里卡特还喜欢写诗。他在学校时成绩也很好,每年平均成绩都得到 B。卡特在回忆这一段日子时说:"我不是最好的学生也不是最差的。我知道如果我想继续打球的话,我必须要努力学习,这是我妈妈经常提醒我的一点。"卡特的妈妈对儿子在高中时的成绩以及他惊人的篮球天赋十分自豪,她说:"文斯是一个好学生,他的成绩也很好,他在学习上很努力,他的努力和成绩让我感到很骄傲。"

卡特在那段时间，除了花在篮球场上和平时训练的时间外，他和平常的美国孩子一样。他会和他的伙伴一起在海滩上玩耍，或者享受美妙的音乐。音乐占据了卡特很多的空余时间，他经常会在影像店里寻觅一些好听的音乐。他说他很喜欢RAP、醇美的爵士乐以及布鲁斯音乐。

小有名气的卡特在日常的生活中总是特别引人注目。有很多女孩子特别注意他，喜欢站在远处注视他，也有一些人会鼓起勇气来和他搭讪。通常卡特都会感到害羞，这时候卡特高中时最好的朋友乔就会毛遂自荐，跑去告诉那些人卡特是什么样的人，然后坐在一边笑着看卡特怎么应对。

卡特在回忆到自己的这位好朋友时说："那时候我们总是待在一起。我真的不想与众不同，但是乔总是告诉我，我已经出名了，这让我感觉有点儿不适应。"

卡特常常会感到不适应，因为他不想引起人们过分的关注。直到今天，卡特最想的还是做一个普普通通的人，不比别人突出也不比别人差，这是他在家形成的观点。

卡特高中时的教练说："我们经常可以看到那些来自单亲家庭的孩子总是背着大大小小的包裹搬到学校住，但是卡特没有；他是一个正常的学生，他的心态很平和。"

成长悟语 Cheng Zhang Wu Yu

平和而执着，谦逊而无畏，是成功者的境界。要想成为一个成功的人在任何时候都应该保持一颗清明而谦逊的心，这样才能在成功面前保持一种清醒。

善待失败者是对失败的最大轻蔑。剔除失败的副产品，失败也是一件令人神往的事。

失败了也要昂首挺胸

◆文/刘燕敏

巴西足球队第一次赢得世界杯冠军回国时，专机一进入国境，16架喷气式战斗机立即为之护航。当飞机降落在道加勒机场时，聚集在机场上的欢迎者达3万人。从机场到首都广场不到20公里的道路上，自动聚集起来的人群超过100万。市长里奥·热奈罗晚出发了一会儿，竟然无法驱车去机场。他只得从官邸乘直升机前往。途中，多数球员被请进豪华汽车，几个主力队员如贝利等则被人用手臂向前传递，4个多小时的路程他们脚不沾地，一直被送到总统府。多么宏大和激动人心的场面！然而前一届的欢迎仪式却是另一番景象。

1962年，巴西人都认为巴西队能获得本次世界杯赛的冠军，然而天有不测风云，在半决赛中却意外地败给了德国队，结果那个金灿灿的奖杯没有被带回巴西。球员们悲痛至极，他们想去迎接球迷的辱骂、嘲笑和汽水瓶，足球可是巴西的国魂。

飞机进入巴西领空，他们坐立不安，因为他们的心里清楚，这次回国凶多吉少。可是，当飞机降落在首都机场的时候，映入他们眼帘的却是另一种景象。梅内姆总统和两万多球迷默默地站在机场，他们看到总统和球迷共举一大横幅，上书：失败了也要昂首挺胸。

队员们见此情景，顿时泪流满面。总统没有讲一句话，球迷们也没有动，舷梯上，除了可以见到球员们徐徐地走下飞机，整个机场如凝固一般，等球员们离开后，总统和球迷们才有秩序地各自回去。四年后，巴西队捧回了世界杯。

善待失败者是对失败的最大轻蔑。从个人意义上来讲，失败本身并不可怕，可怕的是，世界上存在着对失败者宣泄不满的人，如果去掉这部分人的暴怒和谩骂，剔除失败的副产品，失败也是一件令人神往的事。

成功不是骄傲的理由，失败也不是放弃的借口，在失败中汲取失败的教训，是为了最终达到成功。昂首挺胸是对失败的藐视，只有这样，我们才不会被失败完全打败。

　　人生的选择很难一选精准，拐个弯或许正是旖旎的风景处。

谁都可能走弯路

◆文/澜　涛

一

　　刘翔少年时，上海市普陀区少体校的跳高高级教练顾宝刚发现他的身体素质非常出众，便将他招入名下练习跳高。刘翔从小就十分好强，练习非常刻苦，成绩提高很快。但横杆在快速提高一段时间后，再提高却变得困难起来。刘翔很着急，以为是自己的用心不够，就给自己加练，他想用更加刻苦的训练提升自己的成绩。一段时间后，横杆的提升微乎其微，顾宝刚找到刘翔，无奈地表示："你的腿如果再长5厘米就好了。以你现在的身高最多也就是个亚洲冠军，你好好考虑一下是否放弃跳高……"刘翔因自身的不足而非常痛苦，但他又不得不接受这个现实。在顾宝刚的建议下，他开始改练跨栏。

　　日复一日，春秋流变。那个不足留下的遗恨沉沉地压在心头。

　　2004年雅典奥运会110米跨栏赛场，刘翔羚羊般跨越一个个横栏，风驰电掣地第一个冲过终点，世界震惊，电视机前的顾宝刚感慨道："他幸亏矮了5厘米。"

　　没有山的高耸，或许可以追逐涛澜的澎湃；没有山花的娇艳，或许可以追逐小草春风吹又生的昌盛。当命运遗忘了给予我们某种先机，或许是在暗示我们在另一条路上的当仁不让。

二

　　勒布朗·詹姆士上学后就迷恋上美式橄榄球，他的努力很快让他鹤立鸡群。他梦想着自己长大后，一定要成为一名美式橄榄球明星。12岁时，一次意外受伤让詹姆士面临一个痛苦选择：要么换位置，要么放弃橄榄球。经过一番痛苦的权衡，詹姆士决定放弃橄榄球。离开橄榄球后，詹姆士拿起了篮球。很快，他的篮球天赋被展现出来。

　　今天，作为2003年NBA状元的詹姆士已经成为NBA中红得发紫的年轻球员,这个美国小子被热爱他的篮球迷们称呼为"小皇帝"。

三

　　伊辛芭耶娃从小就非常喜欢体操,她梦想着有一天能够成为世界冠军。在梦想的招引下,母亲将她送去练习体操。她挥汗如雨地练习着,严冬酷暑,舍不得荒废丝毫时间。然而,没练习几年,一块阴云开始漫上她的心头:她的个子越长越高。

　　在体操队里,人长高,意味着土豆发芽,是要被"扔掉"的。想一想,本来你可以在空中翻四个跟头,长得太高,只剩两个半了,怎么和他人去竞争?

　　伊辛芭耶娃落寞地离开了体操队,但内心里的那个世界冠军梦却依然燃烧着。她开始将自己的梦想寄托到另一种运动上——撑杆跳高。这是一个身高越高优势越大的运动项目。

　　今天的伊辛芭耶娃不仅获得了奥运会、世界田径锦标赛等各种大赛的冠军,更将女子撑杆跳高的世界记录一次次提高着。

　　人生的选择很难一选精准,拐个弯或许正是旖旎的风景处。

　　有时不切实际的理想会成为你成功路上的一道栅栏,因为我们不具备与理想相吻合的素质。所以当这个理想破灭之际,你应该想想是不是命运在暗示你还有另一种更大的潜能仍未开发?

改变孩子一生的故事全集

第 九 辑

虽然错过春天，还将收获秋天

　　只有适合自己的生活，才是正确的生活。要想活得快乐一些，轻松一些，就必须改变凡事一定要坚持到底的说法，尤其是一些你不喜欢、不感兴趣的事情和工作。人生不可能太完美，有个缺口让福气流向别人是很愉快的一件事，你不需要拥有全部的东西。记住：只有适合自己的生活，才是幸福快乐的生活。

> 我们在生活中,时刻都在取与舍中选择,我们又总是渴望着取,渴望着占有,常常忽略了舍,忽略了占有的反而:放弃。

快乐总在放弃之后

◆文/佚 名

改变孩子一生的故事全集

　　人的情感就是这样,总是希望有所得,以为拥有的东西越多,自己就会越快乐。所以,这人之常情就迫使我们沿着追寻获得的路走下去。可是,有一天,我们忽然惊觉:我们的忧郁、无聊、困惑、无奈、一切不快乐,都和我们的图谋有关,我们之所以不快乐,是我们渴望拥有的东西太多了,或者太执着了,不知不觉,我们已经执迷在某个事物上。

　　韩非子讲过这样一个故事:一个人丢了一把斧子,他认准了是邻居家的小子偷的,于是,出来进去,怎么看都像那小子偷了斧子。在这个时候,他的心思都凝结在斧子上了,斧子就是他的世界,他的宇宙。后来,斧子找到了,他心头的迷雾才豁然开朗,怎么看都不像是那个小子偷的。仔细观察我们的日常生活,我们都有一把"丢失的斧子",这"斧子"就是我们热衷而现在还没有得到的东西。

　　譬如说,你爱上了一个人,而她却不爱你,你的世界就微缩在对她的感情上了,她的一举手、一投足,衣裙细碎的声响,都足以吸引你的注意力,都能成为你快乐和痛苦的源泉。有时候,你明明知道那不是你的,却想去强求,或可能出于盲目自信,或过于相信精诚所至、金石为开,结果不断的努力,却遭来不断的挫折,弄得自己苦不堪言。世界上有很多事,不是我们努力就能实现的,有的靠缘分,有的靠机遇,有的我们只能以看山看水的心情来欣赏,不是自己的不强求,无法得到的就放弃。

　　懂得放弃才有快乐,背着包袱走路总是很辛苦。中国历史上,"魏晋风度"常受到称颂,他们于佛、老子、孔子,哪一家也说不上,但是哪一家都有一点,在人世的生活里,又有一分出世的心情,说到底,是一种不把心思凝结在"斧子"上的心态。

　　我们在生活中,时刻都在取与舍中选择,我们又总是渴望着取,渴望着占有,常常忽略了舍,忽略了占有的反面:放弃。

成长悟语 Cheng Zhang Wu Yu

　　放弃是生活时时面对的清醒选择,学会放弃才能卸下人生的种种包袱,轻装上阵,安然地等待生活的转机,渡过风风雨雨;懂得放弃,才拥有一份成熟,才会活得更加充实、坦然和轻松。

快乐的心情带来快乐的感觉,快乐的感觉带来快乐的决定,快乐的决定带来快乐的人生!

开 心 一 笑

◆文/星　竹

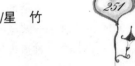

　　26年前,他只身一人来到加拿大。本来说好接他并帮他打造前程的朋友,却没到机场来接他。他被困在了机场。接着,他又被当地政府视为身份不明的怀疑对象,被警察扣了起来。一时间他焦虑万分,本来是满怀希望、雄心赤胆的他,竟在骤然间陷入了无力自拔的人生泥沼。

　　后来他才知道,他的那位加拿大朋友,在他到达加拿大的前三天,因为在工作中化学反应中毒,已经住进了医院,至今昏迷不醒。他像一只断了线的风筝,从当地警局出来后,便漫无目的地在街头飘荡。

　　又几天过去,身上带的钱也几乎花光了,他仍无一点儿着落。心中的苦闷使他走进一家餐馆,他准备吃完了这最后一顿早餐就飞回中国去。那一刻,他的情绪低落到了极点。人生无味,自杀的念头都萌生了出来。

　　他一个人呆呆地坐在餐馆的桌前,望着窗外美丽的城市,内心的感觉告诉他,他是一个最滑稽的失败者。

　　这时一个打扮成小丑模样的人出现在他的眼前,举一块手帕和一只空杯子,春风满面地给他表演起了魔术:一只鸡蛋出现在了杯子里,接着变得无影无踪。而后是一只鸽子从手帕中飞出,赢得餐馆里一片掌声。他看得入神,竟也笑了起来。那一刻,他真的笑了,那一刻,他心里再没有烦恼,一个小小的魔术,竟终结了他的满腹愁思。虽然短暂,但确实给他换了另一种情绪:像是挣扎在死亡中的人,终于赢得了一口喘息。他不再那样痛苦了,至少是缓解了一下。

　　他震惊在自己的这种情绪变化里,原来他还是笑得出来的。笑的时候,心里的苦闷荡然无存。这是真的,是发自内心,出自自然的开怀一笑。

　　正是这刹那间的好情绪,让他纠正了自己的悲观。他想:难道真的就这样回去吗？他的理想、他的抱负、他的雄心呢？

一个小小的开心，一个瞬间的快乐，竟使他有了如此的内心转变，他竟顺着这快乐的方向去重新思考他的处境。走出餐馆的时候，他确实是在想另一个问题了，是与走进餐馆时截然相反的问题：他能不能在这片陌生的土地上扎根？还没有完全消失的那丁点儿乐观的情绪支撑着他，虽然微弱，但依然是一种急需的供给。

26年后，他在加拿大开创了自己的事业，成为了华人鞋业公司的董事长。他就是大名鼎鼎、曾被媒体反复报道过的福建人韩志伟先生。他还在加拿大开设了三家中国餐馆。每个餐馆里都有小丑，免费为前来就餐的人表演魔术——提供开心一笑！

因为他知道，在那开心的一刻里，人的内心会产生多么重要的转变。这是一种情感的逻辑：快乐的心情带来快乐的感觉，快乐的感觉带来快乐的决定，快乐的决定带来快乐的人生！

生活的温暖与美好，因为一个小小的开心而被升华完善；而已经枯竭了的向往在那一瞬间被重新滋润。

难道人生不是这样吗？

成长悟语 Cheng Zhang Wu Yu

乐观之于人生，是浮荡在地平线那袅袅升起的热望与希冀，更是普照生灵的不息的阳光，更是寻得一份旷达与美好的铺垫与勇气。

先"放心"去面对，再"用心"去解决，你会发觉，问题有时只是我们想象中的巨兽，轻轻一刺，便快速地消失了！

虽然错过春天，还将收获秋天

◆文/佚　名

人生犹如一条大船，人人都应准备好去掌舵。

美国有一位著名的潜能开发大师席勒，由于所采用激励的效果极佳而且内容丰富，深得学员的喜爱，并且应邀到世界各地去巡回演讲。

席勒有一句招牌话："任何一个苦难与问题的背后,都有一个更大的祝福!"他常常用这句话来激励学员积极思考。由于他时常将这句话挂在嘴上,连他唯一的女儿,才念小学时就可以朗朗上口地附和他念这句话。他的女儿是一个非常活跃的小姑娘。

有一次,席勒应邀到韩国演讲,就在课程进行当中,他收到一封来自美国的紧急电报:他的女儿发生了一场意外,已经送医院进行紧急手术,有可能截掉小腿!他心情错乱地结束课程,火速地赶回美国。到了医院,看到的是躺在病床上,一双小腿已经被截掉的女儿。

这是他头一次发现自己的口才完全不见了,笨拙地不知如何来安慰这个热爱运动、充满活力的天使!

女儿好像察觉了父亲的心事,告诉他:"爸爸!你不是时常说,任何一个苦难与问题的背后,都有一个更大的祝福吗?不要难过呀!"他无奈又激动地说:"可是!你的脚……"

女儿又说:"爸爸放心,脚不行,我还有手可以用呀!"两年后,小女孩升中学了,并且再度入选垒球队,成为该联盟有史以来最厉害的全垒球王!

许多人在困难出现时,退却了;在无法突破时,灰心了,更有人在没有达到预期的目标时就丧失了斗志,甚至有人用放弃自己的生命了结问题。

先"放心"去面对,再"用心"去解决,你会发觉,问题有时只是我们想象中的巨兽,一旦你带着武器反攻,它们很可能成为不堪一击的泡泡,轻轻一刺,便快速地消失了!

先思考一下问题的重点,再搜集相关有助于解决问题的资讯,拟定解决的方案与替代的方法,然后把自己推向最重要的执行上,突破限制、激发自己的能力,成功应该不会很难的!

成长悟语 Cheng Zhang Wu Yu

挫折让我们严肃思索人生应该怎样度过,因此更能看清人生目标;痛苦磨砺出我们不屈服于命运的品格,让我们懂得人生中有些东西必须承受,更让我们懂得人活一世必须去超越。

我们也不能忽视那些人生里的负面因素，没有负面因素的人，就得不到教训、启发、锻炼，乃至于成长了。

同 样 珍 贵

◆文/佚 名

改变孩子一生的故事全集

在香港的中国百货公司买了一个台湾陶器，那陶器是一个赤身罗汉骑在一匹向前疾驰的犀牛上，气势雄浑，非常生动，很能象征修行者勇往直前的心境。

百货公司里有专门给陶瓷玻璃包装的房间，负责包装的是一位讲标准北京话的中年妇人。她从满地的纸箱中找来一个，体积大约有我的台湾陶器的4倍大。

接着她熟练地把破报纸和碎纸屑垫在箱底，陶器放在中间，四周都塞满碎纸，最后把几张报纸揉成团状，塞好，满意地说：

"好了，没问题了，就是从三楼丢下来也不会破了。"

我的台湾陶器本来有两尺大、一尺高、半尺宽，现在成为一个庞然的箱子了。好不容易提回旅馆，我立刻觉得烦恼，这样大的箱子要如何提回台北呢？它的体积早就超过了手提的规定了，如果用空运，破损率太大，还是不要冒险才好，一个再好的陶器，摔破就一文不值了。

后来，我做了一个决定，决定仍然用手提，舍弃纸箱、碎纸和破报纸，找来一个手提袋提着，从旅馆到飞机场一路无事。但是上飞机没走几步，一个踉跄，手提袋撞到身旁的椅子，只听到清脆的一声，我的心震了一下：完了！

惊魂未定地坐在自己的座位上，把陶器拿出来检查，果然犀牛的右前脚断裂，头上的角则完全断了。

我心里非常非常地后悔，后悔没有信任包装的妇人的话，更后悔把纸箱丢开。这时我心里浮起一个声音说：

"对一个珍贵的陶器，包装它的破报纸和碎纸屑是与它相同珍贵的！"

确实。我们不能只想保有珍贵的陶器而忽视那些看来无用、却能保护陶器的东西。

生命的历程也是如此，在珍贵的事物周围总是包着很多看似没有意义、随手可以舍弃的东西，但我们不能忽略其价值，因为没有了它们，我们的成长就不完整，就无法把珍贵的东西从少年带到中年，成为智慧的人。同样的，我们也不能忽视那些人生里的负面因素，没有负面因素的人，就得不到教训、启发、锻炼，乃至于成长了。

成长悟语 Cheng Zhang Wu Yu

世界上没有没价值的东西，只有暂时不需要或我们不懂得利用的东西。每一样事物都有其存在的价值，只要你给它一个被利用的机会。

那种只贪求高度和长度，而不注重厚度和深度的人生，不是我们所期待的。

悠然下山去

◆文/王一木

有一位无氧登山运动员，在一次攀登珠穆朗玛峰的活动中，在6100米的高度，他渐感体力不支，停了下来，与队友打个招呼，就悠然下山去了。事后有人为他惋惜：为什么不再坚持一下，再攀点儿高度，就可以跨过6500米的死亡线啦。他回答得很干脆："不，我最清楚，6400米的海拔，是我登山生涯的最高点，我一点儿都不感到遗憾。"

我不禁对他肃然起敬。现实中，我们往往不怕拔高自己，就怕自己的高度超越不过别人。其实，任何事情都存在突破口，但不是任何人都能找到并穿越突破口，抵达更高的层次。因此，学会停止，悠然下山去，至关重要。

有人不遗余力地朝上爬，踩着坎想坡，爬着坡想山，登上山尖想月亮，全然不顾脚下的基石有多厚，是否承受得起欲望的高度；甚至把一双原本应该有所支撑的脚架空，只把朝花夕枝的幻想拧成一条向上攀援的绳索，浑然不顾处境险象环生。

有人殚精竭虑地朝外铺张，超过篱笆想沟，跨过沟想岸，跳上岸想天边的大海。也不管口袋里的苇条是否足够编织铺天盖地的席子，甚至无视人们的愤怒和鄙夷。

每个人的生命都有自己的极限，超过这个极限可能就会遭到报复。那种只贪求高度和长度，而不注重厚度和深度的人生，不是我们所期待的。至于直上云霄，长风漫卷，以及无所顾忌的贪婪，则是对生命的虐待和亵渎。惜乎并非所有的人都知道生命的度和事物的临界点。

学会停止,是对生命的尊重,尊重不就是一块令人肃然起敬的碑吗?

　　跨过宽的沟会掉进去,从太高的地方无保护地跳下来会摔痛摔伤!所以,我们要认识自己,认识自身的局限,花钱得量入为出,做事也得量力而行。

学会放弃,是一种自我调整,是人生目标的再次确立。

学 会 放 弃

◆文/佚　名

　　一个孩子伸手到一个装满榛果的瓶里去,他尽其所能地抓了一把榛果。当他想把手收回来时,手却被瓶口卡住了。他既不愿放弃榛果,又不能把手缩出来,不禁伤心地哭了起来。一个旁人对他说:"如果你只拿一半,让你的拳头小些,那你的手就可以很容易地拿出来了。"

　　我们多少次站在人生的岔道口上,无论我们愿不愿意都要面临诸多选择。有选择就有放弃,趋利避害是人的本能,生活中有许多事情是要我们迎难而上,努力拼搏才能取得最后的胜利。但如果目标不对,一味地流汗只意味着偏执,是一种无谓的牺牲。有人说:"我以一生的精力去做一件事,十年,二十年……再笨也会成为某一方面的专家。"但是如果这条路不适合你,自信和执着只能使你身陷泥潭,不能自拔。

　　莎士比亚说:"倘若没有理智,感情就会把我们弄得精疲力竭,为了制止感情的荒唐,所以才有智慧。"用老百姓的话说:"别在一棵树上吊死"、"别钻牛角尖"。话虽粗俗,理却真切,学会放弃,是一种自我调整,是人生目标的再次确立。

　　学会放弃不是不求进取,知难而退也不是一种圆滑的处世哲学。有的东西在你想要得到又得不到时,一味的追求只会给自己带来压力、痛苦和焦虑。这时,学会放弃是一种解脱。

成长悟语 Cheng Zhang Wu Yu

世界上,我们想拥有的东西太多太多,但我们是不可能通通如愿,因为人生就是一个得与失的过程,不能完满。所以,除了追求之外,还有一种能力对我们同样重要,那就是取舍。

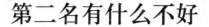
重要的不是你得到第几名,而是你从中学到一些什么。我们要有赢的决心,却也要有办理的豁达。

第二名有什么不好

◆文/佚 名

在《最后14堂星期二的课》一书里,有一段发人深省的情节。

Mitch 回忆说,1979 年,校园的体育场正进行篮球赛。他们的校队打得不错,学生拉拉队开始有韵律地喊着:

"我们第一名!我们第一名!"

Mitch 就坐在一旁,他对这加油声似乎颇感不解,就在学生们还喊着"我们第一名!"时,他们的老师 Mitch 站起来大吼一声:

"第二名又有什么不好!"

学生们惊讶地望着他,停止了加油声。Mitch 坐了下来,脸带微笑,状甚得意。

是的,第二名又有什么不好?然而,我们一生努力争取的,却是第一名。

第一,也不过是短暂的胜利。重要的不是你得到第几名,而是你从中学到一些什么。我们要有赢的决心,却也要有输的豁达。你尽了力没有?没有尽力,就没有资格因为失败而哭。尽了力的第二名或倒数第一,比侥幸得来的第一名有意思。

事事追求完美,是人的通病。

功课非得第一不可,不是梦中情人就瞧也不瞧一眼,手上的方案非得看了又看,觉得没有缺点了才会交出去——这就是追求完美。

未达满意状态之前，我们只会极力改善，一心想着："离目标还远得很呢！得再加把劲才是。"谁也不会稍事休息一下，给自己来点儿爱的鼓励："做得不错喔！已经很棒了。"

于是乎，我们总在修正、再修正的漩涡里打转，唯一的出路就是卷进水底那个无底洞淹死，永远都游不上岸来。

　　学习不是为了获奖，而是为了成长。掌声并不是我们学习的目标，它只是学习过程中的一种良好的副产品；掌声并不代表学习的结束，只能证明我们的学习方向是对的。

改变孩子一生的故事全集

　　青年明白了富翁的意思：虽然富翁吃的西瓜没有自己的大，却比自己吃的要多。

富翁的西瓜

◆文/佚　名

　　一个年轻人非常羡慕一位富翁一生中在生意场上取得的成就，于是他跑到富翁那里询问他成功的诀窍。

　　当年轻人把来意对富翁讲了以后，富翁什么也没说，转身到起居室拿来了一个大西瓜。青年迷惑不解地看着，只见富翁把西瓜切成了大小不等的三块。富翁把西瓜放在青年的面前说："如果每块西瓜代表一定程度的利益，你会如何选择呢？"说完，就指着切好的西瓜让青年随手挑一块儿。

　　青年眼睛盯着最大的那块说："当然是最大的那块儿了。"

　　"那好，请用吧。"富翁笑了笑说，然后顺便把最大的那块西瓜递给青年，自己却拿起了最小的那块。在青年还在享用最大的那一块西瓜的时候，富翁已经吃完了最小的那块。接着，富翁微笑着拿起剩下的一块，还故意在青年眼前晃了晃，大口吃了起来。

　　其实，那块最小的和最后一块加起来要比最大的那一块大得多。

　　青年明白了富翁的意思：虽然富翁吃的西瓜没有自己的大，却比自己吃的要多。

成功之道,在一定程度上也是放弃。只有适时放弃、勇于放弃、善于放弃的人,才能使自己勇往直前,获得更多利益。

纯金的价格的确比镀金的更大,但价格不等于价值,真正的价值是无法用金钱来衡量的。

纯金与镀金

◆文/佚 名

富翁从账房来到健身房,看到儿子正汗流浃背地练习举重。

儿子是业余举重俱乐部的会员,准备参加不久将要举行的一次运动会。

看到儿子健壮的身躯和隆起的肌肉,富翁心里很高兴,但一想到自己业务繁忙,儿子却不感兴趣,帮不上忙,不禁又皱起了眉头。等儿子锻炼完毕,套上衣服,富翁和儿子谈开了:"如果夺得了冠军,会得到什么?"

"一个金杯。""金杯?是不是纯金?""不,是镀金。""值多少钱一个?""不太清楚,大约几千元吧。"

"金杯拿来干什么用?"

"要说用途,的确没什么用。但它摆在案头,能够说明一个人在体育事业上的努力和达到的成就。"

"有把握夺得冠军吗?""很难说,但我总得努力争取。"

"既然这样,你就别干了。要金杯,我可以给你几个纯金的,保证更精致,更美!""但是,那不一样。"

"是不一样。论价值,纯金比镀金大得多。"

"不经过自己的努力而得来的东西,是完全没有意义的。荣誉来自公认的成绩,价值取决于荣誉!"

"太糊涂了!"

"不,爸爸,不是的!"

纯金的价格的确比镀金的更大,但价格不等于价值,真正的价值是无法用金钱来衡量的。

成长悟语 Cheng Zhang Wu Yu

　　获得利益并不是工作的唯一目标,而是工作的产物,更重要的是能在这个过程中体现自己的创造力和价值,并且享受实现价值时产生的快乐。

　　如果一定要放弃,请先选那些最轻的,它们可能是你一时心血来潮的决定。

改变孩子一生的故事全集

一个人的空篓子

◆文/佚　名

　　遥远的普照寺里,来了一位得道高人,任何烦恼在他那里都会迎刃而解。

　　一个年轻人觉得生活的压力很沉重,便去庙里求教高人,希望能够得到解脱的方法。

　　高人给了他一个篓子,让他背在自己的身上,指着一条碎石路说:"你每前进一步,就捡一块石头放进去,到了路口,你再回到庙里来。

　　年轻人依照高人的吩咐,背着篓子出发了。

　　一段时间过去了,年轻人疲惫地回到庙里,告诉高人,他已经全部照办了。

　　高人没有马上请他坐下,而是问他:"你有什么感觉吗?"

　　年轻人说:"大师,我能坐下吗?我觉得越来越沉重。"

　　"这就是你为什么感觉生活越来越沉重的原因。"高人说,"每个人来到这个世界的时候,都带着一个属于自己的空篓子,在人生的路上每走一步,都要从这个世界捡一样东西放进去,所以就会有越走越累的感觉。"

　　年轻人问:"有什么办法可以改变吗?"

　　高人问他:"那么你愿意把工作、爱情、家庭、友谊哪一样拿出来呢?"

　　年轻人想了一会儿,不知道该如何回答。

　　高人说:"我们每个人的篓子里,装的不仅仅是特意从这个世界寻找来的东西,还有无法推卸的责任。当你感到沉重时,也许你应该庆幸自己不是另外一个人,因为他的篓子可能比你的大多了,也沉重多了。

年轻人说:"如果我无法坚持呢?"

高人接着说:"如果一定要放弃,请先选那些最轻的,它们可能是你一时心血来潮的决定。"

成长悟语 Cheng Zhang Wu Yu

人似乎都难免贪婪,但是当我们的欲望越强,想要的东西越多的时候,我们内心的负担也就越来越沉重,快乐也就开始离我们越来越远了……

在人生的旅途中,有多少人为了谋生而忘了欣赏生活本身啊!

得到和失去

◆译/晓 雪

有一天,一个小男孩正漫无目的地在马路上闲逛。突然,他发现有什么东西在灰尘里闪闪发光,弯腰一看,原来是个1美分的硬币。他如获至宝地捡起来,自言自语道:"太好了,这一个美分就属于我了,而我没有任何付出。"

从那以后,无论走到哪里,他都低着头寻找。这样,他的眼睛可以密切地注视地面,以便找到更多的硬币——也许还有更大的财富呢!事实上,他一共捡到了12.82美元。他小心翼翼地把他所有的财产保存好,得意至极。不仅是因为他捡到了这么多钱,更重要的是他觉得自己很幸运,他没有任何付出,就有所得。

难道他没有付出吗?在积累这笔财富的过程中,他错过了欣赏无数次美丽的日落、无数条壮观的彩虹和无数朵白云在水晶般的蓝天上飘过的美丽。当他低着头走过秋天的林阴道时,他没有看到小鸟儿在天空中展翅飞翔,他也没有看到小松鼠欢快地从一根树枝跳到另一根树枝。他所得到的全部就是12.82美元。谁能说得出他得到的和失去的孰多孰少呢?

在人生的旅途中,有多少人为了谋生而忘了欣赏生活本身啊!

在生活中,我们常常面临各种各样的选择,在不同的事和物之间进行取舍,有一个基本的原则,不要丢了西瓜捡芝麻,要分清轻与重。

哥哥的那棵梨树给了他一点儿希望,也扼杀了他创造新生活的动力。在我们的现实生活中,像这样的梨树其实很多。

两 棵 梨 树

◆文/沈岳明

有一对同胞兄弟,在父亲临死前每人得到了家门口的一棵梨树。那是两棵百年老树,每年都结果,父亲将两棵梨树的果子挑去集市上卖了,足够一家人生活。父亲就是依靠那两棵梨树将兄弟俩养大的,现在,父亲已经去世,他老人家将两棵梨树交给了两个儿子,也给了他们生活的依靠。

兄弟俩各自守着自己的梨树也能勉强生存下去。可是有一天,弟弟突然发现自己的梨树枯萎了,失去了生活依靠的弟弟很伤心。看到弟弟的梨树枯死了,哥哥的心里也很难受,但他也是爱莫能助,因为他的那棵梨树仅能维持自己的生活。最后,弟弟下定决心要走出村子,到外面去寻找活路。临走前,弟弟劝哥哥一起走,因为弟弟担心哥哥那棵梨树迟早也会枯死。哥哥忧心忡忡地让弟弟先走,他觉得既然梨树还没有枯死,就说明他的生活还有保障。于是弟弟走了,哥哥留下继续依靠梨树生活。

几年后,弟弟虽然在外面吃尽了苦头,但终于拥有了一家属于自己的小店,并且生意还不错,虽然没赚到大钱,但足够养活一家人,也算是为自己找到了一条新的生存之路。于是弟弟劝哥哥也一起出来创业,可哥哥觉得既然自己的梨树还没有枯萎,还在继续结果,也能勉强支撑生活,就不应该轻易放弃。又是几年过去了,弟弟的生活越过越好,可哥哥依然守着那棵梨树过着清苦的日子。

舍不得放弃就没有发展。哥哥的那棵梨树给了他一点儿希望,也扼杀了他创造新生活的动力。在我们的现实生活中,像这样的梨树其实很多。

俗话说：穷则变，变则通。如果因为改变，而为自己的人生带来全新的局面，或至少不会把目前的状况变得更糟，那么这改变便是一个明智的选择。

> 临死前，这个庞然大物追悔莫及地叹道："我为什么跟一块小小的碎玻璃生气呢？"

生气的骆驼

◆文/凡 夫

一峰骆驼在沙漠里跋涉着。正午的太阳像一个大火球，晒得它又饿又渴，焦躁万分，一肚子火不知道该往哪儿发才好。

正在这时，一块玻璃瓶的碎片把它的脚掌硌了一下。疲累的骆驼顿时火冒三丈，抬起脚狠狠地将碎片踢了出去，却不小心将脚掌划开了一道深深的口子，鲜血顿时染红了沙粒，升腾起一股烟尘。

生气的骆驼一瘸一拐地走着，一路的血迹引来了空中的秃鹫。它们叫着在骆驼上方的天空中盘旋着。骆驼心里一惊，不顾伤势狂奔起来，在沙漠上留下一条长长的血痕。跑到沙漠边缘时，浓重的血腥味引来了附近沙漠里的狼，疲惫加之流血过多，无力的骆驼只得像只无头苍蝇般东奔西突，仓皇中跑到了一处食人蚁的巢穴附近。鲜血的腥味儿惹得食人蚁倾巢而出，黑压压地向骆驼扑过去，一眨眼，就像一块黑色的毯子一样把骆驼裹了个严严实实。不一会儿，可怜的骆驼就鲜血淋漓地倒在地上了。

临死前，这个庞然大物追悔莫及地叹道："我为什么跟一块小小的碎玻璃生气呢？"

"愤怒"一旦与"愚蠢"携手并进，"后悔"就会接踵而来。在你生气的时

第九辑 虽然错过春天，还将收获秋天

候，如果你要讲话，先从一数到十；假如你非常愤怒，那就先数到一百然后再讲话。

农夫放下沉甸甸的柴草，舒心地揩着汗水："快乐也很简单，放下就是快乐呀！"

放下就是快乐

◆文/佚　名

有一个富翁背着许多金银财宝，到远处去寻找快乐。可是走过了千山万水，也未能寻找到快乐，于是他沮丧地坐在山道旁。一农夫背着一大捆柴草从山上走下来，富翁说："我是个令人羡慕的富翁。请问，为何没有快乐呢？"

农夫放下沉甸甸的柴草，舒心地揩着汗水："快乐也很简单，放下就是快乐呀！"富翁顿时开悟：自己背负那么重的珠宝，老怕别人抢，总怕别人暗害，整日忧心忡忡，快乐从何而来？于是富翁将珠宝、钱财接济穷人，专做善事，慈悲为怀。这样滋润了他的心灵，他也尝到了快乐的味道。

看周围，人们成天名缰利锁缠身，何有快乐？成天陷入你争我夺的境地，快乐从何而言？成天心事重重，阴霾不开，快乐又在哪里？成天小肚鸡肠，心胸如豆，无法开朗，快乐又何处去寻？

"放下就是快乐"，懂得舍弃才会有收获。

成长悟语 Cheng Zhang Wu Yu

人生苦短，如果你想在短暂的人生中多享受一些快乐，那就只有放下那些欲望，拒绝那些诱惑。把快乐放在心中最显眼的地方，让自己时刻都能感觉到它的存在。

> 人们需要的不是永远没有危险、永远幸运的法则，人们需要的是在紧急的时候、危机的关头，能临危不乱，在危机中把握自己的命运。

疲于奔命的"兔子"

◆文/佚 名

马克谈到他的父亲在莱茵河畔打猎时发生的一件事。

他父亲用手肘弯架着长枪，沿着树林内一条几乎已被树木遮盖的伐木道路前进。那时才黄昏，他正打算返回营地，附近的树丛中传出一种声音。在有机会端起长枪之前，一团棕白两色的斑点向他直奔过来。

马克在讲这故事的时候笑了起来。

"那一切发生得太快，父亲根本没时间去想。他往下一看，见有一只小野兔——已显得精疲力尽——躲在他的一双皮靴之间。那小东西正全身发抖，但它就这样蹲在那里，动也不动。

"真是奇怪，野兔本来都很怕人，而且很不容易被人看见——更别说跑过来坐在你脚下了。"

"父亲正为此事困惑，另一个角色接着登场了。也许是在一二十码开外，一只黄鼠狼从树丛中冲出来。当它看见我父亲——和坐在他脚下的猎物——便突然停下脚步，嘴里发出喘息，眼睛发红。

"那时父亲方明白他介入了森林里一场小型生死剧。野兔已被追逐得精疲力尽，正面对死神，父亲是它生存的最后希望。小动物忘记了本能的恐惧和提防，自然而然地靠拢他，逃避无情敌人的利齿。"

马克的父亲没有令人失望，他举枪故意朝着黄鼠狼前面的泥土射击。那动物似乎马上向上跳了二英尺之高，然后竭尽全力往森林飞奔而去。

有一阵子，小野兔没有动弹，它只是坐在那里，在男人脚下缩成一团，男人于是在微光下和它温柔地说话。

"它往那里跑了，我看它不会再找你麻烦了，看来今晚你逃过了一劫。"

不久兔子便离开了它的保护者返回了森林。

亲爱的，当你有所需要时，你往哪里跑？当你的力气用尽，你要转向何方？当软弱缠住你使你无力前行,你要转向何处？面对危机的时刻,你是否如这只兔子一样,能在关键的时候进行取舍,能转危为安呢？

人总是惧怕危险,回避危险,这是本能,是无可厚非的。人们需要的不是永远没有危险、永远幸运的法则,人们需要的是在紧急的时候、危机的关头,能临危不乱,在危机中把握自己的命运。

在我们抵达目标之前,许多的不可能只存在于我们的想象当中。其实没有绝对的不可能,只有相对的不可能——不付出勇气,不坚持目标,不发掘自身的智慧,就不可能与成功握手！

大象在木桩旁团团转,水牛在树底下转团团;我们在一件事里团团转,我们在一种情绪里转团团皆因绳未断。

割断贪欲之绳

◆文/佚　名

一个后生从家里到一座禅院去,在路上他看到了一件有趣的事,他想以此去考考禅院里的老禅者。来到禅院,他与老禅者一边品茗,一边闲扯,冷不防他问了一句:"什么是团团转？"

"皆因绳未断。"老禅者随口答道。

后生听到老禅者这样回答,顿时目瞪口呆。

老禅者见状,问道:"什么使你如此惊讶？"

"不,老师父,我惊讶的是,你怎么知道的呢？"后生说,"我今天在来的路上,看到一头牛被绳子穿了鼻子,拴在树上,这头牛想离开这棵树,到草地上去吃草,谁知它转过来转过去都不得脱身。我以为师父既然没看见,肯定答不出来,哪知师父出口就答对了。"

老禅者微笑着说:"你问的是事,我答的是理;你问的是牛被绳缚而得不到解脱,我答的是心被俗务纠缠而不得超脱。一理通百事啊。"

后生大悟!

一只风筝,再怎么飞,也飞不上万里高空,是因为被绳牵住;一匹壮硕的马,再怎么烈,也被马鞍套上任由鞭抽,是因为被绳牵住。那么,我们的人生,又常常被什么牵住了呢?

一块图章,常常让我们坐想行思;一个职称,常常让我们辗转反侧;一回输赢,常常让我们殚精竭虑;一次得失,常常让我们痛心疾首;一段情缘,常常让我们愁肠百结;一份残羹,常常让我们蹙眉千度。

为了钱,我们东西南北团团转;为了权,我们上上下下奔蹿;为了名,我们日日夜夜奔奔。

快乐哪里去了? 幸福哪里去了?

你看,曾经与鹰同一基因的鸡,现在怎样在鸡窝边打转? 你看,曾经遨游江海的鱼,现在怎么上了钓钩而摆上人家的餐桌? 你看,当年日记本上红笔书写的豪言壮语,现在又怎样成了黑色的点点符号?

大象在木桩旁团团转,水牛在树底下转团团;我们在一件事里团团转,我们在一种情绪里转团团,为什么都挣不脱? 为什么都拔不出?

皆因绳未断啊。

在贪欲的牵引下,我们跟着不断地向前奔跑,于是我们没有时间看美丽的日出,于是我们错过了春天的花开,于是我们忽略了沿途的美景,于是我们满足了欲望却失去了生活的意义。

只有勤勤恳恳地做好身边的每一件事,脚踏实地地走好人生的每一步,才能更快地接近理想。

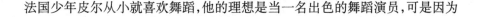

被放弃的理想

◆文/小　丑

法国少年皮尔从小就喜欢舞蹈,他的理想是当一名出色的舞蹈演员,可是因为

第九辑　虽然错过春天,还将收获秋天

家境贫寒，维持基本生活都非常艰难的父母，根本拿不出多余的钱来送皮尔上舞蹈学校。皮尔的父母不得不将他送到一家缝纫店当学徒工，希望他学一门手艺后能帮家里减轻点儿经济负担。

一天要在缝纫店工作十多个小时的皮尔，非常厌恶这份工作，这不但因为繁重的工作所得的报酬还不够他的生活费和学徒费，重要的是，他觉得自己是在虚度光阴，他为自己的理想无法实现而苦闷。他认为，与其这样痛苦地活着，还不如早早结束自己的生命。就在皮尔准备跳河自杀的当晚，他突然想起了他从小就崇拜的有"芭蕾音乐之父"美誉的布德里，皮尔觉得只有布德里才能明白他这种为艺术献身的精神。他决定给布德里写一封信，他希望布德里能收下他这个学生。

在信的最后，他写道，如果布德里在一个星期内不回他的信，不肯收他这个学生，他便只好为艺术献身跳河自尽了。很快，年少轻狂的皮尔便收到了布德里的回信：皮尔以为布德里被他的执着打动终于答应收下他这个学生了，谁知布德里并没提收他做学生的事，也没有被他为艺术献身的精神所感动，而是讲了他自己的人生经历。布德里说他小时候很想当科学家，因为家境贫穷父母无法送他上学，他只得跟一个街头艺人过起了卖唱的日子……最后，他说，人生在世，现实与理想总是有一定的距离，在理想与现实之间，人首先要选择生存，只有好好地活下来，才能让理想之星闪闪发光。一个连自己的生命都不珍惜的人，是不配谈艺术的……

布德里的回信让皮尔猛然醒悟。后来，他努力学习缝纫技术，从13岁那年起，他在巴黎开始了自己的时装事业。很快，他便建立了自己的公司和服装品牌。他就是皮尔·卡丹。由于皮尔·卡丹放弃了当舞蹈演员的理想，一心扑在服装设计与经营上，他的公司发展迅速，28岁那年他便拥有了200名雇员。他的顾客中很多都是世界名人，其中包括阿根廷"国母"贝隆夫人和好莱坞的大明星丽泰·海沃斯。

如今，皮尔·卡丹品牌不仅限于服装行业，还有表、眼镜、化妆品……皮尔·卡丹不但成了令人瞩目的亿万富翁，以他的名字命名的产品也遍及全球。皮尔·卡丹在一次接受记者采访时说，其实他并不具备舞蹈演员的素质，当舞蹈演员只不过是年少轻狂的他的一个虚幻的梦而已。如果那时他不放弃当舞蹈演员的理想，就不可能有现在的皮尔·卡丹！

是的，每个年轻人都有自己的理想，也都为自己那伟大的理想激动过、苦闷过，但当理想与现实发生冲突时，就必须识时务地勇敢地放弃理想。只有勤勤恳恳地做好身边的每一件事，脚踏实地地走好人生的每一步，才能更快地接近理想。也许有一天，你也会像皮尔·卡丹一样，突然发现其实理想一直伴随在你的身边，只是你未发现而已！

成长悟语 Cheng Zhang Wu Yu

也许你现在走的路，并不是你当初的首选之路，但只要你用心走下

改变孩子一生的故事全集

去,你一样可以在路上留下你美丽的足迹,在路上布置下属于你的风景,让后来人称道。

将军仔细一看批示,见上面对他的称呼不是"将军",而是"上校",不由问道:"斯大林同志,您这里是不是写错了?"

将军变上校

◆文/佚 名

第二次世界大战结束后,一位刚从柏林回到莫斯科的苏联将军向斯大林汇报工作。斯大林很满意,一个劲儿地夸奖他。

汇报结束后,将军依然坐在那里,吞吞吐吐,面露难色。斯大林关切地问道:"将军同志,你还有什么问题?"

"我有一件私事,可不知怎么对您说……"

"请讲吧!"

将军犹豫片刻,说道:"我从德国弄了一些喜欢的东西回来,被边防检查站扣下了。如果有可能,我请求让他们还给我。"

"可以。请你写一份清单。"

将军马上从口袋里掏出早就准备好的被扣物品清单。斯大林立即批示如数归还。

将军连连道谢,斯大林说:"不必"。

将军仔细一看批示,见上面对他的称呼不是"将军",而是"上校",不由问道:"斯大林同志,您这里是不是写错了?"

"不,完全正确,我们这是等价交换。上校同志!"

成长悟语 Cheng Zhang Wu Yu

天下没有免费的午餐,得到就要有付出,想得到的越多,付出也会越多。问题在于用什么换什么,是否值得。

孩子，你要珍爱你的职业，你不能觉得自己低贱，你心里
要觉得自己像一个国王……

泼向孩子的酒

◆文/浩　瀚

在普佐15岁的时候，任西西里岛地方长官助手的父亲患病去世了。埋葬了父亲，母亲就带着他和两个妹妹投奔在罗马的舅舅。

普佐家没什么积蓄，舅舅家也不富裕，安顿了他们一家四口，就无法供他读书了，只得让小小的普佐到酒店做侍者挣钱养家。

三年之后，普佐长成了个帅小伙。一天晚上回家，他对母亲说他再也不想做侍者了，母亲问他为什么，他讲了在酒店的遭遇：在为顾客上汤时他不小心将汤溅到了顾客身上，不仅被骂了一顿，那人还打了他一耳光。领班也训斥他，警告他若再犯这样的错就让他滚蛋。他说他再也不去酒店了，不再受他们的侮辱了。

母亲听完，严厉地对他说："你说这话就该挨一个嘴巴子！"他愣住了，没想到母亲不但不同情她，反而还责骂他，他都要哭出来了。母亲说："你只想着你自己，你想过顾客没有？他也许就那一件好衣服，被你给毁了，能不气愤吗？你如果是一个合格的侍者，就不会发生这样的事。发生了这样的事就是因为你从心里没有想过要做好侍者，没想过要做一个优秀的侍者！"

看他沮丧的样子，母亲的语气温和了下来："孩子，做侍者的，看到客人因享受了你的服务而心情舒畅，应该感到高兴，你要享受你职业的荣耀。孩子，好好做吧，只要你心中时刻想着侍者也是荣耀的职业，你就会获得荣耀！"

母亲的话并没有消除普佐心中的委屈，但他仍然去酒店上班，因为母亲不同意他辞去酒店的工作。他做着，但很不开心。他觉得母亲的话像教训小孩子，谁会以做一个侍者而觉得荣耀呢？

一天中午，普佐正忙着，抬眼一看，母亲来了。他刚要打招呼，母亲食指按在唇前，示意他不要作声，然后装作不认识的样子坐下，悄声告诉他要像对待别人一样对待她。母亲像顾客一样叫了酒菜，他为母亲服务着，可做得既慌乱又笨拙，在上最后一道菜时竟把桌上的酒杯碰翻了。母亲盯着他，低声说："你觉得做侍者丢脸是

吗？我看你的样子像做贼，你这样做才恰恰是最丢脸的，你知道不知道？"说着，她手一扬，将杯里的酒全泼在了他脸上，转身走了。普佐站在那里，心一颤，泪流了下来。

晚上回家时，母亲拥抱了他，对他说："孩子，对不起，白天妈妈做得过分了，向你道歉。"母亲又说："孩子，你要珍爱你的职业，你不能觉得自己低贱，你心里要觉得自己像一个国王……"

他笑了："可我只是一个侍者啊……"

母亲说："不错，你是侍者，可你要做到最好，你就会成为侍者中的国王！"

母亲拍着他的肩说："孩子，从明天开始，你试试用另一种态度做事好吗？"

望着母亲期许的眼神，普佐点头答应了。

这之后，普佐工作态度转变了，慢慢地，人们欢迎他了，很多来酒店的人都点名要他服务。就是有时走在街上也会有人热情地和他打招呼，他觉得整个罗马都知道他。

一天，普佐正忙碌而又熟练地招待顾客，他母亲捧着一大束芬芳的鲜花走进来，递到了儿子的手里，笑容满面地说："孩子，祝贺你 20 岁的生日，你今天真的成了国王！"

后来，普佐创立了凯莱旺大酒店，他成了罗马餐饮业的国王。

在酒店开业的庆典上，普佐幽默地对已白发苍苍但精神矍铄的母亲说："一个母亲要想使懒惰和不自信的儿子勤奋和自信，她需要做的并不要太多，只要向他的脸上泼一杯酒就够了！"

成长悟语 Cheng Zhang Wu Yu

任何工作和学习取得成绩都是以热爱为基础的，凭借这种热爱去发掘内心蕴藏着的活力、热情和巨大的创造力，这样，不论你在哪一个位置都可以发出耀眼的光芒。

青年放下包袱，继续赶路。他发觉自己的步子轻松而愉悦，比以前快得多。原来，生命是可以不必如此沉重的。

扛 船 赶 路

◆文/佚 名

一个青年背着一个大包裹，千里迢迢跑来找无际大师。他说："大师，我是那样的孤独、痛苦和寂寞，长期的跋涉使我疲倦到极点；我的鞋子破了，荆棘割破双脚，手也受伤了，流血不止，嗓子因呼喊而喑哑……为什么我还不能找到心中的阳光？"

大师问："你的大包裹里装的什么？"青年说："它对我可重要了。里面是我每一次跌倒的痛苦，每一次受伤后的哭泣，每一次孤寂时的烦恼……靠着它，我才能走到您这儿来。"

于是，无际大师带青年来到河边，他们坐船过了河。上岸后，大师说："你扛了船赶路吧！""什么？扛了船赶路？"青年很惊讶，"它那么沉，我扛得动吗？""是的，孩子，你扛不动它。"大师微微一笑，说："过河时，船是有用的。但过了河，我们要放下船赶路，否则，它会变成我们的包袱。痛苦、孤独、寂寞、灾难、眼泪，这些对人生都是有用的。能使生命得到升华，但须臾不忘，就成了人生的包袱。放了它吧！孩子，生命不能太负重。"

青年放下包袱，继续赶路。他发觉自己的步子轻松而愉悦，比以前快得多。原来，生命是可以不必如此沉重的。

成长悟语 Cheng Zhang Wu Yu

人生总是有得有失，有起有伏，但是我们不能患得患失，把所有的失望压在心底。要知道，为失去的一朵鲜花而哭泣，也必将遗失整个春天。

> 有没有勇气付出代价,往往是人生的分水岭。放弃需要智慧,更需要勇气,勇于放弃的人才能成就自己的追求

放 弃 之 勇

◆文/佚 名

20世纪80年代,河北某仪器厂分来一名大学生。他在厂里负责发放工资,经常要做些报表。他的工作非常清闲。那时电脑是个稀罕物,异常昂贵,厂里唯一的电脑,别人都不敢碰,他却如获珍宝,整天守着电脑,因为他最大的爱好是编程序。两个月后,他编出了第一个程序——工资管理软件。发工资时,他再也不必制作复杂的报表。从此,他每月只需上一天班。厂里认为他是个天才,对他刮目相看。

空闲时间更多了,但他没有丝毫松懈,他每天都在电脑上编织梦想。一个偶然的机会,他去了深圳,回来后,心中再也无法平静。他发现,自己的编程才能有用武之地了。他开始烦躁不安:如果继续在厂里呆下去,自己满腹的才华终将被埋没。当他把自己的想法告诉家人和朋友时,家人坚决反对,朋友以为他头脑发热,劝他要冷静。厂里为了留住他,拒绝为他转户口和工作关系。他面临痛苦的抉择:留下,手中的"铁饭碗"牢不可破,此生无忧,但注定平淡;出去,凭自己的才能可以大展拳脚,但前途未卜,祸福难料。

厂里不能接受他的辞职,他只能接受被开除的命运。承受着巨大的压力,他毅然走出了仪器厂,义无反顾。

几年后,凭着自己开发的软件,他创立了自己的公司。这个人就是著名的金山公司总裁,被称为软件业"民族英雄"的求伯君。

人的一生总会面临很多机遇,但机遇是有代价的。有没有勇气付出代价,往往是人生的分水岭。放弃需要智慧,更需要勇气,勇于放弃的人才能成就自己的追求。

成长悟语 Cheng Zhang Wu Yu

一个人只要锁定了自己的奋斗目标,就应该勇敢地去追求。有梦才有远方,看得远、才能想得远,想得远才能走得远。

　　我们在生活中，时刻都在取与舍中选择，我们又总是渴望着取，渴望着占有，常常忽略了舍，忽略了占有的反面：放弃。

第 十 辑

人生因换车票而改变

　　人生充满机遇。然而,机遇对每个人来说都是公平的,只是有些人抓住了,有些人抓不住;有些人发现了,有些人却茫然不知;有些人在不断创造机会,而有些人则在苦等机会。不要以为机遇是一个依约前来的客人,他只是途经你家门前的路人。

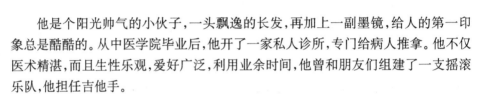

记得一位大师说过，你要做的，就是比你想象的更疯狂一点儿。只要你去做，有什么不可能呢？

你就是自己的奇迹

◆文/姜钦峰

改变孩子一生的故事全集

他是个阳光帅气的小伙子，一头飘逸的长发，再加上一副墨镜，给人的第一印象总是酷酷的。从中医学院毕业后，他开了一家私人诊所，专门给病人推拿。他不仅医术精湛，而且生性乐观，爱好广泛，利用业余时间，他曾和朋友们组建了一支摇滚乐队，他担任吉他手。

一天，有个摄影家因患腰椎间盘突出，久治不愈，慕名找到了他的诊所。一来二去，他和摄影家成了好朋友，两人无话不谈。摄影家说，你爱好这么广泛，要不我教你摄影，敢不敢玩儿？他说，当然可以，有什么不敢玩儿的。第二天，摄影家就带来了一架海鸥牌单镜头反光照相机，很专业的那种。他心里有点儿发虚，昨天一句玩笑话，没想到摄影家竟当真了，盛情难却，他只好硬着头皮学起了摄影。

长这么大，他从没摸过照相机，一切都得从零开始。摄影家很有耐心，一点儿一点儿地教他，快门、光圈、对焦、运用光线……他第一次拍完了整卷的胶卷，结果只冲印出来19张。但他欣喜若狂，因为摄影家说过，36张胶卷只要他能冲出8张就算满分。摄影家的腰疾渐渐好转，一有时间就带着他去户外采风，他的悟性极高，摄影技艺与日俱增。在一次摄影比赛中，他的作品获得了优秀奖，在摄影家看来，他简直就是一个奇迹！

也许有人不以为然，不就是摄影拿了个小奖，有什么稀奇的？可是，如果我告诉你，他是个盲人，你会作何感想？恐怕绝大多数人的第一反应就是"不可能"。千真万确，他叫谈力，8岁时因为一次意外事故双目失明，现在他已经是扬州市摄影家协会会员。

熟悉照相机的人都知道，光圈和快门转盘都是一格一格转动的，手感明显，难不倒盲人。但对焦有点儿麻烦，因为对焦环是无级旋转的，光凭触觉很难把握，但是谈力有办法，他在对焦环上刻了一个标记，然后在相机的固定部位再刻一个标记作为参照点，问题自然迎刃而解。退一步讲，即使对焦不准也关系不大，摄影记者经常要抓拍突发事件，根本就来不及对焦，补救的办法通常是采取"小光圈，大景深"，这样照片就不会模糊,这也是盲人摄影的一个有利条件。

网上流传着一张谈力的得意之作,照片上是他活泼可爱的女儿,昂着小脑袋,嘴巴张得大大的,灿烂的笑容惹人嫉妒,天真、顽皮、欢乐呼之欲出,无论构图还是用光,其水准都不逊于正常人。他是怎么做到的?在室外,他能感觉到阳光从哪边照射过来,然后叫女儿侧对光线站立,此时他又凭着声音来源确定女儿的方位,揣摩她的表情,适时地按下快门。就这么简单!

由此看来,盲人摄影的确不是神话。可是,依然有不少人表示质疑。他们无论如何不敢相信,那些优秀的摄影作品会出自盲人之手。谈力反倒处之泰然:"有人怀疑并不奇怪,我从不认为这是对盲人的歧视,因为我做的事情已经超出了他们的想象力范围。"

谈力"看"到了问题的本质。

其实,怀疑谈力的人同时也在怀疑自己。在他们的思维习惯里有太多的"不可能",许多事情还没动手做,自己先想当然地否决了,自然偃旗息鼓,不战自败。神话与现实并无界限,一百多年前,飞机就是个神话;谈力之前,盲人摄影也是个神话。记得一位大师说过,你要做的,就是比你想象的更疯狂一点儿。只要你去做,有什么不可能呢?

只要你去做,你就是自己的奇迹。

人身上有无尽的潜能,它们无法发挥是因为很多时候我们都安于现状,只要给自己一个新的舞台,给自己一些新的机会,我们身上的潜能就会焕发出光彩。

名贵之花也是一种卑贱的野草,而每一种野草也都可能成为天使般的花朵。

佛　兰

◆文/李雪峰

这是在非洲流传的一个故事:

一个城里人到乡下旅行,在一块庄稼地里看到一种肥肥的野草,青得透明的茎儿,绿得郁郁的齿叶,他欣喜若狂,立即找到农夫,要求购买。农夫给他一把锄头,说:那种野草呀,喜欢就送你得了,除草的时候我不知毁了多少呢?这种草,连牛都不吃,有什么可爱的呢?于是旅行者立刻去田里挖下了几十丛这样的野草,运回到城里。他就成了富翁。

因为,这种乡下的野草,是城市里名贵而不易买到的花儿:佛兰。

其实,哪一种花朵,不是一种野草呢?价值观念的不同,使同一种花朵有了两种命运,农夫要挥锄毁掉它,以利于自己庄稼的成长,而城里人却要小心翼翼地把它栽在典雅的花盆里,给它施肥,给它浇水,以期望它能吐一缕温馨的幽香。

花和草其实就是一种东西,因为我们的观念注入,这世界上才有了花草之分。其实,名贵之花也是一种卑贱的野草,而每一种野草也都可能成为天使般的花朵。

在不同的地方,我们会有不同的价值。

　　成功之路是从正确认识自己,为自己正确定位开始的。假如自己是一棵名贵的佛兰就不要甘于长在田地里,最终沦为杂草,而应该在花盆中尽情释放芳香。

　　哪怕只有万分之一的机会,只要你去努力争取,便会有成功的希望;而如果你放弃,一切便等于零。

零和万分之一

◆文/包利民

　　有一年的圣诞节前夕,一个美国青年想去纽约,妻子便去车站给他订票。可是车票已售完,妻子无奈地回到家,对他说:"很抱歉没能买到票,我曾问过售票员,她说只有万分之一的机会有人临时退票。"

　　他听到这一情况,立刻开始收拾行装准备出发。面对妻子不解的目光,他说:"我去碰一碰运气,如果没人退票,就当我提着行李去车站散步而已!"

　　于是他开始了等待,开车前3分钟,终于有一位女士因孩子生病而不能成行,他由此得到了退票,踏上了开往纽约的火车。在纽约他给妻子打电话说:"我之所以成功,就因为我是个抓住了万分之一机会的笨蛋。别人以为我是傻瓜,其实这正是我与众不同的地方。"

这个美国青年就是甘布士,他凭着这一信念,抓住生命中每一个看似渺茫的机会,最终成为美国百货业巨子。

有时我们缺少的就是这种等待机会的耐心与勇气,因为只有等待才有希望。虽然等待的结果往往是失望,但只要你以一种豁达的心态去对待失望,你便会从失败中获得平和的心境,从而重新鼓起勇气。就像甘布士把失败说成是提着行李去散步,那是一种怎样积极的心态啊! 如果他在失败后去抱怨命运,他便不会再去争取生命中许许多多万分之一的希望,更不能获得事业的成功了。

更多的时候,我们缺少的是为万分之一机会的成功而去拼搏的信心,看似不可能便放弃了。我们常常嘲笑那些为了不可能实现的梦想而痴心奋斗的人,笑他们的愚蠢与不明智,可是想想因为目标遥远而放弃希望的我们,不是更应被嘲笑吗?成功绝不是偶然的,虽然有时看似简单,但在我们不曾注意的地方,成功者一定付出了自己的努力! 所以太多的时候我们只羡慕别人辉煌的时刻,却很少去想别人曾怎样为了万分之一的机会而付出的汗水。

非常欣赏一句话:"不要嘲笑把饼画在墙上的人!"哪怕只有万分之一的机会,只要你去努力争取,便会有成功的希望;而如果你放弃,一切便等于零。成功与失败之间的距离,其实只隔着一颗充满希望的心啊!

成长悟语 Cheng Zhang Wu Yu

机会在每个人的面前都是平等的,成功的人总是在大家都觉得没有机会的地方执着寻找,最终得到机会的青睐。所以我们除了要具备发现机会的能力,还要多一份对机会的执着。

把握住时机，逆风也常常会化为我们成功的顺风；而把握不住时机，顺风也往往会成为我们意想不到的阻力。

把 握 时 机

◆文/李雪峰

有两个船夫，他们各自有一艘自己的帆船。不同的是，他们的船帆有一个是黑色的，有一个是白色的。

一天，他们受一个商人雇佣，要把商人的两船货物逆流而上，运到百余里外的一个码头上去。装好了差不多等重的货物，白帆的船夫升起他云朵一样洁白的船帆，摇起橹就走了；而黑帆的船夫，也张起他鹰翅一样黑亮的帆划桨上路了。

两船相接逆流而上同行了十余里，白帆的船夫降落下帆，帆船依旧轻快地劈浪而行。而黑帆的船夫没有在意已改变的风向，依旧张帆而行，他划得很吃力，船也行得渐渐慢了下来。半个时辰的功夫，两艘船已经拉开很远的距离了。

白帆船上的船夫，总是边摇橹边仔细地留意风向，风向一变，他就马上升帆或降帆。如果是顺风，他就很快将帆张起来，即使他不摇橹，船也被风推着走得很快，他可以悠闲地坐在船头看两岸的青山，或者快活地哼一曲渔歌。如果是逆风，他会在眨眼的工夫里便把帆降下来，用顺风时积蓄的力气轻松地摇橹。

黑帆上的船夫就不同了，从出发时他把帆张起来，就再也没有理睬过他船上的帆，顺风时他也很轻松，但风向一变，他就十分吃力了，气吁喘喘地划桨，累得汗流浃背，腿腰酸痛，也还是远远追不上前方那个不知已行过几重山几重水的白帆船。

百余里的水路，半下午时，白帆船已经轻松摇到码头上，而黑帆船的船夫累得精疲力竭，才在半夜的时候摇摇晃晃摇到了码头上。

人生风向变动无常，成功的路上更是风云际会，时时把握住生活的方向，顺风时扬帆，逆风时收帆，这样我们才能化外力为动力，把阻力最小化，用小代价买取大成功。假若在命运河道上不去把握变幻的风向，那么动力转瞬之间就能变为强大的阻力，使你在成功的路上停滞不前。

把握住时机，逆风也常常会化为我们成功的顺风；而把握不住时机，顺风也往往会成为我们意想不到的阻力。

把握好时机，就等于你已经拿到了成功的门票。

人们的天资并没有多大差别，要想在人生的路上走得更远更成功，一味地拼尽全力并不是最好的方法，把主观愿望与客观条件有机结合才是最有效的。

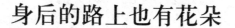

每一条路上都有花朵。让我们带着一颗细致的心，去倾听花开的声音渐入生命……

281

身后的路上也有花朵

◆文/澜　涛

人生的道路上，我们习惯了先选择好道路，然后出发，因为选择正确能够拥有收获，选择错误会致使两手空空。

江崎博士和助手黑田孜孜不倦地研究如何才能把锗提炼得更纯，尽管黑田每次都十分谨慎小心地操作，却总是不可避免地混进一些杂质，一次次的测量参数都显示不同的数据，这很让黑田懊恼。于是她想，既然绝对提纯不可能达到，干脆采取相反的做法，一点点地添入少量杂质，看一看到底能够提炼出什么样的晶体。江崎为这个违反常规近似荒唐的念头拍案叫绝，两个人开始了一连串的实验，当他们把锗的纯度降到一半的时候，一种极为优异的半导体晶体诞生了，借此，江崎荣获了诺贝尔奖。

诺贝尔奖竟在所谓的正确方向的反辙。思维倒置，是瞬间的灵光，也是胆识的闪现，更是对习惯思维的挑战。

没有尝试前，不要轻易否定任何一条路；没有结果前，不要轻易放弃任何的机会。

每一条路上都有花朵。让我们带着一颗细致的心，去倾听花开的声音渐入生命……

不要老是抱怨没有好的机会降临在你身上，不要老想着会有兔子撞到你面前。成功的机会无处不在，关键在于你是否敢于发挥你的创造力，让机会自动现身。

每个人都不可能万能，懂得发现身旁他人的优势，并能够借用过来弥补自身不足，才可以让人生减少遗憾。

改变孩子一生的故事全集

伏 上 鹰 背

◆文/澜　涛

去看望乡下的姑姑，正逢四月初八，小镇的庙会要唱一天野台子戏，便和姑姑姑父赶去看戏。尽管去得很早，但戏台前还是已经围满了人。不一会儿，我身边就又有人围过来。我注意到，有一个年轻的壮汉领着一个七八岁模样的孩子，那孩子不停地踮起脚来，伸着脖子，显然，是因为个子太小，看不到戏台。这时候，一阵锣鼓激动人心地响起来，戏开场了，随着依稀而来的悠长委婉的唱词，我身旁的孩子急得一次又一次地往高处跳，可都无济于事，孩子委屈得哭了起来。一旁的父亲见了，对孩子说道："你看看能不能找到什么可以帮帮你。"孩子开始四处张望，可地面上可怜的砖头早被其他一些人踩在了脚下。

看着失望的孩子，父亲问道："就没有其他办法了？"

孩子无助地摇着头。

"其实，你还有一个办法没有想到……"那父亲边说着，边一下抱起孩子，将孩子扛在了肩上。一下子，孩子成了全场最高的人。嫩绿娇红、淡白深青、人来马去、刀光剑影惹得孩子立刻欢叫起来……

我不由得想起刚刚从一本书上看到的一个故事：有几只鸟争论谁能飞得更高，最后决定来一个比赛。一只小鸟知道自己飞不了太高，但它意识到鹰可能飞得最高，就悄悄地伏在了鹰背上。鹰越飞越高，最后，其他鸟都已经回到了地上，只有鹰还高高地飞在天上，等鹰飞不动的时候，这只小鸟从它的背上飞了起来，飞得比鹰还要高。

并不是所有的砂都能够变成珍珠。有一种智慧叫机巧,借助珍珠的光亮明亮着自己。

借用是一种智慧,不同于取巧。每个人都不可能万能,懂得发现身旁他人的优势,并能够借用过来弥补自身不足,才可以让人生减少遗憾。

当自己不能拥有鹰的翅膀的时候,时刻关注身旁的鹰,好做鹰背上的小鸟,于人生不可能处飞出奇迹和惊喜!

成长悟语 Cheng Zhang Wu Yu

上帝给每个人的每个苹果都是一样的,苹果的神奇与否,在于拿着它的人。不善于抓住机会的人,给他的苹果再多也是枉然;善于抓住机会的人,给他一个苹果就足够了。

获得了先机,自然也就胜券在握。道理如此简单,有人却用自己一生都悟不出来。

亮　剑

◆文 / 王国华

一个剑客,参与过无数次决斗,最终都是他将对手斩于马下。几年之内,剑客名声大振。有人问他到底有什么绝招,剑客却总是微笑不语。有一年,举行全天下剑客大会,在切磋演练的时候,有人特意将他的所有招术画了下来,拿回去细细研究,结果发现,其招术跟别人并无不同之处,相反,他的一举一动都非常中规中矩。时光如流水,剑客一天天苍老下去。谢世之前,几位至交围在他的床前,恳求他:"你千万不能把你的制胜法宝带到坟墓里去啊!"剑客含笑点头,说:"其实,我只是拔剑比别人快一些而已!"周围的人恍然大悟。他们想起来,剑客和别人决斗,很多时候都是一招制胜。双方同时拔剑,别人的剑尚在鞘中,他已刺出了第一剑。当年,剑客用了五年的时间就练习一个招式:"拔剑"!

有个足球队,走马灯似的换了无数教练,练习各种阵法,然而比赛时总是败北。

其实，你只要看看他们的比赛录像就知道，他们的阵法固然新颖而严谨，但是每个球员连最基本的脚法都踢不到位，传出的球很难按预期到达同伴脚下。这样的基本功，再好的阵法又有什么用？

有些比赛，虽然看似一个漫长的过程，其实，只要你准备充分，很容易获得先机。而获得了先机，自然也就胜券在握。道理如此简单，有人却用自己一生都悟不出来。

俗话说：台上三分钟，台下十年功。人人都渴望着成功，然而却不知道在成功的背后有多少的苦难和辛酸。人们只知道花儿开放时的明艳，却不知它那血红的花瓣中蕴含了多少的挫折和磨难。

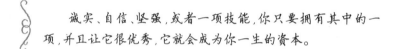

诚实、自信、坚强，或者一项技能，你只要拥有其中的一项，并且让它很优秀，它就会成为你一生的资本。

记住自己的优势

◆文/陆勇强

某单位的外贸部有两位年轻人，一位是日语翻译，一位是英语翻译。两人都是名牌大学毕业，风华正茂，在单位领导的眼里，两人都是未来的外贸部经理候选人。

对此，两人心照不宣，在工作上暗暗较劲，你追我赶，每年的业绩完成得均十分理想。

单位原先有日商的投资，因此单位经营层经常需要和日本人打交道，理所当然的，那位学日语的年轻人经常在公开场合露面。一时间，他在单位里的口碑好于那位英语翻译。

英语翻译坐不住了，照此下去，他肯定会处于劣势，失去很好的晋升机会。

于是，他决定凭着大学时选修过日语的基础，暗暗学习日语，准备超越对手。

为了不让别人知道，他学日语是在暗中进行的，他几乎把业余时间都花在了日语的学习上。

几年过去了，他拥有了一张日语等级证书。他开始尝试着与日商进行会话，帮助营销员处理一些日文的翻译任务。

同事们对他掌握两门语言十分佩服，他自己也有一种成就感。但就在他自我感觉良好的时候，他翻译澳大利亚商人的贸易合同时关键词汇失误，给公司造成10万美元的损失。虽然事后公司通过谈判，挽回了部分损失，但公司董事长为此十分震怒。

他也十分内疚，但实在想不明白，为什么会误译一个并不生僻的单词。

反省再三，他醒悟过来，这些年忙学日语，早已疏于对英语词汇的充实和温习，错误的发生其实是不可避免的。

他在自己的专业上败下阵来，而且他的日语即使苦学几载，也无法达到对手的水平，他悔之不及。

一个人想击败对手，往往会忘了自己的优势，却沿着对手的思路进行思考，照搬照抄别人的做法。但是，一个走"抄袭"道路的人是根本无法进入别人最为熟悉也最有优势的领域的。

人生也是如此，不论你境况如何，你都不会一无是处。譬如诚实、自信、坚强，或者一项技能，你只要拥有其中的一项，并且让它很优秀，它就会成为你一生的资本。

成长悟语 Cheng Zhang Wu Yu

　　每个人都有自己的长处与短处，所以每个成功都有它独特的痕迹。我们应该坚定地走自己的路，记住自己的优势，因为它将成为我们一生的资本。

从现在起，让我们紧紧抓住自己的树叶吧！

树　叶

◆文／[美]大卫·米德

　　我在伯父的林场里散步，时不时听到树上的小枝子断裂时发出的劈啪声，偶尔也可以听到猫头鹰的叫声。

"大卫,奶奶为什么会死？"8岁的堂弟蒂姆突然问我。我吓了一跳,因为我没有想到蒂姆会跟我说话,我们散步这么久了,他还没跟我说过一句话呢。

"那是上帝的意愿。"我边说边捡起一根树枝,用力甩了出去。我转过脸看看他,接着说:"上帝出于某种原因让她死的。"

"我不明白,你讲讲死到底是什么？"蒂姆大声说。他的语气让我吃惊,我看到他的眼睛好像有了泪水。

"奶奶去世,你一定很伤心吧？"

他点点头。

"好吧,我来跟你讲一讲。"我停下来,希望这时能看到一只兔妈妈带着小兔子穿过树林,这样我就可以用它们来做个例子。可是,四周除了高高的橡树,什么也看不到。"蒂姆,奶奶老了。"我正说着,一片树叶落下来,我捡起树叶递给蒂姆,"这片树叶曾经很年轻,可现在老了。"

"所有的人都是这样死的吗？"他看着树叶问。

"当然不是,就像所有的树叶不会以相同的方式落下一样。"

"别的树叶是怎样落的？"

"有的落得很慢,像奶奶一样……"

"这我知道。"蒂姆打断我的话,"告诉我,其他人的树叶是怎样的？"

"我刚才不是在说吗？有些树叶落得很慢,像老人;有些落得很快,就像有人患了癌症。"我从地上拾起一块鹅卵石,抛向天空。

"为什么有的树叶落得快？"我真想不到蒂姆会提出这么多的问题。

"这,我也说不清,也许是因为有的树叶天生虚弱,要么就是它们病了,就像我们有的人很早就死去。"

"有时候我看到,树枝断的时候,成百上千的树叶同时落下,那是怎么回事？"

这孩子真够啰唆的。"你想想,遇到飞机失事或地震时,不是也有成百上千的人死亡吗？这跟树叶是一样的,有时会一起落下来。"

"大卫,你的树叶呢？"蒂姆好像有点儿害怕提这样的问题。

"肯定在什么地方,但我现在说不清。"我感到有些冷,便把我的上衣拉链拉上去。"大卫,我要保护你的生命,我要抓住你的树叶,不让它落下来,这样你就不会死了。"

我惊愕了。"听着,小孩子,人总是要死的,只是迟早而已。死是避免不了的,正如你不能把所有的树叶都抓住,就是这样。"

"可是春天来了,树上又长满了树叶,这是怎么回事？"

"这就像新生儿替代了死去的人。"我抬头望望天空,天色已经暗下来。

"那么,大卫,婴儿是从哪来的？"

"见鬼,这里好冷,咱们回家吧。我跟你赛跑,看谁先跑到家。"

"等等,大卫,你还没回答我的问题呢。"

"预——备——跑！"

"什么？"

"没什么。从现在起，让我们紧紧抓住自己的树叶吧！"

成长悟语 Cheng Zhang Wu Yu

每一朵花，只能开一次，只能享受一个季节的热烈或者温柔的生命。同样，生命每个人只能有一次，活着的人更应该珍惜生命，珍惜身边的亲人，珍惜这得之不易的活着的幸福。

总是极力哀伤失去了的东西，甚至想挽回失去了的东西，却不知道珍惜所拥有的和即将拥有的——不知道珍惜，注定还将会失去。

昨天的太阳

◆文/佚　名

一个人打很远的地方来到一座山上看日落日出。在这山上看日落日出，比在其他任何地方看都更美丽。

遗憾的是，他太疲倦了，一上山便呼呼地睡着了，等他醒来时，天已经漆黑，太阳早就下去了。

他感到十分悲伤，一次又一次地想象落日该是什么样的美丽，一次又一次设想看到落日该是如何地幸运，甚至，他还异想天开地想挽回这一错失——让落日为他重新落一次。

更遗憾的是，就在他十分悲痛之中，天渐亮，太阳从东边升了起来，果然比其他任何地方所见的日出都要美丽许多。可是他还沉溺在错失落日的悲伤里，根本无心欣赏日出，等他想到该珍惜这日出的美丽时，太阳已经挂在中天，没有什么特别的美丽可言了。

于是，他悲痛之中更加悲痛，竟忘了还会再有日出，终致绝望，郁郁地走下山去。

今天的太阳已经不是昨天的太阳，失去了的注定是无法重回的。我们中的很多人，都像这位先生，总是极力哀伤失去了的东西，甚至想挽回失去了的东西，却不知道珍惜所拥有的和即将拥有的——不知道珍惜，注定还将会失去。

成长悟语 Cheng Zhang Wu Yu

对于已经发生了的事实，悔恨和埋怨都是于事无补的，这个时候就是放下那些不必要的包袱，微笑着重新开始新的一天，因为人是为了将来而活的！

如何处理好花钱、赚钱与享受的关系，从这封信中，我们或许能得到一点儿启示。

父亲的告诫

◆文/佚 名

100 年前，美国的大财阀洛克菲勒给儿子的一封信，值得现代人深思。

儿子：

或许你会笑我，有什么事需要借这种间接的表达方式呢？但恐怕你无法想象得出，你昨晚跟我说要向公司借 1000 美元度过这两个月时我的惊讶：我们拥有成千上万资产的大公司的经理，竟说什么现在"一文不名"、"手头很紧"！

我想说的是，你要尽量避免为打发时间而到百货公司或购物中心闲逛，并且少看广告，减少不必要的购买欲望。如此一来，你会很惊讶地发觉自己的心思已不在物质上打转，而专注于美好持久的事物上，对工作更加投入。

如果你要拥有财富，第一件事要先学会如何依自己的意愿去生活，也就是如何控制住开销。赚 500 元花 400 元，会给你带来满足；赚 500 元花 600 元可就惨了。我是说，当你的开销大于收入，就表明你有麻烦。

我曾认识一个人，收入很低，但还住公寓。他借了 10 万块钱创业，结果他拿着这钱带老婆孩子去迪斯尼乐园玩了 6 个礼拜，回来时连给孩子买新鞋子的钱都出不起了，他的家人从此再没好日子过，而他为了弥补破

改变孩子一生的故事全集

洞，几乎葬送在无尽的工作上。

　　他因为没有学会控制开销，付出了很大代价。我想，你已经注意到了当前年轻人中的大部分人，忍耐不了把钱放到银行或放在家里睡觉的情况。

　　现在你希望向我借钱，我需要一定程度的保证：1000 美元按每年 20% 利息计算，每周 10 美元从工资中扣下还我，我已经明确写下，希望你签字认可。

　　有一点你得记住："财富指的是你生活品质的程度，而非你赚钱的多寡。"

　　很多人以为自己的命运早已被写在星相书上，谁也改变不了。其实错了！你的命运是你自己写成的，你每天的生活累积成你的命运，唯一应对你的生活负责的，只有你自己，也只有你自己才能有力量去改变它。

你的父亲：洛克菲勒

　　现代人常说：不懂得花钱的人就不晓得赚钱，不懂得享受的人就不懂得生活！这句话当然是有道理的，可是关键是如何处理好花钱、赚钱与享受的关系，从这封信中，我们或许能得到一点启示。

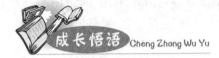

成长悟语 Cheng Zhang Wu Yu

　　计划好自己的人生，便使自己的现在和未来搭起一座桥，省去那些毫无方向的摸索，这样就能在人生的进程中处于领先的位置。

　　有的人对降临的机遇却熟视无睹，麻木不仁，所以常常会在埋怨和悔恨中望洋兴叹！

心　愿　石

◆文/佚　名

　　有位年轻人一直在苦苦追寻发家致富的秘诀，每次，只要一听到哪里有财路他便不辞劳苦地去寻找。

有一天,他得到一位长者的指点:"年轻人,东南方向 300 里的深山老林中,有位白发仙人,若有缘与他见面,则有求必应,肯定不会空手而归。"

年轻人听了欣喜若狂,谢别长者后立刻收拾行李,连夜向东南方向的深山老林出发了。经过长途跋涉,他终于到达了目的地,在那儿苦等了三天,终于见到了那个传说中的仙人。

他向仙人请求道:"大仙,我一直想发财,了却一生的心愿,经过长者指点,不远万里而来,请您告诉我发财的秘诀吧!"

仙人告诉他:"年轻人,看你这么不辞劳苦,虔诚寻找,那我就告诉你这个秘诀吧:每天清晨,当太阳东升时,你到海边的沙滩上寻找一粒'心愿石'。其他石头是冰冷的,而那颗'心愿石'却与众不同,握在手里,你会感到很温暖而且会发光。一旦你找到那颗'心愿石',你想要什么,只要对'心愿石'说,你所有的愿望都可以实现了!"

年轻人感激万分,便赶到海边去。

每天清晨,年轻人按照仙人的指点,在海滩上检查每一颗石头,发觉不温暖又不发光的,他便丢下海去。日复一日,年复一年,那年轻人在沙滩上寻找了多年,却始终没找到那块温暖发光的"心愿石"。

又是一天的清晨,他如往常一样在沙滩捡石头,发觉不是"心愿石",就丢下海去。一粒、二粒、三粒……这样,一直到了傍晚,就准备要返回时,只听"哇"的一声,他突然大哭起来。因为刚才稍不留神,他又习惯地把那颗"心愿石"当做普通的石头,随手丢到海里去了,扔掉后,才发觉它是"发光"和"温暖"的,他追悔莫及。

人人都会遇到自己的"心愿石",可是并不是每个人都能得到它。有的人非常珍视眼前的每一个机遇,并及时把握住;可有的人对降临的机遇却熟视无睹,麻木不仁,所以常常会在埋怨和悔恨中望洋兴叹!

因为习惯,我们放弃了许多发现的机会;当对一切都熟视无睹的时候,我们不仅仅遗失了思考的习惯,更放过了许多成功的机遇……

> 机遇总是偏爱有准备的人。面对机会，我们必须有足够的勇气和理智的行动，这样，才不会失去机会。

再给自己一个机会

◆文/佚 名

也许你曾为实现自己的某个目标拼搏过、奋斗过，但都以失败而告终。或许曾经听过别人的经验教训："机会只有一次，抓不住就永远没机会了。"当新的机会一次次降临到你的身边的时候，你想表现自己的强烈欲望被曾经的伤口和别人的经验所吞噬，面对新的机遇，你退缩了。因此机会对你来讲，来得快，去得也快。

科学家曾做过这样的试验：将四只猴子关在一个房间里，每天只喂很少食物，几天后，科学家在房间上的小洞放下一串香蕉，一只饿得头昏眼花的大猴子一个箭步冲向前，可当它还没拿到香蕉时，就被预设机关所泼出的滚烫热水烫得全身是伤，当后面三只猴子依次爬上去拿香蕉时，也一样被热水烫伤。于是众猴只好望"蕉"兴叹。

几天后，实验者换进一只新猴子进入房内，当新猴子也想尝试爬上去吃香蕉时，立刻被其他三只猴子制止，并告知有危险，千万不可尝试。实验者再换一只新猴子进入，当这只新猴子想吃香蕉时，有趣的事情发生了，这次不仅剩下的二只老猴子制止，连没被烫过的半新猴子也极力阻止它。实验继续，当所有猴子都已换新之后，上头的热水机关也取消了，香蕉唾手可得，却没有一只猴子敢前去享用。

这个实验的结果和我们的生活非常相似。禁忌和经验代代相传，虽然事过境迁、环境改变，大多数的人仍然恪守前人的失败经验，平白错失大好机会。因此，当机会来临时，或许你很害怕，或许你尚有疑虑，这些感觉其实很正常。不要做后来的猴子，连自己给自己机会的勇气都没有，面对香蕉虽垂涎欲滴，却被先来一步的猴子的经验所迷惑，不敢跨越雷池半步。

机遇总是偏爱有准备的人。面对机会，我们必须有足够的勇气和理智的行动，这样，才不会失去机会。

经验的力量是巨大的,人们一旦认同了一个经验,就会不自觉地在这个轨道上运行,如果不加分析地遵循经验,我们同时也就在忽略进步。

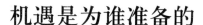

我不想赞美困难和痛苦,但假如同样面临一个美好的机遇的话,越是不幸的人,越有可能早些发现它。

机遇是为谁准备的

◆文/张小失

毕业前上最后一堂社会心理学课,教授将学生们带到生物实验大楼。

教授指着大长桌上的两只玻璃箱:"这是我饲养的白鼠,它们分别喜好栗子和山芋,我每天充足地供应它们,从不耽误。"然后教授将两根粗糙的木棍放进玻璃箱,另一头搭在半空中的篮子上。大家发现篮子里有各种水果、甜品。教授说:"我的柜子里还有一只白鼠,它饿了整整一周。"他转身将第三只玻璃箱拿出来,里面有一只惊慌失措的白鼠,四处乱窜,一副失魂落魄的样子。教授将玻璃箱放到桌子上,同样拿一根粗糙的木棍将玻璃箱与水果篮连起来。

教授转身端了一盆水,"哗"地将水倒进饿鼠住的玻璃箱。那只饿鼠漂在水上,沿四壁乱窜,但爬不出去。最后,它发现了木棍,游过去,小心翼翼地爬到半空中,停了下来。有女生轻呼:"再上,再上,就有吃的啦!"

教授说:"你催它,它不懂。"教授点燃酒精灯,托在手上,移到饿鼠下方。热空气呼地冲去,饿鼠一颤,猛地向上蹿……在一阵欢呼声中,饿鼠发现了篮子里的食品,开始大吃特吃。

教授说:"好了,实验做完了。你们就要走向社会,一部分人会事业有成,生活安定得像这两只吃山芋和栗子的白鼠。另一部分,则可能会遇到困难,一时难以自拔,而痛苦却不断加深,像这第三只白鼠。我不想赞美困难和痛苦,但假如同样面临一个美好的机遇的话,越是不幸的人,越有可能早些发现它。机遇大多是为那些倒霉的人准备的。"

大部分人在埋怨没有机遇的时候，机遇有可能就在身边着急地瞧着他们，最后只好悻悻地回到独具慧眼的人的怀抱。

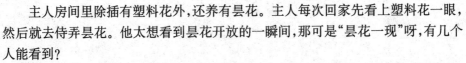

许多东西因短暂而美丽，因瞬间而永恒，人们之所以苦苦地追求它们，正是因为那稍纵即逝的闪光。

昙 花 一 现

◆文／佚 名

主人房间里除插有塑料花外，还养有昙花。主人每次回家先看上塑料花一眼，然后就去侍弄昙花。他太想看到昙花开放的一瞬间，那可是"昙花一现"呀，有几个人能看到？

这几天，花期临近，主人废寝忘食、全心全意、寸步不离地侍候，没想到连日来的疲乏劳累，竟使他心力交瘁，倒在沙发上沉睡过去。就在这时，昙花花蕾乍裂，悄然含芳吐艳。昙花多么企盼这一刻主人能醒过来，看看自己开放的花朵，然而主人沉睡如故。

昙花开放后片刻即花冠凋落，花萼低垂，昙花的开放毕竟只是一瞬间！她为主人错过这次机会而惋惜。

"哈哈，没想到费尽心机，还是无人欣赏。"塑料花看到这情形，心里痛快极了，"真是难为主人了，这么多天辛勤的伺候，竟然无缘一睹芳颜。我虽比不上你金贵，可我天天开放，花朵已经历史性地定格，主人想什么时候欣赏都可以。哪像你，偏偏是那稍纵即逝的一瞬，况且还是夜深人静的时候。"

"你虽天天开放，但那只是一种僵死的定形；我虽瞬间闪现，但这是我对生命价值追求的体现。我活泼泼地展现那一瞬间，尽管主人没有看到刚才我生命的闪光！"

塑料花刚想反驳昙花，不料主人突然醒了。他一眼看到水上漂着刚刚凋落的花瓣，便惊呆了，懊悔不迭，恨恨地捶打自己的脑袋，嘴里喃喃自语："想不到竟然开过了！真是，我怎么搞的……"他颓然坐下，又猛地立起来，手捧着花瓣掉泪。

第十辑 人生因换车票而改变

293

塑料花满心喜悦地盼望主人能欣赏自己,然而主人再也没有光顾过塑料花,而是把她移到墙角,更辛勤地培育昙花。

　　许多东西因短暂而美丽,因瞬间而永恒,人们之所以苦苦地追求它们,正是因为那稍纵即逝的闪光。

成长悟语 Cheng Zhang Wu Yu

　　机会对于人而言,稍纵即逝,只有人等待机会,没有机会等待人。机会对于人而言,往往显得过于"吝啬",但抓住机会,却可能改变我们的一生。

　　机会不是别人给的,是自己争取的,你不争取上帝也帮助不了你!

机会的苹果

◆文/佚　名

　　我看了一个故事大意是说,约翰死后去见上帝,上帝查看了一遍他的履历,很不高兴:"你在人间活了六十多年,怎么一点儿政绩都没有?"

　　约翰辩解说:"主呀,是您没有给我机会。如果让那个神奇的苹果砸在我的头上,发现万有引力定律的人应该是我。

　　上帝说:"我给大家的机会是一样的,而是你没有抓住机会,不妨我们再试验一次。"上帝把手一挥时光倒流了几百年前的苹果园。上帝摇动苹果树,一只红苹果正好落到约翰的头上,约翰捡起苹果用衣襟擦了擦,几口就把苹果吃掉了。

　　上帝又摇动苹果树,一只大一点儿的苹果落在约翰的头上,又被约翰吃掉了。

　　上帝再摇落一只更大的苹果落在约翰的头上。约翰大怒,捡起苹果狠狠地扔出去:"该死的苹果,搅了我的好梦!"苹果飞到正在睡觉的牛顿的头上,牛顿醒了,捡起苹果,豁然开朗,就发现了万有引力定律。

　　时光回到了现在,上帝对约翰说:"你现在应该口服心服了吧!"约翰哀求:"主啊,请你再给我一次机会吧……"

上帝摇了摇头说："可怜的人呀，再给你一百次机会也没有用……"

其实老天很公平，人不能等待机会，要善于抓住机会，当一百个机会与你擦肩而过时，第一百零一个机会仍然会与你擦肩而过。机会不是别人给的，是自己争取的，你不争取上帝也帮助不了你！

成长悟语 Cheng Zhang Wu Yu

> 机遇对谁都是同等的，如果说机遇存在偏向的话，那么它只是偏向于有思想准备的人。它乐意成全那些有实力、有思想的人，与他们一拍即合，让他们"开花结果"，放射出夺目的光环。

> 幸福和成功是虚掩的一扇门，你努力、奋斗就能够开启幸福和成功的大门；选择正确的事业以后就要脚踏实地地工作，不实干半点儿机会也没有！

机会的种子

◆文/佚 名

有一个故事说：上帝给两个人各一粒种子，并许诺说："三年后，谁培育出人间最大的花朵，以至于我在天堂都能够观赏，谁就能获得飞翔的机会。"

甲立即揣着种子出发。他发誓要找到世界最肥沃的土壤，最优良的气候条件。

乙没有出发。因为他觉得脚下的土地蛮不错，随手将种子种入土中。

两年过去了。甲走遍天涯海角，但始终没有找到合适的土地，因为再好的土地都有些可疑，似乎仍有更神气的土地在遥远的地方召唤他。因此，他的那粒种子一直揣在怀中，无处发芽。

而此刻乙所在的地方，已是漫山遍野的花朵了。这些花朵形态各异，多姿多彩；虽然没有一朵堪称大花，但乙不感到失望，因为种花本身的乐趣令他欣喜不已，充满创意，他更加投入这项工作了。

第三年春天，上帝站在天堂的大门边，看见人间有一朵硕大无比的花，乙正在忙忙碌碌。上帝还看见甲依然揣着种子到处奔波，像个投机分子。

这时候，乙感觉自己身轻如燕，飘飘欲仙。

他抬头看见上帝的微笑,赶忙说:"上帝呀,请原谅,我不再想飞!"

上帝感到惊诧:"难道这不是你种花的初衷吗?"

乙说:"当初,我的确是为了飞翔的欲望而种花,并为此漫天撒种;不料机会的来临竟如此简单而主动,它也因此在我眼中失去原有的分量;现在,我更重视种花本身,因为它是飞翔之母,它高于一切机会和欲望!"

通过这则故事使我体会到:当你千方百计地寻找机会时,机会也在千方百计地寻找别人;幸福和成功是虚掩的一扇门,你努力、奋斗就能够开启幸福和成功的大门;选择正确的事业以后就要脚踏实地地工作,不实干半点儿机会也没有!

成长悟语 Cheng Zhang Wu Yu

不睡觉,没有梦。机遇只是创造了一种有利条件,搭起了一座桥梁,不可能解决一切问题。成功的峰巅必须靠自己一步一步去攀登,这才是问题的关键。

改变孩子一生的故事全集

第十一辑

脚比路长，只要你还在走

无论前方有多远，只要一脚一脚执着地走下去，所有的坎坷都将被我们踩在脚下。我们不怕目标的高远，只怕没有追寻的勇气、热情和执着。只要心头时时燃烧着坚定的信念，一往无前地行进下去，你就会惊讶地发现——很多所谓遥不可及的地方，其实真的并不遥远。

> 只要有一颗健全的心，全力以赴，锲而不舍，都会得到命运的垂青，成为生活的主角，赢得辉煌的未来。

上帝的孩子

◆文/崔鹤同

298

1987 年 3 月 30 日晚上，洛杉矶音乐中心的钱德勒大厅内灯火辉煌，座无虚席，人们期盼已久的奥斯卡金像奖颁奖典礼正在这里举行。在热情洋溢、激动人心的气氛中，典礼一步步地接近高潮。主持人宣布：玛莉·马特琳在《小上帝的孩子》中有出色的表演，获得最佳女主角奖。全场立刻爆发出经久不息的雷鸣般的掌声。一位漂亮的年轻女演员，一阵风似的快步走上领奖台，从上届影帝——最佳男主角奖获得者手中接过奥斯卡金像。

手里拿着金像的玛莉·马特琳激动不已。她似乎有很多话要说，可是人们没有看到她嘴动，她又把手举了起来，可不是那种向人们挥手致意的姿势。眼尖的人已经看出她是在向观众打手语，内行的人已经看明白了她的意思：说心里话，我没有准备发言。此时此刻，我要感谢电影艺术学院，感谢全体剧组同事。

原来，她是个不会说话的哑巴。

玛莉·马特琳不仅是一个哑巴，还是一个聋子。在她出生 18 个月时，一次高烧夺去了她的听力和说话的能力。

但这位聋哑女对生活充满了激情。她从小就喜欢表演，8 岁时加入州儿童剧院，9 岁时就登台表演，她还时常被邀请用手语表演聋哑角色。她利用这些演出机会锻炼自己，提高演技。

1985 年，女导演兰达·海恩丝决定将舞台剧《小上帝的孩子》拍成电影。可是为了物色女主角——萨拉的扮演者，她大费周折，她用了半年的时间在美国、英国、加拿大和瑞典寻找，但都没有找到中意的。最后，他在舞台剧《小上帝的孩子》中发现饰演次要角色的玛莉·马特琳的高超演技，决定立即启用她担任女主角。结果，玛莉在全片中没有一句台词，全靠极富特色的眼神、表情和动作，成功地揭示了主人公自卑而又不屈、消沉而又奋斗的复杂内心世界，表演惟妙惟肖，令人拍案叫绝，最终成为奥斯卡金像奖颁奖以来最年轻的最佳女主角奖获得者，也是美国电影史上第

改变孩子一生的故事全集

一个聋哑影后。

玛莉·马特琳写道："我的成功,对每个人,不管是正常人,还是残疾人,都是一种激励。"是的,每个人都是上帝的孩子,都会受到上帝的宠爱,不管我们的身体条件如何,只要有一颗健全的心,全力以赴,锲而不舍,都会得到命运的垂青,成为生活的主角,赢得辉煌的未来。

成长悟语 Cheng Zhang Wu Yu

未来在自己手中,因为你始终是你自己生命的主宰,始终是自己生命的源泉,也始终是自己生命的延续。

对绝大多数人来说,希望和成功绝不是来自于一帆风顺、屡战屡胜,而是来自于不屈不挠、屡败屡战。

永 不 言 败

◆文/蒋光宇

有人用狗做过这样一个实验:

将一个铁笼子一分为二,保持各自的稳定,中间留出不大的空隙。把几只狗放进笼子的一边,一旦笼子底上通电,狗就会受到电击的刺痛,很快跳到笼子的另一边去,以躲避电击;而在另一边受到电击时,这些狗又会很迅速地跳回来,逃到没有通电的一边。

然而,另外的几只狗被放进笼中受到电击时,它们却不做任何跳跃和挣扎,只会浑身发抖,低声哀鸣。为什么这些狗会表现出这种任人宰割的惨状呢?

原来,心理学家曾把这些狗拴在一个铁柱上,时不时地用电刺激它们。狗最初受到电击后立刻会跳跃、挣扎,但是无论它们怎样跳跃、挣扎,都摆脱不了电击的折磨。经过几天数十次的电击和无效的跳跃、挣扎后,这些狗都放弃了努力,开始自暴自弃了。这时,再把这些狗放进铁笼中,它们习惯了挫败,对这种轻轻一跃就能摆脱的电击刺痛,竟然认"命"了。

有人用猴子做过这样一个实验:

把第一批的 6 只猴子关进一个房间,在房间里放一个可达屋顶的梯子,然后在梯子顶端挂上一串香蕉。

实验开始后,6 只猴子拼命冲向屋顶的香蕉。但是,不管是哪一只猴子,只要快碰到香蕉的时候,实验人员就无情地用冰冷的高压水枪冲击这只猴子,直到它最终放弃。如此反复一段时间之后,所有的猴子都放弃了夺取香蕉的尝试。

然后,实验人员用外面的一只猴子替换了房间中原有 6 只猴子中的一只。当这只猴子进入房间后,它发现了香蕉,于是一下子冲了过去。这时,发生的情况与原来不同,没等这只新猴上去,另外 5 只猴子早已把它按倒痛打,直至它放弃那个夺取香蕉的念头。

接着,另一只新猴子被放进来,换走了第一批中的另一只猴子。同样的事情发生了,只不过打这只新猴子最狠的,正是刚才那只先一步进来并挨打的新猴。

如此继续实验,直到房间中的猴子全部换成了没有被水枪击中过的 6 只新猴子。此时,实验人员拆除了水枪,但全部猴子居然没有一只试着去夺取屋顶的香蕉。

有人用小白鼠做过这样一个实验:

心理学家曾经将小白鼠放到一个有门的笼子里,笼子的底是金属的。然后,给笼子底通低电流,使小白鼠受到虽然不致命、但是会引起相当痛楚的电击。如果将笼子门打开,小白鼠会立刻跑出笼子以逃避电击。但如果用一个玻璃板将笼子门堵住,那么小白鼠在遇到电击往外跑的时候,就会在玻璃板上撞一下,被阻挡回来。重复给笼子底通电,使小白鼠一次又一次地在企图逃跑的时候受到玻璃板的阻碍。最终,小白鼠学会了屈服,它趴在笼子里,被动地忍受着电击的折磨,完全放弃了逃跑的企图。这时,即使将笼子门上的玻璃板移走,而且让小白鼠的鼻子从门伸出笼外,它也不会主动逃出笼子,彻底放弃了所有的努力,无奈而绝望地忍受着痛苦。

狗、猴子和小白鼠的这种状态,在心理学上被称为"习得性无助"。"习得性无助"是心理学上描述动物——包括人在内——在愿望多次受到挫折以后,表现出来的绝望和放弃的态度。这时的基本心理过程是退缩和放弃。对人来说,还有自我怀疑、自我否定和自我设限等,使人变得悲观绝望、听天由命,听任外界的摆布,任自己的命运随着外力的强弱而波动起伏。

不错,人是宇宙之精华,万物之灵长,比狗、猴子和小白鼠要聪明得多,顽强得多,高级的多。如果人看到有获救的希望,是绝不会放弃的。但是,也不可否认,很多人在多次挫折后的表现,与多次挫折后的动物有着惊人的相似之处。当一些人"理想已经被现实磨平了"的时候,当一些人怨恨"现实带给自己一次又一次打击"的时候,当一些人"遁入空门"甚至"了此一生"的时候,凡此种种,不能不说也是"习得性无助"的表现。

上面的实验启示着人们,身败心先败。在遭到多次的挫折之后,不仅要防止产生"习得性无助"心态,而且要高扬起永不言败的旗帜。对绝大多数人来说,希望和成功绝不是来自于一帆风顺、屡战屡胜,而是来自于不屈不挠、屡败屡战。

坚持是一种难能可贵的精神,它让我们能看到最后胜利的果实,它更让我们的心身得到了成长。只有在困难面前永不低头的人,才能成就未来。

对于真正的勇者,他们的血液里已经储备了足够的武器,哪怕是舍却所有的外在条件,只要是战场,他们就随时可以冲天而起。

只要有战场

◆文/王国华

著名乒乓球国手王楠获得了年度最佳女运动员称号。在颁奖晚会上,主持人现场采访了王楠:"现在比你更年轻的运动员逐渐地涌现出来,你感觉到害怕了吗?""没有。""在正式的国际比赛中,把原来的小球改为大球,你有没有感到过担心?""没有。""那么,在乒乓球比赛中,你最害怕的是什么?"王楠想了想,回答道:"那大概就是取消乒乓球比赛了。"

不愧是叱咤赛场的女中豪杰,她的这个答案更多的是源于对自身能力的确信。与此有异曲同工之妙的是美国富翁洛克菲勒。他曾经在一次聚会中对朋友们说:"如果把我全身衣服脱得精光,一无所有地扔到沙漠里,只要有一个骆驼队从我身边经过,我照样能成为一个百万富翁。"

所以,身处困境并不可怕。对于真正的勇者,他们的血液里已经储备了足够的武器,哪怕是舍却所有的外在条件,只要是战场,他们就随时可以冲天而起。关键是你自己够不够强大。

如果我们在知识上、在智慧上、在实力上使自己加倍地成长,变得更

加成熟，变得更加强大，我们就不会惧怕任何挑战，许多问题也会不攻自破，迎刃而解。

在感觉已经挺不住的时候，一定要扪心自问一下："你坚持到底了吗？"

坚 持 到 底

◆文/王国华

改变孩子一生的故事全集

　　两伙人在拔河。裁判员一声哨响，立刻烟尘四起，喊声震天。红方黑方各把一头，都使出了吃奶的劲。绳标一会儿移向红方，一会又挪到黑方，围观的人发出阵阵惊呼！对阵的人都使劲后仰，有的甚至已经躺倒在地上，还有的人把鞋子都踩脱了，但他们仍在拼命地发力、呐喊！

　　双方势均力敌，一直僵持了将近5分钟，绳标猛地移向红方！比赛结束，红方胜利了！

　　主持人让胜方队长谈一下比赛的感受，那个人气喘吁吁地说道："告诉你实话，我以为最终失败的会是我们。就在我们马上要放弃的时候，对方却突然挺不住了。哪怕对方再挺3秒钟，最后夺冠的也会是他们！"主持人转头问黑方队长："你们还能再挺3秒钟吗？""当然能挺，可我们以为这会是一场漫长的争夺呢！"

　　其实，所谓拼争，就是拼韧劲。实力相差悬殊，可以卧薪尝胆，刻苦地练，一次次地拼，直到最后胜利；缺少机遇，可以在坚持中寻找机遇；放弃了，机遇来了也没用了。坚持到底，就是在等待可能。结果可能会这样，也可能会那样。和机遇较劲，和命运较劲，和一切失败的因素较劲，只要不放弃，就有胜利的机会。所以，在感觉已经挺不住的时候，一定要扪心自问一下："你坚持到底了吗？"

成长悟语　Cheng Zhang Wu Yu

　　在成功这个终极目标的前面，横亘着的是一条漫漫而修远的道路，成功永远只属于那些锲而不舍、坚持到底的人们，绝不会与浅尝辄止、见异思迁生活在同一个屋檐下。

> 生命是油灯，而信念是灯芯。人生的灯能亮多久，不仅仅取决于生命的灯油，而且更取决于信念灯芯的长短。

心灵的灯芯

◆文/李雪峰

一个科学家身体不适，他找到一位医术高超的医生，医生严谨仔细地给他做了种种检查和化验后，十分严肃地对他说："马上停止工作，到医院里来住院治疗！"

科学家说："不，我现在一刻也不能中断我的研究工作，我至少还需要半年的时间才可能躺到病床上来安心养病。"医生说，不是你需要多少时间，而是你的生命还能给你多少时间。你必须马上就住院治疗！

科学家黯然地问："我患得是什么病？还能救治吗？"

医生低声地说："是癌。如果不及时治疗，那么能再生存三个月就算是奇迹了。"科学家听了，站起来头也不回地走了。回到实验室里，忍受着身体巨烈的疼痛，科学家夜以继日地拼命进行自己的科学研究，他要抢在死神来临之前把自己这项研究成果留给世界。

一个月，两个月，终于三个月过去了，虽然科学家还没有彻底完成自己的研究，但他惊讶死神并没有像医生说的那样来敲他的房门。是医生搞错了，还是死神在怜悯自己？科学家没有去推敲和思考，他也没时间去推敲和思考。他匆匆地想，可能是死神正在打盹吧，他暗暗发誓，要用死神打盹的时间，把自己的成果搞出来。

第六个月的时候，最后的研究成果终于出来了。当科学家在研究记录上写下最后一个字后，科学家轰然一声倒下了。医生万分惊讶地赶来了，他吃惊只有三个月生命的人，为什么竟生存了六个月，这简直是个生命和医学的奇迹。对于医生的不解，一个朋友跟他解释说："一个人的生命就像是一盏灯的油，而一个人的信念就是他生命之灯的烛芯，油再多，而烛芯太短，那么这盏灯也不会亮多久。如果有足够长的灯芯，那么即使油已经枯尽了，灯芯还会在油尽之后持续出一段没有火焰的红光。"

医生恍然大悟地点了点头。

何尝不是呢？我们不论谁的人生都是一盏灯，生命是油灯，而信念是灯芯。人生的灯能亮多久,不仅仅取决于生命的灯油,而且更取决于信念灯芯的长短。

让信念的灯芯贯穿过我们整个生命, 这是让我们的人生闪烁出全部灿烂的唯一秘密。

成长悟语 Cheng Zhang Wu Yu

信念代表着一种希望,一颗生命的种子,只要心中有信念,一切都会充满希望。一个人一旦有了一种坚定而向上的信念,就会爆发出惊人的毅力和斗志。这种毅力和斗志超越了物质,甚至超越了生命,只要一息尚存,就会奋斗不止。因此,即使我们输掉一切,但决不能输掉对生命的信念。

要想让你的生活沸腾,让你的生活绽出热情的火花,只有恒久地保持你的心灵的火热。

让生活沸腾

◆文/李雪峰

那一年秋天,我连续第二次高考失利。落榜的消息传出后,我心灰意冷地整日躺在家里,由于焦虑和沮丧,我饭吃得很少,觉也睡得很少,半个多月过去,体重一下子少了近20公斤。

爸爸和妈妈忧心忡忡,给我找来了在镇南开铁匠铺的二叔。二叔是个典型的乡村汉子,浑身结结实实,壮得像一座铁塔。二叔总有乐不完的事,整天朗声大笑,就是拉风箱或者流星样舞锤时,二叔总是乐呵呵的。二叔在我家客厅坐了一会儿,敲敲我卧室的门,粗门大嗓地说:"老躲在家里有什么意思,没事儿跟我抡锤去!"

我呆在家里也没什么事儿,想想就去了二叔的铁匠铺子里。二叔笑眯眯地跟我说:"你没打过铁,不是什么铁匠把式,来吧。你抡偏锤我打正锤,管保咱叔俩打得出一手好农具。"偏锤就是重锤,八磅重的大锤呼地抡起来,再嗨一声呼地狠狠砸下去,砸得铁星四溅。而正锤是引锤,就是一把大铁斧一样的小锤子,需要往哪里砸,二叔扬着引锤"哐当哐当"在哪里敲一敲,我大锤的落点就随着二叔的引锤走。铁砧的旁边,是一个水槽,火红的铁坯打得有些蓝亮时,二叔就把铁坯丢进水槽里,火热的铁一浸到水里就呼地腾起一团团浓浓的白雾。半个上午过去，往水槽里浸了几块热铁，水槽里的水便沸腾起来了。二叔说："孩子，生活就像这槽冷水，如果你是块冷铁，浸几次，你会生锈的。可如果你是块热铁的话，这冷水不仅会使你变得钢蓝，使你成为一块好钢，而且你还会让水沸腾。"二叔又浸进去一块铁块说，"不管它是冷水还是冰，只要你像这块铁一样火热，你就会让生活沸腾起来的！"

我明白了，自己两次高考失利，不就是往生活的水槽里浸了两次铁吗？水没沸腾，那是我的热铁浸得太少了，只要我一直执着地朝生活的水槽里浸进自己心灵的热铁，生活就一定能在某个时候沸腾起来的。

无论对于谁，生活都只是一槽冰冷的凉水，要想让你的生活沸腾，让你的生活绽出热情的火花，只有恒久地保持你的心灵的火热。

火热的心灵，才能点燃你火热的生活。

遭遇挫败时，人们常常只会嗟叹时运不济，却不去反思挫败的真正原因是什么。很多时候并非机遇不成熟，成功也已经近在咫尺，皆因自己没有多走一步。

野鸡被捉的结局向我们昭示着，别人的欺骗，还不可以挽救，最可怕的是自己欺骗自己。

最可怕的欺骗

◆文/感　动

很多年以前，野外的鸟类繁多，特别是野鸡，随处可见。捕鸟的方式很多，笼子，扣网，弹弓……很随意就可以捕到几只。但这些工具对野鸡却不管用。因为野鸡聪明、警觉，它们总是栖身于高大的乔木上，即使有时落在地上，看见人走过来，也马上飞得无影无踪。但是每到冬天，人们还是可以捕到许多野鸡。

大雪对于野生鸟类是一场灾难，因为厚厚的雪掩埋了大地上包括鸟类食物在内的一切。这时候，身体庞大的野鸡为饥饿所迫，就不得不从树上落下来，刨开雪来寻找食物。但野鸡不会想到，危机正向它们一步步逼近，因为捕野鸡的人来了。野鸡最怕鹞鹰，每当天上有鹞鹰盘旋，野鸡就会收敛翅膀躲起来，所以，捕野鸡的人不需要任何工具，发现野鸡落下后，就悄悄掩过去。走得近了，学几声鹰叫来欺骗野鸡，正在觅食的野鸡顿时乱作一团，惊恐万状，慌乱中的它们上了人类的当，以为天上真的有鹞鹰，便不敢飞起来，而是在雪地上奔逃。捕野鸡的人就盯住一只野鸡追赶。

野鸡体重轻，比人更适合在厚厚的积雪上奔跑，在雪地上，捕野鸡的人可能永远也追不到野鸡，但在这场人与野鸡的追逐中常常会上演戏剧性的一幕——正在狂奔的野鸡会突然停下来，放弃逃跑的机会，一下子把头扎进雪地里，然后一动不动，它以为看不见追赶自己的人，被抓的危险就不存在了。而捕野鸡的人走过去，就如同拔萝卜一样轻松俘获了野鸡。

虽然放弃了飞翔，但是只要奔跑不停也可以让野鸡逃离危险，所以，鹰叫的欺骗，对野鸡不是致命的；野鸡放弃逃生的机会，把头扎到雪地里避险，这种自欺欺人是它被捉的根本原因。

野鸡被捉的结局向我们昭示着，别人的欺骗，还不可以挽救，最可怕的是自己欺骗自己。

成长悟语 Cheng Zhang Wu Yu

不管我们遇到什么困境，都应该是竭尽全力去应对和解决，而不是采取逃避现实和欺骗自己的方法。要相信，只要我们不放弃努力，事情总会有转机。

一个人的精力有限，难以同时做很多事情，学会放弃，是以更充沛的精力把握选择。

只乘一条船

◆文/澜 涛

水儿大学毕业后，父母很是为她的工作着急。水儿倒不愁，她清楚自身的优势：年轻、漂亮、健康、有学历……在家闲玩了两个月后，在姐姐的鼓动下，喜欢尝试新鲜事物的水儿在一家商店租了个柜台,做起服装买卖。以水儿的聪慧,她的每天纯利润就超过了 500 元。可钱多了,水儿的心里仍有一丝失落。在一家外企做白领的同学宇来找水儿,说他的公司正缺一名业务主管,正适合水儿的专业。水儿心动了,那正是她心中渴望的工作,可水儿又舍不得她每天的高收入,她决定一边雇人照顾柜台,继续做生意赚钱,一边去外企工作,追逐梦想。

水儿开始忙碌奔波在生意和工作之间,常常因为生意而影响了工作,或者因为工作而丧失了生意的良机。不到半年,水儿瘦了一圈,而生意却不再赚钱不说,反而赔了不少。就在她满头愁绪的时候,因为一单生意的失误,给公司造成了巨大损失的她被公司解雇了。

如果把脚踩在两条船上出海,随时都会从船中间掉入水中。

再健壮的人也难以同时攀登两座山峰,再迅捷的双脚都难以同时奔跑在两条路上。一个人的精力有限,难以同时做很多事情,学会放弃,是以更充沛的精力把握选择。

选择一条船,放弃其余的船只,成功有时候很简单。

现实中,人们并不缺乏雄心壮志以及奋斗的毅力,但往往最终无所建树,是因为没有始终专注于一个目标为之奋斗。

千万不要低估沉默者的力量,有时候,巨大的能量皆发源于无声无息的蕴积。

请把焦点对准我

◆文/黄俊然

我从来都没注意过她,她也不是那种能引人注目的女孩。她个子不高,长得只能算是普通。上课的时候,她喜欢一个人坐在后排,看书,或者记笔记。

有一次叫她读课文时,听到她标准的美式发音,我才对她刮目相看。后来,全国高校英语演讲比赛,我们学校有一个名额,我想了想,微笑着填上她的名字。

改稿,纠正发音,甚至到肢体语言的处理,那段时间,我们每天都忙到很晚。我真的很喜欢她,也很想让自己年少时未能实现的梦在她身上发生。

可是,我总是隐隐地有些担心,因为她太内向、太安静了,她能抓住这个难得的机会吗?

比赛那天晚上,我很早就坐在了大礼堂的前排。我对她说,别紧张。她看着我,脸红红的,什么也没说。

我的心一沉,看来,她确实紧张了。我拍拍她,让她去抽签,结果,我们抽到的是第9号,而前面一位选手,是公认的英语高手。

果然,英语高手的演讲相当成功——幽默诙谐,充满个人风格。全场几乎每隔半分钟就会响起一次热烈的掌声,直到她上台前,大家还在兴奋地讨论着他的演讲。

我的手心沁出汗水,我在台下,不敢望向她,她是第一次上台,出现任何差错我都不能怪她。可是,在那一刻我才发现,我是那么害怕她失败。

强烈的镁光灯,空旷的大礼堂,她显得那么小,那么微不足道。似乎没有人注意到她已经走上了台,底下,3000名学生依旧很吵。我在心里说,没希望了。

我看着她,她真的让我想起许多年前同样因为不能引人注目而与荣誉失之交臂的我。

但是,让我震惊的一刻发生了。她并没有像我们安排好的那样问大家晚上好。我清清楚楚地听到了一个声音,很响亮的声音:"现在,请把焦点对准我。"

"请把焦点对准我。"

一共三遍。一遍比一遍响亮,震人耳鼓。

全场鸦雀无声了。

我不敢相信,那么洪亮的声音会是那个平时说话细声细气,丝毫不惹人注意的小姑娘发出来的。接下来我听到她婉转的声音在空中盘旋,比夜莺更动听。

她的演讲结束良久,全场才响起雷鸣般的掌声,我不知不觉拍手拍到热泪盈眶。是的,我想我永远不会忘记,是我的学生,在若干年后教会了我生命里最动人的一课,那就是:千万不要低估沉默者的力量,有时候,巨大的能量皆发源于无声无息的蕴积。

成长悟语 Cheng Zhang Wu Yu

自信是一粒生命的种子,深藏在人心里,随时都可能发芽,并开出绚烂夺目的花朵。自信是一个人心中的灯光,时刻照亮人生的坐标,辉煌人生的过程。

回首艰难往事,她一脸灿烂地说:"不管别人怎样看待,你首先不能把自己当弱者!"

别把自己当弱者

◆文/姜钦峰

她出生才三个月的时候,医生诊断她得了先天性白内障,就算做了手术,视力也达不到 0.1,这等于宣告她一辈子都将是瞎子!当地流传着这样的习俗:谁家生了看不见的孩子就是上辈子缺了德!这让父母很丢脸,于是商量再三,决定遗弃她,幸好姥姥及时赶来把她抱走了。十个月大时,姥姥带她去医院做了眼睛手术,左眼视力恢复为 0.02,只有光感和微弱色感,右眼完全失明,她的世界几乎只有黑暗。

在姥姥的严格管教下,凭着过人的听觉和触觉,她学会了单独出门,甚至拿东西也不必摸索。长大后,她进入盲校学习钢琴调律,毕业后分配到一家钢琴厂,可惜好景不长,最终也失业了。

得找份工作养活自己才行,那时北京有二十多家琴行,她就一家一家上门去应聘。无一例外,当她介绍自己是盲人时,别人先是惊讶得张大了嘴巴,随即把头摇得像拨浪鼓:"盲人还能调琴?没听说过。"试也不试就把她打发走了。

连吃了几次闭门羹,她有些沮丧,谁叫自己是盲人呢,不被人们信任也不足为奇。那天走在大街上,她忽然灵机一动,反正我可以感觉到光,能做健全人做的事,下次应聘时,干脆冒充健全人。拿定主意后,她又来到一家规模较大的琴行,果然,经理没看出她有什么异常,拿了一台琴给她调,她调得很准。于是经理又找了一台破琴给她修,工夫不大琴也修好了,经理大为折服,当即拍板:"没想到你小小年纪又能调又能修,还非常熟练,你明天就来上班,月薪 800 块。"在 1996 年,这是很高的工资了,她心里暗自得意,真没想到略施小计就马上成功!

哪知道,经理却准备让她做售后服务,也就是琴行卖出钢琴后,由她上门帮顾客调琴。偌大的北京城,四通八达,自己怎么找啊,一定会穿帮。她犹豫了一阵,只好如实相告:"其实我是盲人。"经理一听,吓了一大跳。"盲人?真没看出来,听说过盲人可以调律,但没想到你能调得这样好!"经理这句话让她美滋滋的,心里重新燃起一线希望,于是趁热打铁。"盲人钢琴调律在欧美已经有一百多年历史,我学的就是欧美先进技术,一定会让用户满意,也能给琴行赢得好的信誉。"经理接着说:"你的技术我看到了，也能相信你调得比别人好，但是你的工作只能是上门为用户服务，钢琴卖到哪儿，你就要走到哪儿，没人带着你，你能找到用户家吗？再说，路上那么多车，要是你在路上被车撞了，我还得负责啊。"经理的话虽然说得直白了点儿，倒也合情合理，看来她只有打道回府了。

可她还是站着没动，稍假思索便反问道："北京市一年要发生许多交通事故，到底撞死了几个盲人，您知道吗？"

"不知道，没听说有人统计过。"经理真被她给问住了。

"我来告诉您把，一个也没撞死。俗话说，善泳者溺。我们在视觉上是弱者，但我们在听觉和触觉上是强者。"

短短几句话有理有据，步步为营，还不乏幽默风趣，把经理给逗乐了："没想到你还挺幽默，不过……"她听到经理话锋一转，情知不妙，赶紧打断："这样吧，您先给我一个月的时间，我去熟悉大街小巷，到时候您再决定要不要我。"话已至此，面对一个盲人女子，哪怕是铁石心肠的人也不忍断然拒绝，经理被她的睿智和执着感动了，说："你要是能胜任，我非常乐意把这份工作给你！"

一个月之后，她果然熟悉了全市的交通和地理位置，顺利得到了这份工作。毕竟是个盲人，她在克服了无数常人无法想象的困难之后，渐渐在琴行站稳了脚跟，一干就是几年。因为技艺精湛，她的名声越来越大，那家琴行的生意也越来越好。就在老板准备重用她时，她冷静地炒了老板的鱿鱼，开始做个体钢琴调律师。她就是著名的第一代女盲人钢琴调律师陈燕。

回首艰难往事，她一脸灿烂地说："不管别人怎样看待，你首先不能把自己当弱者！"

生活是一个欺软怕硬的家伙，总是欺负弱者，把更多的麻烦降临到弱者身上，所以我们必须让自己变得强大起来！

> 成功也许真的只是一种"坚持",当成功与失败的比例是三七开时,坚持的时间越长,成功的机会就越大。

坚持是一种赢的姿态

◆文/木　子

一位资深的广告公司文案人员在接受记者采访时,记者问她成功的感悟时,她只说了两个字:"坚持。"

6 年前,她是一家棉纺厂的下岗工人,除了爱好文学之外,她一无所长。

那年夏天,她深爱着的那个乖男孩也向她提出了分手,男孩说,他的妈妈觉得女孩子不能没有工作。

她笑笑,看着男孩远去。

为了爱情,她来到这家只要有创意不必有文凭的广告公司。

应聘的有上百人,大都是美院和艺术学校的大学生,他们朝气蓬勃,青春焕发,他们才华横溢,且有作品得奖。在招聘过程中,她一遍遍地问自己:是不是应该放弃?直到轮到她时,她的心中还在问自己:是不是应该放弃?

她看到了和蔼可亲的经理。就在他善意的一笑中,她突然有了勇气。

她想搏一搏。幸运的是,经理爱好文学,文人之间总是有别人无法言传的默契,更重要的是,经理读过她的诗。

很传奇地,她被录用了。

但是她很快发现了自己与别的创意人员的差距,她的点子经常不能想到刀口子上,等到别人设计出来,她才有一种如梦方醒的感觉。

广告公司的收入按照业绩取酬,整整 6 个月,她的工资是最低的,除了勤杂工,就数她了。

她觉得自己并不适合这份工作,准备放弃。当有人因为承受不住工作压力而转行时,她随时都想把口袋中的那张辞职报告拿出来。

但是,她不愿就这样输了。

其实她有那个天分,只是在文学和文案之间,还有一段过渡的时期。6 个月后,她的第一个创意被公司采纳。再一个月后,她为一家实力雄厚的公司做的广告词,那家公司竟然没有改动一个字。

那两则成功的创意撕毁了她黑暗的世界,希望的曙光已经降临。

从此她的创意点子如火山一样喷发，有时候甚至连她自己也不明白会如此适合于广告策划这一行。

成功也许真的只是一种"坚持"，当成功与失败的比例是三七开时，坚持的时间越长，成功的机会就越大。凡是坚持，不屈不挠，就有了赢的姿态。

成功前的困境，就好比黎明前的黑暗，虽然看起来很浓重，但它们都抵挡不住太阳的光芒。同样，在困境中，只要我们坚持不渝，成功也会如期到来。

葛蓝就这样跑，这样固执地坚持着，就是那两条差点儿被锯掉的双腿，帮助他创造了一英里的短跑世界记录。

为自己创造一个奇迹

◆文/佚 名

葛蓝·卡宁罕，他曾被称为是世界上跑得最快的人，还被选为20世纪最伟大的运动员。可是当你知道葛蓝是一个残疾人时，你不得不相信这个世界一切皆有可能。

在一次意外的火灾事故中，葛蓝的哥哥不幸被大火吞噬了年轻的生命，他的腿也在大火中被严重灼伤了。被送到医院的时候，医生的建议是可能的话最好能锯掉双腿。听到这样的话，葛蓝的父母差点儿昏厥过去。刚刚才失去了自己的大儿子，小儿子又要失去双腿，这是多么大的打击。葛蓝的父母悲痛欲绝，乞求医生想想其他的办法，如果非要截肢，那么也将时间延后几天。

葛蓝醒来了，父母不停地给他鼓励，给他灌输能够再次行走的信念，终于他们拒绝了手术。

一个月的时间过去了，可以拆开绷带了。这时候，人们才发现，葛蓝的两条腿不一样长，相差足有3寸长，左脚的脚趾几乎完全没有了。可是葛蓝根本没有被这一切吓倒，他意志坚定，不想给自己的父母带来更大的苦恼，他要靠自己。葛蓝开始每天坚持适量的行走训练，克服了极大的痛苦，慢慢地他康复了，最后，他还将拐杖也扔掉。从此以后，他开始训练跑步，每天坚持不懈。

葛蓝就这样跑，这样固执地坚持着，就是那两条差点儿被锯掉的双腿，帮助他创造了一英里的短跑世界记录。

很多时候，真正打败自己的不是别人，而是我们自己；很多时候，不是别人让我们失望，而是我们自己对自己失望了。只要自己不放弃自己，就没有人能够打倒你。

逆境中前进是生物的进化本能的反映，其他的生物都能如此，我们又为何不能做到如此呢？

在逆境中成长

◆文/董　慧

英国某小镇上，有一对贫困夫妇，生了一对双胞胎，但家庭条件使他们没有能力负担这对双生子。于是这对夫妇发出启事，愿意把一个儿子送给别人抚养。一对年老的百万富翁夫妇，好心地收养了双胞胎中的哥哥。而弟弟则继续留在原来的家中。20年后，哥哥沦落为街头的流浪汉，而弟弟却进了英国著名的牛津大学学习深造。原来在这20年中，这对双胞胎兄弟过着完全不同的生活。哥哥在进入富裕的家庭后，过着所谓的上流社会的生活，被花花的世界冲昏了头脑，不思上进。最终，愤怒的富翁老夫妇没有把遗产给他，而他又毫无谋生技能，所以只能流浪街头。弟弟始终过着清苦的生活，甚至连最基本的读书都不能完全保障，但在父母的激励下，成功地通过了牛津大学的入学考试。

卢梭曾说过："一只雄鹰在练习飞行时，总是随风而飞，如果遇到危险就转过头来逆风而飞，反而飞得更高。"你知道种子吗？即使落在瓦砾中、悬崖上，也不悲观和气馁，照样生根发芽。科学家研究表明，种子在发芽时，竟可以承受起超越自身几十倍的压力。

大自然创造了万物，一切生物都是有灵气的，逆境中前进是生物的进化本能的反映，其他的生物都能如此，我们又为何不能做到如此呢？

成败很大程度是由人的自身的意识决定,而非环境。身处逆境而不灰心,奋发进取,勇于求索才能获得最有价值的人生;身处优越的环境,我们绝不能贪图安逸和享乐才能保持进取之心。

改变孩子一生的故事全集

只要具备了这种淡然如云微笑如花的人生态度,任何困境和不幸都能被锤炼成通向平安幸福的阶梯。

微 笑 如 花

◆文/明飞龙

百货商店里,有个穷苦的妇人,带着一个约4岁的男孩在转圈子。走到一架快照摄影机旁,孩子拉着妈妈的手说:"妈妈,让我照一张相吧。"妈妈弯下腰,把孩子额前头发拢在一旁,很慈祥地说:"不要照了,你的衣服太旧了。"孩子沉默了片刻,抬起头来说:"可是,妈妈,我仍会面带微笑的。"每想起这则故事,就会被那个小男孩所感动。

如果你在生活的摄相机前也像那个贫穷的小男孩一样,穿着破烂的衣服,一无所有,你能坦然而从容地微笑吗?

我想起大学期间认识的一位旧书摊主。因自己生性爱书,除去书店买新书,更多地去买旧书,经济又实惠。摊主是位五十开外的中年男人,头发已有点儿白了,虽然他看上去满脸疲倦,但他脸上却始终挂着一种温暖而平和的微笑。他的生意也不都是很好,但他脸上的微笑从没因此收敛片刻,依然笑对着每一位从他书摊前经过的人,犹如一道令人心动的风景。

时间长了,我便与他混得很熟。后来从他口中得知,他原来在这座城市里一家有名的企业上班,不巧的是他下岗了,更不幸的是妻子又遭车祸,至今仍躺在床上,本是小康的生活已跌入贫困的深渊。再加上一个读高三的女儿也正是花钱的时候。没办法,只好出来弄点儿旧书卖,成本不高,周期短,能赚多少算多少,只求能把这个家支撑下去。他还讲了自己生活中其他一些颇使人心忧的事。令我吃惊的是,当他讲述那些常人也许无法承受的不幸时,脸上仍带着淡淡的笑容。

一天在他摊位上翻阅旧书时，突然下起雨来。他对我说："小伙子，能不能帮我把书收起来？"我爽快地答应了。随后，我心里一动，萌发了去他家看看的念头，便对他说了自己的想法，他微笑着说："欢迎，欢迎。"

他家很狭窄，他说他本来有套宽敞的住房，但为了妻子的医药费而换给了别人。刚一进门，我就被他妻子的一张笑脸所感动。她坐在沙发上，从她身上可看出受伤的痕迹。他妻子的微笑正如他示人的微笑一样温暖而平和。从这张笑脸上根本找不到那种重伤在身、贫困交加的人所表现出来的厌世、焦躁、淡漠与敌视的神情。那张脸虽消瘦苍白，但洋溢出来的微笑却如花般灿烂、鲜丽，使整个房间弥漫着一种醉人的温馨。他们好像完全不顾忌我这个外人在旁，他坐在他妻子身旁，微笑着问她好点儿没有，她妻子也微笑着抚摸着他的脸，问他累不累，那情景让人羡慕而感动。此时，她的女儿放学回来了，她身上散发着一种青春活力，脸上的微笑一如她的父母，我在那份温暖和美丽的微笑中还读出一种自强与希望。

我明白他们一家人为什么在接踵而至的不幸中，仍能示人以如花般的微笑，更深深感受到那种蕴含在微笑后面坚实的、无可比拟的力量——那是一种对生活巨大的热忱和信心，一种高格调的真诚与豁达，一种直面人生的成熟与智慧。我想，这才是支撑起一个幸福家庭的基石啊。只要具备了这种淡然如云微笑如花的人生态度，任何困境和不幸都能被锤炼成通向平安幸福的阶梯。

成长悟语 Cheng Zhang Wu Yu

我们无论遭受再大的不幸和厄运，只要你对生活充满信心，就能够平安地面对和度过。只要我们还能微笑，生活就会多一份希望和转机。

他留下来了，此刻他相信，奥斯维辛集中营的难友和兄弟沙尼克，正在天堂聆听着他无声的"演奏"……

穿越时空的演奏

◆文 /[美]戈瑞·司奇米迪

二战期间，在奥斯维辛集中营，关着一个年轻的小提琴爱好者沙尼克。沙尼克被关进集中营已有两年了。两年中,他从未停止"拉"小提琴。没有琴,也没有琴弓。白天,沙尼克做苦工,到了晚上,等其他的因犯都睡下了,沙尼克将腿从床边垂下来,抬起下巴,双手摆出拉琴的姿势,开始"演奏"。

黑暗中,沙尼克可以听见欢快的音符在他周围的空气里跳动……

这天黎明,沙尼克正在忘我地练琴,一群新来的因犯被关进了他们的因室。这时,一个名叫马斯特的因犯把目光投向沙尼克,从他的眼神里,沙尼克得到了这样的信息:你的小提琴拉得非常动听。是的,沙尼克可以肯定,他从马斯特那里得来的就是这个信息,这是不可能的,但是却又真的发生了。

在因犯的叫骂和哭喊声中,沙尼克没有跟马斯特打招呼。后来,沙尼克向新来的因犯打听到,这个马斯特是著名的犹太籍小提琴演奏家。

沙尼克兴奋不已。马斯特来了,他的知音来了。

这天晚上熄灯后,沙尼克坐在床边轻声呼唤:马斯特。

没有回音。

第二天晚上,沙尼克试图再次与马斯特交谈。马斯特,沙尼克轻声呼唤,但马斯特仍旧没有回答他。

第三天晚上,沙尼克放弃了找马斯特交谈的念头。他坐在床边,伸手抬臂,又开始如痴如醉地"演奏"他的小提琴。他闭上眼睛欣赏着自己的演奏。当沙尼克睁开眼睛,他已经演奏完了一个乐章。突然,他发现马斯特正侧卧在床铺上,面向他,闭着双眼,手指随着沙尼克的音乐节拍在床板上轻轻叩着。发觉沙尼克的"演奏"突然停止,马斯特睁开了眼睛,对正看着自己的沙尼克竖起了大拇指。

第四天晚上,马斯特和沙尼克坐在各自的床沿边,两手悬空,一齐拉起了科莱利的乐章。他们拉出的音符如同交错在一起的两根玫瑰藤蔓,在结尾的一个音符上盛开出一朵美丽的花。他们一直拉着这个音符,沙尼克和马斯特都不愿意结束这晚的二重奏。

以后的每天晚上,马斯特和沙尼克都会一齐演奏科莱利的这段乐章,他们陶醉于美妙的音乐中,闭起眼睛享受着他们的二重奏。

一天晚上,一群纳粹士兵冲进了沙尼克的因室,他们念着因犯的号码,凡是手臂上的刺青数字与所报号码相同的因犯都站了出来。因犯们心里明白。这些站出来的人,他们的生命即将走到尽头。因室里静悄悄的,只有沉重的呼吸声充斥着每个人的耳膜。

当最后一个号码念完,所有坐着的因犯都长长地出了一口气。而坐在床沿的沙尼克却突然紧张起来,他记得,最后一个念出的号码正是马斯特的刺青数字!沙尼克看向马斯特,果然,他正慢慢地爬下床。

天啊!沙尼克的喉头里发出一丝呻吟,这难得的知音,这上帝赐给我的礼物今晚就要消失了吗?

突然,沙尼克飞快地滑下床铺,站到了还未下床的马斯特身边,伸出双手做了一个拉小提琴的动作。沙尼克轻声对马斯特说:"为了音乐,请你留下来!"

马斯特睁大眼睛,摇摇头,正要说什么,沙尼克已经走到了纳粹士兵的面前,缓缓地走出了囚室,走进了黑夜,走出了马斯特的视线。

不久,苏联军队解放了奥斯维辛集中营,马斯特幸存了下来。

和平的日子里,马斯特在世界各地举办了无数场音乐会,场场爆满。每一场音乐会都保留着一个特殊的节目:在骤然昏暗下来的舞台灯光里,他轻轻放下手里的小提琴,慢慢闭上双眼,两臂悬空,激情地"演奏"那段早已渗入他灵魂的科莱利的乐章。

"为了音乐,请你留下来。"

他留下来了,此刻他相信,奥斯维辛集中营的难友和兄弟沙尼克,正在天堂聆听着他无声的"演奏"……

成长悟语 Cheng Zhang Wu Yu

信念,可以战胜寒冷和绝望,可以超越得失和痛苦。只有信念,能够穿越时空,超越生死。信念之鸟是永远也关不住的,因为它的每片羽翼上都沾满了自由的光辉。

他之所以创造这么了不起的纪录,正如他自己说的:"他们从来没有告诉我,我有什么不能做的。"

没有什么是不可能的

◆文/佚 名

汤姆·邓普西生下来的时候只有半只左脚和一只畸形的右手,父母从不让他因为自己的残疾而感到不安。结果,他能做到任何健全男孩所能做的事:如果童子军团行军 10 里,汤姆也同样可以走完 10 里。

后来他学踢橄榄球,他发现,自己能把球踢得比在一起玩的男孩子都远。他请人为他专门设计了一只鞋子,参加了踢球测验,并且得到了冲锋队的一份合约。

但是教练却尽量婉转地告诉他,说他不具备做职业橄榄球员的条件,让他去试试其他的事业。最后他申请加入新奥尔良圣徒球队,并且请求教练给他一次机会。教练虽然心存怀疑,但是看到这男子这么自信,对他有了好感,因此就收了他。

两个星期后,教练对他的好感加深了,因为他在一次友谊赛中踢出了55码,并且为本队得了分。这使他获得了专为圣徒队踢球的工作,而且在那一赛季中为他的球队挣得了99分。

他一生中最伟大的时刻到来了。那天,球场上坐了6.6万名球迷。球是在28码线上,比赛只剩下了几秒钟。这时球队把球推进到45码线上。"邓普西,进场踢球。"教练大声说。

当汤姆进场时,他知道他的队距离得分线有55码远,那是由巴尔第摩雄马队毕特·瑞奇踢出来的。球传接得很好,邓普西一脚全力踢在球身上,球笔直在前进。但是踢得够远吗?6.6万名球迷屏住气观看,球在球门横杆之上几英寸的地方越过,接着终端得分线上的裁判举起了双手,表示得了3分,汤姆队以19比17获胜。球迷狂呼乱叫为踢得最远的一球而兴奋,因为这是只有半只左脚和一只畸形的手的球员踢出来的!

"真令人难以置信!"有人如此感叹,但是邓普西只是微笑。他想起他的父母,他们一直告诉他的是,他能做什么,而不是他不能做什么。他之所以创造这么了不起的纪录,正如他自己说的:"他们从来没有告诉我,我有什么不能做的。"

奇迹的创造就是源于不对自己设限,不给自己设超越的禁区,只需要努力走好每一步,我们就可以在不断超越自己的同时创造出意想不到的奇迹。

一个连专家都解决不了的问题,在一个不懂遗传学的老人长期的努力下,最终迎刃而解。

希望的种子

◆文/佚　名

一则园艺所重金征求纯白金盏花的启事,在当地一时引起轰动,高额的奖金让许多人为之发狂。但在千姿百态的自然界中,金盏花除了金色的就是棕色的,还没有人能够有幸见过白色的金盏花，这根本不是一件易事。所以许多人一阵热血沸腾之后，就把那则启事抛到九霄云外去了。

时间很快，一晃就是20年。一天，那家园艺所意外地收到了一封热情的应征信和一粒纯白金盏花的种子。当天，这件事就不胫而走，引起轩然大波。

寄种子的原来是一个年近古稀的老人。老人是一个地地道道的爱花人。当她20年前偶然看到那则启事后，便怦然心动。她不顾八个儿女的一致反对，义无反顾地干了下去。她撒下了一些最普通的种子，精心侍弄。一年之后，金盏花开了，她从那些金色的、棕色的花中挑选了一朵颜色最淡的，任其自然枯萎，以取得最好的种子。次年，她又把它种下去，然后，再从这些花中挑选出颜色更淡的花的种子栽种……日复一日，年复一年。

终于，在20年后的一天，她在那片花园中看到一朵金盏花，它不是近乎白色，也并非类似白色，而是如银似雪的白。于是，一个连专家都解决不了的问题，在一个不懂遗传学的老人长期的努力下，最终迎刃而解。

成长悟语 Cheng Zhang Wu Yu

有时成功很简单，就是把看起来复杂的事情简单化，把看似困难的事情条理化，然后就是不厌其烦地重复努力。

是的，脚比路长，远方无论多远，只怕没有追寻的双足抵达。——很多所谓的远方，其实真的并不遥远。

脚 比 路 长

◆文/褚振江

古老的阿拉比国坐落在大漠深处，多年的风沙肆虐，使城堡变得满目疮痍，国王对四个王子说，他打算将国都迁往据说美丽而富饶的卡伦。

卡伦距这里很远很远，要翻过许多崇山峻岭，要穿过草地、沼泽、还要涉过很多的江河，但究竟有多远，没有人知道。

于是，国王决定让四个儿子分头前往探路。

大王子乘车走了七天,翻过三座大山,来到一望无际的草地边。一问当地人,才知过了草地,还要过沼泽,还要过大河、雪山……便调转马头往回走。

二王子策马穿过了一片沼泽后,被那条宽阔的大河挡了回来。三王子漂过了两条大河,却被又一片辽远的大漠吓退返回。

一个月后,三个王子陆陆续续回到了国王那里,将各自沿途所见报告给国王,并都再次特别强调,他们在路上问过很多人,都告诉他们去卡伦的路很远很远。

又过了五天,小王子风尘仆仆地回来了,兴奋地报告父亲——到卡伦只需18天。国王满意地笑了:"孩子,你说得很对,其实我早就去过卡伦。"

几个王子不解地望着国王——"那为什么还要派我们去探路?"

国王一脸郑重道:"那是因为我只想告诉你们四个字——脚比路长。"

是的,脚比路长,远方无论多远,只怕没有追寻的双足抵达。人生亦是如此,我们不怕目标的高远,只怕没有追寻的勇气、热情、执着……只要心头时时燃烧着坚定的信念,一往无前地行进下去,就会惊讶地发现——很多所谓的远方,其实真的并不遥远。

世上很多看似艰难的事情,其实都经不起我们锲而不舍的冲锋。它们之所以可以傲慢地站在我们前进的路上,并不是因为它们的阻力大,而是因为我们看到它们表象的强大,就放弃了解决的努力。

如果经历这种场面,还能够表现镇定自若的,才能成为最好的战马。

驯 马 经

◆文/佚 名

阿拉伯有一位著名的驯马师,他驯出来的马甚至被称为神马。于是,人们也尊敬地称这位驯马师为"马神"。

每天早上,驯马师会指挥一群马绕着圈子跑,这其中有雄健的大马,也有很小的幼马。驯马师的助手,则在一边呵斥着马,一边抓着马鞍左右跳跃,看起来活像马戏团的特技表演。

到了中午,沙漠的太阳正毒,驯马师却和他的助手骑马向沙漠深处奔去。

到了下午,当他们返回时,人们才发现他们每人手上都拿着一把弯刀,仿佛出征归来的样子。

"你为什么要叫许多马绕圈子呢?"有人问驯马师。

驯马师说:"因为我教那些小马,跟在大马身后,学习听口令和顺服。没有大马的带领,小马是很难教的。如果我是老师,大马就是家长,我在学校教导,父母在家中带领,任何一方都不能少。"

"那你的助手为什么要抓着马鞍左右跳跃呢?"

"那是教马学会均衡,维持稳定。"驯马师回答说。

"至于中午的时候骑马出去,"驯马师接着说,"是因为中午天气最为炎热,让马在一望无际、炙热如焚的沙漠里奔跑,这是一种磨炼,让它们知道如果不跑的话,就永远不会走出这片沙漠,只有经得起这样的磨炼才能成为千里马;而弯刀,是我们故意舞给马看的,用刀光闪烁刺激马的眼睛,发出强烈的声响,如果经历这种场面,还能够表现镇定自若的,才能成为最好的战马。"

成长悟语 Cheng Zhang Wu Yu

生活中我们会遇到不同程度的困难,会走入不同阶段的困境,其实那是我们成长的机遇。我们每解决一个困难,每走出一个困境,就是向成熟迈进一大步。

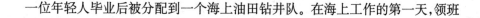

成功,往往就是在你承受常人承受不了的痛苦之后,才会在某个方面有所突破,实现最初的梦想。

忍 受 极 限

◆文/林 夕

一位年轻人毕业后被分配到一个海上油田钻井队。在海上工作的第一天,领班要求他在限定的时间内登上几十米高的钻井架,把一个包装好的漂亮盒子送到最顶层的主管手里。他拿着盘子快步登上高高的狭窄的舷梯,气喘吁吁、满头是汗地登上顶层,把盒子交给主管。主管只在上面签下自己的名字,就让他送回去。他又快跑下舷梯,把盒子交给领班,领班也同样在上面签下自己的名字,让他再送给主管。

他看了看领班,犹豫了一下,又转身登上舷梯。当他第二次登上顶层把盒子交给主管时,浑身是汗两腿发颤,主管却和上次一样,在盒子上签下名字,让他把盘子再送回去。他擦擦脸上的汗水,转身走向舷梯,把盒子送下来,领班签完字,让他再送上去。

这时他有些愤怒了,他看看领班平静的脸,尽力忍着不发作,又拿起盒子艰难地一个台阶一个台阶地往上爬。当他上到最顶层时,浑身上下都湿透了,他第三次把盒子递给主管,主管看着他,傲慢地说:"把盒子打开。"他撕开外面的包装纸,打开盒子,里面是两个玻璃罐,一罐咖啡,一罐咖啡伴侣。他愤怒地抬起头,双眼喷着怒火,射向主管。

主管又对他说:"把咖啡冲上。"年轻人再也忍不住了,"叭"地一下把盘子扔在地上:"我不干了!"说完,他看看倒在地上的盒子,感到心里痛快了许多,刚才的愤怒全释放了出来。

这时,这位傲慢的主管站起身来,直视他说:"刚才让您做的这些,叫做承受极限训练,因为我们在海上作业,随时会遇到危险,就要求队员身上一定要有极强的承受力,承受各种危险的考验,才能完成海上作业任务。可惜,前面三次你都通过了,只差最后一点点,你没有喝到自己冲的甜咖啡。现在,你可以走了。"

承受是痛苦的,它压抑了人性本身的快乐,但是成功,往往就是在你承受常人承受不了的痛苦之后,才会在某个方面有所突破,实现最初的梦想。可惜,许多时候,我们总是差那一点点……

成长悟语 Cheng Zhang Wu Yu

成功所需要的条件总是在我们一般的能力的基础上高出一点儿,在最接近成功的时候就是最艰难的时候,要想顺利地获得成功,就必须在成功之前进行更高标准的预演。

改变孩子一生的故事全集

第十二辑

一次喝彩,改变了他的一生

我们以相同的方式来到这个世界,却以不同的方式活着。没有人要求我们做得多好,但可以活出自己的特色。不必刻意去做什么,只要每天去做自己应做的事,自己能做的事,就已经足够,因为你就是你。世界也许并不会因你有太多的不同,但会因为有你而多了一道美丽的风景。

一次喝彩，改变了他的一生

◆文/张　峰

　　美国医学博士弗雷德·J·爱泼斯坦，是纽约大学医疗中心儿童神经外科主任，世界上第一流的脑外科权威之一。他首创了不少高难度外科手术——包括切除脊柱和脑血管上的肿瘤(在他以前，这两种肿瘤都被认为是无法开刀的)。然而，令人难以置信的是，这样的一位卓有成就者，在校求学时，却曾是一名有着严重学习障碍的学生。

　　爱泼斯坦博士在他的回忆录《我曾是智障者》一文里，讲述了自己求学的经历。他最不能忘怀的是他上五年级时遇到的一位名叫赫伯特·默菲的老师。由于生理原因，爱泼斯坦遭遇了严重的学习障碍，尽管他尽了自己最大的努力，可仍不断遭受挫折和失败。他自认比别人"笨"，就退却消沉，并开始装病逃学。默菲老师没有因爱泼斯坦的"笨"而轻视他，相反，还满腔热情地鼓励他。有一天课后，老师把爱泼斯坦叫到一边，将他的一张考卷递给他。那上面，爱泼斯坦的答案都错了。"我知道你懂得这些题目，为什么我们不再来一次呢？"老师挨个问考卷试题让爱泼斯坦回答。爱泼斯坦每答完一道题，他都微笑着说："答得对！你很聪明，我知道你其实懂得这些题目。我相信你的成绩会好起来的。"他还一边说一边把每个题目都打上勾。

　　默菲老师在爱泼斯坦的成长中起了多大的作用，我们无法估量。有一点可以肯定，如果换一个老师，只知指责爱泼斯坦不努力，或者干脆把他视为差生，斥为"蠢笨"，也许，未来的医学奇才就夭折在他的手里了。正是赫伯特·默菲的赞扬和鼓励，激发了爱泼斯坦的信心，他才告别了绝望，倔强地与命运抗争，不再认输，不再懈怠，终于完成了正常人也不容易完成的学业，成为医学博士。

　　"你很聪明，我知道你懂得这些题目的"，一句喝彩的话，扬起了一位少年的奋进之帆。喝彩能驱除消沉者心灵的阴霾，使他们看到生活的美丽，看到希望的绚烂；喝彩能消融自卑者心灵的雾障，使他们信心百倍勇气陡增。一次小小的喝彩，甚至改变人的一生！

黑格尔在《生活的哲学》里讲述了这样的一则故事：一个被执行死刑的青年在赴刑场时，围观的人群中有个老太太突然冒出一句："看，他那金色的头发多么漂亮迷人！"那个即将告别人世的青年闻听此言，朝老太太站的方向深深地鞠了一个躬，含着泪大声说："如果周围多一些像你这样的人，我也许不会有今天。"青年死刑犯的话令人深思。一个人老是生活在别人的指责、轻视甚至鄙夷里，往往要么心灵泯灭自甘平庸；要么心灵变态仇视他人和社会！而富有爱心的人饱含善意的喝彩，则能引导人走上人生的正途。

也许就是你的一次小小的喝彩，世界就多了一份亮丽！

成长悟语 Cheng Zhang Wu Yu

鼓励有着我们永远都无法估算的力量，在生活中，千万不要吝惜你的赞美之辞，因为你的一句真诚的赞美，可能带给对方的是一生的温暖。

知道吗？在你自己还是尘土的时候，会被别人发现吗？只有你变成金子的时候，才会得到别人的赏识。

金子和沙粒

◆文/佚　名

有一个年轻人，大学毕业快两年了，可是工作一直不怎么顺心，换了两三个工作，还是不如意，仿佛还没找到自己的位置。年轻人因此闷闷不乐，总觉得自己是怀才不遇，落了个英雄无用武之地。

一天下班，年轻人来到了每天都要走过的河边，打算在此独自逗留，借此反省过去不痛快的日子。年轻人回想着过去，难免陷入了无限的伤感。他做出了一个冒险的举动，跨过护栏。

一个老人从这里经过，就问年轻人为何站在那么危险的地方。年轻人随口说了一句："想死而已。"老人听了以为他是真的想死，便在一旁苦口婆心地好言相劝。年轻人看着老人热心的样子，忽然有些感动。就告诉老人，自己只是寻找死的感觉，还不想死，顺便把自己不得志的郁闷一吐为快。

听完年轻人的诉说,老年人松了一口气,然后从地下拾起一把泥土,让年轻人看了看,然后又洒在了地上,对年轻人说:"请你帮我捡起刚才扔在地上的泥土。"年轻人回答说:"这可能吗?"

老人笑了笑,没说什么。又把自己手上的金戒指扔在了地上,对年轻人又说:"那帮我拾起这枚戒指吧。"年轻人边捡边说:"这有何难。"

老人继续说道:"孺子可教也。知道吗? 在你自己还是尘土的时候,会被别人发现吗? 只有你变成金子的时候,才会得到别人的赏识。"年轻人顿时无语,不过他很感谢老人为他上了一堂特别的人生之课。

我们之所以得不到赏识,总觉得自己怀才不遇,其实原因并非世上没有了伯乐,而是我们还没有变成让伯乐眼前一亮的千里马。

飞起来的每只鸟都要先跌落地上无数次,失败是飞翔翅膀上必不可少的羽毛。

每个人都是从跌倒中学会走路的

◆文/澜 涛

16岁的他辍学后,到一家车厂做了一名学徒工,每天1.1美元的薪水让很多人羡慕。他似乎天生就是搬弄机器的料,往往不费吹灰之力就修理好了那些老工人都无法修理的机器。结果,学徒到第6天,他就在那些老工人的排挤中被开除了。他又到了一家历史悠久的制造铜具的小工厂,主要制作生产灯座、门阀、门铃、钟等产品。每周6美元的薪水对于他这样一个学徒工已经难能可贵了,但他总是不安分地尝试着自己制作一些东西:试制蒸汽锅炉、试制可以连续走8天的手表、做船……尽管每一次试制前都满怀信心,但每一次试制却都以失败告终。半年后,他却认为这家工厂已经没有他值得学习的东西了,毅然辞职。

丢掉工作的他连房租都付不起了,只好每天去一家钟表厂打工。虽然每晚只有50美分的薪水,依然阻挡不了他的异想天开,他告诉人们,他早晚会日产2000块30

美分的手表。可经过计算后,他发现,要实现他的这个梦想,必须每年生产 60 万块手表才可以。但每年 60 万块的手表卖给谁呢? 梦想触礁让他再一次辞掉了工作……

这个不断梦想、失败、尝试的人就是后来成为汽车之父的亨利·福特。

这些失败的经历对亨利·福特后来的成就有没有积极的触动和帮助,我们不得而知,我们能够知道的仅是,亨利·福特很清楚地记得这些失败,比一些成功都记得更清楚。可以不断地失败,但不可以放弃去梦想,或许正是青年时的一次次跌倒铸造了亨利·福特越来越坚毅的梦想羽翼,最终,他依靠着汽车梦的翅膀飞翔高空。

飞起来的每只鸟都要先跌落地上无数次,失败是飞翔翅膀上必不可少的羽毛。

成长悟语 Cheng Zhang Wu Yu

　　我们在生活中所遭受的每一个挫折,其实都是一个新的转机,它让我们重新评估自己,认识自己,进而找到最适合成功的方法。

　　许多时候,我们对自身能力缺乏足够的认识和了解,常常希望依仗身外的帮助。而一个人躺倒之前总是信心先躺倒的。

第 三 块 砖

◆文/澜　涛

　　那是初中时的一堂翻越障碍墙的军训课,因为我们这些学生个子都太矮小,教官在障碍墙前的起跳处摆起了两块砖,又在上面盖了一块帆布。同学们虽说动作不算规范,但都相继翻了过去。

　　轮到我了,我是班里最矮的,紧张得心怦怦乱跳。默默重复着教官讲解的要领,开始助跑、起跳、搭手、抬臂……没等肘臂抬上障碍墙,我就滑跌了下来。当我在教官的命令声中第三次滑跌到地上时,眼前那两米多高的障碍墙在我心里已成为一座高山,无法翻越。我仰躺着,泄气极了。

　　"再来一次!"教官喝令着。"能加一块砖吗?"我试探着请求。教官深思片刻,点头应允。教官摆放第三块砖时,我已重新站到了起跑处。深吸一口气,助跑、起跳、搭手、抬臂、跨腿……我终于站到了障碍墙的另一面。"就差一块砖。"我嘀咕着。教官一脸严肃地把我叫到障碍墙前，示意我揭去覆盖砖块的帆布。我莫名其妙地伸出手，然后，我惊呆了：布下面，摆着的依然只是两块砖，第三块砖平放在后面。"其实，第三块砖就在你心里。"教官的河南口音从此响在我的生命中了。

许多时候，我们对自身能力缺乏足够的认识和了解，常常希望依仗身外的帮助。而一个人躺倒之前总是信心先躺倒的。所以，战胜困难，首先就是战胜自己。

成长悟语 Cheng Zhang Wu Yu

我们对自己的心理暗示是我们能否成功的关键所在，当我们内心否定自己时，同时也已经暗示自己不需要尽全力，不竭尽全力又怎么抓住成功呢？

改变孩子一生的故事全集

如果我们调整一下目标，改变一下思路，完全会出现柳暗花明又一村的无限风光。

蝴蝶和马嘉鱼

◆文/蒋光宇

一只外面的蝴蝶从窗户飞进来，在房间里一圈又一圈地飞舞，很有些惊慌失措。显然，它迷路了，左冲右突努力了好多次，都没有飞出房子。

这只蝴蝶之所以无法从原路飞出去，原因是它总在房间顶部的空间寻找出路，总不肯往低处飞，那低一点儿的位置就是敞开着的窗户。甚至有好几次，它都飞到高于窗户顶部至多两三寸的位置了，可就是不肯再飞低一点儿！

最终，这只不肯低飞一点儿的蝴蝶耗尽了气力，气息奄奄地落在桌子上，就像一片毫无生气的叶子。

成群结队的马嘉鱼要比那只蝴蝶更死板，简直是一条道跑到黑。

马嘉鱼很漂亮，银肤燕尾大眼睛，平时生活在深海中，春夏之交溯流产卵，随着海潮浮到浅海水面。

渔人捕捉马嘉鱼的方法挺简单：用一张10寸见方、孔目粗疏的竹帘，下端系上铁坠,放入水中,由两只小艇拖着,拦截鱼群。

马嘉鱼的"个性"很强,不爱转弯,即使闯入罗网之中也不会停止。所以一只只前赴后继陷入竹帘孔中,帘孔随之紧缩。孔愈紧,马嘉鱼愈激怒,瞪起明眸,张开脊鳍,更加拼命往前冲,结果被牢牢卡死,为渔人所获。

常有人一方面抱怨人生的路越走越窄,看不到成功的希望;另一方面又因循守旧,不思改变,习惯在老路上继续走下去。这是不是有些像那只蝴蝶和马嘉鱼?天生我材必有用,东方不亮西方亮。如果我们调整一下目标,改变一下思路,完全会出现柳暗花明又一村的无限风光。

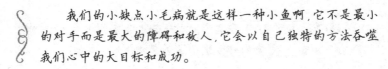

生活中,我们都渴望成功,并且乐于为之努力,但当我们一次次无功而返的时候,我们首要做的不是继续向前冲,而是检查我们前进的方向和我们使用的方法是否正确。

我们的小缺点小毛病就是这样一种小鱼啊,它不是最小的对手而是最大的障碍和敌人,它会以自己独特的方法吞噬我们心中的大目标和成功。

最小的敌人

◆文/马国福

南美洲海洋中有一种很小的鳄鱼,它的外皮很疏松,浑身长满了尖锐的荆棘。它对付比自己大几倍的鱼有一套办法。当大鲨鱼把它吞进肚子里以后,它就缩成一个刺球,用身上刺一边到处乱刺乱撞,一边啃吃鲨鱼肉,鲨鱼虽然很疼痛,可毫无办法,只能听之任之,最后一命呜呼。

这让我想起这样一则寓言故事。老虎自恃森林之王,整天专吃野鸡野兔以及一些小动物。有一天。老虎觅食时遇到一只牛虻。"不要在我眼皮下打扰我觅食物,否则我要吃掉你。"老虎生气地说。

"嘻嘻,只要你够得着来吃呀,我还等不及呢!"牛虻嘲笑老虎,并且爬在老虎身上吸血。老虎恼羞成怒用爪子来抓牛虻,牛虻又飞到虎背上,钻进虎皮中吸血。老

第十二辑 一次喝彩,改变了他的一生

虎愤怒之极用钢鞭一样的的尾巴驱赶牛虻,牛虻越钻越深,老虎躺在地上打滚,企图压死牛虻。牛虻立刻飞走了,不一会儿引来一大群同伙,群起而攻之,片刻老虎便奄奄一息了。

比起鲨鱼,鳄鱼是渺小的;比起老虎,牛虻更微不足道。生活中我们最大的敌人就是自己不屑一顾的小毛病小缺点。我们之所以被打败是因为我们轻小重大的思想滋长了这些小毛病小缺点,这才是我们值得警惕的。小鱼吃大鱼的方法揭示了这样一个道理:我们的小缺点小毛病就是这样一种小鱼啊,它不是最小的对手而是最大的障碍和敌人,它会以自己独特的方法吞噬我们心中的大目标和成功。

成长悟语 Cheng Zhang Wu Yu

改变孩子一生的故事全集

　　破坏一个庞大的计划的一般都不会是大的步骤,而往往都是那些小的细节;阻碍我们发展的也不会是大的原则错误,而是那些很小、但我们却无法克服的坏习惯。

　　如果你不弯腰,有希望的地方痛苦也会变成快乐;只要你弯了一次腰,有希望的地方快乐也会变成桎梏。

只弯一次腰

◆文/马国福

几个月前参加过一次野外体能训练比赛,至今记忆犹新。

那次比赛的主题是"挑战自我、挑战极限、走向成功"。比赛的项目为每个人背5斤重的砖从山下背到高度达300多米的山顶。背砖一共背三次,先从5斤背起,再把砖的重量从5斤递增到10斤,第三次把砖的重量递增到15斤。

平时整天坐在办公室的我们很少锻炼,一到野外一下子放松了很多,马上对这项活动产生了浓厚的兴趣。背第一趟时大家都跃跃欲试,认为区区5斤重的砖没什么可怕的,刚好乘这次机会锻炼锻炼减减身上的一身赘肉。教练给我们讲述完注意事项后打响了发令枪,并把上山的时间限定在20分钟之内。背着捆绑成形的砖,我们开始有说有笑地登山。教练跟在我们身旁。爬到半山腰时,我们开始喘气,走走停停,停停走走。教练提议大家唱一些曲调激昂的歌曲。说唱就唱,这一招果然让我们备感轻松。

第一趟我们基本上在规定时间内完成了教练布置的任务。第二趟身上的砖加到15斤,还没走几步就明显感到气力不支。有的人开始说笑话,有的人唱歌,有的人抽烟,有的人像虾一样弯着腰,喘着气,埋头登山。跟在身边的教练一边观察着每个人的表现,一边在本子上记录着什么。

我们还没爬到半山腰,有的人叫苦说不想爬了,气力跟不上,太累了,请求退出。教练笑笑,同意了他们的要求。等爬过半山腰,有的人不停地弯着腰爬行,教练提醒他们说:"路不是很陡,最好不要总是弯腰。"有的人不同意教练的观点,说:"尽管有一段弯曲不陡的路,但弯着腰不费劲,很舒服啊。"教练笑笑,没有做任何解释。

第二趟只有四个人到达了目的地。第三趟开始的时候,又有一个人宣布退出。这样一来,刚开始的10人队伍只剩下了3人比赛。这一趟限定的时间是30分钟,难度很大,体力消耗更多。在山下休息的队员喝着水听着音乐等那三个队员。那次比赛最后的结果是,只有一个人在规定时间内,不走任何捷径的前提下到达目的地。教练宣布,只有他获胜,取得成功。

在最后的总结中,每个人都要交流自己的体会。获得冠军的那个朋友的体会得到了大家的一致认可和好评,他的体会是:有时候弯着腰走一次可能会好过一些,但是弯腰走过了一次,就会有第二次,第三次,最后就会习惯于弯腰。习惯于弯腰只顾低头走路,不顾抬头看路,说不定最舒服的时候前方就会有一个峭壁让你走投无路。所以,尽管走得精疲力竭,但三次下来我几乎没有弯过一次腰。

教练总结说:"如果你不弯腰,有希望的地方痛苦也会变成快乐;只要你弯了一次腰,有希望的地方快乐也会变成桎梏。我们要学会择高处立,就平处坐,向宽处行。只弯一次腰不成功才怪了。"听了教练的话我们叹息、感慨,甚至有点儿惭愧,愧对活动的主题。我们如梦初醒,给教练报以雷雨般的掌声。

行到水穷处,坐看云起时。只弯一次腰,胜似一千次的坐;一千次的弯腰尽管舒服,给我们暂时的轻松欢快,但它可能会变成无休止的屈从,成为一种开着美丽花朵的病毒,软化我们的意志和信念;而一次的挺拔,尽管艰难,但最有可能赢得一千次的成功。

成长悟语 Cheng Zhang Wu Yu

我们都知道,从清苦到安逸是很容易实现的,但从安逸到清苦却是艰难的适应过程。所以要想走得更远,就不要贪图一时的安逸而失掉前进的力量。

> 巨人的眼里没有失败。失败,是巨人们的另一种成功。正是这种失败的成功,才使那些执着追求者成了彪炳史册的巨人。

失败中的成功

◆文/李雪峰

爱迪生在研究用什么做灯丝的时候,先后做了一千二百多次的试验,但每一次试验,他都失败了。他厚厚的试验记录本上,记录着他的每一次失败。

但爱迪生没有气馁,他平静地继续坐在自己的实验室里一次又一次地做试验。

爱迪生的一位朋友找到爱迪生,劝他说:"别再做什么灯泡了,黑夜就是黑夜,我绝不想信夜晚能有另一种太阳。"

爱迪生微笑着说:"但我相信。"

"你还相信?"朋友很惊讶地说,"你做了这么多试验,可你找到黑夜里的那个太阳了吗? 你还不是每一次都失败了。"

"失败?"爱迪生笑了。他摇着头微笑说,"我什么时候失败过了呢?"

朋友抱起爱迪生厚厚的试验记录簿说:"这上面不是明明白白都记录着你的每一次失败吗? 哦,"朋友又问爱迪生说,"你失败够多少次了?"

爱迪生说:"不,是试验多少次了。"

那个朋友说:"对对,你到目前为止,试验多少次了?"爱迪生说:"已经试验了一千二百次了。"

"一千二百次了,"朋友得意得哈哈大笑说,"可您用来照亮夜晚的那个太阳呢? 没有那个夜晚的太阳,难道说你不是已经失败够一千二百次吗? 怎么还能说自己没有失败过呢?"

爱迪生说:"试验了一千二百次,虽说我还没有找到那个夜晚的太阳,但通过这些试验,我已经成功地知道了这一千二百种材料不适宜做灯丝,你说我是失败了,还是成功了?"

爱迪生是失败了,还是成功了?

其实,失败和成功都没有什么绝对的区别,只在于你怎么去对待它。在一个平凡者的眼里,没有达到预期的目的,便是失败;但在一个巨人的眼里,没有达到预期目的也是一种成功，它至少是一种证明了一种方法或方式不能通达的成功。

巨人的眼里没有失败。失败，是巨人们的另一种成功。正是这种失败的成功，才使那些执着追求者成了彪炳史册的巨人；也正是这种成功的失败，使许多本该成为巨人的人沦落成了一个个的平凡者。

每一次失败，就是一次经验的小结；每一次小结就是一次成功方法的筛选；每一种新方法的产生就是离成功更近的飞跃。

每个成功者，在成功之前，都有过一个或几个惨痛的失败，都有过一段心碎的不堪回首的经历。

购 买 绝 望

◆文/林 夕

上帝每天都会接待许多来访者，他们总是带着一颗愤愤不平的心和各种各样的问题。有一天，又来了一位来访者。

上帝看看他，先发问了："你不像是一个失败者！"

"是的，我不是一个失败者。这正是我的烦恼所在。"

"为什么这么说？难道你想成为一名失败者？"

"是的。我聪明，勤奋，忠诚，有才华和毅力，值得信任，具备了成功的美德，但是我却一直没有取得我预想中的成功。我听说每一个成功者在成功之前，都曾经有过一次失败。所以，我想成为一名失败者，最好是一名大失败者。"

上帝看看他，说："我知道了，可是你想要的东西我这里没有，我的职责是给失败者以希望。不过，我可以给你一个忠告——把你手头正在做的事情一直做下去，不要停下来。"

于是，这位来访者又回到生活中，做他正在做的事情。他正在创建超市，已经按计划建了3个，效益都非常好。于是，就有投资者来找他合作，也有朋友愿意借钱给他来做。按他以往的性格，这个时候就要停下来，观察一段时间，看看存在什么问题,然后再做决策。但是他想到上帝给他的忠告,就又继续做。有的和别人合作、有的借钱做,三年内建了16个超市。第四年,成了他的灾难年,16家超市全部亏损,终于坚持不住全部关闭了。他不仅一无所有,而且欠下几百万元的债务。为了躲避债主,他不敢回家,藏到姐姐家里,躺在床上,三天三夜没起身,没合眼,没吃一口东西,唯一做的事情就是抽烟,一直不停地抽烟,好几次烟烧到手指也没有感觉。姐姐看到他这样子,又疼,又气,又恨,骂他,打他,劝他,他都没反应。到了第四天,姐姐拿来一个小药瓶,对他说:"这是100片安眠药,你有两个选择:要么你吃了它去见上帝!要么你现在就给我站起来!"

他看着姐姐,又看看她手中的小药瓶,想起了上帝。他笑了,熄灭手中的烟,站了起来。他第一个感觉是想上厕所。进了厕所,却怎么也尿不出来。他站了半天,用尽全身的力气,这时候,他感到了痛,一阵钻心的疼痛。然后,他看到几滴红色的液体流出来……

现在,他已经是这个城市一家大型超市的拥有者,一位成功者。

每个成功者,在成功之前,都有过一个或几个惨痛的失败。都有过一段心碎的不堪回首的经历。有一天,当你跌到最低谷,站在绝望的边缘,考虑"生,还是死"这个问题,你就会在这生死之间,比别人多了一条命,多了一种东西,叫成功。

成长悟语 Cheng Zhang Wu Yu

人的潜能大部分都是在失败后被激发的, 失败让我们有更强烈的成功欲望,对成功有更深的理解,也容易找到最快捷的成功之路。

用这种方法,你计算看看吧!其实,你和第一名是一样的,都有着非常高人次的竞争实力和优势!

你就是第一

◆文/冯有才

父亲是一个退休老师,在那个人才奇缺的时代,只有初中文凭的他顺理成章地成了村小学的一名数学老师。从他17岁开始教书算起,这一教就整整是44年。

2001 年的夏天,在全国高校普遍扩招的形势下,只有大专文凭且毫无工作经验的我,在办完离校手续后,脸上便写满了对未来生活的沮丧和失意。在那段时间里,我宁愿一个人躲在家里吃饭、看电视、睡觉,也不愿意在外面抛头露面,更不必说在外面拼命地找工作了。看着我的这个境况,父亲私下总是一阵阵地摇头。

后来,某次偶然的机会,父亲在报纸上看到了一则招聘启示,是中国联通驻我省的一家分公司要招聘一名文字秘书,待遇很丰厚,可以毫不夸张地说,在那里工作一个月的工资几乎能抵得上父亲教上大半年的书。于是,一个夕阳才落山的周末,在父亲的怒气下,我不得不整理好自己的就业材料,打算第二天到那家公司去试试。

等我去了那家公司才发现,这次来应聘的人实在是大大出乎我的意料。那家公司只招聘一名文字秘书,可来应聘的至少有 200 人,这其中不乏本科甚至名牌高校的毕业生,在那些优秀的人才面前,我感觉十分的渺小和不安。

回到家后,父亲只轻描淡写地对我说:"我就不信,我的娃子会比别人差!你尽力去试试,别给我丢了这张老脸!"听了父亲的这番话,我无语。在我这么失意和绝望的时刻,父亲能说出这样的话,实在是让我感动。

在第一轮的材料筛选中,我意外地入围了,然后便成了 50 名有资格进入笔试的人员之一。在第二轮的笔试中,我竟然又意外地入围了,成了 10 名进入面试的人员之一,将接受市公司副总经理的面试。在这一轮的面试中,连我自己都不相信,竟然能取得第二名的好成绩,很幸运地进入下一轮面试,接受省公司人力资源部经理的面试。

进行最后一轮面试的前一天晚上,父亲用他那张充满浊泪的眼睛看着我,然后对我说了六个字:"儿子,好好努力!"看着父亲那张辛酸和苦涩的脸,我暗下决心,这次,我一定要好好努力。

可是,第二天的面试,我却失败了。从跨出面试办公室的那一刻起,我就已经知道这次的面试,我失败了。果然,几天后的录用公布名单中,没有我的名字。那一刻,我伤心到了极点。

晚上,父亲很意外地打了 3 块钱的散酒,和我喝了起来。喝到兴处的时候,父亲用激扬的语调对我说:"儿子,我来给你算笔账。这次参加应聘的人有 200 多名,你很幸运地成了 1/200,在而后的材料筛选中,你又成了 1/50。在接着继续的笔试中,你又成了当中的 1/10,才最后的面试中,你又成了 1/3。你知道自己的竞争实力数吗?那就是 $1/200 \times 1/50 \times 1/10 \times 1/3 = 1/300000$。你再看看面试的第一名,他不也是 $1/200 \times 1/50 \times 1/10 \times 1/3 = 1/300000$ 吗?也就是说,你和第一名是一样的,在这 300000 次机会中,都有 300000 人次的竞争实力!所以,你应该具有和他们一样的优势和自信心。"

听到父亲的计算,我的双眼一片模糊。我不知道父亲的这一算法是不是科学,可是我知道,父亲的这一番亲情教育,却是极科学和极先进的!我心底里,一直感动着。

四年后,我在一家拥有 3 亿资产的公司里做人力资源部经理。在每次的招聘会结束后,我都会用父亲那晚的激情对落选者说:"用这种方法,你计算看看吧! 其实,你和第一名是一样的,都有着非常高人次的竞争实力和优势! "

　　只要你在你的领域内不断地学习,不断地提高自己,戒骄戒躁,怀着必胜的信念,不服输的劲头儿,你也会是这个领域里的专家,你就能永远掉不到任何人的后面!

　　凡是成就了一番事业的人,都是坚持自己的个性和特色,敢于从流俗和惯例中出列的人。

个性是你真正有价值的地方

◆文/刘燕敏

　　他是一位天才的书法家,9岁时参加日本青少年书法展就在东京掀起一股旋风。四幅作品,全部被私人收藏,总价值1400万日元。当时,日本最著名的书法家小田村夫曾这么预言,在日本未来的书坛上,必将会升起一颗璀璨的新星。

　　20年过去了。一些寂寂无名的人脱颖而出,而他却销声匿迹了。是谁断送了这位天才的前程? 2002年九州岛樱花节,小田村夫专程拜访这位小时候名震四岛的天才,在看了那位天才书法家的作品之后,仰天长叹,说了这么一句话:"右军啊! 你毁了多少神童。"

　　右军是谁? 右军是王羲之,一千六百多年前的中国大书法大家。小田村夫为什么说是这位书法大家毁了他们的神童呢? 原来这位小神童临摹王羲之的书帖成瘾,经过20年的苦练,把自己的书法个性磨得一点儿都没有了。现在他的字与王羲之的比较起来,几乎能够达到乱真的程度,可是自己的东西呢,一丝都找不到。在鉴赏家眼里,他的书法已不再是艺术,而是令人厌恶的仿制品。

　　一个天才因模仿另一个天才而成了庸才,这不是书法世界里独有的现象,它存在于人类社会的各个行业。现在政治、经济、文化乃至江湖领域,大师级的人物之所以寥若辰星,我想绝不是因为在这些领域中天生的庸才太多,而是有太多的天才因模仿成了庸才。

千万不要丢失自己的个性,那是一个人唯一真正有价值的地方。纵观古今,凡是成就了一番事业的人,都是坚持自己的个性和特色,敢于从流俗和惯例中出列的人。

你真正的生命是你的思想。尽情做自己,不要根据别人认为重要的东西来制订自己的目标,而应当努力去追求自己觉得最好的东西。只要拥有了内心的快乐和富足,你就拥有最美的人间天堂。

只有果断地砍掉那双"完美的手",砍掉那些局部的暂时的诱惑,实实在在,耐住寂寞,潜心做自己想做的事,才能雕塑出生命整体的完美。

砍掉那双"完美的手"

◆文/英　涛

他曾经是人们眼里不可理解的怪人。

读高中时,因为他的优秀,有个保送名牌大学的机会摆在他面前,他却不要。

到了高考,他考出了非常高的分数,却执意选择了又苦又累的地质专业。

毕业了,照样在学校里称得上风云人物的他,同时被几个好单位看中,可他却要求去了一个地质队,做一个浪迹天涯的地质队员。

很多人不理解他的选择,他总是笑笑,不置一辞。

终于有一天,他在别人再次问起他当初为什么作这些选择的时候开了口:法国著名雕塑家罗丹,精心雕塑了一座文学家巴尔扎克的雕像:巴尔扎克目光炯炯,身披宽袖长袍,一双手非常自然地叠合在胸前。罗丹唤来了自己的三个学生来欣赏他的得意之作。三个学生不约而同地被雕像上那双栩栩如生的手吸引住了,连声赞叹:"好极了,这真是一双奇妙的手啊!"罗丹从学生的表情中感到这双手虽然塑得绝妙,可是作为整体的一部分,太突出了,起了喧宾夺主的作用。因此,他找来一把大斧,把那双完美的手砍掉了。几个学生被罗丹的举动吓得目瞪口呆。

其实，在生活中，这种"完美的手"随处可见，它时时处处地诱惑着人们忘记了最初对人生的本质追求，常常因此走上了一条与理想背道而驰的路。只有果断地砍掉那双"完美的手"，砍掉那些局部的暂时的诱惑，实实在在，耐住寂寞，潜心做自己想做的事，才能雕塑出生命整体的完美。

说这些话时，他已经取得了三个部级、三个局级科技进步奖的成果，编写了两个有关三维地震勘探的专集，在许多专业报刊上发表了上百篇论文，承担着非常重要的国家科研项目；而且，他还用自己细腻的心去翻阅每一寸自然的美丽，写出了许多充满豪情、激情、深情、智慧的诗篇，成了一个地质诗人，一个知道如何去追寻生命真正美丽的诗人。

改变孩子一生的故事全集

人生像一条河，而决定这河水流程和归宿的是一个人的努力与追求。只有那些可以经受诱惑，始终坚持自己的方向，不断将自己变成有气势、有冲劲的河流，才有机会流入大海。

我的路和你们的一模一样，唯一的不同是我选定了就绝不回头。

走错的也是路

◆文/无　歌

三兄弟从乡下到城市谋生，一个叫怨天，一个叫怨地，另一个叫无悔。三兄弟结伴而行，一路上风餐露宿，遭遇大漠尘沙，翻过7座高山，涉过21条大河，兄弟们齐心协力，8个月后，终于来到了一座繁华热闹的集镇。这里有三条大路，其中一条能够通往城市，但是谁也说不清究竟哪条才是。

怨天说："咱老爷子一辈子教我的只有一句'听天由命吧'，我就闭上眼睛选一条，碰碰运气好了。"他随便选了一条，走了。怨地说："谁叫咱们生在个穷地方呢，我没读过书，计算不出哪条最有可能，我就走怨天旁边的那条大路吧。"怨地拍拍屁股也走了。

剩下的是一条小路，无悔拿不定主意。他想了又想，决定还是先去镇子里问问长者。长者接见了他，但仍然是摇头："没人到过城市，因为它太远了。另外，我们这里生活也不错，不过，孩子，我可以把我祖父的话告诉你，'走错的也是路'。"

无悔记着长者的诚挚教诲，踏上那条小路，追寻他的城市之梦。他经历的痛苦、艰难无与伦比，每一次挫折，每一回失败，都没有击倒他。当他面临绝境，总是对自己说"走错的也是路"，于是他挺过来了。在10年后的一天，他终于见到了朝思暮想的城市，凭着他杰出的韧劲与毅力，从一元钱的生意做起——擦皮鞋，捡垃圾，端盘子，公司普通职员，蓝领，白领，直到独立注册一家公司。

30年后，无悔老了，他把公司交给儿子打理，只身回乡下寻找当年同行的兄弟。依然是那个贫穷的西部小村，依然是茅屋泥墙，怨天和怨地住在里面，依然过着日出而作、日落而息的日子。三兄弟各自叙述了自己的故事。怨天沿着大路走了5个月，路越来越小，野兽出没，一天黄昏他差点儿被狼吃掉，只好灰溜溜回来了。怨地选的那条路的情况并无区别，回来之后，他一辈子不敢抬头做人。无悔叹息说，我的路和你们的一模一样，唯一的不同是我选定了就绝不回头。其实，每条路都能通向城市，走错了的也照样是路啊。

成长悟语 Cheng Zhang Wu Yu

从他人那里得到的即使是难过的经验也是经验。一切都要化作前进的动力，去实现自己的终极目标，而不是随意浪费。

你就是你。你究竟有多大出息，取决于你到底怎样看待自己。

同样一斤米

◆文/佚　名

一青年向一禅师求教："大师，我有一件事不明白，它使我整夜睡不好觉，也使我很迷惘，希望您能帮我指出一条光明的道路。"

禅师没有说话，青年继续说道："有人赞我是天才，将来必有一番作为；也有人骂我是笨蛋，一辈子不会有多大出息。依您看呢？"

"你是如何看待自己的？"禅师反问。

青年摇摇头，一脸茫然。

大师说道："譬如同样一斤米，用不同眼光去看，它的价值也就不同。在炊妇眼中，它不过做两三碗米饭而已；在农民看来，它最多值1元钱罢了；在卖粽子的眼中，包成粽子后，它可卖出3元钱；在制饼者看来，它能被加工成饼干，卖5元钱；在味精厂家眼中，它可提炼出味精，卖8元钱；在制酒商看来，它能成酒，勾兑后，卖40元钱。不过，米还是那斤米。"大师顿了顿，接着说，"同样一个人，有人将你抬得很高，有人把你贬得很低，其实，你就是你。你究竟有多大出息，取决于你到底怎样看待自己。"

青年豁然开朗。

最了解自己的人始终是自己，很多时候别人对你的认识是片面的，关键是你要相信自己。学会接受自己、欣赏自己，你才可以活出真正的自我。

虽然这是个很简单的游戏，你们却没有一个人做到。但是知道游戏的结果后，大家却都说不过如此，也许，每件大胆的尝试都是这样的吧。

如何竖立鸡蛋？

◆文/佚　名

当哥伦布航海行程结束以后，一个让人们惊叹的消息也随之诞生：哥伦布发现了一个新大陆。很多人都对哥伦布取得的成功表示赞叹。这可是具有划时代意义的大事。

皇室也特别为哥伦布举行了庆功宴，请他讲述一些艰险或有趣的故事。此时，有一位大臣却显得不屑一顾，他不服气地说："地球是圆的，任何一个人坐上船航行，都能达到大西洋的彼岸，没什么奇怪的。"旁边的几个人听了这位大臣的言论也觉得有道理，便在一旁附和。

哥伦布的朋友们，都想出面制止这种诋毁声誉的行为，因为谁都知道，环球航行，困难重重，是谁都能做到的吗？可是哥伦布反倒显得镇定自若。

过了一会儿，哥伦布请侍者拿来几个煮熟的鸡蛋，来到大厅的中央，并礼貌地邀请刚才那几位对他表示怀疑的臣子做一个简单的小游戏。随即人们的目光都聚集到他们的身上。

哥伦布对那几个大臣说："各位大臣，如果你们谁能把鸡蛋竖立在桌上，那你们就算赢。"

接着，几位大臣就开始了这个游戏，可是无论怎么做都不成功。围观的人，也有人尝试，依然没有人能将鸡蛋竖立起来，都说这不可能。

正当大家都开始否定这个游戏的可行性时，哥伦布走到桌子边，拿起了一个鸡蛋，用一端朝桌子砸下去，蛋的一端被砸破了，蛋也稳稳地竖立在桌子上。

大臣们一片哗然，都说蛋都打破了，还能算吗？要是这样也行，那3岁的小孩不是也可以了吗？

哥伦布看着大家不信服的样子，缓缓地说道："虽然这是个很简单的游戏，你们却没有一个人做到。但是知道游戏的结果后，大家却都说不过如此，也许，每件大胆的尝试都是这样的吧。"

成长悟语 Cheng Zhang Wu Yu

踩着别人的脚印走，你就不可能成为一个与众不同的人，也永远不会获得成功。跟随别人的脚步，我们到达的永远是别人想去的地方。

有许多适合别人的东西并不一定适合自己。要寻找适合自己的生存方式，尽量到适合你生活的"圈子"里去。

小老鼠的命运

◆文/佚 名

炎热的夏天来了，骄阳似火，大地也被烤出了长长的裂痕，好像也张开了嘴，在急促地喘气一样。

村边的池塘里，动物们也热得直喘气，一个个在发着牢骚。

鲤鱼吞吐着水泡，探出头来叹气："唉，这该死的夏天，热死我了，该下场大雨啦！"

池塘边，躲在荷叶下的青蛙也烦躁不安地叫着："呱、呱、呱，闷死了，这火烫的太阳，还不快下场大雨！"

"快下一场大雨吧，池里的水也是滚烫滚烫的，想下水洗个澡也不敢了。"鸭子站在池塘边，急得嘎嘎叫。

一只刚出世不久、未经历过大风雨的小老鼠，见大家都在议论着，也跟着瞎嚷嚷："这烦人的天气，怎么还不下场大雨！"

不久，大雨倾盆而下，下了整整七天。鲤鱼摇头摆尾，欢快地在水中游耍；青蛙连蹦带跳，高兴地歌唱；鸭子忽而水面忽而水下，在池塘里捉迷藏；而跟着瞎起哄的那只小老鼠却被大雨淹死在洞里！

现代人看到别人在某一方面干得热火朝天，自己也跃跃欲试。可是，从这个故事中你是否发现了这样一个事实：有许多适合别人的东西并不一定适合自己。要寻找适合自己的生存方式，尽量到适合你生活的"圈子"里去。

成长悟语 Cheng Zhang Wu Yu

你没有的别人有了，但你想过没有，你有的却也是别人苦苦追求的。人的不幸有种种，而幸福却也有种种，让我们珍惜自己拥有的，让自己在现在幸福的基础上更加幸福。

我知道我的歌不是当晚最好的一次表演，但是我要用我的坚持维护我的尊严。

在嘘声中唱完一首歌

◆文/佚 名

公司里年轻人多，哼上几句流行歌曲是一帮男同事的最爱。我也是一个追星族，对各种流行歌曲爱得欲罢不能。不过，我是属于那种五音不全的女孩子，只能在独处时将变调的歌地唱给自己。

　　最近，公司接待一位台湾来的客户。老总决定让所有人员倾巢而出，在市内最高级的歌厅给客户接风。出发之前，公司的男同事纷纷开始选取当晚的演唱曲目，大有"歌不惊人誓不休"的架势。当他们问我准备了什么时，我的脑子里一片茫然，并不曾想自己也要"献丑"。台湾客户是一位年轻有为的男士，对公司请他去唱卡拉OK的安排比较满意。客户的嗓音非常棒，简直可以赛过巨星王力宏。听到我的夸奖，客户顺水推舟地说："那黄小姐的歌喉一定像张惠妹一样出色。"我只是礼貌地说自己不善唱歌，还是听我的男同事的。

　　一帮男同事开开心心地放声歌唱后，连我们老总都上去试了一把。这时，所有的人都把期待的眼光转到全场唯一的女孩子——我的身上。我知道，再继续拒绝显然是不合适的。于是，在申明自己五音不全会制造噪音后，我选了一首萧亚轩的情歌。

　　当我放开嗓音去唱的时候，我偷偷环顾四周，发现老总和台湾客户的眉头不经意地皱了一下。由于过度紧张，我这次的发音比以前任何一次都差劲。刚才还陶醉在曼妙音乐中的男同事闹开了锅，易辉还口无遮拦地说："求求你别唱了，弄不好不知情的人还以为咱们虐待你。"说完，其他男同事一起哄笑开了，老总也做了个阻止的手势。

　　伴奏还在继续，我不准备就此停下我的歌声。"请听我唱完这首歌。"在被奚落后，我变得更加坚定。我知道我的歌不是当晚最好的一次表演，但是我要用我的坚持维护我的尊严。最后，只有台湾客户给了我掌声……

　　台湾客户离开的时候，留给老总一句话："贵公司的黄小姐不卑不亢，能够坚持自己所追求的东西，我希望她能作为我们合作项目的负责人，希望老总大人成全。"我出乎意料地得到了重用，而这一切只因为不会唱歌的我，在嘘声中坚持唱完一首情歌。

成长悟语 Cheng Zhang Wu Yu

　　金无足赤，人无完人。现实中的成功人士并不一定是十八般武艺样样皆通的天才，但必须是人格完善的现代人。

人生有5枚金币

◆文/林 夕

5月份的一天，我正在旅顺和朋友一起办事，听说陈家村有三位渔民因为船机器出了故障，在海上漂了七天六夜，船上什么吃的都没有，村里的人都以为他们死了，谁也没想到他们活着回来了。我听了，连忙赶去采访。

三位渔民脸晒得黑红，坐在我们面前，讲述着曾经发生的故事，面带笑容，语气平淡，好像不是他们自己亲历而是发生在别人身上似的。

"你们开始的时候想到会漂七天吗？"

"没有，我们想再坚持一天，明天就会有人来救我们。如果一开始就知道要等七天，受这么多罪，我们可能会受不住。"为首的一位年纪较大的渔民说，他是这艘船的主人。

"第六天下午，我觉得自己坚持不住了，喝进去的海水在胃里翻腾，难受死了。就在这时候我们听见了马达声，看见有一条船朝我们开来，我们三人趴在船上喊救命，可是当船驶近的时候，船上的人却冲我们说：你们慢慢漂吧。我绝望地趴在船帮上想跳海自杀，是他救了我。"年纪较小的帮工感激地指着船主说。

船主不好意思地摸摸后脑勺："其实也没什么，我只是给他们讲了一个5枚金币的故事。

"小时候，我生活在内蒙草原，有一次，我和爸爸在草原上迷了路，我又累又怕，到最后快走不动。爸爸就哄我，他从兜里掏出5枚硬币，把一枚硬币埋在草地里，把其余4枚放在我的手上，说：'人生有5枚金币，童年、少年、青年、中年、老年各有一枚，你现在才用了一枚，就是埋在草原上的那一枚，你不能把5枚都扔在草原，你要一点点地用，每一次都用出不同来，这样才不枉人生一世。今天我们一定要走出草原，你将来也一定要走出草原，世界很大，人活着，就要多走些地方，多看看。不要让你的金币没用就扔掉。'

"我们走了一天一夜，终于走出了草原。我一直记得那天父亲说过的话，也一直保存着那4枚硬币。25岁的时候,我从电视上看到大海,我把第二枚金币埋在草原,带着其余的3枚硬币一个人乘车来到大连旅顺,当了一名水手。今年是我来海上的第九个年头了,我刚刚用攒下的钱买下这条12马力的新木船,我一生的梦想,是能拥有一条可以远洋的100马力以上的铁船。我们还年轻,我们还有人生的3枚金币,我们不能就这么把它们都扔到大海里。我们一定要活着回去!从我讲这个故事到我们被救,才十几个小时。我们真的活着回来了。"

海上漂泊七天六夜,他们喝海水,吃鱼饵,忍受着肉体和精神上双重的痛苦,直到现在他们因为海水中毒而全身浮肿,胃出血,脚溃烂,但他们坐在我们面前,面带笑容,语气平淡。对他们来说,所有的灾难都已成为过去,重要的是他们还活着,还拥有人生的3枚金币,这比什么都重要。

5枚金币是人生的五段岁月,5枚金币是对人生的五次期许和五次责任。在你人生最绝望之际,不要想着轻易放弃。即使你身边什么都没有了,你还有余下的金币和对人生的渴望和期待。

贪欲不仅让我们难以得到更多,甚至连原本可以得到的也将失去。

不要等到比原来还少

◆文/澜 涛

小时候,有一次和祖父进林子去捕野鸡。祖父教我用一种捕猎机,它像一只箱子,用木棍支起,木棍上系着的绳子一直接到我隐蔽的灌木丛中。只要野鸡受撒下的玉米粒的诱惑,一路啄食,就会进入箱子,我只要一拉绳子就大功告成。

支好箱子,藏起不久,就飞来一群野鸡,共有9只。大概是饿久了,不一会儿就有6只野鸡走进了箱子。我正要拉绳子,又想,那3只也会进去的,再等等吧。等了一会儿那3只非但没进去,反而走出来3只。我后悔了,对自己说,哪怕再有一只走进去就拉绳子。接着，又有两只走了出来。如果这时拉绳，还能套住一只，但我对失去的好运不甘心，心想，总该有些要回去吧。终于，连最后那一只也走出来了。

那一次，我连一只野鸡也没能捕捉到，却捕捉到了一个受益终生的道理：人的欲望是无法满足的，而机会却稍纵即逝；贪欲不仅让我们难以得到更多，甚至连原本可以得到的也将失去。

虽然说人应该不断追求，但有时候是要知足常乐，许许多多的错误和失望，都是因为人的欲望太强烈了才发生的。世界上美好的东西太多，我们不可能全部占有，眼前所拥有的才是最需要珍惜的。